Clive Cussler
& Justin Scott

TEUFELSJAGD

Autoren

Seit **Clive Cussler** 1973 seinen ersten Helden Dirk Pitt erfand, ist er auch auf der deutschen *Spiegel*-Bestsellerliste ein Dauergast. 1979 gründete er die reale NUMA, um das maritime Erbe durch die Entdeckung, Erforschung und Konservierung von Schiffswracks zu bewahren. Er lebt in der Wüste von Arizona und in den Bergen Colorados.

Justin Scott ist ein Bestsellerautor von Thrillern, Krimis und historischen Romanen. Er wurde für seine Krimis bereits mehrmals für den renommierten Edgar-Allan-Poe-Preis nominiert. Er lebt mit seiner Frau Amber in Connecticut, USA.

Liste der lieferbaren Isaac-Bell-Romane:

1. Höllenjagd (37057)
2. Sabotage (37684)
3. Blutnetz (37964)
4. Todesrennen (38167)
5. Meeresdonner (38364)
6. Die Gnadenlosen (0144)
7. Unbestechlich (0320)
8. Der Attentäter (0362)
9. Teufelsjagd (0516)

Clive Cussler
& Justin Scott

TEUFELSJAGD

Ein Isaac-Bell-Roman

Deutsch von Michael Kubiak

blanvalet

Die englische Originalausgabe erschien 2016 unter dem Titel
»The Gangster« bei G.P. Putnam's Sons, New York.

FSC
www.fsc.org
MIX
Papier aus verantwortungsvollen Quellen
FSC® C014496

Verlagsgruppe Random House FSC® N001967

1. Auflage

Umschlaggestaltung und -abbildung: © Johannes Wiebel | punchdesign,
unter Verwendung von Motiven von Shutterstock.com
Redaktion: Jörn Rauser
HK · Herstellung: sam
Satz: Uhl + Massopust, Aalen
Druck und Einband: GGP Media GmbH, Pößneck
Printed in Germany
ISBN: 978-3-7341-0516-6

www.blanvalet.de

HANDELNDE PERSONEN

1895

Antonio Branco Sizilianischer Immigrant »Spitzhacken- und Schaufelmann«.

Der Padrone Arbeitsvermittler und Subunternehmer, Antonio Brancos Boss.

Isaac Bell, Doug, Andy, Larry, Jack, Ron College-Studienanfänger, Kommilitonen.

Mary Clark Studentin in Miss Porter's School.

Eddie »Kansas City« Edwards Van-Dorn-Detektiv.

1906

White Hand

Maria Vella Giuseppe Vellas zwölfjährige Tochter.

Giuseppe Vella New Yorker Bauunternehmer, spezialisiert auf Tiefbauprojekte.

David LaCava Bankier in Little Italy, Inhaber der Banco LaCava.

Sante Russo Giuseppe Vellas Vorarbeiter und Sprengmeister.

Black Hand

Antonio Branco Wohlhabender Lebensmittelgroßhändler, Lieferant und Versorger der beim Bau des Catskill Aqueduct beschäftigten Arbeiter.

Charlie Salata Anführer einer italienischen Straßenbande, Erpresser der Black Hand.

Vito Rizzo Leutnant der Salata Gang.

Ernesto Leone ein Geldfälscher.

Roberto Ferri ein Schmuggler.

Francesca Kennedy ein Auftragsmörder.

Irische Gangster

Ed Hunt, Tommy McBean Cousins, ehemalige Angehörige der Gopher Gang, Gründer der West Side Wallopers.

Van Dorn Detective Agency

Joseph Van Dorn Gründer und Chefermittler, der »Boss« oder der »Alte«.

Isaac Bell Van Dorns Spitzenkraft, Gründer der Black Hand Squad.

Wally Kisley, Mack Fulton Sprengstoffexperte und Geldschrankspezialist; Partner, als »Weber & Fields« bekannt – ein seinerzeit populäres Komikerduo.

Harry Warren Geburtsname Salvatore Guaragna, Chef der New York Gang Squad.

Archibald Angell Abbott IV. Blaublütiger New Yorker, Princeton-Absolvent, ehemaliger Schauspieler, Boxer, Isaac Bells bester Freund.

Aloysius »Wish« Clarke Wegen Trunksucht suspendiert.
Eddie »Kansas City« Edwards Eisenbahnspezialist.
Bronson Detektiv in der San-Francisco-Filiale.
Grady Forrer Chef der Recherche-Abteilung, New Yorker Filiale.
Scudder Smith Ehemaliger Zeitungsreporter, kennt sich in Prostitution und Halbwelt bestens aus.
Eddie Tobin Detektiv in Ausbildung.
Richie Cirillo Detektiv in Ausbildung, minderjährig.
Helen Mills Praktikantin bei Van Dorn, Isaac Bells Protegé, Bryn-Mawr-College-Studentin, Tochter von Brigadegeneral Gary Tannenbaum Mills der U.S. Army.

Freunde von Isaac Bell

Marion Morgan seine Verlobte.
Enrico Caruso weltberühmter Operntenor.
Luisa Tetrazzini Koloratursopranistin, die »Florence Nightingale«, ein aufgehender Stern am Opernhimmel.

Tammany Hall

Boss Fryer »Honest Jim« Fryer, politisches Schwergewicht in New York City.
Brandon Finn Boss Fryers Handlanger.
»Rose Bloom« Brandon Finns Geliebte.
Alderman James Martin Mitglied des »Boodle Board«.
»Kid Kelly« Ghiottone ehemaliger Bantamgewichts-

boxer, Salooninhaber, Gefolgsmann der Tammany Hall Society in Little Italy.

Plutokraten

J. B. Culp Wall-Street-Magnat, Hudson-Valley-Aristokrat, Erbe von Dampfschiff- und Eisenbahngesellschaften, Gründer des exklusiven Herrenclubs Cherry Grove Society.

Daphne Culp J. B. Culps Ehefrau.

Brewster Claypool J. B. Culps Rechtsanwalt.

Warren D. Nichols Bankier, Philantrop, Mitglied der Cherry Grove Society.

Lee, Barry Preisboxer, J. B. Culps Leibwächter und Sparringspartner.

Polizisten

Captain Mike Coligney Vorsteher des Tenderloin Precinct des NYPD.

Lieutenant Joe Petrosino Gründer der Italian Squad des NYPD.

Chris Lynch Agent der Falschgeld-Abteilung des Secret Service.

Rob Rosenwald Spürhund des Bezirksstaatsanwalts von New York.

Commissioner Bingham neuer Chef des NYPD, leitete seine Umstrukturierung ein.

Sheriff von Orange County

Cherry Grove Bordell

Nick Sayers Inhaber.
Jenny Angestellte.

The White House

Theodore Roosevelt »Teddy«, »TR«, Präsident der Vereinigten Staaten von Amerika, Held des Spanisch-Amerikanischen Kriegs, ehemaliger Gouverneur des Staates New York, ehemaliger Polizeipräsident von New York City.
Chef der Secret-Service-Schutztruppe des Präsidenten

Catskill Aqueduct

Dave Davidson Bediensteter der Contractors' Protective Association, zuständig für die Organisation der Arbeitslager.
Bauunternehmer
Irischer Vorarbeiter und Baustellenleiter

PROLOG

Mord und Studentenulk

New Haven, 1895

Ein italienischer Spitzhacken- und Schaufelmann stand bis zur Brust in einem Graben und blickte auf ein Paar maßgefertigter Schuhe und schwarzer Baumwollhosenbeine, nur wenige Zentimeter von seinem Gesicht entfernt. Amerikanische Studenten – offenbar aus reichen Elternhäusern – trugen einen Erdhaufen in der Nähe ab und siebten sandiges rötliches Erdreich durch ihre Finger.

Der irische Baustellenleiter saß entspannt unter einem Sonnenschirm auf einem Stuhl und drohte dem Italiener mit der Faust.

»Beweg dich gefälligst, fauler Spaghettifresser!«

Die Studenten achteten nicht darauf. Anlässlich einer außerplanmäßig anberaumten Exkursion von der regulären Geologie-Vorlesung befreit, suchten sie in dem frisch ausgehobenen Erdreich nach Spuren triassischen Gesteins, das von Gletschern im Hochland oberhalb der New-Haven-Senke abgeschliffen wurde. Sie genossen es, diesen ersten warmen Frühlingstag im Freien zu verbringen, und Italiener, die mit Spitzhacke und Schaufel tiefe Erdlöcher gruben und Gräben anlegten, waren ein ebenso selbstverständlicher Anblick wie die rotgesichtigen irischen Vorarbeiter mit Melonen auf den Köpfen.

Aber der Padrone der Italiener – so nannten die Immigranten den Arbeitsvermittler, dem sie einen erheblichen Teil ihres täglichen Arbeitslohns als Provision zahlen mussten – registrierte das kurze Intermezzo. Der Padrone war ein extravagant gekleideter und parfümierter Neapolitaner, der wachsam auf seinen Profit achtete. Er winkte dem Arbeiter, der gerade eine Pause eingelegt hatte, um seine einheimischen Mitgrabenden zu beobachten – dies war ein junger Sizilianer, der sich Antonio Branco nannte.

Antonio Branco sprang mühelos aus der Grube auf die Grasnarbe. Seine Kleider rochen durchdringend nach Schweiß, und nur wenig unterschied ihn von den anderen, die in dem Graben schufteten. Er gehörte zu den Hilfsarbeitern, hatte eine schmuddelige Mütze auf dem Kopf, wobei sein Gesicht ein wenig attraktiver und markanter sein mochte als die der meisten anderen, außerdem wirkte er von Statur größer und breiter in den Schultern. Und dennoch hatte er etwas an sich, das ihn von den anderen unterschied. Er machte einen zu selbstsicheren Eindruck, entschied der Padrone.

»Du lässt mich vor dem Vorarbeiter schlecht aussehen.«

»Seit wann geben Sie etwas auf die Meinung eines Micks?«

»Dafür behalte ich die Hälfte deines Lohns ein. Geh zurück an die Arbeit.«

Brancos Miene verhärtete sich. Als er jedoch nichts anderes tat, als in den Graben hinabzuspringen und seine Schaufel aufzuheben, wusste der Padrone, dass er seinen Mann richtig eingeschätzt hatte. In Italien behielten die Carabinieri Kriminelle unter strengster Kontrolle. Als

Flüchtiger, der es geschafft hatte, sich der Überwachung zu entziehen und in die Freiheit Amerikas zu entkommen, konnte sich Antonio Branco nicht dagegen wehren, wenn ihm der Arbeitslohn gekürzt wurde.

Der letzte der fünf College-Frischlinge schloss die Tür und sperrte die Kakophonie aus Klavier- und Banjo-Geklimper, Klamaukgeschrei und sonstigem Lärm in den Fluren und Zimmern des Studentenwohnheims Vanderbilt Hall aus. Dann versammelten sie sich um einen hochgewachsenen, spindeldürren Klassenkameraden und lauschten gebannt seinem Plan, den Mädchen in Miss Porter's School in Farmington, vierzig Meilen landeinwärts, einen Besuch abzustatten. An diesem Abend. Sofort.

Sie wussten nur wenig von ihm. Er kam aus Boston, seine Familie bildete eine Dynastie aus Bankiers und Harvard-Absolventen. Dass er sich in Yale eingeschrieben hatte, ließ auf eine rebellische Ader schließen. Er hatte stets ein Lächeln um die Lippen und dabei einen festen, klaren Blick, und offenbar hatte er an alles gedacht – eine Landkarte, eine Waltham-Eisenbahneruhr, die um höchstens dreißig Sekunden pro Tag von der genauen Zeit abwich, sowie einen speziellen, für den dienstlichen Gebrauch erstellten Fahrplan, in dem Fahrtzeiten und Streckenbelegungen aller Güter- und Personenzüge der Eisenbahnlinie verzeichnet waren.

»Was ist, wenn uns die Mädchen gar nicht sehen wollen?«, fragte Jack, ein ständiger Bedenkenträger.

»Wie könnten sie einem Yale-Mann in einem Sonderzug widerstehen?«, fragte Andy.

»In einem gestohlenen Sonderzug«, sagte Ron.

»In einem *ausgeborgten* Sonderzug«, korrigierte ihn Larry. »Es ist ja nicht so, dass wir ihn behalten wollen. Außerdem ist es kein vollständiger Zug, sondern bloß eine Lokomotive.«

Doug stellte die Frage, die jedem in der Gruppe auf der Zunge brannte. »Weißt du überhaupt, wie man eine Lokomotive bedient?«

»Es gibt nur einen Weg, das herauszufinden.«

Isaac Bell verstaute Karte, Uhr und Fahrplan in einer Schultertasche, die bereits mehrere Paar Arbeitshandschuhe, eine Blendlaterne und eine dicke Ausgabe von Grimshaws *Locomotive Catechism* enthielt. Doug, Ron, Andy, Jack und Larry folgten ihm dichtauf, als er durch die Tür hinausschlüpfte.

Little Italy, das italienische Viertel New Havens, war direkt neben dem Eisenbahndepot entstanden. Die Dampfpfeifen der Lokomotiven und die Warnglocken der Rangierloks intonierten gerade ihre allnächtliche Serenade, der Kohlenrauch süßte den Gestank, der aus den Kaminen der Gummifabrik aufstieg und sich über den Dächern der Mietskasernen ausbreitete, und in diesem Augenblick trat der Padrone aus seinem Lieblingsrestaurant auf die Straße.

Vom Wein leicht berauscht, blieb er mit dem Gefühl eines gefüllten Magens für einen Moment stehen und säuberte seine Zähne mit einem vergoldeten Zahnstocher. Dann schlug er den Heimweg ein, schlenderte durch die Wooster Street und beantwortete das unterwürfige *Buona Sera, Padrone* der Leute in den Hauseingängen und auf dem Bürgersteig mit einem gelegentlich herablassenden Kopfnicken. Er hatte die Pension, in der er residierte, schon fast erreicht, als er Antonio Branco im Schatten einer durchgebrannten Straßenlaterne erblickte. Der Sizilianer lehnte am Laternenmast und war gerade damit beschäftigt, mit einem Taschenmesser einen Bleistift anzuspitzen.

Der Padrone lachte spöttisch. »Wozu braucht ein Prolet, der nicht lesen kann, einen Bleistift?«

»Ich lerne.«

»*Stupidaggine!*«

Brancos Augen glitzerten, als er den Blick nach rechts und links schweifen ließ. Ein Polizist näherte sich auf seinem Streifengang. Um ihm Zeit zu lassen vorbeizugehen, holte Branco eine amerikanische Zeitung aus seiner Jackentasche und las eine Schlagzeile laut vor. »Unfall in Wasserstollen. Bauleiter getötet.«

Der Padrone kicherte belustigt. »Dann lies doch mal das Kleingedruckte.«

Branco fuhr umständlich mit dem Bleistift unter den Textzeilen entlang. Er tat so, als habe er Mühe, die langen Worte zu lesen, und übersprang die vielen kurzen. »Bauleiter Jake … Stratton … tödlich verletzt … als Bridgeport Wasserstollen einbrach. Er hinterlässt Ehefrau Katherine und Kinder Paul und Abigail. Vier italienische Arbeiter kamen ebenfalls zu Tode.«

Der Polizist bog um die Ecke und geriet außer Sicht. Die Bürgersteige hatten sich geleert, und die wenigen Passanten, die es eilig hatten, nach Hause zu kommen, kümmerten sich um ihre eigenen Angelegenheiten und achteten nicht auf ihre Umgebung. Branco rammte den Bleistift durch die Wange des Padrone.

Der Padrone schlug die Hände vors Gesicht, wodurch sein Brustkorb ungeschützt war.

Branco stieß zu. Sein Taschenmesser hatte eine kurze Klinge, deutlich kürzer als die zehn Zentimeter, die gesetzlich erlaubt waren. Aber der Griff, aus dem sie herausragte, war fast genauso schmal wie die Klinge selbst. Während der Stahl zwischen den Rippenknochen eindrang, legte Branco die Handfläche auf den Messergriff und drückte mit aller Kraft dagegen. Der schlanke Griff schob die Klinge noch tiefer in die Wunde hinein und trieb den nadelspitzen Stahl wie ein Stilett tief ins Herz des Padrone.

Branco nahm dem Sterbenden Geldbörse, Ringe und seinen goldenen Zahnstocher ab und rannte zum Gleisgewirr des Eisenbahndepots, wo er zwischen den Zügen untertauchte.

Lokomotive 106 seufzte und schnaufte wie ein schlafender Mastiff. Es war eine American Standard 4-4-0 mit vier Vorlaufrädern und vier hohen Antriebsrädern, die Isaac Bell bis zu den Schultern reichten. Als schwarze Silhouette vor dem von den Lichtern der Stadt erhellten dunstigen Himmel auf dem Schotterbett des Bahndamms thronend, in dessen Schatten die Collegestudenten kauerten, erschien sie geradezu gigantisch.

Bell hatte sie während der gesamten vorangegangenen Woche im Visier gehabt und jede ihrer Bewegungen beobachtet. Jeden Abend rollte sie zur Bekohlungsanlage und zum Wassertank, wo ihr Tender aufgefüllt wurde. Dann räumten die Eisenbahnarbeiter die Asche aus der Feuerbüchse, häuften frische Kohle auf, um die Dampferzeugung am nächsten Morgen zu beschleunigen, und parkten die Lokomotive auf einem Nebengleis am nördlichen Ende des Depots. An diesem Abend stand die 106 wie üblich in der richtigen Fahrtrichtung nach Norden zur Canal Line, die direkt nach Farmington verlief.

Bell wies Doug an, das Gleis entlangzurennen, um die Weiche zu stellen. Doug war Mitglied des Footballteams, stark, intelligent, schnell und damit genau der Richtige, um die Weiche zu schließen, die das Nebengleis mit dem Hauptgleis verband. »Sobald wir durchgefahren sind, öffne die Weiche wieder.«

»Weshalb?«

»Falls das Fehlen der Lok bemerkt wird, wissen sie nicht, wohin wir gefahren sind.«

»Du wärst ein erstklassiger Krimineller, Isaac.«

»Das ist auf jeden Fall besser, als geschnappt zu werden. Sobald du die Weiche geöffnet hast, nimm die Beine in die Hand, damit du uns einholst... Andy, du zündest die Lampen an... O.K., Leute. Auf geht's. Los, los.«

Bell bildete die Vorhut und eilte nahezu lautlos und langbeinig über Schienen, Schwellen und Schotter. Die anderen Jungen folgten in geduckter Haltung. Die Angehörigen der Eisenbahnpolizei waren für ihr brutales Vorgehen berüchtigt, würden es jedoch wahrscheinlich nicht wagen, den Söhnen amerikanischer Wirtschafts- und Industriemagnaten auch nur ein Härchen zu krümmen. Aber sollten sie bei diesem Wahnsinnsunternehmen erwischt werden, würde der Yale-Kaplan ihre Relegation anordnen, was bedeutete, dass sie das College verlassen müssten und nach Hause zu ihren Eltern geschickt würden.

Doug sprintete vor der Lokomotive her, kniete sich neben die Weiche und legte die Hände um den schweren

Hebel. Andy, dessen Vater ihn hinter den Bühnen seiner Varieté-Theater die Scheinwerfer hatte bedienen lassen, kletterte auf den Kuhfänger und zündete den Acetylenscheinwerfer an der Stirnseite der Lokomotive an, deren matter Lichtschein das Gleis erhellte. Dann sprang er auf den Bahndamm hinunter, rannte zur Rückseite des Tenders und zündete dort eine rote Laterne an.

Isaac Bell turnte die Leiter in den Führerstand hinauf. Er zog ein Paar Handschuhe aus seiner Schultertasche an, reichte Ron ein zweites Paar und deutete auf die Feuerungsklappe. »Die musst du öffnen und Kohlen hineinschaufeln.«

Ein Hitzeschwall schlug ihnen entgegen.

»Verteil die Kohle, damit das Feuer nicht erstickt wird.«

Im orangefarbenen Lichtschein der Kohlenglut in der Feuerbüchse suchte Bell die Kontrollen, deren Illustrationen im Handbuch für Lokomotivführer er sich eingeprägt hatte. Dann zählte er seine Begleiter durch. Alle drängten sich im Führerhaus – bis auf Doug, der an der Weiche wartete.

Bell schob den Steuerhebel nach vorn, löste die Druckluftbremsen und öffnete das Regelventil, um Dampf in die Zylinder einströmen zu lassen. Unter seinen Händen erwachte der Stahlkoloss zitternd zum Leben. Gerade noch rechtzeitig fiel ihm ein, das Dampfventil wieder so weit zu schließen, dass die Lokomotive keinen ruckartigen Satz vorwärts machte.

Seine Kommilitonen stießen Freudenrufe aus und klopften ihm anerkennend auf die Schultern. Die Lokomotive rollte los.

»Stopp!«

Der Bahnpolizist war ein Berg von einem Mann mit einer Blendlaterne an seinem Gürtel und einem Schlagstock in der Faust, der einen Meter lang war. Er bewegte sich erstaunlich schnell, um Antonio Branco gegen die Seitenwand des Güterwagens zu nageln, unter dem er sich verstecken wollte, als der Schwellen-Cop ihn dabei überraschte. Damit ihn das grelle Licht nicht blendete, kniff Branco ein Auge zu einem schmalen Schlitz zusammen und schloss das andere vollständig.

»Wie vielen Spaghettifressern muss ich die Arme brechen, bis die Botschaft in euren Schädeln ankommt?«, brüllte der Bahnpolizist. »Keine Schwarzfahrten. Verschwinde aus dem Depot, und hier ist ein kleines Geschenk, damit du immer an mich denkst.«

Der Schlagstock sauste mit einer Wucht auf seinen Arm hinunter, die Knochen brechen sollte.

Branco drehte sich dem Schwung entgegen, krümmte sich und rettete seinen Arm auf Kosten eines brutalen Schlags auf sein linkes Knie. Während er nach vorn einknickte, zückte er sein Taschenmesser, öffnete es mit einer tausendfach geübten Bewegung, stieß es nach oben und schlitzte das Gesicht des Polizisten vom Kinn bis zur Stirn auf.

Der Mann stieß einen heiseren Schrei aus, während Blut in seine Augen strömte, ließ den Schlagstock fallen und presste beide Hände auf sein zerfleischtes Gesicht. Branco flüchtete stolpernd in die Dunkelheit. Sein Knie brannte, als ob es in flüssiges Blei eingetaucht sei. Sich Schritt für Schritt vorwärtskämpfend, humpelte er zu dem leeren und verlassenen nördlichen Ende des Depots und damit fort von den Lichtern und den Bahnpolizisten, die durch die Schreie sicherlich angelockt würden. Er sah eine rollende Lokomotive. Kein Rangierfahrzeug, sondern eine große Lok mit einer roten Signallaterne an der Rückwand des Tenders. Sie rollte in Richtung der Hauptstrecke. Es war vollkommen egal, wohin sie fuhr – Hartford, Springfield, Boston –, auf jeden Fall verließ sie New Haven. Vor Schmerzen würgend, als ob er sich jeden Moment übergeben müsste, stolperte er so schnell er konnte hinter ihr her, holte sie ein und schwang sich auf die Kupplung an der Rückseite des Tenders. Er spürte, wie die Räder über eine Weiche rumpelten und die Lokomotive nach und nach Tempo aufnahm.

Branco hatte gelernt, dass in Amerika Güterzügen keine Grenzen gesetzt waren. Das Land war riesengroß – dreißig Mal größer als Italien –, aber Tausende Meilen miteinander verflochtener Eisenbahnlinien ließen die Entfernungen schrumpfen. Jemand, der die Eisenbahnen benutzte, konnte in städtischen Little-Italy-Slums oder in Arbeiterbarackendörfern untertauchen. Die Polizei bekam nichts davon mit. Im Gegensatz zu den Carabinieri, die für die gesamte Nation zuständig waren, wussten amerikanische Cops nur über das Bescheid, was in ihrem jeweiligen eigenen Dienstbereich geschah.

Plötzlich zischten Bremsen. Die Räder rutschten kreischend über Stahl, und die Lokomotive hielt an.

Branco hörte jemanden durch die Dunkelheit rennen. Er rutschte von der Kupplung auf die Schwellen hinunter, schlängelte sich unter den Tender und zückte sein Messer. Ein Mann rannte an ihm vorbei. Schuhsohlen klirrten auf Eisensprossen, als er ins Führerhaus hinaufkletterte. Die Bremsen zischten abermals, diesmal jedoch, als sie gelöst wurden, und die Lokomotive setzte sich ruckend wieder in Bewegung. Mittlerweile hatte sich Antonio Branco in eine Nische im Fahrgestell gezwängt, und New Haven blieb hinter ihm zurück.

»Mehr Kohle, Ron! Doug, reich Ron eine Schaufel vom Tender. Larry, Jack, helft Doug!«

»Es gibt keine Schaufeln mehr, Isaac.«

»Dann nimm die Hände.«

Geschwindigkeit war das Wichtigste. Wenn Isaac Bell den Fahrplan für die Nacht richtig verstanden hatte, verkehrte auf der gesamten Strecke nach halb elf Uhr abends kein Zug mehr. Aber der Fahrplan warnte vor Wartungszügen und Schottertransporten, die möglicherweise auf den Gleisen unterwegs waren. Je weniger Zeit er sich auf der eingleisigen Strecke befand, desto besser. Bei sechzig Meilen in der Stunde würde er Farmington in vierzig Minuten erreichen. Er sah auf die Uhr. Fünf Minuten hatte er verloren, als er die Lokomotive wegen Doug angehalten hatte. Und der Geschwindigkeitsmesser zeigte nur vierzig Meilen in der Stunde an.

»Mehr Kohle!«

Die Jungen bildeten eine Kette und reichten Kohlen vom Tender nach vorn in den Führerstand. Ron schaufelte sie daraufhin ins Feuer. Es schien eine Ewigkeit zu dauern, dann jedoch, langsam, aber stetig, nahm der Dampfdruck zu, und der Zeiger des Geschwindigkeitsmessers kroch Stück für Stück weiter, bis er verkündete, dass die Lokomotive mit sechzig Meilen in der Stunde über das Gleis rumpelte. Sobald der Zug dieses Tempo erreicht hatte und – da er keine schweren Wagen ziehen musste – auch hielt, konnte Isaac den Regler in Reiseposition ziehen und seinen erschöpften, rußgeschwärzten und verschwitzten Heizern eine Pause gönnen. Sie nutzten sie, um die Blasen in ihren bislang von schwerer körperlicher Arbeit verschonten Handflächen zu pflegen.

»Was ist das dort vor uns?«

Andy hatte den Kopf aus dem Seitenfenster geschoben, um einen Blick auf das Gleis zu werfen. Bell lehnte sich neben ihm hinaus und gewahrte in der Dunkelheit einen einzelnen matten Lichtpunkt in der Ferne. Er warf einen Blick auf die Uhr und zog seine Landkarte zu Rate. »Das ist die Station Mount Carmel.« Achteinhalb Meilen von New Haven entfernt. Zweiunddreißig Meilen lagen noch vor ihnen. Zu ihrem Glück war das Bahnhofsgebäude dunkel. Der Fahrdienstleiter, der sicherlich umgehend telegrafiert hätte, dass eine einzelne Lokomotive die Strecke unsicher machte, lag schlafend in seinem Bett.

Andy bat um die Erlaubnis, die Dampfpfeife zu betätigen. Bell verbot es ihm. Laut kreischend wie ein Schwarm Banshees durch die Nacht zu rasen – wenn auch nur eine kurze Strecke – wäre ihrem Plan, möglichst unbemerkt Connecticut zu durchqueren, keinesfalls förderlich.

Das Glück blieb ihnen hold, als die 106 die Kleinstadtbahnhöfe in Cheshire, Plantsville und Southington passierte – alle drei waren dunkel und schliefen. Aber die nächste Station war Plainville. Der in Fettschrift gedruckte Ortsname deutete an, dass ein großes Rangier-Depot vor ihnen lag, und tatsächlich: Als die 106 nach einer langgestreckten Kurve auf die Stadt zurollte, sah

Bell, dass Bahnsteig und Bahnhofsgebäude hell erleuchtet waren.

Eisenbahner bevölkerten die Plattform, und er befürchtete sogar, dass sich Arbeiter auf den Gleisen aufhielten. Er griff nach dem Hebel, der die Luftdruckbremsen auslöste. Dann sah er, dass am Signalmast eine weiße Lampe brannte – laut dem Lokomotiven-Handbuch gab sie das reguläre Fahrtsignal.

»Andy, jetzt darfst du pfeifen.«

Andy zog an der Schnur, die vom Dach des Führerstands herabhing. Dampf strömte mit einem ohrenbetäubenden Geheul durch das Ventil aus. Männer auf der Plattform wichen erschrocken von der Bahnsteigkante zurück und verfolgten mit offenem Mund, wie die 106 mit sechzig Sachen durch den Bahnhof Plainville donnerte.

Bell erhob die Stimme, damit ihn alle trotz des Lärms verstehen konnten.

»Das Spiel ist aus!«

Die Jungen machten ihrer Enttäuschung mit einem kollektiven Seufzer Luft. »Was sollen wir jetzt tun, Isaac?«

»Wir biegen in Farmington ins Depot ab und machen uns zu Miss Porter's querfeldein auf den Weg.«

Bell zeigte ihnen den Weg auf seiner Landkarte. Dann verteilte er Fahrkarten für eine einfache Fahrt von Plainville nach New Haven. »Und morgen früh geht es zurück zur Schule.«

»Ich sehe da Lichter vor uns!«, rief Andy, der aus dem Fenster schaute. Bell drosselte die Dampfzufuhr, die Lokomotive wurde langsamer, und er brachte sie mit einem behutsamen Bremsmanöver vollständig zum Stehen.

»Doug, da vorn ist deine Weiche. Beeil dich, sie wissen, dass wir kommen. Andy, Licht aus!«

Andy löschte den Scheinwerfer, und Doug rannte neben dem Gleis voraus, um die Weiche umzustellen und die Lokomotive ins Depot zu lenken, das sich bis zu den ersten Lichtern von Farmington erstreckte. Eine Stille trat ein, die nach dem Stampfen der Kolben beinahe gespenstisch erschien.

»Wartet«, warnte Bell flüsternd. Er hörte das Knirschen von Stiefeln auf Schotter. Dann nahm er im gedämpften Licht der Sterne eine Bewegung wahr.

»Jemand kommt in unsere Richtung!«, sagten Ron und Larry gleichzeitig.

»Wartet«, wiederholte Bell und lauschte angestrengt. »Er bewegt sich in die andere Richtung.« Er gewahrte eine Gestalt, die sich im Laufschritt von der Lokomotive entfernte. »Nur ein harmloser Tramp.«

»Polizei!« Eine Laterne kam schwankend auf sie zu.

Bell sah einen Polizisten durch einen Lichtkegel stolpern. Ein Nachthemd hing halb aus seiner Hose heraus, und er bemühte sich, Hosenträger über die Schultern zu schieben, während er rannte. »Stopp! Stehen bleiben!«

Eine Gestalt huschte durch denselben Lichtkegel, in dem Bell den Bahnpolizisten gesehen hatte.

Die schwankende Laterne änderte die Richtung und folgte dem zweiten Mann.

»Er jagt den Hobo.«

»Nichts wie weg, Leute. Das ist unsere Chance.«

Die Jungen suchten Schutz in der Dunkelheit. Bell blickte zurück. Der Tramp hatte eine seltsame Art zu rennen. Sein rechter Fuß schwang bei jedem Schritt zur

Seite und erinnerte Bell an ein Pferd, das im Trab mit einem Huf seitlich ausschlug.

Ein zweiter Wachmann näherte sich im Laufschritt vom Bahnhofsgebäude. Er blies in eine Alarmpfeife und rannte hinter Bells Schulkameraden her. Bells Gewissen meldete sich. Er machte sich klar, dass es seine Schuld war, dass sie in diesem Depot gestrandet waren. Also rannte er so schnell er konnte hinter ihnen her, bis er zwischen sie und den Wachmann gelangte. Als dieser ihn bemerkte, machte Bell kehrt und rannte in die entgegengesetzte Richtung. Der Trick funktionierte. Der Polizist galoppierte hinter ihm her, und die anderen Jungen verschwanden in Richtung Stadt.

Während Bell auf eine Ansammlung von Frachthäusern und Bekohlungsstationen zusteuerte, hielt er sein Tempo, um seinen Vorsprung nach und nach zu vergrößern. Er lief im Zickzackkurs an den langgestreckten Frachthallen vorbei und nutzte sie als Deckung, um ungesehen zu einer Baumgruppe zu sprinten. Dort versteckte er sich und wartete. Der Frühling war noch zu jung, als dass die Äste und Zweige schon ausgeschlagen hätten. Kein Laub schirmte das helle Licht der Sterne ab, das von seinen Händen reflektiert wurde. Er ließ die Tasche von der Schulter rutschen und stellte sie zwischen die Füße, schlug den Kragen seiner Jacke um sein Gesicht hoch und versteckte die Hände in den Hosentaschen.

Er hörte Schritte. Dann mühsames Atmen. Der Tramp humpelte zwischen die Bäume. Er entdeckte Bell, griff in die Jackentasche und holte blitzartig ein Messer hervor, dessen Klinge im Sternenlicht kurz aufblitzte. Sollte er davonrennen?, überlegte Bell. Nein, entschied er. Auf keinen Fall durfte er dem Messer den Rücken zuwenden. Er hob die Tasche hoch, um das Messer abzuwehren, und ballte eine Hand zur Faust.

Während sie sich in einer Distanz von höchstens drei Metern gegenüberstanden, belauerten sie sich wortlos. Das Gesicht des Hobo war dunkel und unter dem Schirm seiner Mütze kaum zu erkennen. Seine Augen glitzerten wie die eines in die Enge getriebenen Raubtiers. Arme und Beine und der gesamte Körper waren so angespannt wie eine Spiralfeder. Isaac Bell spürte seinen eigenen Körper, jeder Muskel vibrierte.

Die Wachmänner bliesen in ihre Trillerpfeifen. Sie hatten sich zusammengetan, waren weit entfernt und suchten in der falschen Richtung. Der Hobo atmete keuchend. Sein Blick sprang zwischen Bell und den Alarmpfeifen hin und her.

Bell ließ die Schultertasche sinken und öffnete die Faust. Sein Instinkt hatte ihn das Richtige tun lassen. Der Tramp schob das Messer zurück in die Jackentasche und lehnte sich erschöpft an einen Baumstamm.

Bell flüsterte: »Ich zuerst.«

Er schlüpfte zwischen den Bäumen hindurch und entfernte sich.

Als er aus der Deckung eines Heuschobers zum Eisenbahndepot blickte, bemerkte er einen Schatten, der durch den Lichtkreis einer einsamen Lampe zwischen den Frachtlagern huschte. Der Hobo machte sich in der anderen Richtung aus dem Staub.

Jack, ihr notorischer Bedenkenträger, hatte sich gründlich getäuscht.

Als Bells Schulkameraden Kieselsteine gegen die

Mauer des Wohnheims der Old Girls von Miss Porter's School in der Main Street warfen, rissen die Mädchen sofort die Fenster auf und lehnten sich flüsternd und ausgelassen kichernd hinaus. Wer seid ihr? Wo wohnt ihr? Wie seid ihr mitten in der Nacht hierhergekommen?

Während die Jungen noch durch die nächtliche Landschaft stolperten, hatten sie schon entschieden, dass es für ihre Zukunft wohl am besten sei, nicht zu erwähnen, dass sie eine Lokomotive entführt hatten. Also einigten sie sich auf die Version, dass sie einen Sonderzug gemietet hätten, und Miss Porters Schülerinnen waren tief beeindruckt. »Nur um uns zu besuchen?«

»Es war jeden Penny wert«, versicherten Larry und Doug einstimmig.

Plötzlich bog ein hübsches blondes Mädchen in einem weißen wehenden Gewand um die Gebäudeecke und kam über die Wiese auf sie zu.

»Ihr solltet lieber verschwinden. Die Hausmutter hat Miller alarmiert.«

»Wer ist Miller?«

»Der Konstabler.«

Die Yale-Studenten traten eilig den Rückzug an – mit Ausnahme von Bell, der in das Licht trat, das aus dem Fenster drang, und mit einer eleganten Geste seine Mütze zog. »Guten Abend, Mary Clark. Ich freu mich riesig, dich wiederzusehen.«

»Isaac!«

Sie hatten sich einen Monat zuvor während eines gemeinsamen Schulausflugs kennengelernt.

»Was treibst du denn hier?«

»Du bist noch blonder und schöner, als ich in Erinnerung hatte.«

»Da kommt Miller schon. Verschwinde, du Idiot!«

Isaac Bell beugte sich galant über ihre Hand und rannte in die Dunkelheit. Die unvergessliche Miss Mary Clark rief ihm nach: »Ich werde Miller sagen, ihr wärt Studenten von der Harvard.«

Zwei Tage später betrat er das Büro des Bahnhofsvorstehers in New Haven und verkündete: »Ich bin Isaac Bell. Student im ersten Jahr an der Yale. Auf dem Campus gibt es Gerüchte, dass Detektive Ermittlungen wegen der Lokomotive 106 anstellen.«

»Was ist damit?«

»Ich bin derjenige, der sie ausgeliehen hat.«

»Setz dich dorthin! Rühr dich nicht vom Fleck. Die Polizei wird gleich da sein.«

Es dauerte eine Stunde, bis ein frühzeitig ergrauter Detective in einem Nadelstreifenanzug erschien. Er wurde von einem Mann mit massiger Gestalt begleitet, dessen Kopf mit einem Verband umwickelt war, der bis auf ein wütend funkelndes Auge sein gesamtes Gesicht bedeckte. Das Auge musterte Bell prüfend.

»Das ist kein Itaker«, murmelte der Mann unter dem Verband. »Ich hab euch doch gesagt, es war ein Spaghettifresser.«

»Er erzählt, dass er die 106 gestohlen hat.«

»Es interessiert mich nicht die Bohne, ob er einen ganzen verdammten Zug geklaut hat. Er ist auf keinen Fall der italienische Kanake, der mich aufgeschlitzt hat.«

Der grauhaarige Detektiv geleitete den großen Mann hinaus. Zwanzig Minuten später kehrte er zurück. Er setzte sich zu Bell und stellte sich als Detective Eddie Edwards vor. Dann holte er ein Notizbuch aus einer

Jackentasche und schrieb in akkurater Handschrift mit, während er Bells Geschichte aufmerksam lauschte. Drei Mal verlangte er von Bell, sie zu wiederholen. Schließlich fragte er: »Hast du den Itaker gesehen, der dem Bahnpolizisten das Gesicht zerschnitten hat?«

»Nicht in New Haven, aber da war jemand im Depot in Farmington.« Bell schilderte ihm die Begegnung mit dem Hobo mit dem seltsam humpelnden Gang. »Er könnte unter dem Tender versteckt mitgefahren sein.«

»Ich gebe das an die Bahnpolizei weiter. Aber er dürfte es mittlerweile längst bis Boston geschafft haben.« Edwards trug diese neue Information in sein Notizbuch ein und klappte es zu.

Bell machte ein betretenes Gesicht. »Ich fände es schlimm, wenn ich einem Kriminellen zur Flucht verholfen hätte.«

»Jemand, der diesen Bahnpolizisten ausschalten konnte, war ganz sicher nicht darauf angewiesen, dass du ihm dabei hilfst, seinen Verfolgern durch die Lappen zu gehen. Komm, mein Junge, ich bringe dich zur Schule zurück.«

»Sie lassen mich also laufen?«

»Wie durch ein Wunder hat es bei deiner abenteuerlichen Nummer keine Toten oder Verletzten gegeben, und es wurde auch nichts beschädigt. Also hat die New Haven Railroad auch kein Interesse, dem Sohn eines Bostoner Bankiers, bei dem sie vielleicht irgendwann einen Kredit aufnehmen muss, Schwierigkeiten zu machen.«

»Woher wissen Sie, dass mein Vater Bankier ist?«

»Ich habe einem Kollegen in Boston telegrafiert.«

Sie gingen die Chapel Street hinauf, wobei Bell Detective Eddie Edwards' Fragen nach Sehenswürdigkeiten in New Haven und Umgebung beantwortete. In Höhe der Green Street meinte Edwards: »Sag mal, ganz unter unter uns, wie viele Kumpels hast du gebraucht, um diese Sache durchzuziehen?«

»Ich hab's allein getan«, sagte Bell.

Eddie Edwards musterte den jungen Studenten prüfend. Bell erwiderte den fragenden Blick. Edwards faszinierte ihn. Dieser Detective war im Gegensatz zu dem bedauernswerten Eisenbahnpolizisten, dessen Gesicht zersäbelt worden war, geradezu elegant gekleidet. Und er war ein menschliches Chamäleon mit seinem lässigen, freundlichen Umgangston, der einen scharfen analysierenden Blick und einen noch schärferen, wachsamen Verstand kaschierte. Er war deutlich jünger, als sein volles, fast weißes Haar vermuten ließ. Bell fragte sich, wo er seine Waffe haben mochte. In einem Schulterhalfter, vermutete er. Aber davon war nichts zu sehen.

»Schwer zu glauben, dass du das allein geschafft hast«, sagte Edwards nachdenklich. »Aber ich habe großen Respekt vor jedem, der für seine Freunde einsteht.«

»Um ehrlich zu sein«, sagte Bell, »selbst wenn mich Freunde begleitet hätten, wäre es ganz allein meine Idee gewesen.« Er zeigte dem Detective seine Landkarten, die Waltham-Uhr und den Fahrplan. »Kennen Sie Grimshaws Lokomotiven-Handbuch?«

»Gute Antwort, Junge. Und die Beweise lieferst du gleich mit. Und wechselst geschickt das Thema, mit nur einer einzigen Frage. Du wärst ein ganz schön ausgebuffter Gauner.«

»Könnte ich auch ein ausgebuffter Detektiv sein?«

Ein Lächeln spielte um Edwards' Lippen, während

er ernst und mit Nachdruck erwiderte: »Detektive helfen den Menschen, sie vergreifen sich nicht an ihrem Eigentum.«

»Mr. Edwards, sagten Sie nicht vorhin, dass Sie nicht bei der Eisenbahn angestellt sind?«

»Die Eisenbahnlinien rufen uns immer zu Hilfe, wenn es darum geht, besonders gerissene Übeltäter zu überführen.«

»Und für wen arbeiten Sie?«

Edwards straffte die Schultern und richtete sich zu seiner vollen Größe auf.

»Ich bin ein Van-Dorn-Detektiv.«

ELF JAHRE SPÄTER
1906

BUCH I

CAPTAIN COLIGNEYS

TEEKRÄNZCHEN

1

Little Sicily, New York City
Elizabeth Street, zwischen Prince und Houston, der »Black Hand Block«

Die Black Hand hielt die zwölfjährige Maria Vella in einem Taubenschlag auf dem Dach eines Mietshauses in der Elizabeth Street gefangen. Die Gangster befreiten sie von dem Knebel, damit sie nicht erstickte. Nicht einmal ein so reicher Bauunternehmer wie ihr Vater würde für ein totes Mädchen Lösegeld zahlen, meinten sie und lachten, als hätten sie einen besonders guten Witz gemacht. Aber wenn sie es doch wagen sollte, um Hilfe zu rufen, meinten sie, dann würden sie sie schlagen. Nach einem brutalen Ruck an einem ihrer glänzenden Zöpfe quollen Tränen aus ihren Augen.

Sie versuchte das rasende Hämmern ihres Herzens zu bremsen, indem sie die Vögel beobachtete, immer in der Hoffnung, dass ihr friedlicher Anblick sie beruhigte. Sie gurrten leise, als ob sie sich miteinander unterhielten, unbeeindruckt vom Lärm des sichtlich heruntergekommenen Stadtviertels. Dabei ließen sie sich durch das Stimmengewirr und die lauten Rufe auf der Straße, das Gedudel einer Drehorgel und das Rattern und Surren der Nähmaschinen im Haus unter ihnen nicht stören. Dank der Spalten in einer Bretterwand, durch die Licht und Luft hereindrang, konnte sie erkennen, dass der

Taubenschlag dicht neben der hohen Brüstung stand, die das Dach einrahmte. Gab es auf der anderen Seite dieser Brüstung jemanden, der ihr helfen könnte? Sie flüsterte ein Ave-Maria, um sich Mut zu machen.

»… Santa Maria, Madre di Dio,
prega per noi peccatori,
adesso e nell'ora della nostra morte …«

Sie schob einen Vogel aus dem Weg, kletterte auf seinen Nistkasten und stieg auf den nächsten, bis sie auf ein Mietshaus auf der gegenüberliegenden Straßenseite blicken konnte, unter dessen Fenstern frisch gewaschene Wäsche zum Trocknen aufgehängt worden war. Sie kletterte höher und drückte den Kopf gegen die Decke, sodass ein Abschnitt des Bürgersteigs vier Stockwerke unter ihr in ihr Blickfeld geriet. Dort wimmelte es von Einwanderern. Fliegende Händler, Straßenkinder, Frauen, die in den zahlreichen Geschäften einkauften – nicht einer von ihnen konnte ihr helfen. Das alles waren Sizilianer, aus Europa übergesiedelte Arbeiter und Bauern, bettelarm, die sich vor den Obrigkeiten ihrer neuen Heimat mindestens genauso fürchteten, wie sie selbst vor ihren Entführern Angst hatte.

Sie klammerte sich an den beruhigenden Anblick von Menschen, die ihrem friedlichen Alltag nachgingen, einer Hausfrau, die mit einem frisch geschlachteten Huhn aus dem Metzgerladen kam, Arbeitern, die Wein und Bier trinkend auf der Eingangstreppe des Kips Bay Saloon saßen. Ein Lieferwagen ratterte vorbei, rot und grün lackiert und mit dem Namen des Inhabers – Branco's Grocery – in großen goldenen Lettern auf den

Seitenflächen. Antonio Branco hatte die Baufirma von Marias Vater beauftragt, unter seinem Warenlager in der Prince Street einen zusätzlichen Keller anzulegen. So nah und doch so unerreichbar weit entfernt, tastete sich der Wagen an den Schubkarren vorbei und verschwand außer Sicht.

Plötzlich entstand auf dem Bürgersteig eine Bewegung, und die Passanten zerstreuten sich. Ein irischer Polizist mit einem Helm auf dem Kopf und in blauer Uniform, deren Messingknöpfe auf Hochglanz poliert waren, näherte sich. In einer Hand hielt er einen Gummiknüppel, mit dem er spielerisch gegen seinen Oberschenkel klopfte. Maria schöpfte Hoffnung. Aber wenn sie jetzt schrie, würden ihre Hilferufe tatsächlich laut genug durch die Spalten des Holzverschlags dringen, ehe die Entführer erschienen und sie zum Schweigen brachten? Sie fand nicht den Mut, ihr Glück zu versuchen. Der Polizist marschierte vorbei. Die Bewohner des Viertels füllten den freien Raum, der sich um ihn herum gebildet hatte.

Ein hochgewachsener Mann erschien aus dem Eingang des Kips Bay Saloon.

Er war gertenschlank und trug eine Arbeiterkluft, darüber einen schäbigen Mantel und auf dem Kopf eine Schiebermütze. Er blickte über die Straße und an dem Mietshaus hoch. Jetzt fixierte er die Dachbrüstung. Für eine Sekunde hatte Maria das Gefühl, als blickte er ihr direkt in die Augen. Aber woher sollte er wissen, dass sie in dem Taubenschlag eingesperrt war? Er nahm die Mütze ab, als gebe er jemandem ein Zeichen. In diesem Augenblick stieg die Sonne über eine Dachkante, und ein Lichtstrahl wurde von seinem goldblonden Haarschopf reflektiert.

Er trat vom Bürgersteig auf die Fahrbahn und war nicht mehr zu sehen.

Der stiernackige Sizilianer, der dicht hinter der Eingangstür postiert war, blockierte die Vorhalle und den Flur des Mietshauses. Ein Totschläger flog auf sein Gesicht zu. Er wich ihm aus und geriet mitten in die Bahn einer Faust, die in seiner Magengrube landete und ihn mit einem lautlosen Seufzer zusammenklappen ließ. Der Totschläger – ein mit Bleischrot gefüllter Lederbeutel – landete mit einem dumpfen Knall auf dem Knochen hinter seinem Ohr, und er sackte zu Boden.

Am oberen Ende von vier dunklen, engen Treppenfluchten bewachte ein anderer Sizilianer die Leiter, die aufs Dach führte. Er grapschte sich eine Pistole aus seinem Gürtel. Eine Messerklinge blitzte auf. Er erstarrte, den Mund vor Schmerz und Erstaunen weit aufgerissen, und starrte auf das Wurfmesser, das aus seiner Hand ragte. Der Totschläger beendete die Begegnung, ehe er auch nur einen Schrei ausstoßen konnte.

Der Kidnapper auf dem Dach hörte das Knarren der Leiter. Er riss bereits die Tür des Taubenschlags auf, als der Totschläger mit der Geschwindigkeit und Wucht des perfekten Strikeout-Balls eines Spitzenpitchers gegen seinen Hinterkopf krachte. Stark und unaufhaltsam wie ein wilder Eber stürmte er in den Holzverschlag und ergriff das kleine Mädchen. Sein Stilett glitzerte, dann drückte die nadelscharfe Spitze gegen die Kehle seiner Gefangenen. »Ich stoße zu.«

Der hochgewachsene goldblonde Mann blieb stocksteif stehen, beide Hände leer. Verschreckt und gelähmt vor Angst konnte Maria in diesem Augenblick nichts anderes denken, als dass er einen buschigen Schnurrbart hatte, den sie vor ein paar Minuten, als er den Saloon verließ, nicht gesehen hatte. Er war so makellos getrimmt, als ob der Mann soeben beim Friseur gewesen wäre.

Er nannte ihren Namen mit einer tiefen, volltönenden Stimme.

Dann sagte er: »Schließ ganz fest die Augen.«

Sie vertraute ihm und kniff die Augen zu, so fest sie konnte. Sie hörte, wie der Mann, der sie festhielt und brutal gegen seine Brust drückte, abermals drohend rief: »Ich töte sie!« Sie spürte, wie das Messer ihre Haut ritzte. Eine Pistole knallte wie eine Kanone. Dann spritzte ihr eine heiße Flüssigkeit ins Gesicht. Der Kidnapper ließ sie los und sackte nach hinten. Sie wurde von einem starken Arm aufgefangen und aus dem Taubenschlag hinausgetragen.

»Das war sehr tapfer von dir, wie du die Augen zugemacht hast, kleine Lady. Du kannst sie wieder öffnen.« Sie fühlte, wie das Herz des Mannes schlug. Es pochte so heftig, als ob er eine weite Strecke gerannt wäre oder genauso große Angst gehabt hätte wie sie. »Du kannst sie wieder aufmachen«, wiederholte er leise. »Alles ist okay.«

Sie standen auf dem offenen Dach. Er wischte ihr Gesicht mit einem Taschentuch ab, und die Tauben schwangen sich in einen Himmel hinauf, der niemals so blau sein würde wie seine Augen.

»Wer sind Sie?«

»Isaac Bell. Von der Van Dorn Detective Agency.«

2

»Es ist das bedeutendste und umfangreichste technische Projekt der Geschichte. Haben Sie irgendeine Vorstellung, was es kosten wird, Branco?«

»Ich habe in einer Zeitung etwas von einhundert Millionen Dollar gelesen, Mr. Davidson.«

Davidson, der für die Arbeitslager zuständige Aufseher der Contractors' Protective Organisation, lachte schallend. »Am Ende, wenn alle Arbeiten abgeschlossen sind, wird das Water Supply Board einhundertfünfundsiebzig Millionen ausgegeben haben. Das sind zwanzig Millionen mehr, als der Panamakanal gekostet hat.«

Ein kalter Wind und ein klarer Himmel verhießen einen frühen Wintereinbruch in den Catskill Mountains. Aber die Morgensonne war hell und warm. Die Männer aus der Stadt hatten die Mäntel geöffnet und standen nebeneinander auf einem Gerüst über der ersten Stufe eines riesigen Staudamms hoch über einem Fluss. Auf der Baustelle wimmelte es von Arbeitern, aber dröhnende Löffelbagger und Schwerlastkräne garantierten, dass niemand sie belauschen konnte, während sie ihre privaten Nebengeschäfte verhandelten.

Der Oberaufseher hakte die Daumen in seine Westentaschen. »Sauberes Wasser für sieben Millionen Menschen.« Er pumpte seine Brust und seinen Bauch auf und blickte triumphierend zu der weit entfernten City von New York, als würde er einhundert Meilen des

Catskill Aqueducts mit seinen eigenen Händen graben. »Allein dank der Schwerkraft wird Wasser aus den Catskills aus einem Wasserkran einer Küche im fünften Stock fließen können.«

»Ein Riesenvorhaben«, sagte Branco.

»Wir müssen den Bau fertigstellen, ehe das Wasser knapp wird. Einwanderer drängen scharenweise in die Stadt und saufen den Croton leer.«

Das hinter ihnen liegende Tal glich einer vom Wind umtosten Staubschüssel – meilenweit gerodete Farmen und geschleifte Dörfer, Kirchen, Scheunen, Häuser und entwurzelte Bäume – die am Ende, wenn der Damm errichtet war und der Fluss sie gefüllt hatte, als Ashokan Reservoir der größte Stausee der Welt wäre. Unten strömte der Esopus River ungehindert durch Rohre mit knapp drei Metern Durchmesser, bis man den Damm schließen würde. Vor den Männern lag die Route des Catskill Aqueducts – einhundert Meilen Wasserleitung mit einem größeren Umfang als Eisenbahntunnel –, die sie in Gräben verlegen, unter Flüssen hindurchführen und durch Berge hindurch sprengen würden.

»Doppelt so lang wie die großen Aquädukte des Römischen Reichs.«

Antonio Branco hatte die englische Sprache bereits als Kind erlernt. Aber wenn es für ihn nützlich war, konnte er so tun, als beherrschte er sie nur bruchstückhaft. »Iste eine große Loch in Erde«, kommentierte er mit dem varietébühnenhaften italienischen Akzent, den der Amerikaner von einen dummen Einwanderer, der nach Strich und Faden geschröpft werden sollte, erwartete.

Er hatte bereits ein beträchtliches Schmiergeld für

diesen Ausflug hierher bezahlt, um mit dem Oberaufseher zusammenzutreffen. Nachdem er abermals bezahlt hatte, diesmal mit seiner Würde, stellte er sich vor, die Weste des Mannes einen Zentimeter über seiner Uhrkette aufzuschlitzen. Zuzustoßen und wieder herauszuziehen. Die Leiche würde zwanzig Meter tief abstürzen, würde durch Stromschnellen mitgerissen werden und wäre am Ende so übel zugerichtet, dass kein amtlicher Leichenbeschauer eine mikroskopisch kleine Einstichwunde entdecken könnte.

Tod durch Herzschlag.

Aber nicht an diesem Vormittag. Hier ging es um viel, er durfte die günstige Gelegenheit nicht verstreichen lassen. Sklaven hatten die römischen Aquädukte erbaut. New Yorker benutzten dazu Löffelbagger, Dynamit und Druckluft – und Tausende italienischer Arbeiter. Tausende Bäuche, die gefüllt werden mussten.

»Sie müssen verstehen, Branco, Sie haben Ihr Angebot zu spät vorgelegt. Die Verträge zur Belieferung der firmeneigenen Kaufläden waren bereits unterzeichnet.«

»Wie ich gehört, gab es noch in letzte Minute Schwierigkeiten.«

»Schwierigkeiten? Das kann man wohl sagen, dass es Schwierigkeiten gab! Dem verdammten Narren wurde in einem Freudenhaus die Kehle aufgeschlitzt.«

Branco bekreuzigte sich. »Ich bieten also meine Dienste erneut an, die italienischen Arbeiter mit Lebensmitteln aus Heimat zu versorgen.«

»Wenn Sie den Vertrag ergattern könnten, wie würden Sie liefern? New York ist weit entfernt.«

»Ich liefern auf dem Hudson River. Mit Dampfer der Albany Night Line nach Kingston. Und von Kingston mit Ulster & Delaware Railroad zum Arbeitslager in Brown's Station.«

»Hm... Yeah, ich denke das wäre eine Möglichkeit, wie Sie es versuchen könnten. Aber warum transportieren Sie die Ware nicht in einem Frachter von New York direkt zum Dock der Ulster & Delaware?«

»Mit einem Frachter würde klappen«, sagte Branco in einem unverbindlichen Tonfall, als ob ihn dieses Thema nicht mehr interessiere.

»So wollte es nämlich der Knabe tun, der getötet wurde. Er meinte, ein Frachter könnte unterwegs am Storm King Mountain anlegen und Makkaroni für die Arbeiter im Siphon ausladen. Eine Menge Italiener graben sich dort unter dem Fluss hindurch. Mindestens genauso viele malochen im Siphon auf der anderen Seite. Abends kann man sie hören, wenn sie auf ihren Mandolinen und Ziehharmonikas musizieren.«

»Noch ein Zwischenstopp lässt sich auch am Breakneck Mountain einlegen«, sagte Branco. »Gute Idee.«

»Ich kenne jemanden, der einen Frachter besitzt«, meinte Davidson beiläufig.

Antonio Brancos Pulsschlag beschleunigte sich. Ihre Verhandlungen, um die größte Baustelle in Amerika mit Lebensmitteln zu versorgen, hatten begonnen.

Ein Pflasterstein flog klirrend durch das Fenster, und Glasscherben ergossen sich auf Maria Vellas Bettdecke. Ihre Mutter platzte schreiend in das Zimmer hinein. Ihr Vater drängte sich dicht hinter ihr durch die Tür, zog sie aus dem Bett, drückte sie an sich und versuchte gleichzeitig, ihre Mutter zu beruhigen. Maria fing seinen Blick auf. Dann deutete sie stumm und am ganzen Leib zitternd auf den Stein, der auf dem Teppich lag und in ein Stück Papier und eine Schnur eingewickelt war. Giuseppe Vella öffnete den Knoten der Schnur und strich das Papier glatt. Darauf befanden sich eine grobe Zeichnung von einem Dolch, der einen Totenkopf durchbohrte, und außerdem die Silhouette einer schwarzen Hand.

Vella las das Geschriebene, gleichermaßen vor Wut und vor Angst zitternd. Die Schweine wagten es, seinem armen Mädchen zu drohen:

»Liebes Kind bestell deinem Vater Lösegeld muss gezahlt werden. Du bist gesund nach Hause gekommen wie versprochen. Sag deinem Vater, er Mann von Ehre.«

Der Rest war an ihn selbst gerichtet:

»Nimm dich in Acht, Vater der Kleinen. Glaube nicht, dass wir tot sind. Wir meinen es ernst. Unter der Brooklyn Bridge an der South Street. Zehntausend. PLUS zusätzlich eintausend für Schäden, die du hinterlassen hast. Halte nur den Mund. Deine Kleine ist sicher zu Hause. Wenn du kein Geld bringst, nehmen wir uns deine Baustelle vor.«

»Sie verlangen noch immer das Lösegeld«, sagte er zu seiner Frau.

»Bezahl es«, erwiderte sie schluchzend. »Bezahl, oder sie werden uns niemals in Ruhe lassen.«

»Nein!«

Seine Frau bekam einen hysterischen Anfall. Hilflos sah Giuseppe Vella seine Tochter an.

Das Mädchen sagte: »Geh zu Signore Bell.«

»*Mr.* Bell«, verbesserte er sie. Er fühlte sich machtlos, und das machte ihn rasend. Er wollte die Van Dorn Detective Agency engagieren, damit sie ihn und seine Familie schützte. Aber Außenstehende hineinzuziehen und um Hilfe zu bitten war riskant. »Du bist Amerikanerin. Sprich Amerikanisch. *Mr.* Bell. Nicht *Signore.*«

Das Kind zuckte bei seinem lauten Tonfall zusammen. Er erinnerte sich an seinen eigenen Vater, der ein wahrer Tyrann im Hause gewesen war, und dann senkte er schuldbewusst den Kopf. Er war zu modern, zu amerikanisch, um ein Kind einzuschüchtern. »Es tut mir leid, Maria. Mach dir keine Sorgen. Ich werde Mr. Bell aufsuchen.«

3

Von dem Tag an, an dem John Jacob Astor IV das fünfzehnstöckige Beaux-Arts-Gebäude an der Ecke 42nd Street und Broadway eröffnete, war das Knickerbocker Hotel ein Riesenerfolg. Der große Enrico Caruso machte es zu seiner Dauerresidenz, da er dort nur drei kurze Blocks vom Metropolitan Opera House entfernt war, wie auch die Koloratursopranistin Luisa Tetrazzini, die »Florence Nightingale«, die den Chefkoch des Knickerbocker zu einem neuen Makkaronigericht inspirierte, das er *Tacchini alla Tetrazzini* nannte.

Vor beiden Ereignissen, Monate vor der offiziellen Eröffnung, war Joseph Van Dorn mit der New Yorker Filiale seiner Privatdetektei in eine luxuriöse Suite im ersten Stock am Ende der prunkvollen Treppe eingezogen. Er handelte einen Mietnachlass aus, indem er in Gestalt von Hausdetektiven für den Schutz des Hotels sorgte. Van Dorn vertrat die Theorie, die sich bereits in seinem nationalen Hauptbüro im Palmer House in Chicago und in seiner Filiale im New Willard Hotel in Washington, D.C., als erfolgreich erwiesen hatte, dass sich nämlich aufwändig gestaltete Büroräume dadurch bezahlt machten, dass sie seinen Klienten signalisierten, dass sie für die hohen Honorare, die er verlangte, auch besondere Leistungen erwarten konnten. Ein Hintereingang, erreichbar durch die Küche und eine Hintertreppe, blieb für solche Klienten reserviert, die die meistbesuchte Hotellobby der Stadt meiden wollten, wenn sie die Büros aufsuchten, um delikate private Angelegenheiten zu besprechen, oder für Informanten, die laufende Ermittlungen unterstützten, sowie für verdeckte Ermittler.

Diesen Eingang benutzte Giuseppe Vella, als er Isaac Bell aufsuchte.

Der hochgewachsene Detektiv begrüßte den italienischen Bauunternehmer herzlich im Empfangsbereich der Detektei. Er erkundigte sich, wie es Maria und ihrer Mutter ging und verweigerte abermals die Annahme einer zusätzlichen Belohnung neben dem von Van Dorn festgesetzten Honorar. Freundlich, aber mit Nachdruck erklärte er: »Sie haben Ihre Rechnung termingerecht bezahlt und dürfen sich daher als ein besonders geschätzter Klient betrachten.«

Bell geleitete den Italiener in die geschäftige Schaltzentrale des Büros, den Bereitschaftsraum der Detektive, die einem modernen Wall-Street-Unternehmen ähnelte und mit Kerzentelefonen, Sprechrohren, klappernden Schreibmaschinen, einem Diktiergerät und einer Stenografiermaschine ausgestattet war. Eine Morsetaste verband die Filiale mittels einer Privatleitung mit Chicago, mit Außenbüros im ganzen Land und auch mit Washington, wo der Boss die meiste Zeit damit verbrachte, sich um Regierungsaufträge zu bemühen.

Bell okkupierte einen freien Schreibtisch, besorgte einen Stuhl für Vella und untersuchte den Erpresserbrief der Black Hand. Unbeholfen formulierte Drohungen waren mit groben Zeichnungen auf einem Bogen Schreibpapier von bester Qualität illustriert worden.

Vella sagte: »Der Brief war mit einer Schnur um den

Stein gewickelt, den sie durchs Fenster geworfen haben.«

»Haben Sie die Schnur mitgebracht?«

Vella zog ein Stück Metzgergarn aus der Tasche.

Bell sagte: »Ich werde mich sofort um diese Angelegenheit kümmern und mich darüber mit Mr. Van Dorn beraten.«

»Ich habe Angst um meine Familie.«

»Nachdem wir telefoniert haben, habe ich Männer in die 13th Street geschickt, um Ihr Haus zu bewachen.«

Bell versprach, Vella noch am gleichen Nachmittag auf seiner augenblicklichen Baustelle, einem Aushub für die neue Kirche Mariä Verkündigung in der 128th Street in Harlem, anzurufen. »Übrigens, sollten Sie bemerken, dass Sie beschattet werden, wird es nur dieser Detektiv dort drüben sein.« Er lenkte Vellas Blick auf einen Mann im Bereitschaftsraum. »Archie Abbott wird Sie im Auge behalten.«

Der elegant gekleidete rothaarige Detektiv Abbott sah für Vella wie ein Fifth-Avenue-Dandy aus, bis er automatische Pistolen in zwei Schulterhalftern verstaute, seine Taschen mit Reservemagazinen vollstopfte, einen Totschläger einsteckte und seinen mit einem goldenen Knauf verzierten Gehstock mit einer Schrotpatrone lud.

Isaac Bell brachte den Black-Hand-Brief in Joseph Van Dorns persönliches Büro. Es befand sich in einem Eckzimmer mit einem Rosenholzschreibtisch im Art-Nouveau-Stil, bequemen Ledersesseln, einem ungehinderten Blick auf die Bürgersteige vor den Hoteleingängen und einem Türspion, um Besucher im Empfangsbereich zu inspizieren.

Van Dorn war ein Ire Mitte vierzig, mit beginnender Glatze, gewölbtem Brustkorb und ausgeprägter Leibesfülle, dichtem hellrotem Backenbart, Schnäuzer und der von einer rauen Schale getarnten durchaus liebenswürdigen Ausstrahlung eines wohlhabenden Geschäftsmannes, der schon früh in seinem Leben vom Erfolg verwöhnt wurde. Überaus ehrgeizig, besaß er die Fähigkeit, sein Glück auszukosten, eine Fähigkeit, die Bell bei Fremden und Bekannten bisher eher selten angetroffen hatte. Er hatte außerdem die Gabe, andere Menschen für sich zu gewinnen und Freundschaften zu schließen, was für seine Detektei von großem Vorteil war. Sein herzliches Auftreten kaschierte ein präzise und bärenfallenschnell schaltendes Gehirn und ein erstaunlich zuverlässiges Gedächtnis für die Gesichter und Gewohnheiten von Kriminellen, deren Existenz er als einen persönlichen Affront betrachtete.

»Ich freue mich über jeden Auftrag«, sagte Van Dorn. »Aber weshalb wendet sich Mr. Vella mit seinen Problemen nicht an Joe Petrosinos *Italian Squad*?«

Detective Joe Petrosino von der New York Police, ein zäher Veteran mit zwanzig Dienstjahren und einer Verhaftungs- und Verurteilungsbilanz, um die ihn das gesamte Department beneidete, hatte erst vor kurzem von Commissioner Bingham die Genehmigung erhalten, eine Spezialeinheit von Ermittlern aufzustellen, die die italienische Sprache beherrschten, um den Kampf gegen das Verbrechen in den von sizilianischen, neapolitanischen und kalabresischen Einwanderern bewohnten Stadtvierteln zu intensivieren.

»Vielleicht weiß Mr. Vella, dass im gesamten New York Police Department nur fünfzehn Italiener Dienst tun.«

»Petrosino ist für seinen Job wie geschaffen«, gab ihm Van Dorn recht. »Diese Black-Hand-Plage gerät zusehends außer Kontrolle.« Er deutete auf einen Stapel Zeitungsausschnitte, die Isaac Bell von der Recherche-Abteilung für den Boss hatte zusammentragen lassen. »Obststände zu sprengen, Schubkarren anzuzünden und arme unwissende Immigranten zu terrorisieren, das sind noch die geringsten Vergehen. Mittlerweile haben sie italienische Bankiers und Geschäftsleute im Visier. Wir werden wohl niemals erfahren, wie viele reiche Eltern ihre Kinder in aller Stille freigekauft haben, aber ich wette, dass es genug sein dürften, um Kidnapping zu einem lukrativen Geschäftszweig zu machen.«

Bell reichte Van Dorn den Black-Hand-Brief über den Schreibtisch.

Van Dorns Wangen röteten sich, als Zorn in ihm hochloderte. »Sie haben sich tatsächlich an das kleine Mädchen gewandt! Was muss das für ein Abschaum sein, dass sie einem Kind derart Angst machen!«

»Sehen Sie sich das Papier an.«

Van Dorn rieb mit den Fingern darüber. »Spitzenqualität. Bütten, handgeschöpft. Holzfrei, kein Zellstoff.«

»Kommt Ihnen das nicht bekannt vor?«

»Der gleiche Sprachstil wie bei dem ersten Erpressungsschreiben, wenn ich mich richtig erinnere.«

»Sonst noch etwas?«

»Erstklassiges Schreibpapier.« Er hielt den Briefbogen gegen das Licht. »Ich frage mich, woher sie es haben. Man sollte sich mal das Wasserzeichen ansehen.«

»Ich habe der Recherche-Abteilung bereits entsprechende Anweisungen gegeben.«

»Jetzt bedrohen sie also sein Unternehmen.«

»Auf einer Baustelle einen ›Unfall‹ herbeizuführen ist nicht schwierig.«

»Es sei denn, es ist ein Täuschungsmanöver, während sie versuchen, sich seine Tochter ein zweites Mal zu holen.«

»Wenn sie das tun«, sagte Bell, »bekommen sie es mit Harry Warrens Gang Squad zu tun. Harry hat die gesamte 13th Street unter Kontrolle.«

Im Anflug eines Lächelns entblößte Van Dorn seine Zähne. »Gut… Aber wie lange kann ich es mir leisten, Harrys Leute von den Banden abzuziehen. Die ›Gophers‹ und die ›Wallopers‹ laufen Amok, und die Italiener werden von Tag zu Tag dreister.«

»Eine spezialisierte Van Dorn Black Hand Squad«, sagte Bell, »würde Ihren Bandenexperten wieder ermöglichen, sich auf die Straßengangs zu konzentrieren.«

»Ich lasse es mir durch den Kopf gehen«, sagte Van Dorn.

»Wir könnten um einiges wirkungsvoller gegen die Black Hand vorgehen.«

»Ich sagte, dass ich darüber nachdenken werde.«

Isaac Bell wandte sich von der U-Bahn-Station 125th Street in Richtung Innenstadt und marschierte durch ein schnell wachsendes junges Stadtviertel, in dem neu erbaute Krankenhäuser, Apartmentblocks, Mietshäuser, Theater, Schulen und Pfarreien die Scheunen und Baracken Harlems verdrängten. Er war einen Block von der 128th Street entfernt und näherte sich gerade einem hohen zerklüfteten Schutthügel, der neben Giuseppe Vellas Baugrube für das Fundament der Kirche Mariä Verkündigung aufragte, als die Erde unter seinen Füßen erbebte.

Er hörte eine gewaltige Explosion. Der Bürgersteig kräuselte sich wie eine von Wellen bewegte Wasserfläche. Ein Kirchturm geriet ins Schwanken. Nonnen flüchteten in Panik aus dem Gebäude, und die Klinkerfahrbahn der Convent Avenue wogte bereits wie ein Ozean.

Erst im vorangegangenen Frühjahr hatte Bell das Große Erdbeben in San Francisco überstanden, als er mitten in der Nacht plötzlich aus dem Schlaf gerissen worden war und miterleben musste, wie Wohnzimmer und Klavier seiner Verlobten auf die Straße hinabstürzten. Jetzt, hier in Manhattan, geriet er innerhalb von wenigen Monaten in sein zweites Erdbeben. Etwa dreißig Meter Straße lösten sich vor seinen Augen auf. Dann flogen Ziegelsteine in die Luft, von gigantischen Trinkwassergeysiren bis zu den Dächern der Häuserzeilen emporgeschleudert.

Es war kein Erdbeben, sondern eine Springflut.

Innerhalb von Sekunden füllte ein Fluss die Convent Avenue.

Es konnte sich nur um eine Quelle handeln, aus der diese reißenden Fluten stammten. Der nördlich in Westchester gelegene Croton-Stausee versorgte das Central Park Reservoir in New York City über unterirdische Hauptleitungen. Die Explosion in Giuseppe Vellas Baugrube – eine durch falsche Berechnung oder Sabotage zur Zündung gebrachte riesige Dynamit-»Überladung« – hatte die Leitungen aufgesprengt. In diesem Augenblick erschien die von den Planern des Catskill Aqueduct prophezeite Wasserknappheit vollkommen unglaubwürdig.

Eine Wasserwand brach aus der Convent Avenue hervor und raste durch die Häuserschlucht, zertrümmerte Parterrefenster und schwemmte Männer, Frauen und Pferde um die Häuserecken und in die Nebenstraßen. Die Geschwindigkeit war erschreckend. Sie war schneller als ein Expresszug. Hatte Isaac Bell im letzten Moment noch den Lenker eines Lastfuhrwerks, das von der eisigen Flut überspült wurde, von seinem Kutschbock herunter und in eine trügerische Sicherheit ziehen können, so wurde er in der nächsten Sekunde selbst erfasst und in die 127th Street gerissen. Mühsam kämpfte er sich an die Oberfläche und schwamm auf einem schäumenden Wellenkamm, der reihenweise Baracken hinwegfegte, den ganzen Block entlang bis zur Amsterdam Avenue.

Dort stürzten die Wassermassen bergab und folgten dem abfallenden Gelände nach Süden. Bell arbeitete sich aus dem Strom heraus, bekam einen Laternenpfahl zu fassen und zog sich daran hoch. Feuerwehrleute aus einer Feuerwache in der Nähe wateten in die Flut, um Menschen herauszuziehen und aufs Trockene zu bringen.

Bell rief: »Wo sind die Wassersperren?«

»In der Amsterdam oben an der 135th.«

Bell sprintete die Amsterdam Avenue hinauf, als ginge es um sein Leben.

Fünfhundert Meter oberhalb des Lecks in der Hauptleitung gelangte er zu einem wuchtigen neoromanischen Ziegel- und Granitbauwerk. In den Türsturz über den Eisentüren waren die Lettern WATER DEPARTMENT eingraviert. Seinen Dimensionen nach zu urteilen musste dieses Gebäude der Hauptverteilungspunkt für die Wasserreservoire in Westchester sein. Er stürmte hinein. Tonnenweise strömte Croton-Wasser aus einem tief unter dem Gebäude liegenden Sammelgewölbe in gusseiserne Rohre mit mehr als einem Meter Durchmesser. Die Rohre waren mit großen Rädern für die Absperrventile versehen, mit denen der Zufluss zu den Hauptleitungen reguliert wurde, die sieben Blocks weiter südlich geborsten waren.

Bell entdeckte einen Mann, der sich an den Rädern abmühte. Er kletterte im Eiltempo eine stählerne Leiter hinab und traf auf einen erschöpften Techniker mittleren Alters, der gerade verzweifelt versuchte, alle vier Absperrklappen gleichzeitig zu schließen. Mühsam rang er nach Luft und sah aus, als stünde er dicht vor einem Herzinfarkt. »Ich weiß nicht, was meinem Helfer zugestoßen ist. Er kommt nie zu spät und hat bisher nicht einen einzigen Tag gefehlt.«

»Zeigen Sie mir, wie ich helfen kann!«

»Ich kann die Sperren nicht allein schließen. Dazu sind zwei Mann nötig.«

Da die Dynamitexplosion kein Unglück war, dachte Bell, sondern ein von der Black Hand inszenierter Anschlag, um Giuseppe Vella die Schuld, ein ganzes Stadtviertel überflutet zu haben, in die Schuhe zu schieben, war die Wahrscheinlichkeit groß, dass die Erpresser den Helfer ausgeschaltet und in seinem Blut in irgendeiner Gasse hatten liegen lassen.

»Dieses Rad ist festgefroren.«

Isaac Bell stemmte sich mit seinem gesamten Gewicht und seiner Muskelkraft gegen das Rad und zog an der Speiche. Der Techniker packte ebenfalls zu, und dann kämpften sie mit vereinten Kräften. Millimeter für Millimeter gab das Rad nach, bis sich die Klappe mit einem metallischen Quietschen schließen ließ.

»Diese gottverdammten Italiener. Ich habe sie immer wieder gewarnt, nicht zu viel Dynamit zu nehmen. Ich wusste, dass so etwas passieren würde.«

Sobald sie das letzte Durchlassventil geschlossen hatten, kehrte Bell auf kürzestem Weg zu Vellas Baugrube zurück.

Die Straßen waren mit den Kadavern ertrunkener Hunde und Hühner bedeckt. Ein totes Pferd lag immer noch angebunden in einem demolierten Mietstall. Straßenbahnwagen standen verlassen auf ihren Schienen, nachdem die Wassermassen einen Kurzschluss verursacht hatten. Die Keller zahlreicher Wohn- und Geschäftshäuser waren überflutet. Ein Berghang war unterspült worden und auf eine Brauerei gerutscht. Die Leute, die in den zusammengebrochenen Baracken gewohnt hatten, wühlten im Schlamm und suchten nach ihren Besitztümern.

Eine wütende Menschenmenge strömte auf der Baustelle zusammen.

Bell drängte sich hindurch und fand Giuseppe Vella, der sich in der Bretterbude, in der sein Baubüro untergebracht war, verbarrikadiert hatte.

»Russo ist abgehauen.«

»Wer ist Russo?«

»Sante Russo. Mein Vorarbeiter und Sprengmeister. Er befürchtete, dass diese Leute ihm die Schuld geben werden.« Bell wechselte einen kurzen Blick mit Archie Abbott, dem Van-Dorn-Detektiv, den er als Schutz für Vella abkommandiert hatte. Abbott hatte sich in nächster Nähe der Tür postieren können, aber er war allein, und die Menschenmenge wurde allmählich unruhig.

»Aber Russo trifft keine Schuld.«

»Woher wissen Sie das?«

»Russo kam sofort nach der Explosion angerannt. Er sagte, er habe in der Ladung zusätzliches Dynamit gefunden. Daher habe er die Sprengkapsel von der Ladung getrennt. Aber während er zu mir kam, explodierte sie dann doch. Die Black Hand hat die Drähte wieder angeklemmt.«

Polizisten drängten sich durch die Menschenmenge.

Bell sagte: »Sobald die Cops für ein wenig Ruhe gesorgt und Ordnung geschaffen haben, begleite ich Sie nach Hause.«

Die Polizisten trommelten gegen die Tür. Bell ließ sie herein.

Sie waren wegen Vella erschienen. Begleitet wurden sie von einem Vertreter der Sprengstoffabteilung innerhalb der städtischen Baubehörde, der vor Wut schäumte. Er widerrief sofort Vellas Genehmigung zum Einsatz von Sprengstoffen im Zuge seiner Bautätigkeit und kündigte an, dass Vella von der Stadt auf Zigtausende Dollar Schadensersatz verklagt würde. »Und nicht nur das, Sie gewissenloser Itaker, die Sicherheit, die Sie für den Fall eines Schadens hinterlegt haben, können Sie ebenfalls abschreiben. Sehen Sie sich an, was Sie mit dem Stadtviertel gemacht haben! Die 125th Street wurde praktisch vollständig weggeschwemmt, und jeder Keller von hier bis zur 110th steht unter Wasser!«

Isaac Bell gab Archie Abbott einige knappe Anweisungen, ehe er sich mit Giuseppe Vella auf den Weg in die Innenstadt machte. Als sie in die 13th Street einbogen, vergewisserte er sich, dass Harry Warrens Detektive das Haus des Bauunternehmers im Auge hatten. Dann begab er sich zum Yale Club, suchte sein Zimmer auf, wechselte seine durchnässte Kleidung gegen trockene und ölte seine Schusswaffen. Er räumte seine Taschen aus, untersuchte ihren durchnässten Inhalt und strich einen Zwei-Dollar-Schein glatt, der diese Behandlung unbeschadet überstehen würde, als ihm einfiel, woran das hochwertige Papier des Erpressungsbriefs der Black Hand erinnerte.

»Mr. Bell«, machte sich der Portier des Clubs im Flur vor seiner Zimmertür bemerkbar. »Eine Nachricht von Ihrem Büro.«

Bell riss den Umschlag auf und las die knappe Aufforderung in der Handschrift seines Chefs.

»Lagebericht!«

Bell betrat die Detektei im selben Augenblick, als Captain Coligney vom New York Police Department aus Van Dorns Büro herauskam. Zur Begrüßung wechselten sie einen Händedruck, und Coligney sagte: »Passen Sie in Washington auf sich auf, Joe. Schön, Sie mal wieder hier zu sehen.«

»Das Vergnügen ist ganz meinerseits«, sagte Van Dorn. »Ich bring Sie hinaus.«

Als er nach einer Minute zurückkam, sagte er: »Ein guter Mann, dieser Coligney. Der einzige Captain, den Bingham nicht versetzt hat, als er das Kommando übernahm – wahrscheinlich weil er sich daran erinnerte, dass schon Präsident Roosevelt seine Karriere gefördert hatte, als er noch Police Commissioner war.«

Van Dorn stopfte Papiere in eine Tasche und hängte sie sich über die Schulter. »Eine Überschwemmung, Isaac. Ausgelöst durch die Explosion einer zu starken Dynamitladung auf der Baustelle unseres Klienten Mr. Vella, der die Van Dorn Detective Agency engagiert hatte, um ihn zu beschützen. Haben wir eine Chance, das Ganze als einen zufälligen, besonders grässlichen Unfall zu dem denkbar ungünstigsten Zeitpunkt zu deklarieren?«

»Es war Sabotage«, sagte Bell.

»Sind Sie sicher?«

»Wenn ein Hilfstechniker des Water Department nicht versäumt hätte, seinen vorgeschriebenen Posten am Verteilungsknotenpunkt der Hauptleitungen einzunehmen, hätte man die Wasserflut so gut wie augenblicklich stoppen können. Archie Abbott hat den armen Teufel halbtot geprügelt im Krankenhaus aufgestöbert. Das wäre dann der zweite nicht vorauszusehende Unglücksfall.«

»Wie können wir dann unsere Klienten – die aktuellen wie die potentiellen – davon überzeugen, dass die Van Dorn Detective Agency sie vor der Black Hand beschützen kann?«

»Auf die gleiche Weise, wie Sie Eddie Edwards die Banden aus den Eisenbahndepots vertreiben ließen. Stellen Sie eine Spezialtruppe zusammen und zerschlagen Sie die Bande.«

»Das Thema Black Hand Squad hatten wir bereits abgehandelt. Ich habe nicht die Absicht, das dafür notwenige Personal bereitzustellen, und kann, offen gesagt, auch nicht erkennen, welchen Gewinn es einbringen sollte.«

»Einen sehr geringen«, gab Bell freimütig zu. Tatsache war, dass, Geschäftssinn beiseite, Joseph Van Dorn mehr daran interessiert war, die Unschuldigen zu beschützen, als einen möglichst hohen Profit zu erzielen. Bell brauchte also nichts anderes zu tun, als ihn daran zu erinnern. »Die Black Hand terrorisiert ausschließlich ihre eigenen Landsleute. Die armen Teufel sprechen kein Englisch, und lesen können sie es erst recht nicht. Wen können sie also um Hilfe bitten? Den irischen Cop, der jeden mit ›Pasquale‹ anredet?«

»Sie vergessen offenbar«, knurrte Van Dorn, »dass es noch gar nicht so lange her ist, dass die Yankeecops uns Iren ausnahmslos Paddy nannten … Aber Mr. Vella und seine Geschäftsfreunde sprechen nahezu perfekt Englisch, und lesen können sie es ebenfalls.«

»Diese Italiener sind es, die für immer die Van Dorn Detective Agency mit der Großen Überschwemmung Harlems im Jahr 1906 in Verbindung bringen werden, wenn wir jetzt nichts Entscheidendes dagegen unternehmen.«

»Ich bin nicht zu Scherzen aufgelegt, Isaac.«

»Ich auch nicht, Sir. Giuseppe Vella ist ein anständiger Mann. Er verdient etwas Besseres. Das gilt auch für seine Landsleute.«

»Wir reden nächste Woche weiter.« Van Dorn ging zur Tür. »Oh, eine Sache noch. Was hielten Sie davon, die Leitung der New Yorker Filiale zu übernehmen? Lampack wird allmählich alt.«

»Das würde mir nicht im Mindesten gefallen, Sir.«

»Weshalb nicht?«

»Ich bin Detektiv und kein Manager.«

»Und wie Sie das sind. Sie haben zahllose Teams zusammengestellt und angeführt.«

»Im direkten Einsatz, sicher. Ich will ganz offen sein, Sir, wenn Sie mir keine Black Hand Squad bewilligen, wäre es mir lieber, wenn Sie mich zum Chefermittler befördern.«

»*Ich* bin Leitender Ermittler«, sagte Van Dorn grollend. »Und ich habe die Absicht, Chefermittler zu bleiben, bis ich jemanden finde, der gut und erfahren genug ist, um diesen Posten zu übernehmen … Haben Sie mittlerweile etwas über das Schreibpapier herausbekommen?«

»Ich habe einen Agenten zur Park Row geschickt, der die Druckereien, die Papierhandlungen und die Schreibwarenläden abklappern soll.«

4

Ehe er die Morgenpost öffnete, füllte David LaCava sein Schaufenster mit Stapeln von Zehn-Dollar-Scheinen und Haufen von Goldmünzen. Die Banco LaCava war eine Nachbarschaftsbank, die mehrere Dienste anbot. LaCavas Einleger verließen sich darauf, dass er auf Wunsch telegrafisch Geld an Angehörige in ganz Amerika überwies und es sogar in die Heimat nach Sizilien schickte; sie vertrauten ihm ihre Testamente und Reisepässe an, die er in seinem Banksafe für sie aufbewahrte; und wenn sie bei LaCava eine Versicherung abschlossen und Dampfschiffpassagen kauften, wussten sie, dass die Versicherungssummen bezahlt würden und die Fahrkarten nicht gefälscht waren. Wie es in einem Sprichwort ihrer alten Heimat hieß, war LaCava »so ehrlich wie eine Lotterie«. Aber die einfachen, schlichten Einwanderer, die sofort nach der Überfahrt in der Elizabeth Street gelandet waren oder aus den städtischen Elendsviertel kamen, neben denen die Mietskasernen der Elizabeth Street wie Paläste erschienen, pflegten sich stets durch einen Blick in sein Schaufenster zu vergewissern, dass die Banco LaCava für den Fall, dass sie Geld abheben müssten, stets zahlungsfähig war.

Mit zitternden Händen öffnete er die Post. Wie er befürchtet hatte, waren es weitere Forderungen der Black Hand. Unter ihrem »Briefkopf«, falls die Silhouetten einer schwarzen Hand und eines Totenkopfs, der von einem Dolch durchbohrt wurde, als solcher bezeichnet werden konnten, hatten seine Peiniger in holprigem Englisch eine neue Drohung hingekritzelt:

> *Haben Geduld verloren. Sind es leid, immer wieder zu schreiben. Wir verlangen zehntausend von Mann von Ehre. Er beachtet uns nicht.*

Ein bitteres Lächeln glitt über sein Gesicht. Primitives Gestammel. Ungebildetes Ganovenvolk. Genauso wie fast alle seiner zahlreichen Kunden war auch LaCava aus dem Nichts und Nirgendwo gekommen. Der Weg zum Erfolg führte einzig und allein über die Bereitschaft, alles Amerikanische zu übernehmen – und zuallererst musste man lernen, Englisch zu sprechen, zu lesen und zu schreiben.

> *Wir sagen, sei Mann von Ehre. Wir sagen, treffen uns an der Brücke. Er kommt nicht. Hier und jetzt wir geben letzte Chance, zehntausend Dollar. Wir wissen, Sie haben Geld in Bank. Donnerstagabend. Wir sagen später wo.*

Am Ende der Seite hatten sie eine krakelige Zeichnung von einer Dynamitstange mit brennender Lunte hinzugefügt. Wie auf den Witzseiten der Zeitungen.

LaCava öffnete die Schublade seines Schreibtisches, der gegenüber der Eingangstür zum Ladenlokal seiner Bank stand, und legte die Hand um den kalten Stahl eines .38er Revolvers. Gegen Dynamit wäre damit nicht viel auszurichten. Er steckte die Pistole und den Brief in die Taschen seines Jacketts und ging stadteinwärts zur 13th Street, wo er Giuseppe Vella traf, der in Hemdsärmeln an seinem Küchentisch saß. Der Bauunternehmer bot ein Bild des Jammers: So war er zu Hause eingesperrt, während ein Mann um diese Zeit eigentlich in seiner Firma sein und seiner Arbeit nachgehen sollte. LaCava zeigte ihm den Brief, und Vella erwachte in einem Sturm der Entrüstung zum Leben.

»Ich habe darüber nachgedacht«, sagte Vella, »was man gegen diesen Abschaum unternehmen kann.« Er schlüpfte in sein Jackett, richtete seine Krawatte und fuhr sich mit den Fingern durchs Haar. »Kommen Sie, wir gehen zu Branco.«

»Ich hatte schon daran gedacht, ihn aufzusuchen«, sagte LaCava. »Branco war gerade in der Bank und machte eine Einzahlung, als ich den ersten Drohbrief erhielt. Fast hätte ich ihn um Rat gefragt, aber ich kenne ihn kaum.«

»Überlassen Sie das Reden mir. Ich kenne ihn ganz gut. Ich habe seine Keller angelegt.«

In Brancos Wholesale Grocery lief das Geschäft auf Hochtouren. Endlose Schlangen rot-grün lackierter Lieferwagen drängten sich am Bordstein, wurden beladen, entfernten sich hufklappernd und mit ratternden Motoren und kehrten leer zurück, um von einem Heer von Angestellten beladen zu werden, die im Laufschritt aus dem Lagerhaus kamen, bepackt mit Makkaronikartons, Olivenölkanistern, Säcken voll Salz, Erbsen, Bohnen und Kisten mit Sardellen, Wein, Fischfond und Seife. Ebenso wie Vella, LaCava und andere *prominente* hatte sich Antonio Branco in Amerika etablieren können – und das weitaus erfolgreicher als sie, indem er die Verträge mit dem Bureau of Water Supply zur Lebensmittelversorgung von zehntausend italienischen Arbeitern hatte ergattern können, die beim Bau des Catskill Aqueduct beschäftigt waren.

»Hallo, Freunde«, rief Branco. Er stand im Eingang zu seinem Warenlager. Ebenso wie Vella war Branco darauf bedacht, sich auch mit seinen Landsleuten ausschließlich auf Englisch zu verständigen. Dabei war Brancos Akzent nicht zu überhören und weitaus stärker als Vellas. Und es geschah häufiger, dass er amerikanische Begriffe verwechselte und die Wortfolge in seinen Sätzen durcheinandergeriet.

»Könnten Sie«, fragte Vella, »wenn Sie Zeit haben, für einen Kaffee über die Straße kommen.«

»Kaffee können Sie in meinem Büro trinken«, antwortete Branco. »Ich bin sofort da.« Er winkte einem Angestellten. »Übernimm die Aufsicht. Der erste Lieferwagen ist für einen besonderen Kunden reserviert. Er bekommt nur allerbeste Ware … Kommen Sie.«

Er führte Vella und LaCava durch das Lager zu seinem Büro, in dem es nach Kaffee duftete. Ein Wasserkessel stand summend auf einem Gaskocher. Der lange Tisch, an dem seine Angestellten ihre Mahlzeiten einnahmen, war mit einem rot-weiß karierten Wachstuch bedeckt. An der Wand hing eine Landkarte, auf der die amerikanischen Eisenbahnlinien eingezeichnet waren.

»Setzen Sie sich, während ich Kaffee koche.«

Vella lächelte trotz seiner Sorgen. »Ich dachte immer, dass reiche Männer Diener haben, die für sie Kaffee zubereiten.«

Branco schaute mit verschwörerischem Grinsen von der Kaffeemühle hoch. »Ich mache besseren Kaffee als meine Diener. Außerdem bin ich nicht reich.«

LaCava runzelte ungläubig die Stirn, und Vella quittierte so viel Bescheidenheit mit dem wissenden Lächeln eines Geschäftspartners. »Man erzählt sich, dass Sie in vielen Bereichen tätig sind.«

»Ich setze nicht nur auf ein einziges Pferd.«

Vella verfolgte, wie er in der provisorischen Küche herumhantierte, Tassen mit siedendem Wasser anwärmte und die Kaffeebohnen staubfein mahlte. Antonio Branco hatte bereits den größten italienischen Lebensmittelgroßhandel in New York City betrieben, ehe er die Aquäduktbaustelle belieferte. Nun hatte er Tausende vertraglich gebundene Kunden, die in den unternehmenseigenen Läden der Arbeitslager einkauften. Darüber hinaus war er ein *padrone*, der Arbeiter und Steinmetze direkt aus Italien rekrutierte.

Rein theoretisch war Padrones laut städtischen Vorschriften jegliche Tätigkeit untersagt. Auch die Gewerkschaften bekämpften das Padrone-System mit allen Mitteln. In der Praxis brauchten Bauunternehmer und Subunternehmer, die sich zur Contractors' Protective Association zusammengeschlossen hatten, für den Kanalbau, den U-Bahn-Bau, den Straßenbau und den Tunnelbau Arbeiter nur dann, wenn entsprechende Projekte durchgeführt wurden. Branco war auf beiden Seiten aktiv, indem er einerseits Padrones bezahlte, um neu angekommene Einwanderer für bestimmte Bereiche des im Bau befindlichen Aquädukts anzuheuern, während er sich gleichzeitig bei der Rockmen and Excavators' Union beliebt machte, indem er als Gewerkschaftsfunktionär auftrat und organisierte Arbeitskräfte an andere Unternehmer vermittelte.

»Sie könnten einer Ehefrau beibringen, anständigen Kaffee zuzubereiten«, sagte Vella.

»Ich bin nicht verheiratet.«

»Das weiß ich. Aber die kleine Schwester meiner Frau – sie ist zehn Jahre jünger – ist schon jetzt eine hervorragende Köchin … und sehr hübsch, finden Sie nicht auch, David?«

»Bildschön«, pflichtete LaCava ihm bei. »Die Kleine sieht atemberaubend aus.«

»Sie hat in der alten Heimat eine Klosterschule besucht.«

»Das klingt, als wäre sie der Traum eines jeden Mannes«, erwiderte Branco respektvoll. »Aber noch nicht für mich. Ich muss noch einige Angelegenheiten erledigen, ehe ich für ein Familienleben bereit bin.«

Er rührte einige Tropfen Sahne in die dampfenden Tassen, die er seinen Besuchern reichte. »Okay! Genug um den heißen Brei herumgeschlichen. Wie ich hörte, haben Sie Probleme oben in Manhattan.«

»Man hat mir die Baulizenz entzogen. Die Stadt verklagt mich. Aber deshalb bin ich nicht zu Ihnen gekommen. Mittlerweile ist die Black Hand hinter LaCava her. Zeigen Sie ihm den Brief, David.«

Branco las ihn. »Schweine!«

»Dies ist schon der vierte Brief. Ich habe Angst …«

»Die hätte ich auch«, sagte Branco ernst. »Sie könnten gefährlich sein.«

»Was würden Sie tun?«

»Wenn ich bedroht würde?« Er trank schluckweise seinen Kaffee, während er überlegte. »Ich würde zahlen.«

»Tatsächlich?«, fragte LaCava.

Vella schüttelte staunend den Kopf. Er hatte angenommen, dass Brancos Verträge mit der Stadtverwaltung ihn unantastbar machten.

»Was könnte ich anderes tun? Ein kleiner Lebensmittelladen, den ich beliefere, wurde im vergangenen Monat überfallen. Haben Sie schon mal gesehen, was eine Stange Dynamit aus einem Geschäftslokal macht?«

Vella sagte: »Ich hasse die Vorstellung, klein beizugeben.«

»Wer tut das nicht?«

»Außerdem, welche Garantie hat man, dass sie nicht zurückkommen, um mehr zu verlangen?«

»Was würden Sie stattdessen tun?«

»Ich wüsste vielleicht, wie man sie stoppen kann«, sagte Vella.

Branco streifte LaCava mit einem skeptischen Blick. LaCava sagte: »Hören Sie ihn an. Er hat eine gute Idee.«

»Ich höre. Was wollen Sie tun, Giuseppe Vella?«

»Ich mache eine ›White Hand‹, um damit eine ›Black Hand‹ zu bekämpfen.«

Branco wechselte ins Italienische. »Ein Spiel mit Worten? Versteh ich nicht.«

Vella sprach weiterhin Englisch. »Wir bilden eine Gesellschaft. Eine Schutzgemeinschaft. Erinnern Sie sich noch an die alten Sterbevereine? Wir schließen uns zusammen. Gleichgesinnte Geschäftsleute, die damit rechnen müssen, als Nächste bedroht zu werden.«

Branco blieb bei Italienisch. »Sie wollen zu Messern und zu Pistolen greifen?«

»Natürlich nicht. Wir sind schließlich keine Soldaten. Und auch keine Polizisten. Wir legen unser Geld zusammen und mieten uns Schutz.«

»Und wer soll Sie vor den Beschützern schützen?«, fragte Branco leise. »Wächter haben die besondere Neigung, sich gegen ihre Herren zu wenden. Und Wächter wissen aus Erfahrung, dass die Gewalt am Ende siegt.«

»Wir engagieren Profis. Privatdetektive. Männer, die absolut integer sind.«

Antonio Branco blickte Vella in die Augen. »Stimmt denn, was man sich erzählt, nämlich dass es Detektive waren, die Ihre Tochter aus der Gewalt der Entführer befreit haben?«

»Detektive der Van Dorn Agency.«

»Aber waren es nicht dieselben Van-Dorn-Agenten, die Ihre Baustelle in Harlem beschützt haben?«

»Ich hatte zu lange damit gewartet, mich an sie zu wenden. Die Black Hand schlug zu, bevor die Detektive einsatzbereit waren. Würden Sie sich uns anschließen, Antonio?«

Branco trank einen Schluck, starrte für einen Moment stumm auf den Boden seiner Tasse, dann hob er den Kopf und sah Vella an. »Zu zahlen, das ist auf jeden Fall unproblematischer.«

»Wir sind Amerikaner«, erklärte Vella hitzig. »Wir haben ein Recht darauf, unbehelligt und in Frieden unseren Geschäften nachzugehen.«

»Nein. Es tut mir leid.«

Vella erhob sich. »Dann danke ich Ihnen für den Kaffee und dafür, dass Sie uns zugehört haben. Sollten Sie Ihre Meinung ändern, wären Sie herzlich willkommen.« Er sah LaCava auffordernd an. Der Bankier zögerte, dann stand er langsam auf.

Sie hatten soeben die nächste Straßenecke erreicht und waren in die Elizabeth Street eingebogen, als Branco sie einholte und beide an den Armen festhielt. »Okay. Ich helfe.« Er drückte Vella ein Bündel Banknoten in die

Hand. »Hier sind eintausend Dollar als mein Beitrag. Überzeugen Sie die anderen, ebenfalls zu bezahlen, und Ihre White Hand Society erblickt das Licht der Welt.«

»Danke, mein Freund. Vielen herzlichen Dank. Was hat Sie dazu gebracht, Ihre Meinung zu ändern?«

»Wenn Sie recht haben und ich unrecht – wenn Ihre *Mano Blanca* die *Mano Nera* besiegt –, dann ist es auch für mich von Vorteil. Aber wenn ich mich nicht mit Ihnen gegen unseren Feind verbünde, würde Ihr Sieg mir nützen, ohne dass ich dazu beigetragen hätte. Das wäre nicht ehrenhaft.«

Giuseppe Vella lächelte erleichtert. Sogar LaCava strahlte. Ihr Plan nahm Gestalt an. Mit Branco und einem so hohen Beitrag an Bord würden die anderen nicht lange zögern und sich sofort beteiligen. »Ich hoffe, dass ich recht habe. Aber wenn ich mich irre, und Sie haben recht, dann werden wir am Ende beide in die Luft fliegen.«

»Das ist ein sehr schlechter Witz«, sagte Branco. Seine Miene verdüsterte sich derart, dass Vella sich wünschte, ihn lieber für sich behalten zu haben.

Überraschenderweise hellte sich Brancos Miene aber wieder auf, und er lachte, als hätte er jeden Gedanken an einen Misserfolg ihres Vorhabens weggewischt. »Wir werden zerfetzt, aber wenigstens unsere Ehre bleibt erhalten.« Er zuckte die Achseln und fügte, immer noch lächelnd, hinzu: »Wir sind in diesem Land unsichtbar. Wir sind arm. Wir haben nichts anderes als unsere Ehre.«

»Italiener werden nicht für immer arm sein«, widersprach Giuseppe Vella. »Schon jetzt kann man sagen, ich bin nicht arm. David ist nicht arm. Und Sie sind auch nicht arm.«

»Aber während der Versammlung der Central Federated Union gestern Abend, als darüber diskutiert wurde, ob der Streik der Arbeiter, die am Bau der U-Bahn beteiligt sind, unterstützt werden soll, erklärte der Funktionär der Electrical Workers Union, dass italienische Erdarbeiter der faulste und unfähigste Abschaum seien.«

»Ich war ebenfalls dort«, sagte Vella. »Ein Schriftsetzer erwiderte, dass seine Vorfahren hier mit Spitzhacke und Schaufel angefangen hätten und dass der Elektriker, wenn er weiterhin verächtlich auf seine Vorfahren herabschaue, mit einer Tracht Prügel rechnen müsse.«

Branco lächelte. »Aber wir sind noch immer unsichtbar… Andererseits« – und ein noch breiteres Grinsen brachte sein ausdruckvolles Gesicht zum Leuchten –, »Männer, die unsichtbar sind, werden so lange von niemandem bemerkt, bis es zu spät ist.«

»Zu spät wofür?«

»Zu spät, um sie aufzuhalten.«

5

Van-Dorn-Detektiv Harry Warren, mit zerschlissener, schäbiger Jacke und Schiebermütze ebenso gekleidet wie die Arbeiter, die im Kips Bay Saloon die Tische besetzten und sich um die Bar drängten, stellte einen abgewetzten Stiefel auf die Messingfußstange der Theke, bestellte ein Bier und meinte halblaut zu dem großen Mann neben ihm: »Wie hast du es geschafft, den Boss zu einer Black Hand Squad zu überreden?«

»Ich hab's überhaupt nicht geschafft«, sagte Bell, ohne den Blick von dem Spiegel hinter der Bar zu lösen, der die Sicht durch das Fenster des Saloons auf die Fassade der Banco LaCava auf der gegenüberliegenden Straßenseite reflektierte. Er hatte sein Arbeiterkostüm mit einer tonnenförmigen ledernen Elektriker-Werkzeugtasche vervollständigt, die über seiner Schulter hing. Darin befanden sich zusätzliche Handschellen für Bombenleger, die kapitulierten, und eine Schrotflinte mit abgesägtem Lauf für diejenigen, die nicht dazu bereit waren.

»Eine Gruppe italienischer Geschäftsleute hat es für mich getan. Sie kamen mit einem Sack Geld hereinmarschiert, um die Detektei zum Schutz anzuheuern, und Mr. Van Dorn entschied, dass die Zeit reif sei.«

Warren musterte ihn fragend von der Seite. »Könnte es sein, dass sie sich die White Hand Society nennen?«

Niemand wusste besser, was sich in den Straßen New

Yorks abspielte, als Harry Warren. Wahrscheinlich hatte er von dem neuen Verein schon keine zehn Minuten nach seiner Gründung erfahren. Was bedeutete, wie Bell sich schmerzlich bewusst war, dass auch die Black Hand Bescheid wusste.

»Giuseppe Vella hat ihn ins Leben gerufen. Er hat Briefe der Black Hand erhalten. David LaCava hat sich ihm angeschlossen. Und genauso einige ihrer wohlhabenden Freunde. Banken, Immobilien, Bauunternehmer, ein Weinimporteur und ein Lebensmittelgroßhändler.«

»Branco?«

»Antonio.«

»Was hältst du von ihm?«

»Er war nicht dort. Aber Vella erzählte mir, er habe das Startkapital auf den Tisch gelegt, das die anderen animierte, sich ebenfalls zu beteiligen. Der Boss hat bis zu zehn Mann bewilligt – wenn man die Lehrlinge mitzählt.«

»Wie viele sprechen Italienisch?«

»Nur du, Harry.«

Der für das Bandenunwesen in New York City zuständige Experte der Van Dorn Agency hatte seinen Geburtsnamen – Salvatore Guaragna – abgelegt und geändert und folgte damit dem Beispiel italienischer New Yorker Gangster, wie dem des Chefs der Five Points Gang *Paul Kelly*, die irische Namen bevorzugte. Er sagte: »Ich habe einen Lehrlingskandidaten, der Italiener ist. Der Vater des kleinen Eddie Tobin fand ihn auf einem Heuschiff, auf dem er sich häuslich eingerichtet hatte und offenbar wohnte. Eine Waise. Die Tobins nahmen ihn bei sich auf. Richie Cirillo. Ein aufgewecktes Bürschchen.«

»Ist mir recht, dass er dabei ist«, sagte Bell.
»Wer gehört sonst noch zur Truppe?«
»Weber und Fields sitzen in einem Kohlenwagen, den sie ein Stück die Straße runter geparkt haben.« Wally Kisley und Mack Fulton, beide schon in den mittleren Jahren, waren die Witzbolde der Detektei und nach den bekannten Varieté-Komikern Weber und Fields benannt worden. Kisley war Van Dorns Sprengstoffexperte und Fulton ein wandelndes Lexikon der Geldschrankknacker und ihrer jeweiligen Arbeitsmethoden.
Harry Warren grinste. »Eine verdammt raffinierte Tarnung. Ich könnte nicht entscheiden, ob sie nun die Bank bewachen oder ob sie auf der Lauer liegen, um sie auszurauben. Wer sonst noch?«
»Ich habe Eddie Edwards aus Kansas City angefordert.«
»Wertvoller Mann. Auch wenn ich mir nicht darüber im Klaren bin, was ein Eisenbahnspezialist in der Elizabeth Street ausrichten könnte.«
»Archie Abbott verkauft gebrauchte Kleidung aus dieser Schubkarre neben der Bank.«
»Das soll wohl ein Witz sein!« Archibald Angell Abbott IV. war der einzige Van-Dorn-Angestellte, der im Who's Who der gehobenen New Yorker Gesellschaft aufgelistet war. Warren schlenderte unauffällig zu dem Abschnitt der Bar, wo das Gratisessen ausgegeben wurde, warf nebenbei einen Blick aus dem Fenster und kam zurück, in der Hand eine Wurst, die in eine Scheibe Brot eingewickelt war. »Ich hab ihn nicht entdeckt.«
»Weil er nicht wollte, dass du ihn erkennst.«
»Außerdem habe ich Wish Clarke und …«
»Wish kannst du vergessen«, unterbrach ihn Harry.

»Mr. Van Dorn ist nur einen winzigen Schritt davon entfernt, ihn zu feuern.«

»Ich weiß. Wir werden sehen, was er bei diesem Einsatz bringt.« Aloysius Clarke, der fähigste Detektiv der Agency – und der Partner, von dem Isaac Bell am meisten gelernt hatte – liebte den Alkohol, der jedoch nach und nach die Oberhand über ihn zu gewinnen schien.

»Wer noch?«

»Dein Eddie Tobin.«

Harry nickte mit düsterer Miene. Noch ein Lehrling. Das sah wahrlich nicht danach aus, als ob der Boss bereit war, aufs Ganze zu gehen.

»Und Helen Mills.«

»Das Collegegirl?« Mills war eine Bryn-Mawr-Studentin, der Bell für die Dauer der Sommerferien einen Job angeboten hatte – mit der Aussicht, eine vollwertige Lehrstelle zu erhalten, sobald sie ihre Abschlussprüfung abgelegt hätte.

»Helen ist ganz schön clever.«

»Stimmt denn, was die Jungs erzählen? Sie hat Archie letztes Jahr in Washington übel auflaufen lassen?«

»Archie hat angefangen.«

Harry Warren ging zurück zur Essensausgabe, um abermals einen Blick auf die Straße zu werfen. Bell hatte gleichzeitig die Kunden im Auge, die die Bank betraten, und bestimmte zwielichtige Typen im Saloon, die möglicherweise einen Überfall geplant hatten. Harry kam mit einem hartgekochten Ei in der Hand zurück. »Lass mich raten«, scherzte er. »Ist sie die fette Lady, die Artischocken verkauft?«

»Ich habe Helen in die Park Row geschickt, um in Erfahrung zu bringen, wo die Black Hand ihr Schreibpapier kauft… Harry, warum wolltest du wissen, was ich von Branco halte?«

»Er ist ein seltsamer Zeitgenosse. In den meisten Fällen setzen doch Lebensmittelgroßhändler die kleinen Läden unter Druck und zwingen sie, nur bei ihnen einzukaufen, und berechnen ihnen dann astronomische Preise für minderwertige Ware.«

»Und wie üben sie diesen Zwang aus?«

»Auf vielfältige Art. Sie gewähren ihnen Kredit, bis sie hoffnungslos verschuldet sind, und drohen dann mit Pfändung, oder sie sprengen ihre Läden in die Luft. Aber ich habe noch nie gehört, dass Antonio Branco sich solcher Methoden bedient.«

»Ehrlich wie eine Lotterie?«, fragte Bell mit einem skeptischen Grinsen.

»Ich würde nicht so weit gehen«, meinte Harry, »so etwas von jemandem zu behaupten, der in New York Geschäfte macht. Außerdem ist er ein Padrone und vermittelt Arbeiter. Hauptsächlich Maurer, Steinmetze und einfache Hilfsarbeiter für den Catskill Aqueduct.«

»Dieses Projekt bietet sich für krumme Geschäfte geradezu an.«

»Sie sind ganz sicher keine Chorknaben«, pflichtete Harry ihm bei. »Andererseits hat er es geschafft, bei den Gewerkschaften gut angesehen zu sein. Ziemlich geschickt von ihm.«

»Aber er ist nicht der Erste«, sagte Bell. »D'Allesandro, der den Tunnelbau für die U-Bahn durchführt, hat auch als Padrone angefangen.«

»Und jetzt, nachdem Branco den White Hands beigetreten ist, darf er sich sogar als Van-Dorn-Klient betrachten.«

»Aber nur so lange, wie er sich an die Regeln hält«, sagte Bell, während er die Banco LaCava weiterhin wachsam im Auge behielt.

»Sie sind wirklich außergewöhnlich«, sagte David LaCava bei einem Glas Wein zu Antonio Branco. Sie saßen in Ghiottone's Café, einem Saloon in der Prince Street, schräg gegenüber von Branco's Grocery, der als einer der Stützpunkte der Tammany Hall Society – jener berüchtigten Parteimaschine der Demokraten, die jede wichtige Entscheidung der Stadtverwaltung von New York City in ihrem Sinn beeinflusste – in der italienischen Kolonie diente. »Kid Kelly« Ghiottone war in seiner Jugend ein bekannter Bantamgewichtsboxer gewesen, sammelte jetzt Wählerstimmen, und die Society, im Volksmund Tammany Hall genannt, revanchierte sich mit lukrativen Jobs im Department of Street Cleansing, dem Stadtreinigungsamt, und indem sie Schutz vor der Polizei gewährte. Was dem Salooninhaber gestattete, jede unliebsame Konkurrenz im Stadtviertel auszuschalten.

LaCava schilderte Branco, wie Isaac Bells Black Hand Squad die Bank mit verdeckt operierenden Agenten beschützte. »Sie sind nicht zu erkennen und fallen nicht im Mindesten auf.«

Branco nickte anerkennend. »Demnach hat die White Hand Society eine gute Wahl getroffen.«

»Ich bin davon überzeugt, dass wir die Besten engagiert haben.«

»Aber wie lange können sie ihren Wachdienst aufrechterhalten?«

LaCava blickte sich prüfend im Café um, lehnte sich

zu Branco hinüber und flüsterte: »Die Bewachung ist nur der erste Schritt. Gleichzeitig beobachten sie und sammeln Informationen. Wenn sie losschlagen, wird die Black Hand keine Ahnung haben, was über sie kam.« Er senkte die Stimme noch weiter. »Ich habe mit einem Detective des New York Police Department gesprochen …«

»Petrosino?«

»Woher wissen Sie das?«

Branco zuckte die Achseln. »Mit wem sonst?«

»Natürlich«, sagte LaCava nun nicht mehr ganz so wichtigtuerisch, nachdem ihm auf subtile Art und Weise klargemacht worden war, dass er nicht der einzige Geschäftsmann war, der Beziehungen zu einflussreichen Persönlichkeiten unterhielt. »Petrosino meint, mit dieser Taktik hätten die Van Dorns Eisenbahn-Banden das Handwerk gelegt.«

»Und was sagte Lieutenant Petrosino dazu, dass die White Hand die Van Dorns engagiert hat?«

LaCava zögerte. »Er meinte, dafür habe er Verständnis. Er habe im Augenblick ohnehin alle Hände voll zu tun. Um ehrlich zu sein, ich glaube, ihm wäre lieber gewesen, wenn wir uns an die Polizei gewandt hätten. Aber da wir uns für eine Privatdetektei entschieden haben, findet er, dass wir mit den Van Dorns die richtige Wahl getroffen haben.«

»Fähige Männer«, sagte Branco. »Wir können froh sein, dass sie für uns arbeiten.«

Am nächsten Morgen postierte Isaac Bell bis auf zwei sämtliche seiner Black-Hand-Squad-Agenten auf der Elizabeth Street, ehe David LaCava sein Schaufenster füllte und seine Bank öffnete. Die Ausnahmen waren Wish Clarke, der noch nicht aus Philadelphia angereist war, und Helen Mills, die Bell wieder in das Zeitungs- und Druckereiviertel geschickt hatte.

Die große, schlanke Brünette wirkte älter als ihre achtzehn Jahre, und trotz ihrer erdrückend zahlreichen Aufträge und unbarmherzig engen Terminpläne nahm sich jeder Drucker, Schriftsetzer und Papierlieferant, den sie ansprach, Zeit, um ihre Papierproben zu inspizieren und ihr Ratschläge für ihre weitere Suche zu geben. Mehrere Männer, die alt genug waren, um ihr Vater sein zu können, stellten fest, dass sie genug Zeit hatten, um sie zum Mittagessen einzuladen. Doch sie lehnte in jedem Fall ab, erfand eine Vorschrift der Van Dorn Detective Agency, die ihr untersagte, derartige Einladungen anzunehmen, und wanderte weiter von Betrieb zu Betrieb, während sie zwischendurch Pausen einlegte, um ihre Erkenntnisse in das Notizbuch einzutragen, mit dem Isaac sie ausgestattet hatte. Je schneller sie alles Wissenswerte über das Papier zusammengetragen hätte, desto eher könnte sie Isaac überreden, sie an dem verdeckten Einsatz des Spezialteams zu beteiligen.

Dann, plötzlich und unerwartet, nachdem ein Druckfarbenhändler sie mit einem pickeligen Arbeitsjungen zurückgelassen hatte, um einen Telefonanruf anzunehmen, sagte der Junge: »Geld.«

»Wie bitte?«

Der Junge war noch jünger als sie und reichte ihr kaum bis zur Schulter.

»Man könnte mit diesem Papier glatt Zwei-Dollar-Scheine herstellen. Man brauchte dazu nur die richtigen Druckplatten und die entsprechende Druckfarbe.«

»Hast du dieses Papier schon mal gesehen?«

»Nicht dieses. Aber ähnliches, wenn Kunden mit einer Probe hierherkommen, um Farbe zu kaufen. Der Boss schmeißt sie aber regelmäßig raus.«

»Wen?«

»Die Typen, die Grünzeug herstellen.«

»›Grünzeug‹? Wovon redest du?«

»Von falschem Zaster.«

»Falschem was?«, fragte Helen.

Der Laufbursche starrte sie an, als ob sie der größte Trottel der Stadt sei.

Richie Cirillo schwor, dass er sechzehn Jahre alt war, aber er sah aus wie zwölf.

Isaac Bell versuchte, sich darüber Klarheit zu verschaffen, wie alt der Junge tatsächlich war. »Warum bist du von der Schule abgegangen?«

»Sie haben mich in die Sammelklasse gesteckt.«

»Was ist eine ›Sammelklasse‹?«

»Für die Dummen.«

Harry Warren erläuterte. »Die Lehrer setzen italienische Kinder gerne in die Hilfsklasse für die Langsamen. Deren Mütter nähen Kleidung in Heimarbeit. Die Kinder müssen helfen. Knöpfe annähen und Kappnähte falten bis Mitternacht, dann um sechs Uhr aus dem Bett und zur Schule… sie sind nicht langsam im Kopf, sondern nur verschlafen, todmüde.«

»Mir wurde berichtet, du seist eine Waise, Richie.«

»Meine Mutter starb an Diphtherie. Mein Vater ging nach Italien zurück. Aber ich bin wirklich sechzehn Jahre alt, Mr. Bell.«

»Was bedeutet diese Verkleidung, in der du hier erschienen bist?« Im Geschäftsviertel tarnte sich ein jugendlicher Van-Dorn-Lehrling gewöhnlich als Zeitungsjunge. Aber in der Elizabeth Street, wo diejenigen, die lesen konnten, ausschließlich Italienisch lasen, gab es niemanden, der die *Sun*, die *Times*, den *Herald* oder den *American* verkaufte. Statt einer Tasche voll Zeitungen hatte sich Richie Cirillo einen Sack Kleider über die magere Schulter gehängt.

»Ich bin ein Läufer. Ich liefere Kleider, die noch zu Ende genäht werden müssen, in die Wohnungen und bringe sie in die Fabrik zurück, wenn sie fertig sind.«

»Okay. Du kannst hierbleiben.«

»Wow! Danke, Mr. Bell.«

»Halt die Augen offen. Schau mit einem Auge auf die Bank und mit dem anderen zu einem von uns, damit du weißt, wohin du rennen musst, wenn du in Schwierigkeiten gerätst.«

6

»Vergebt mir, Vater, denn ich habe gesündigt.«

Francesca Kennedy war eine dunkelhaarige, blauäugige irisch-italienische Schönheit. Ihr blasses weißes Gesicht leuchtete wie ein Fleck Sonnenlicht durch das Holzgitter des Beichtstuhls, das den Priester verbarg. Bekleidet mit einem eleganten Mantel mit Pelzkragen und mit einem Schal, der züchtig ihren Kopf bedeckte, kniete sie vor dem Gitter.

»Wie hast du gesündigt, mein Kind?«

»Ich habe einen Mann erstochen.«

»Hat dich jemand gesehen?«

»Nein, Vater.«

»Bist du sicher?«

»Einhundertprozentig. In dem Bett lagen nur er und ich.«

»Gut gemacht!«

Ein zusammengerollter Dollarschein wurde durch das Gitter geschoben. Francesca Kennedy strich den Schein glatt und inspizierte ihn kritisch.

»Ist kein Falschgeld«, versicherte ihr der Priester.

»Wollen Sie, dass wir den Van-Dorn-Hauptmann ausschalten?«, flüsterte Charlie Salata.

Salatas Bande verteilte Black-Hand-Briefe, inszenierte Entführungen und mischte im Schutzgeldgeschäft mit. Seit seiner Kindheit in Palermo war er nicht mehr zur

Beichte gegangen, aber wenn er in einer Kirche kniete, verfiel er noch immer automatisch in den Flüsterton. »Goldköpfchen ... Richtig? Um den Van Dorns zu demonstrieren, wem die Elizabeth Street gehört.«

Schweigen. Er riskierte einen Blick durch das Gitter. In der Priesterkabine war es dunkel. Alles, was er durch die Öffnungen zwischen den kreuz und quer verlaufenden Streben des Holzgitters erkennen konnte, waren Augen wie Dolche, düster und leer wie die Nacht, wenn Wolken die Sterne verhüllen. Immer noch lastende Stille bis auf ein stakkatohaftes *Klick-klick-klick-klick-klick.* Gaukelte ihm seine Fantasie etwas vor, oder hörte er tatsächlich den Mann hinter dem Gitter ein Messer in einem fort auf- und zuklappen?

Salata versuchte es abermals. »Wäre es Ihnen nicht lieber, wenn wir uns die alten Schnüffler auf dem Kohlenwagen vornehmen? Wir erschrecken die Pferde, sodass sie durchgehen und in die Menschenmenge galoppieren und alle den Van Dorns die Schuld geben.« Auch diesmal wartete Salata auf eine Reaktion. Wie genau seine Männer die Van Dorns angriffen, die die Banco LaCava bewachten, hätte den Boss sonst kaum interessiert, aber Salata erkannte, wie heikel die Situation war. Der Trick bestand darin, die Van Dorns abzulenken, sodass sie eine Bombe in die Banco LaCava werfen *und* mit dem Geld verschwinden konnten und gleichzeitig die endgültige Auflösung der White Hand Society bewirkten.

»Vielleicht sollten wir den Rothaarigen angreifen und ihnen zeigen, dass sie uns nicht austricksen können.«

»Nehmt euch den Jungen vor.«

»Den Iren?«

»Nicht den Iren. Den Italiener.«

»Aber er ist…«

»Er ist *was?*«

»Nichts.« Salata machte sofort einen Rückzieher. Das Stilett war keine Pistole. Man wedelte nicht damit herum, um zu drohen. Man zog es nur, um zu töten. Und um sicher damit zu töten, musste man es ohne Vorwarnung hervorholen. Die schmale Klinge hätte glatt durch das Gitter gleiten und sich in sein Auge bohren können.

»Macht Richie Cirillo fertig.«

Dass der Boss irgendwie den Namen des Van-Dorn-Lehrlings in Erfahrung gebracht hatte, war ein überzeugender Hinweis darauf, dass Charlie Salatas Augen und Ohren nicht die einzigen waren, die für ihn auf den Straßen spionierten. »Der Junge ist Italiener. Er wird ein Beispiel für das ganze Viertel sein. Es wird sie lehren, niemals zur Polizei zu gehen. Und niemals zu den Van Dorns.«

»Wie hart?«

»So hart, dass die Leute es niemals vergessen.«

Salata sprang vom Kniebrett hoch und verließ im Laufschritt die Kirche.

Zehn Minuten später, so pünktlich wie vereinbart, wurde sein Platz von Ernesto Leone, dem Geldfälscher, eingenommen.

»Die Druckplatten sind okay«, berichtete Leone. »Die Farbe ist besser als vorher, aber immer noch so lala. Das große Problem ist das Papier. Wie immer.«

»Habt ihr versucht, damit zu zahlen?«

»Es würde nicht gelingen. Die Blüten sind noch nicht gut genug.«

»Sag Salata, er soll jemanden nach Pennsylvania schicken, um in den großen Läden einzukaufen.«

»Ich glaube nicht, dass die Scheine als echt durchgehen werden.«

»Und Ferri. Sag Ferri, er soll jemanden aufs Land schicken.«

»Das Geld ist nicht gut genug.«

»Im Augenblick kostet es uns nur eine Menge und bringt nichts ein.«

Leone erwiderte: »Wenn es Ärger gibt, denken Salata und Ferri, es sei meine Schuld.«

»Meine Geduld ist nicht unerschöpflich, Ernesto Leone.«

Leone eilte aus der Kirche.

Roberto Ferri, ein Schmuggler, beichtete als Nächster. »Meine Männer haben Wind von einer Heroinlieferung bekommen. Für die Iren.«

»Wie groß?«

»Sehr groß, wie ich hörte. Aus Mexiko.«

»Für welche Iren?«

»Die Westside Wallopers. Hunt und McBean.«

»Gut gemacht, Roberto!« Hunt und McBean waren im Aufwind befindliche ehemalige Mitglieder der Gopher Gang, die auf eigene Rechnung arbeiteten.

Ferri sagte: »Wie ich hörte, gibt es einen Markt für Kokain auf der Aquädukt-Baustelle. Die Neger konsumieren es. Aber es gibt keine Nachfrage nach Heroin … Wenn du jemanden auf der Baustelle kennst, vielleicht können wir dann Heroin gegen Kokain eintauschen.«

»Sieh nur zu, dass du es in die Finger kriegst. Um die Vermarktung kümmere ich mich.«

»Kennen Sie jemanden, dem Sie es verkaufen können?«

»Goodbye, Ferri.«

Ferri zündete seine obligatorische Kerze an, während er durch die Kirche zum Ausgang schlurfte.

Antonio Branco wartete in der Priesterkabine des Beichtstuhls, während seine Finger geschäftig und gleichmäßig wie ein Uhrwerk das Auf- und Zuklappen seines Taschenmessers übten. Sein Knie war in der engen Kabine steif geworden, als in seinem Bein ein Krampf entstanden war. Als die Kirchentür hinter Ferri zufiel, humpelte er zum Opferstock und stopfte einen Fünfzig-Dollar-Schein hinein, als *Beichtstuhlmiete* für die Geistlichen, die er *gezähmt* hatte. Eine steinerne Treppenflucht führte in die Katakombe hinunter. Ehe er die letzte Stufe erreichte, hatte sich der Krampf in seinem Bein verflüchtigt.

Ein niedriger Korridor verlief zwischen den Grabgewölben unter der Kirche. Branco verwendete einen Schlüssel, um in die Krypta am Ende des Korridors zu gelangen. Er verriegelte die schwere Tür, die von Kistenstapeln flankiert wurde, hinter sich, schloss eine versteckte Tür am anderen Ende des Raums auf, schritt durch eine massive Fundamentmauer und betrat einen feuchten Tunnel. Der Tunnel führte unter dem Friedhof zur Grenze des Kirchengrundstücks und durch eine andere Tür in den modrigen Keller eines Mietshauses. Wiederholt Türen auf- und abschließend, marschierte er von Keller zu Keller unter drei nahezu identischen Gebäuden hindurch. Die letzte Tür war im hinteren Teil eines begehbaren Safes mit Haufen von Geld und Waffen getarnt. Während er sie hinter sich schloss, gelangte er vom Safe in einen sauberen trockenen Keller, passierte einen Raum mit einer leeren, vergitterten Arrestzelle, wie sie in Polizeiwachen zu finden war, dort allerdings ohne die hier vorhandenen schalldichten Wände und Gewölbe. Dann schloss er eine letzte Eichentür auf und stieg die Treppe zur Küche im hinteren Teil seines Lebensmittelladens hinauf.

»Wo ist Goldköpfchen?«

»Ich seh ihn nicht.«

Der Platz des Detektivs an der Theke des Kips Bay Saloons war leer.

»Wo sind die Kohlenschnüffler?«

Ihr Wagen war verschwunden. Desgleichen die Schubkarre des Rothaarigen mit gebrauchten Kleidern.

»Wer ist das?« Ein Betrunkener lag neben dem Aufgang zum Kips Bay Saloon.

Charlie Salata überquerte die Straße und versetzte ihm einen Fußtritt gegen die Rippen. Der Betrunkene stöhnte und erbrach sich, wobei er Salatas Schuhe nur knapp verfehlte. Salata machte einen Satz rückwärts und blickte mindestens zum zwanzigsten Mal die Straße hinauf und hinunter. Wo zum Teufel waren die Van Dorns? Die Elizabeth Street zwischen Houston und Prince war der betriebsamste Block in der Stadt. Fünftausend Menschen wohnten in den Mietshäusern, und heute sah es so aus, als ob die meisten den Bürgersteig bevölkerten.

»Keine Van Dorns in Sicht? Dann mal los, wagen wir es.«

Aber Salata zögerte noch immer. Es fühlte sich an wie eine Falle.

»Falschgeld«, fasste Helen ihren Bericht für Isaac Bell knapp zusammen.

Der große Detektiv beugte sich im Frachtabteil eines von Pferden gezogenen Lastwagens, der gewöhnlich Silberbarren transportierte und neun Blocks von der Elizabeth Street entfernt am Washington Square parkte, über einen Spiegel und kämmte sich schwarze Schuhwichse ins Haar. Helen hatte ihm und Archie im vorangegangenen Jahr bei ihrer Jagd nach dem Attentäter geholfen, und Bell betrachtete sowohl sie als auch ihren Vater als Freunde. Aufgewachsen als Kind eines Karrieresoldaten der Army, hatte sie ein ausgeprägtes Gespür für Dienstrang und Benimmregeln und daher entschieden, dass sie ihn im Dienst regelmäßig nur mit »Mr. Bell« ansprach.

»Geldfälscher, die ihre Blüten in Umlauf bringen?«

Ihre Augen funkelten vor großer Aufregung und einem Eifer, den Bell auf keinen Fall dämpfen wollte, auch wenn er ihr erklärte, weshalb ein solcher Fall unwahrscheinlich war. »Gut gemacht, Helen. Wenn die Erpresser auch noch als Geldfälscher tätig sind, dürften wir auf etwas höchst Ungewöhnliches gestoßen sein.«

»Ungewöhnlich?«

»Es gibt bestimmte Arten von kriminellen Aktivitäten, die eigentlich niemals von ein und derselben Person ausgeübt werden. Der Kriminelle, der Falschgeld herstellt, gehört erfahrungsgemäß nicht zu denen, die mit Gewalt drohen.«

»Niemals?«

»Das will ich nicht behaupten, weshalb ich auch möchte, dass Sie dieser sehr interessanten Spur weiter nachgehen. Der Secret Service ist auf die Verfolgung und Aufklärung von Falschgeldvergehen spezialisiert. Man muss heftige Klimmzüge machen, ehe sie sich herablassen, mit Privatdetektiven zu reden, aber vielleicht machen sie bei Ihnen eine Ausnahme. Suchen Sie den Agenten Lynch auf. Chris Lynch. Er ist ihr zuständiger Mann hier in New York. Zeigen Sie ihm das Papier. Und erzählen Sie ihm, was Sie in der Printer's Row erfahren haben.«

Zu Bells Überraschung war Helen von seinem Vorschlag nicht begeistert.

»Was ist denn nicht in Ordnung?«

Sie klang leicht beleidigt. »Soll ich Lynch etwa mit meinem Augenaufschlag becircen?«

»Versuchen Sie's, wenn Sie wollen. Versuchen Sie, die Situation einzuschätzen, und handeln Sie, wie die Umstände es Ihrer Meinung nach erforderlich machen.«

»Dazu muss ich Ihnen eins erzählen, Mr. Bell. Die Drucker dachten offenbar, weil ich eine Detektivin bin, sei ich schnell zu haben. Zwei luden mich zum Mittagessen ein, und ein alter Knacker versuchte mich zu überreden, ihn übers Wochenende nach Atlantic City zu begleiten.«

»Ich habe mich mit diesem Problem noch nicht herumschlagen müssen«, sagte Isaac Bell. »Aber ich gebe Ihnen einen Tipp. Anstatt Lynch mit den Wimpern anzuklimpern, nennen Sie beiläufig den Namen Ihres Vaters. Möglicherweise ist der Secret Service durchaus bereit, sich mit der Tochter eines Brigadegenerals zu unterhalten.«

»Isaak – Mr. Bell, ich weiß, ich bin nur eine Praktikantin, aber ich hatte gehofft, dass Sie mich bei dieser Banco-LaCava-Geschichte an vorderster Front einsetzen.«

»Wenn Sie es schaffen, dieses Schreibpapier mit einem

Black-Hand-Erpresser in Verbindung zu bringen, werde ich Sie persönlich zum vollwertigen Lehrling befördern.«

»Noch bevor ich das College abschließe?«

Bell zögerte und stellte sich vor, wie das wie aus Granit gemeißelte Gesicht von Brigadegeneral G. Tannenbaum Mills rotviolett anlief. »Ich nehme an, Ihr Vater wird Ihnen zu dem Thema, das College vor dem Ablegen der Abschlussprüfung zu verlassen, noch einiges Nachdenkenswertes zu sagen haben.«

Charlie Salata ließ seine Leute eine Stunde lang in der Elizabeth Street herumstreifen.

»Sie sind hier«, sagte er immer wieder und ließ den Blick besorgt über die Straße, über Bürgersteige, Lastwagen und Lastfuhrwerke, Schubkarren, Fenster, Dächer und Feuertreppen gleiten. »Ich kann sie nicht sehen, aber ich spüre sie. Es ist, als könnte ich sie riechen – was macht denn der Junge?«

»Er klebt Theaterzettel.«

Die Gangster beobachteten, wie der Junge Plakate auf Mauern, auf Pferdewagen und sogar auf Ladenschaufenster pappte, wenn die Eigentümer gerade nicht hinsahen. Sie kündigten eine Aufführung von *Aida* im nahegelegenen Mincarelli Opera House an, das vorwiegend von Einwanderern besucht wurde. Der Plakatkleber überquerte die Houston Street und arbeitete sich in nördlicher Richtung die Straße hinauf und außer Sicht.

Ein ungewöhnlich großer Jude fiel Salata ins Auge, als er – von Kopf bis Fuß in Mantel, Hose, Schuhe und Hut gekleidet, die so schwarz waren wie sein Bart – aus einem Mietshaus kommend auftauchte. Salata studierte ihn misstrauisch. Der Hebräer wich dem Affen des Drehorgelspielers aus, der Pennys vom Pflaster aufklaubte, und verschwand eilig im nächsten Mietshaus. Das war nur einer von vielen jüdischen Nähereiinhabern, die italienische Hausfrauen engagierten, um in ihren Küchen Näharbeiten zu verrichten.

»Warum werfen wir nicht einfach eine Bombe in die Bank?«, fragte ein Handlanger.

»Warum hältst du nicht einfach die Klappe?« Der Grund war für jeden offensichtlich, außer für einen *cafon*, der vor höchstens zwei Stunden mit dem Schiff eingetroffen war. Die Fenster der Banco LaCava zu zertrümmern wäre der einfache Teil. Sich durch die Trümmer zu wühlen, um das Geld aus dem Safe zu holen, würde dagegen Zeit kosten. Sie hätten ein paar Minuten, bis die Cops und die Feuerwehrleute einträfen, aber keine Sekunde, wenn die Van Dorns nahe genug waren, um sie anzugreifen. Außerdem – und das durfte auf keinen Fall ignoriert werden – hatte der Boss Befehl gegeben, an dem Van-Dorn-Lehrling ein Exempel zu statuieren.

»*Dort!* Richie Cirillo.«

Der Junge trottete gerade an der Banco LaCava vorbei, auf den Schultern einen Kleidersack, der fast größer war als er selbst. Salata packte den Handlanger am Arm. »Stich diese magere kleine Ratte ab.«

Richie Cirillo sah, wie der Mörder seine Verfolgung aufnahm. Er rannte in einer halb geduckten Kauerhaltung wie ein Hund mit breitem Brustkorb. Ein glühender Blick stach in Richies Augen, während sich der Mann durch die dichte Menschenmenge schlängelte.

Der Junge geriet in Panik. Er ließ den Kleidersack fallen und rannte über die Straße in Richtung Kips Bay Saloon, wobei er vergaß, dass Mr. Bell nicht mehr an der Theke stand und ihn beobachtete. Sein Blickfeld verengte sich. Alles, was er durch das Gewimmel beweglicher Ziele, hin und her eilender Menschen, Karren und Pferdekutschen sehen konnte, war die vermeintliche Sicherheit innerhalb des Saloons. Er brauchte nur die Eingangstreppe zu erreichen, über den Betrunkenen hinwegzuspringen, der darauf lag, und hineinzukommen.

Passanten erkannten die Angst in seinem Gesicht, und ihm wurde sofort Platz gemacht. Sie beeilten sich, ihm einen Weg zu schaffen, und wichen zur Seite aus. Er stürmte an ihnen vorbei – sie hätten ihm nicht helfen können, selbst wenn sie es versucht hätten –, rutschte auf den vom Pferdemist schmierigen Pflastersteinen aus und stürzte aufs Gesicht. Ehe er sich wieder auf die Füße gekämpft hatte, war sein Vorsprung vor dem Mörder um die Hälfte geschrumpft. Ein Stilett blitzte in dessen Faust.

Isaac Bell stürzte mit seinem flatternden schwarzen Mantel aus einem Mietshaus und rannte hinter dem Ganoven her, der den Lehrling hetzte. Auf diesem Abschnitt der Elizabeth Street wimmelte es von unschuldigen Passanten. Es waren zu viele, um eine Schießerei zu riskieren. Ein leerer Lieferwagen versperrte ihm den Weg. Während er elegant über ihn hinwegsetzte, sah er, wie Archie Abbott, das Haar ebenfalls schwarz gefärbt, die Zügel eines mit Lumpen beladenen Wagens fallen ließ und vom Kutschbock herabsprang. Harry Warren ließ sich von einer Feuertreppe im ersten Stock herunterfallen, rutschte die Leinenmarkise eines Ladens hinunter, landete auf dem Bürgersteig und startete durch.

Der Mörder holte sein Opfer zwei Meter vor der Treppe des Kips Bay Saloon ein.

Richies Sinne waren durch seine panische Angst geschärft. Für eine Sekunde konnte er alles gleichzeitig sehen, spüren und hören – den Betrunkenen, der vor seinen Füßen blinzelnd aufwachte, den Schatten des Mannes hinter ihm, das Stilett, das zischend durch die Luft schnitt. Er verrenkte sich verzweifelt, um sich aus seiner Bahn zu winden. Auf seinen Nacken gezielt, glitt die Klinge daran vorbei und schlitzte durch seine Ohrmuschel. Der Schmerz ließ ihn ruckartig innehalten, und in diesem Moment stieß der Mörder erneut zu.

Richie hörte ein erschrockenes Knurren.

Das Stilett fiel auf den Bürgersteig und klingelte dabei wie ein Windspiel. Der Mörder knickte nach vorn ein und presste beide Hände auf den Unterleib. Eine Faust kam vom Bürgersteig hoch wie ein Vorschlaghammer beim Ausholen zu einem nächsten Schlag und zerschmetterte das Gesicht des Killers. Richie hörte Knochen knacken. Blut spritzte auf den Betrunkenen, der auf der Treppe zurücksackte und die Augen schloss.

Der Mann, der versucht hatte ihn zu erstechen, streckte sich, um sein Messer zu ergreifen. Doch Bell trat auf seine Hand, und Abbott ließ Handschellen um seine Handgelenke einrasten.

Isaac Bell packte Richies Schulter, zog ihn zu sich herum und presste ein Taschentuch auf sein Ohr. »Bist du okay, mein Junge?«

»Ich denke schon. Dank dieses Mannes.«

Bell ging neben dem Betrunkenen auf die Knie hinunter. »Wish, woher kommst du denn?«

»Aus Philadelphia«, antwortete Aloysius Clarke. »Tut mir leid, dass ich eingeschlafen bin.«

»Verdammt gute Tarnung.«

»Daran übe ich schließlich schon ein ganzes Leben.«

Eine ohrenbetäubende Explosion überschüttete sie mit Glasscherben.

7

»Mano Nera! Mano Nera!«

Goldmünzen, Zehn-Dollar-Scheine und geborstenes Glas flogen aus dem Schaufenster der Banco LaCava heraus und ergossen sich in die Elizabeth Street. Staub und Qualm wallten von der zertrümmerten Bank und der Fassade des Mietshauses hoch, in dem sich ihre Geschäftsräume befanden.

»Mano Nera! Mano Nera!«

Innerhalb von Sekunden drängten Hunderte Menschen auf die Feuertreppen, »Mano Nera! Mano Nera!« schreiend, und Tausende strömten aus den Häusern. Während die Menschenmassen die Bürgersteige füllten und Fahrbahnen verstopften, stürmte David LaCava mit einer Pistole bewaffnet und einem Wäschekorb in der anderen Hand aus seinem demolierten Ladenlokal heraus und begann, das Geld einzusammeln. Eine Glasscherbe hatte seine Wange geritzt, und Blut rötete seine Hemdbrust.

»Ihr beiden helft ihm«, befahl Bell dem Duo Wally Kisley und Mack Fulton und drang, gefolgt von Archie und Harry Warren, in das Gebäude ein. Sie suchten nach Verschütteten und Verwundeten. In der Eingangshalle bedeckten Gipsschutt und zersplitterte Holzwände den Fußboden. Durch die wirbelnden Staubschwaden konnte Bell erkennen, dass die Bombe in eine Mauer zwischen dem Gebäude und der Bank und LaCavas

Apartment dahinter ein Loch gesprengt hatte. Zwei Männer, die Säcke voll Geld aus LaCavas Safe schleppten, kamen gerade durch das Loch gesprungen.

Isaac Bell und Archie Abbott streckten sie mit einem vernichtenden Wirbel von Fäusten und Totschlägern zu Boden. Ein dritter Gangster erschien in der Öffnung und wedelte mit einer Pistole. Harry Warren feuerte seinen Revolver zuerst ab und zerrte die Geldsäcke durch das Loch in die Bank zurück, während Bell und Archie Abbott Mrs. LaCava und ihre beiden Kinder aus dem zertrümmerten Wohnzimmer heraustrugen.

Polizisten in Uniform und Zivil kamen vom Revier in der Mulberry Street herbeigerannt. Weiße Pferde mit Feuerwehrwagen im Schlepptau galoppierten durch die Menschenmassen.

»Was haben Sie hier zu suchen?«, fragte ein Detective und nahm den Gefangenen in Empfang, den Harry Warren ihm übergab. Die anderen waren entkommen.

»Wir bewachen die Bank.«

»Das haben Sie wohl vermasselt.«

»Was Sie nicht sagen.«

Wally Kisley kam mit einem Lumpensammlersack auf der Schulter im Laufschritt zu Bell. Dieser fragte: »Wo ist Richie?«

»Der Doktor näht sein Ohr zusammen. Schau nicht hin, aber der Boss ist hier.«

»Er ist in Washington.«

»Das *war* er«, korrigierte Harry. »Seiner Gesichtsfarbe nach zu urteilen ist er wütend genug, um Detektiven die Köpfe abzureißen.«

»Ich fürchte, ich weiß auch schon, welchen zuerst«, sagte Bell.

Tatsächlich wühlte sich Joseph Van Dorn gerade mit direktem Kurs auf den Kips Bay Saloon durch die Menge der Schaulustigen. Bell holte ihn ein, während er sich neben Wish Clarke kniete, der mittlerweile wieder eingeschlafen war. Van Dorn legte ihm seine massige Hand auf die Schulter und schüttelte ihn heftig.

»Wachen Sie auf, Aloysius!«

Wish Clarke schlug die Augen auf, fuhr sich mit dem Handrücken über den Mund und lächelte. »Hallo, Boss.«

»Sie sind gefeuert.«

Isaac Bell sagte: »Er hat Richie Cirillo das Leben gerettet.«

»Davon habe ich gehört. Er ist betrunken. Reines Glück, dass er rechtzeitig aufgewacht ist, und ebenfalls reines Glück, dass durch ihn keiner von den anderen zu Schaden kam. Aloysius, Sie sind der beste Detektiv, den ich kenne. Ich empfange Sie mit offenen Armen, wenn Sie stocknüchtern sind und für den Rest Ihres Lebens trocken bleiben. Aber bis dahin möchte ich Ihr Gesicht nicht mehr sehen.«

Er stand auf, machte kehrt und lief einige schnelle Schritte. Dann kam er zurück, ging wieder auf die Knie hinunter und klopfte Wish unbeholfen auf die Schulter. »Gott, Mann. Ich kenne dich fast genauso lange, wie ich Mack und Wally kenne. Ich hoffe, du findest einen Weg zurück.«

»Danke, Joe.«

Van Dorn entfernte sich.

Isaac Bell half seinem alten Freund auf die Beine.

Wish sagte: »Tut mir leid, dich im Stich gelassen zu haben, Isaac.«

»Du hast mich nicht im Stich gelassen. Ohne dich hätte ich einen Lehrling verloren. Ich bedaure nur, dass der Boss es nicht genauso sieht.«

Wish machte ein unendlich trauriges Gesicht und suchte mit zitternder Hand nach seiner Taschenflasche. »Nimm es dir nicht zu sehr zu Herzen, alter Junge. Der Boss hat recht.«

»Was hast du in der Bank gemacht?«, brüllte der Police Detective den Gangster an, den die Van Dorns ihm übergeben hatten.

»Ich wollte eine Dampfschifffahrkarte kaufen.«

»Wohin?«

»*Italia*.«

»Du lügst, Pasquale. Typen wie du kehren nicht nach Italien zurück. Dort würdest du sofort in den Knast wandern. Was hast du in der Bank gemacht?«

»Großer Knall. Hab Kopfschmerzen.«

»Was führst du im Schilde.«

»Nichts.«

»Zu wem gehörst du? Salata?«

»Salata? Von dem habe ich noch nie gehört.«

»Wo wohnst du?«

»Hab ich vergessen.«

Der Cop erhob die Stimme. »Glaubst du, ich könnte es nur auf die sanfte Tour, du Klugscheißer? Ich bringe dich zu Detective Petrosino. Seine Jungs ziehen dich aus bis auf die Socken.«

»Das wird nichts nützen«, meinte Harry Warren halblaut zu Isaac Bell. »Sizilianer werden nicht weich.«

Auf der anderen Seite der Straße beteuerte der Mörder, den Wish Clarke aufgehalten hatte, dass er im Kips

Bay ein Bier trinken wollte, als ein Betrunkener ihn angriff.

»War das bevor oder nachdem du dein Stilett weggeworfen hast?«

»Das ist nicht meins.«

»Pasquale, ich habe Zeugen, die gesehen haben, wie du damit auf einen Jungen einstachst.«

»Vor Gericht wird sich bestimmt niemand mehr daran erinnern.«

Der Cop zwinkerte Harry Warren zu. »Wenn die Leute, die gesehen haben, wie du auf den Jungen losgegangen bist, Italiener waren, hast du wahrscheinlich recht, Pasquale. Ihr macht den armen Teufeln so viel Angst, dass sie sich noch nicht mal an ihre eigenen Mütter erinnern würden. Aber meine Zeugen sind Van Dorns. Die haben ein ganz spezielles Motto. Sie vergessen nicht. Niemals … also noch mal von vorn. Wie heißt du?«

»Pasquale.«

»Wie lautet dein Name?«

»Pasquale.«

»Das ist Vito Rizzo«, unterbrach Harry Warren. »Einer von Salatas Leuten, nicht wahr, Vito?«

»Ich will einen Anwalt.«

Warren sagte zu Bell: »Morgen kommt er auf Kaution wieder raus.«

»Wir erstatten Anzeige.«

»Er wird trotzdem auf Kaution rauskommen. Sie haben Beziehungen zur Tammany Hall.«

Die Cops und die Feuerwehrmänner stellten die Ordnung wieder her, und im Viertel kehrte allmählich Ruhe ein. Aber während sie noch dabei waren, die Straße zu räumen und die Menge der Gaffer zu zerstreuen, bildete sich vor der zertrümmerten Eingangstür der Banco La-Cava eine lange Schlange von Kunden mit Sparbüchern in den Händen.

Bell zeigte den Polizisten, die Wache hielten, seine Van-Dorn-Dienstmarke, und Harry Warren steckte jedem zwei Dollar zu. Sie trafen LaCava dabei an, wie er seinen Safe mit dem Geld füllte, das er von der Straße eingesammelt und das Bells Black Hand Squad gerettet hatte.

»Ich bin ruiniert und kann meinen Laden schließen. Die Leute kommen in meine Bank gerannt, um ihr Geld herauszuholen.«

»Warum? Sie haben doch Ihr Geld zurückbekommen?«

»Aber sie können doch nicht darauf vertrauen, dass ihr Geld bei mir sicher ist. Sie wissen, dass die Black Hand zurückkommen wird. Ich hätte zahlen sollen, wie mein Freund Branco es mir geraten hat.«

Als Bell und Harry Warren allein waren, sagte der Bandenexperte: »Sein ›Freund‹ Branco könnte durchaus derjenige sein, von dem der Drohbrief stammt. Erst schicken sie ihn ab, dann erscheinen sie rein zufällig wie ein guter Freund oder Geschäftspartner und geben einem den Rat, lieber zu zahlen.«

Isaac Bell studierte Antonio Branco von dem Café aus, das sich gegenüber Branco's Grocery in der Prince Street befand. Halb sitzend, halb stehend an einen hohen Hocker gelehnt, gab er in einem maßgeschneiderten dunkelblauen Baumwollanzug, der eher in den Speisesaal einer Firmendirektion gepasst hätte als in einen geschäftigen Lebensmittelladen, die Figur einer durch und durch seriösen und wohlhabenden Persönlichkeit ab. Abgerundet wurde das Bild durch ein Paar maßgeschneiderter und auf Hochglanz polierter Schuhe.

Er war deutlich größer als die Angestellten und Fahrer, die er beim Beladen der Lastwagen beaufsichtigte, und dazu kam noch eine unübersehbare Erscheinung mit blitzenden Augen, einem sorgfältig gestutzten Schnurrbart und dichtem, lockigem Haar, das so schwarz wie Anthrazit war. Seine Miene wechselte ständig ihren Ausdruck: hier ein fröhliches Lachen für einen besonders eifrigen Angestellten, dort eine gerunzelte Stirn und ein finsterer Blick für einen Bummelanten und dann wieder ein zufriedenes Kopfnicken, wenn ein Wagen beladen war und seinen Standplatz verließ. Als eine Orange aus einer geborstenen Kiste herausrollte, fing er sie mit blitzschnellem Griff auf, ehe sie aufs Pflaster fiel.

Bell überquerte die Straße. Branco verfolgte ihn mit wachen Augen und einem interessierten Blick, als wüsste er instinktiv, dass der hochgewachsene Detektiv, der sich elegant durch den dichten Verkehr schlängelte, mit ihm reden wollte. Er stand von seinem Hocker auf und überquerte den Bürgersteig, um ihm ein Stück entgegenzukommen, und Bell bemerkte, dass er leicht humpelte und dabei mit einem Fuß seitlich ausschlug. Dies minderte jedoch den Eindruck von einer gespannten Feder aus härtestem Stahl nicht im Geringsten.

Bell streckte eine Hand aus. »Isaac Bell, Mr. Branco. Von der Van Dorn Detective Agency. Wenn ich richtig verstanden habe, hatten Sie David LaCava geraten, die Forderung der Black Hand zu begleichen.«

Branco senkte den Kopf mit einem bedauernden Lächeln. »Ich habe es David LaCava und Giuseppe Vella sogar dringend empfohlen. Offensichtlich hätten sie auf mich hören sollen.«

»Aber wenn Sie dieser Auffassung waren, weshalb sind Sie dann ihrer White Hand Society beigetreten?«

»Ich war skeptisch. Aber es war richtig zu helfen. Auch wenn es nicht besonders klug war.«

»Skeptisch? Oder hatten Sie Angst.«

Als ein Ausdruck der Verachtung Brancos Miene für einen kurzen Moment verhärtete und stählerner Glanz in seinen Augen aufblitzte, hatte Bell plötzlich das seltsame Gefühl, dass sie einander schon ein Mal begegnet waren. Ehe er in seinem Gedächtnis nachforschen konnte, lächelte Branco, und das stählerne Glitzern milderte sich zu einem fröhlichen Funkeln. »Es kommt gelegentlich vor, dass man sich bemüßigt fühlt, jemandem einen Gefallen zu tun.«

»Wurden Sie in Amerika geboren, Mr. Branco?«

»Nein. Weshalb fragen Sie?«

»Sie beherrschen unsere Sprache fast wie ein Einheimischer.«

Branco strahlte. »Ich wünschte, es wäre so. Aber mein Akzent entlarvt mich noch immer als Zugereisten.«

»Er ist kaum wahrnehmbar«, sagte Bell, »während Sie sich überdies ausgesprochen gewählt ausdrücken. Wann sind Sie hier gelandet?«

»Ich kam als Mundorgelsklave hierher, als ich acht Jahre alt war, und habe seitdem mit kleinen Unterbrechungen ständig hier gelebt... Sie wissen offenbar nicht, wovon ich rede. Ein ›Mundorgelsklave‹, das ist ein Junge, der auf der Straße Mundharmonika spielt und seinem Padrone die Geldmünzen, die wohltätige Menschen ihm hinwerfen, abliefern muss.«

»Der Begriff Sklave lässt auf einen grausamen Herrn schließen.«

Branco zuckte die Achseln. »Ich habe Englisch gelernt, und ich habe Lesen gelernt.«

»Alles mit acht Jahren? Dann sind Sie praktisch ein Einheimischer.«

»Ich bin nach Italien zurückgekehrt, als mein Padrone starb. In jener Zeit kostete eine Fahrkarte für die Passage auf dem Zwischendeck sieben Dollar. Sogar ein Junge konnte auf eigene Rechnung in die Heimat zurückkehren.«

»Ich habe gehört, dass jetzt *Sie* ein Padrone sind.«

»Nicht für Kinder«, erwiderte Branco schneidend. »Ich helfe Padrones, Arbeit für Männer zu finden.«

»Beim Aquädukt-Bau?«

»Ich habe das Privileg, der Excavators' Union beim Bau dieser wichtigen Einrichtung behilflich sein zu dürfen. Nun, da Sie doch sicher wegen einer Angelegenheit hierhergekommen sind, die Ihre Detektivarbeit betrifft, haben Sie noch weitere Fragen, ehe ich wieder *meiner* Tätigkeit nachgehe?«

»Nur noch eine. Wird Ihre White Hand Society sich auflösen?«

»Sie meinen, wird die Gesellschaft weiterhin Van Dorn bezahlen?«

Nun erschien ein zorniger Glanz in Bells Augen. »Die Van Dorn Agency wird alles daransetzen, die Bande, die die Banco LaCava überfallen hat, hinter Gitter zu bringen – und zwar gratis. Ich meinte genau das, was ich Sie fragte – wird sich Ihr Schutzverein auflösen?«

»Wenn es für Sie nicht von Bedeutung ist, ob Sie weiterhin bezahlt werden, weshalb interessiert es Sie?«

»Ihre Gesellschaft wird eine Informationsquelle sein. Und sie wird den Schwachen Mut machen und ihnen Kraft geben.«

»Ich hoffe, dass sie sich nicht auflöst«, sagte Branco. »Gute Männer sollten zusammenstehen. Wenn wir uns auflösen, weshalb wollen Sie dann noch immer die Black Hand verfolgen? Um Ihren Jungen zu rächen, den sie angegriffen haben? Oder weil sie Ihre Agentur haben schlecht aussehen lassen?«

Isaac Bells Schwur, den Angriff auf seinen Lehrling zu rächen und das Vertrauen in die Detektei wiederherzustellen, indem sie die Bombenleger schnappten, ging Branco absolut nichts an, daher zielte seine Antwort auf etwas Grundsätzlicheres ab. »Weil sie Verbrecher sind, die sich an den Unschuldigen bereichern.«

»Nach meiner Erfahrung kümmern sich Amerikaner nicht um das Wohlergehen unschuldiger Italiener.«

»Ich habe die Erfahrung gemacht, dass aus ihnen umso eher echte Amerikaner werden, je eher wir uns um sie kümmern und ihnen zu ihrem Recht verhelfen.«

»Wie lange beabsichtigen Sie, die Bombenleger zu verfolgen?«

»Bis wir sie dingfest gemacht haben. Guten Tag, Mr. Branco. Danke, dass Sie mir Ihre Zeit geopfert haben.«

Branco nickte. Dann sagte er: »Auch ich habe noch eine Frage: Ist die Van-Dorn-Detektei ein rein nationales Unternehmen?«

»Wir haben überall auf dem Kontinent unsere Filialen.«

»Kümmern Sie sich ausschließlich um ›nationale‹ Kriminelle?«

»Wir verfolgen Kriminelle über Staatsgrenzen hinweg, falls Sie das meinen.«

»Nein, ich meine, gibt es kriminelle Organisationen, die über das ganze Land verteilt sind?«

»Sie müssten in einem solchen Fall über die modernen Systeme nationaler Organisationen verfügen oder zumindest ungehinderten Zugang dazu haben.«

»Wie Eisenbahnen, zum Beispiel?«, fragte Branco.

»Oder den Telegrafen. Oder Standard Oil und U.S. Steel. Aber da die meisten Kriminellen bereits Probleme damit haben, jeden Morgen für ein sauberes Oberhemd zu sorgen«, fügte Isaac Bell mit einem Grinsen hinzu, »wäre eine grundlegende Änderung ihrer Sitten und Gewohnheiten dazu nötig.«

Bell machte kehrt und ging.

Antonio Branco genoss einen ganz persönlichen Moment der Genugtuung. Trotz der schmeichelhaften Komplimente des Detektivs wegen der Qualität seines Englisch, um ihn so einzulullen, dass er in seiner Wachsamkeit nachließ, dachte er immer noch italienisch. Wenn und falls Sie sie erwischen, Mr. Bell, wen haben Sie dann geschnappt? Bauern. *Contadini.* Von denen Italien einen unerschöpflichen Vorrat bereithält.

Die meisten Kriminellen haben Probleme, für ein sauberes Oberhemd zu sorgen?

Mr. Bell, Sie und Ihre Van Dorn Detective Agency werden sich wundern, wenn sich eine kriminelle Organisation in jedem Winkel Ihrer Nation festgesetzt hat.

Plötzlich war Bell wieder zurück und kam wie ein Panther mit hungrig glühenden Augen auf Branco zu.

»Mr. Branco.«

»Haben Sie etwas vergessen, Mr. Bell?«

»Können Sie sich entsinnen, dass wir uns schon einmal begegnet sind?«

»Ich bezweifle, dass wir in den gleichen Kreisen verkehren.«

»Vor elf Jahren. Ich war damals Student.«

»Vor elf Jahren bin ich ein einfacher Arbeiter gewesen.«

»In New Haven, Connecticut.«

»Wo immer es Arbeit gab.«

»Ich war in New Haven auf dem College.«

»Wie ich schon bemerkte, wir verkehrten nicht in den gleichen Kreisen.«

»Aber wir hatten etwas gemeinsam. Wir beide. Wir sind vor den Polizisten der New Haven Railroad geflüchtet.«

Branco lächelte. Seine Miene zeigte gesteigertes Interesse. »Nicht in New Haven. Ich bin in New Haven vor keinem Bahnpolizisten geflüchtet.«

»Nördlich von New Haven. Im Depot in Farmington.«

Antonio Branco starrte Isaac Bell an. Er kam näher auf ihn zu und inspizierte ihn genau. Dann trat er zurück und musterte ihn von Kopf bis Fuß. »*Incredibile!*«, hauchte er schließlich. »*Incredibile!*«

»Erinnern Sie sich?«

»Es ist unglaublich. Ja, ich erinnere mich. Ich habe in der Dunkelheit nicht allzu viel von Ihnen sehen können, aber Ihre Körperhaltung ist die gleiche.«

»Ihre ebenfalls«, sagte Bell. »Und Ihr Humpeln. Haben Sie immer noch Ihr Messer?«

»Welches Messer?«

»Das Sie gezückt hatten, um mich anzugreifen.«

Branco lächelte. »Ich kann mich nicht entsinnen, dass ich wegen eines College-Boys ein Messer hätte ziehen müssen.«

»Sie taten es aber«, sagte Bell. »Und Sie haben es in dieser Nacht auch zuvor schon bei einem Bahnpolizisten in New Haven getan.«

»Nein.«

»Kurz bevor Sie mit meinem Zug nach Farmington gelangt sind.«

»Nein, Mr. Bell. Ich habe keinen Bahnpolizisten mit dem Messer angegriffen. Ich bin als blinder Passagier in Ihrem Zug mitgefahren… damals hatte ich keine Ahnung, dass es Ihr Zug war. Ich dachte, er gehörte der Eisenbahn.«

Bell konnte nicht umhin, das Lächeln zu erwidern. »Ich hatte ihn ausgeliehen. Es war ein Studentenulk.«

»So etwas hatte ich mir gedacht«, sagte Branco.

»Der Bahnpolizist wurde in derselben Nacht angegriffen. Haben Sie es zufällig beobachtet?«

Branco zögerte, dann zuckte er die Achseln. »Es ist lange her.«

»Demnach haben Sie es gesehen.«

»Ein Tramp hat den Bahnpolizisten aufgeschlitzt und ist davongerannt. Dadurch konnte ich entkommen, aber nicht ich war es, der ihn mit dem Messer erwischte. Wurde der Polizist schwer verletzt?«

»Er hat's überlebt«, sagte Bell.

»Dann kann man doch sagen: Ende gut, alles gut.«

»Es hat ihn ziemlich heftig erwischt. Die Narben hat er heute noch.«

»Gut. Das freut mich zu hören.«

»Wie bitte?«

»Er hatte vorher mich erwischt. Und auch ich habe so etwas wie eine Narbe zurückbehalten. Er hat mir fast das Bein gebrochen. Wie Sie selbst sehen, muss ich noch heute humpeln. Ich habe Schmerzen, wenn ein Gewitter im Anzug ist. Und so etwas sollte jungen Männern wie Ihnen und mir eigentlich nicht zustoßen.«

»Wer war der Mann mit dem Messer?«

»Der Tramp? Ich hatte ihn nie zuvor gesehen.«

»Der Cop meinte, er sei Italiener gewesen.«

»In jenen Tagen waren viele Hobos Italiener. Sie sind es heute noch. Ich kannte ihn nicht. Aber ich schulde ihm etwas. Ihm kann ich dafür danken, dass ich dem Bahnpolizisten entwischt bin. Sie sind ihm ebenfalls etwas schuldig.«

»Wie kommen Sie darauf?«

»Ihm haben Sie zu verdanken, dass Sie nicht geschnappt wurden, als Sie sich Ihren Zug ›ausliehen‹, was Sie mit Sicherheit worden wären, wenn er den Cop nicht angeritzt hätte. Demnach hat er uns beide gerettet und für bessere Dinge aufgespart.«

»Welche besseren Dinge?«

»Aus dem Arbeiter wurde ein Geschäftsmann. Der Eisenbahndieb wurde Detektiv.«

Isaac Bell lachte. »Das gibt's nur in Amerika.«

Der hochgewachsene Detektiv und der zu Reichtum gelangte Lebensmittelhändler wechselten einen kräftigen Händedruck.

Branco kehrte zu seinem Laden zurück, und Bell fuhr mit der Straßenbahn ins Büro.

Harry Warren erwartete ihn im Bereitschaftsraum. »Black Hand?«

»Noch kann ich mir keinen Reim auf ihn machen. Aber was immer Antonio Branco haben will, er ist fähig, es sich zu verschaffen. Ein gefährlicher Mann. Und ein zorniger Mann, obgleich er es kaschiert. Aber zuvörderst« – Bell ließ sich Brancos Geschichte von dem Tramp und dem Bahnpolizisten kurz durch den Kopf gehen und fügte hinzu – »ist er ein erstklassiger Lügner.«

Wally Kisley kam durch den Hintereingang, immer noch in der Verkleidung eines Lumpensammlers, Hände und Gesicht vor Schmutz starrend. »Ich habe etwas für dich.«

Aus seinem Lumpensack zog er eine rote Pappröhre, die wie eine Dynamitstange aussah. Detektive in seiner Nähe wichen instinktiv zurück. Kisley warf ihnen die Pappröhre zu, und sie gingen eilends in Deckung. Die Röhre landete mit einem hohlen Poltern auf dem Fußboden.

Kisley grinste. »Ich habe das Nitro herausgeholt.«

»Wo hast du die Hülse gefunden?«, fragte Bell.

»Unter LaCavas Safe.«

»Weshalb wollten sie den Safe aufsprengen? Er war doch den ganzen Tag offen.«

»Ich denke, diese Stange gehörte zu dem Bündel, das die Mauer zertrümmerte. Aber sie ist nicht hochgegangen, sondern flog durch die Mauer und rollte unter den Safe.«

»Was nützt uns dieser Fund?«

»Lies den Namen, der darauf steht.«

»Stevens.«

»Dynamit der Marke Stevens gibt es in New York City

nicht zu kaufen. Es wird in New Jersey von einem Ableger der Dupont Eastern Dynamite Company hergestellt und an Werkzeugläden in kleineren Städten geliefert. Es ist eine kurze Stange, kürzer als man sie im Bergbau oder auf Baustellen mit tiefen Fundamenten finden kann. Sie sind eigentlich für Farmer zum Sprengen von Baumstümpfen vorgesehen.«

»Wo könnte die Black Hand sie beschafft haben?«

»In irgendeinem Werkzeugladen oder bei einem Händler für Viehfutter und Kunstdünger in New Jersey oder Pennsylvania, vermute ich. Der Punkt ist, dass sie es nicht in New York City gekauft oder gestohlen haben.«

Bell erinnerte sich, dass Giuseppe Vella ausgesagt hatte, dass sein Vorarbeiter Russo die zu starke Ladung zu spät entdeckt habe, um die Sprengung der Wasserhauptleitung zu verhindern. Es wäre vielleicht etwas unwahrscheinlich, aber er fragte sich, ob Russo in dem Durcheinander bemerkt haben mochte, welche Art von Dynamit für die zu starke Ladung verwendet worden war.

Da die Sprengstoffabteilung der städtischen Baubehörde ihm die Baulizenz entzogen hatte und er nicht länger im Geschäft war, hatte Vella auch kein Telefon mehr. Bell begab sich eilends in die Stadt und traf ihn in seinem Haus in der 13th Street an. Vella musterte ihn argwöhnisch, während er ihn reserviert begrüßte, und Bell vermutete, dass er das von der Black Hand geforderte Lösegeld für die gerettete Maria inzwischen gezahlt hatte. Er zeigte Vella die leere Stevens-Dynamitstange.

»Haben Sie dieses Fabrikat jemals gesehen?«

»Auf dem Land.«

»Nicht in New York?«

»Jedenfalls nicht auf meinen Baustellen.«

»Hat Ihr Vorarbeiter Russo zufälligerweise irgendwelche Bemerkungen über das Dynamit in der Unglücksladung fallen lassen?«

»Er war völlig außer sich und brüllte nur, es sei ein Riesenknall gewesen.«

»Aber als er die Zünddrähte abklemmte, könnte er da nicht bemerkt haben, welches Fabrikat es war?«

Vella zuckte die Achseln. »Wer weiß das schon.«

Nur Russo, dachte Bell. »Ist es möglich, Mr. Vella, dass Russo selbst die Ladung für die Black Hand vorbereitet hat?«

Vella zuckte abermals die Achseln. »Woher soll ich das wissen? Alles ist möglich.«

»Wie wahrscheinlich ist es?«

»Eigentlich gar nicht. Sante Russo ist ein guter Mann.«

»Wissen Sie, wo er zurzeit anzutreffen ist?«

Vella zögerte.

Bell sagte: »Ich bin hinter den Verbrechern her, die Ihre Baustelle zerstört haben. Es sind die gleichen, die auch Ihre Tochter entführten. Russo könnte mir helfen, sie ausfindig zu machen.«

»Wie?«

»Ich muss unbedingt in Erfahrung bringen, ob dies das gleiche Dynamit ist, das die Katastrophe auf Ihrer Baustelle ausgelöst hat.«

Vella nickte. »Okay, ich verstehe… Russo bat mich in einem Telegramm, ihm das Geld zu schicken, das ich ihm für seine letzte Woche auf der Baustelle noch schulde. Seinen Arbeitslohn.«

»Wohin haben Sie das Geld geschickt?«

»Wie kommen Sie darauf, dass ich ihn ausgezahlt habe?«

»Sie sind ein ehrlicher Mensch, Giuseppe Vella. Ihnen würde niemals einfallen, jemanden nicht zu bezahlen, der für Sie gearbeitet hat. Selbst wenn er auf der Flucht ist und es nicht eigenhändig in Empfang nehmen kann. Hat er sich das Geld bei Ihnen abgeholt, oder haben Sie es ihm geschickt?«

»Er bat mich, es ihm telegrafisch nach St. Louis zu senden.«

Isaac Bell verfügte, dass sein Team sofort die Suche nach Sante Russo aufnahm.

8

Brewster Claypool war ein fast zerbrechlich erscheinender eleganter Südstaatler, der den Betrachter an den geistreichen und stets modisch gekleideten Oscar Wilde erinnerte. Nach einem Besuch des Metropolitan Opera House stilvoll in Frack und Fliege gewandet und lässig den Broadway hinunterschlendernd wie eine elegante fleischgewordene Definition des Begriffs Augenweide, blickte er mit der Wertschätzung eines Feinschmeckers für den Tenderloin-Bezirk New Yorks mit besonderer Vorliebe in die dunkleren Querstraßen. Der hell erleuchtete Broadway war mit luxuriösen Hotels und Restaurants gesäumt, aber das restliche Viertel war der Sünde geweiht. Ganz gleich, welches Laster sich der menschliche Geist auch vorstellen konnte, das Tenderloin hielt es in Spielhöllen, Tanzhallen, Saloons und Freudenhäusern in jeglicher Preisklasse bereit. Die Progressiven nannten das Viertel den *Zirkus Satans.* Für Brewster Claypool war es dagegen der Himmel.

Er stieg die Eingangstreppe zum Cherry-Grove-Bordell – ein aufwendig ausgestattetes Edelbordell, bekannt als das Ritz des Tenderloin – hinauf und betätigte eine elektrische Klingel. Ein dreihundert Pfund schwerer Türsteher ließ ihn mit ausgesuchter Hochachtung in den festungsähnlichen Backsteinbau eintreten. Eine grell geschminkte junge Frau in einem roten Abendkleid begrüßte ihn herzlich. »Gleich nach oben, Mr. Claypool?«

»Ich denke, ich mache zuerst einen kurzen Abstecher in den Club.«

Eine Gruppe von führenden Wall-Street-Männern hatte einen Privatclub in dem Hurenhaus gegründet. Die Aufnahmebedingungen für die Cherry Grove Gentlemen's Society waren folgende: Man musste außerordentlich reich und durfte kein Puritaner sein. Die Hausregeln lauteten: Nichts von dem, was in den Clubräumen gesprochen oder getan wurde, durfte nach außen dringen. Frauen durften nicht mehr als zwei Kleidungsstücke tragen, und keines dieser Kleidungsstücke durfte größer sein als die Fläche eines Esstellers. Ein Messstab lag jederzeit bereit, um eventuelle Verstöße gegen diese Vorschrift an Ort und Stelle zu ahnden.

Claypools Vereinsfreunde lungerten in schweren Ledersesseln herum und tranken Champagner und Whiskeycocktails. John Butler Culp, ein Großwildjäger und Rennsegler mit der Statur eines Collegeboxers und Footballspielers, schimpfte gerade auf Präsident Roosevelt.

»Dieser tollwütige arrogante Mann, der erst dann Präsident wurde, als die Radikalen ein Attentat auf Präsident McKinley verübten, wird der Nation tödliches Unrecht zufügen.«

Culp war ein Wall-Street-Titan – gelegentlich Partner und sehr oft Konkurrent von J. P. Morgan, Judge Congdon, Frick, Schwab und J. D. Rockefeller. Er kombinierte ausgeklügelte finanztechnische Strategien mit straffer Unternehmensführung, um Eisenbahnlinien, Bergwerke und Fabriken hervorzubringen und Reichtum anzuhäufen – und diesen dann einzusetzen, um Macht zu gewinnen. Er fand bei Richtern des Supreme

Court Gehör, hatte Senatoren auf seiner Lohnliste und besaß das Vertrauen von Präsidenten, allerdings nicht das des derzeitigen. Spätabends, allein mit »Cherry Grovers«, ließ er mit eisiger Stimme, die von rechtschaffenem Zorn troff, seiner feindseligen Haltung freien Lauf.

»Präsident McKinley hat sich stets für die Erhaltung von Besitzrechten ausgesprochen. Dieser Roosevelt ist dagegen ein sozialistischer Volksverhetzer, der uns um unser Eigentum bringen will.«

»Teddy erklärt, dass er nicht wieder zur Wahl antreten will«, unterbrach ihn ein Bankier.

»Er lügt! Amerika ist verloren, wenn dieser Liebling der Progressiven diese gesamte Amtszeit wahrnimmt. Männer mit Geld und Einfluss werden in diesem Land keinen Platz haben, wenn er sich lange genug im Amt hält, um 1908 wiedergewählt zu werden.«

Culp sagte den letzten Satz mit einem Blick zu Brewster Claypool. Es war nicht mehr als ein Aufblitzen dunkler Augen unter buschigen Augenbrauen, und zwar so kurz, dass niemand der anderen Anwesenden es bemerkte.

Lässig winkte Claypool einer schwarzhaarigen Schönheit, bei der nicht zu befürchten war, dass sie gegen die strengen Bekleidungsvorschriften des Clubs verstieß. Sie kam mit einem kristallenen Whiskeyglas und einer Flasche Bushmills zu ihm herüber. »Nur einen kleinen Schluck, meine Liebe. Ich muss gleich wieder weg.«

»Kommen Sie nicht mit nach oben?«

»Heute Abend nicht, fürchte ich. Ich wäre zu sehr abgelenkt und nicht besonders amüsant.«

Er ging mit seinem Glas in die kleine Bibliothek neben dem Hauptsalon, ließ sich in einen Sessel sinken und hoffte, dass Culp ihm möglichst bald Gesellschaft leistete.

Claypool war »Culps Mann«, und er hatte genug gehört, um zu begreifen, dass er soeben seinen Marschbefehl erhalten hatte. Um die Wahrheit zu sagen, er hatte diese Entwicklung bereits kommen sehen, seit Roosevelt im Jahr 1904 gewählt worden war. Culp hatte beunruhigt gewirkt. Genau genommen war er sogar starr vor Angst, und das machte ihn gefährlich.

Präsident Roosevelt saß ihm im Nacken. TR unterstützte nicht nur den Kampf der Progressiven gegen Monopole, Öl- und Eisenbahn-Trusts und Aktienmanipulation – all dies waren Quellen für Culps stetig wachsendes Vermögen –, sondern unten am Isthmus von Panama ließ Teddy auch »den Dreck fliegen«, indem er den Schiffskanal grub, der den Atlantischen mit dem Pazifischen Ozean verband. Und er hatte geschworen, wie nur Teddy es tun konnte – nämlich laut und öffentlich –, alle Geschäftsleute vor Gericht zu stellen, die durch den Kanal illegale Profite erzielten.

Was Culp, natürlich, getan hatte, nämlich indem er eine Revolution finanzierte, um freundlich gesinnten Eingeborenen die Kanalzone zu sichern, und danach den Panamakanalvertrag entsprechend aufsetzen ließ, um den gleichen Eingeborenen die Kontrolle über den Kanal zu entziehen, und außerdem, indem er den Investoren einige Millionen stahl und den Kongress dazu brachte, für die Kanalrechte weitere Millionen zu bewilligen, die in die Taschen Culps und seiner Freunde flossen.

Claypools Anwälte und Lobbyisten arbeiteten rund um die Uhr, um die Kanal-Zeitbombe zu entschärfen.

Aber wenn der Präsident jemals entdecken sollte, dass J. B. Culp auch Drahtzieher des berüchtigten Ramapo Grab war – ein großangelegter Schwindel um eine private Wasserversorgungsfirma, der beinahe das Catskill Aqueduct Project des seinerzeit noch als Gouverneur tätigen Theodore Roosevelt zum Scheitern gebracht hätte –, würde Teddy nicht eher ruhen, bis Culp im Gefängnis saß.

Daher überraschte es Claypool nicht im Mindesten, dass J. B. Culp den Präsidenten aus dem Amt entfernt sehen wollte. Unglücklicherweise wäre eine Amtsenthebung nicht möglich. TR mochte umstritten sein, TR mochte Unruhe unter der Bevölkerung stiften, aber sogar Wähler, die ihn nicht gerade liebten, waren zumindest von ihm fasziniert, und zwei Drittel des Senats würden diese niemals in Rage bringen wollen, indem sie einen Präsidenten absetzten, den sie offen und ehrlich gewählt hatten.

All das lief darauf hinaus, dass J. B. Culp den Tod des Präsidenten wollte. Als Culps Befehlsempfänger und hinter den Kulissen tätiger Problemlöser wäre es nun Brewster Claypools Job, jemanden zu finden, der ihn tötete, und gleichzeitig zu gewährleisten, dass keins der Clubmitglieder auch nur im Entferntesten mit dem Verbrechen in Verbindung gebracht werden könnte.

Es sei denn, er könnte Culp sein Vorhaben ausreden.

Claypool nippte an seinem Whiskey, bis das Glas knochentrocken war, und hatte beinahe jegliche Hoffnung aufgegeben, als, endlich, Culp hereingeschlendert kam und vor seinem Sessel stehen blieb. Er war ein großer Mann, der seine Körpermasse einsetzte, um einzuschüchtern.

»Worauf warten Sie?«

»Auf eine Gelegenheit, Sie zur Vernunft zu bringen. Würden Sie sich bitte hinsetzen?«

»Mein Entschluss ist gefasst. Der Mann muss verschwinden.«

Claypool erhob sich. »Darf ich ausdrücklich darauf hinweisen, dass er nicht nur ein Mann ist. Er ist auch der Präsident der Vereinigten Staaten.«

»Es wäre mir piepegal, wenn er der König von England wäre. Oder der verdammte Papst. Oder Gott der Allmächtige persönlich. Er wird uns vernichten, wenn wir ihn nicht loswerden.«

»Gibt es keine andere Möglichkeit?«

Culp wiederholte: »Theodore Roosevelt wird uns vernichten, wenn wir ihn nicht loswerden.«

9

»Achtung, Mr. Bell«, warnte der Mann am Van-Dorn-Empfang Isaac Bell per Telefon im Bereitschaftsraum. »Opernsängerin für Sie im Anflug! Ich musste das elektrische Schloss öffnen, bevor sie die Tür aufbrach.«

Die Koloratursopranistin Luisa Tetrazzini, von ihren Bewunderern »Florence Nightingale« genannt, stürmte in den Bereitschaftsraum und umarmte Bell. Trotz der Dampfheizung des Knickerbocker Hotels trug sie einen Mantel und hatte sich einen unendlich langen roten Schal um Hals und Schultern geschlungen, dessen Ende wie eine Schleppe auf ihrem Rücken flatterte. Ihre Augen sprühten Funken.

»Isaac!«, rief sie mit einer Stimme, die bis in die letzten Reihen eines Opernhauses mit fünfhundert Sitzplätzen glasklar zu hören war. »Wo ist Joseph?« Dauermieter des Knickerbocker, wie sie und Caruso es waren, sowie mehrere Theaterimpresarios und die Van Dorns pflegten eine Art kleinstädtischen nachbarschaftlichen Kontakts miteinander. Besucher gaben sich die Türklinken in die Hand, spazierten durch Foyer und Zimmerfluchten und redeten einander mit Vornamen an.

Sie war fünfunddreißig Jahre alt und eine an Rubens' Frauengestalten erinnernde wohlgeformte dunkelhaarige Schönheit mit ausdrucksvollem Gesicht, einer Vorliebe für dramatische Auftritte und einem stählernen Willen. Im vorangegangenen Jahr hatte sie in San Francisco kurz vor dem Erdbeben ihr amerikanisches Debüt gegeben. Caruso selbst lobte ihre Stimme und ihre Darstellungskunst. »Noch ist sie kein Star«, hatte er zwar gemeint, als Bell ihm erzählte, sie in San Francisco singen gehört zu haben. »Aber bald! Denken Sie an meine Worte. Die Welt wird ihr zu Füßen liegen.«

»Joseph«, antwortete Bell, »ist zurzeit in Washington.«

»Aber ich bin verzweifelt. Sehen Sie sich an, was sie mit mir machen.« Sie reichte ihm einen Brief. »Öffnen Sie ihn!«

Bell erkannte das Papier. Er faltete den Briefbogen auseinander und erblickte, was er erwartet hatte – den mittlerweile vertrauten Totenkopf mit Dolch sowie die schwarze Hand. Die Mano Nera stieg die nächste Stufe höher, zuerst waren es die Hilflosen gewesen, dann kamen die Wohlhabenden und jetzt waren es die Berühmten.

Bella Tetrazzini,

wenn wir es nicht so nötig hätten, würden wir niemals eine solche Künstlerin belästigen. Aber wir haben keine Wahl. Viertausend Dollar sollten uns übergeben werden, daher wenden wir uns an Sie, die mit großem Erfolg im Hammerstein singt. Bitte, Bella Tetrazzini, halten Sie Geld bereit und warten Sie auf Instruktionen. Brauchen das Geld noch vor Donnerstag.

Mit großer Hochachtung
Ihre Freunde in Not

»Haben Sie keine Angst«, sagte Bell, »wir werden …«

»Ich habe keine Angst! Ich bin wütend.«

»Wann haben Sie dies erhalten?«

»Vor zwanzig Minuten. Mit der Nachmittagspost.«

»Ist dies der erste Brief dieser Art?«

»Zwei in der vergangenen Woche. Ich dachte, es sei ein Scherz.«

»Haben Sie die Briefe noch?«

»Ich habe sie im Kamin verbrannt. Isaac, ich brauche Schutz. Ich werde wieder in San Francisco singen. Für die Erdbebenopfer.«

»Wann reisen Sie ab?«

»Morgen. Vielleicht sollte ich nicht allein und nur mit meiner Zofe unterwegs sein. Ich brauche einen Van-Dorn-Leibwächter.«

Bell dachte nach. Seine Black Hand Squad war aufgestellt und einsatzbereit. Allerdings hatte sie momentan – nachdem die White Hand Society den Vertrag gekündigt hatte – keine Klienten. Die Suche nach Russo, dem Sprengmeister, hatte sich von St. Louis nach Westen verlagert. Die Van-Dorn-Filiale in Denver kämmte die Lager der Bergleute durch. Andererseits könnte Russo aber auch nach San Francisco unterwegs sein, wo eine große italienische Kolonie entstanden war.

Er rieb stirnrunzelnd mit Daumen und Zeigefinger über den Briefbogen. Ganz eindeutig war es das gleiche Papier.

»Helen?«, rief er. »Wo ist Helen Mills? Da sind Sie ja. Dies hier ist etwas für den Secret Service. Bringen Sie es zu Agent Lynch. Warten Sie einen Moment. Helen … Entschuldigen Sie mich, Luisa, ich bin gleich wieder bei Ihnen.« Er führte seine Praktikantin ein Stück vom

Empfangspult weg, sodass sie sich außer Hörweite befanden. »Was ist die Ausbuchtung?«

»Welche Ausbuchtung?«

Bell deutete darauf. »Diese dort.«

Helen hatte, als Bell sie in der Villa ihrer Familie am Dupont Circle kennenlernte, eins dieser unifarbenen einteiligen Hemdblusenkleider der neuesten Mode getragen. Hier, in der Detektei, war es die traditionelle zweiteilige Kombination aus Hemdbluse und Trompetenrock der jungen Büroangestellten.

»Das bin ich.«

»Nicht das. Die kleine Taschenpistole unter den Bundfalten. Geben Sie sie her.« Bell streckte eine Hand aus und wartete darauf, dass sie die Waffe hineinlegte. »Sie wissen, dass Van-Dorn-Lehrkräfte keine Schusswaffen mit sich führen dürfen.«

»Sie gehört meinem Vater.«

»Dann werde ich Sie ihm zurückgeben, wenn ich das nächste Mal nach Washington komme. Helen, wir haben genaue Regeln.«

Sie vergewisserte sich, dass der Hammer auf einer leeren Kammer lag, und reichte Bell die Pistole mit dem Griff zuerst.

»Nur um es noch einmal festzuhalten«, sagte Bell, »Lehrlinge dürfen noch nicht einmal eine Nagelfeile bei sich tragen.«

»Und wenn ich mir einen Fingernagel abbreche?«

»Dann suchen Sie sich eine raue Oberfläche. Eine Ziegelmauer zum Beispiel, und reiben Sie mit dem Finger darüber.«

»Mr. Bell.«

»Was ist?«

»Wollen Sie mir erzählen, dass Sie niemals heimlich eine Pistole bei sich hatten, als Sie Lehrling waren?«

»Ich wurde nicht erwischt. Gehen Sie jetzt! Zeigen Sie Lynch unseren Fund … Und, Helen?«

»Was ist noch?«

»Versuchen Sie herauszukriegen, was Lynch wirklich haben will.«

»Er möchte mich nach Coney Island ausführen.«

Bell grinste. »Ich meine etwas, das er sich von uns wünscht. Einen Auftrag, den die Van Dorns für ihn erledigen können. Ich habe bei dieser Falschgeld-Geschichte ein seltsames Gefühl.«

Er kehrte zu Luisa Tetrazzini zurück.

»Ich werde Sie persönlich im Zug nach San Francisco begleiten. In San Francisco wird sich unser Außenbüro um Sie kümmern. Mr. Bronson, der leitende Detektiv, ist eine Spitzenkraft und zufälligerweise auch ein großer Opernliebhaber. Ich hörte, es habe ihn glatt aufs Krankenlager geworfen, als Sie San Francisco verließen.«

»*Mille o tante grazie*, Isaac, ich habe keine Angst, aber wer kann schon wissen … Isaac? Haben Sie nicht eine Verlobte in San Francisco?«

»Die habe ich tatsächlich.«

Sobald sie sich verabschiedet und die Agentur verlassen hatte, telefonierte Bell mit Enrico Caruso. »Würde es Ihnen passen, wenn ich kurz zu Ihnen hinaufkomme?«

Zehn Minuten später ließ Caruso ihn in seine Suite ein. Sie hatten einander erst vor kurzem in der unteren Hotelbar kennengelernt, wo Gäste sich nachmittags gerne zu einem Drink in ruhiger Umgebung einfanden. Der Tenor war nur ein paar Jahre älter als der Detektiv, und sie hatten sich auf Anhieb gut verstanden, als sie feststellten, dass sie beide das Erdbeben ohne Blessuren überlebt hatten.

Caruso trug einen wollenen Hausmantel und hatte seinen Hals mit drei Schals umwickelt, während sich Tetrazzini mit einem zufriedengab. In seinem Salon stand ein Konzertflügel von Mason & Hamlin sowie eine summende, zischende Maschine aus Wassertanks und Düsen, die von Zeit zu Zeit Dampfwolken ausstieß, um die Luft anzufeuchten. »*La Voce!*«, sagte der Sänger erklärend und deutete auf seinen Hals. »Legen Sie ab.«

Bell nickte dankend und zog seinen Mantel aus. Im Urwald in Panama war es kühler und trockener als in Enrico Carusos Hotelsuite.

Der Sänger drückte seine Zigarette aus und zündete sich eine neue an. »Ich habe Sie bei meiner *Pagliacci*-Premiere vermisst.«

»Während Sie auf der Bühne standen, versuchte man, mich in die Luft zu sprengen.«

»Nichts als Arbeit und kein Vergnügen …«

»Die Tetrazzini hat einen Brief der Black Hand erhalten.«

»Ich weiß. Ich habe ihr ja geraten, sich an Sie zu wenden.«

»Und was ist mit Ihnen? Haben Sie auch einen Brief bekommen?«

»Nein«, antwortete der Sänger. »Weshalb fragen Sie?«

»Wenn die Briefe von denselben Leuten stammen, die Maria Vella entführt haben und Gewerbebetriebe bombardieren, könnten sie auch noch einen Schritt weitergehen und sich umschauen, in welchen anderen Kreisen sie sonst noch kassieren könnten. Prominente wären die idealen Opfer. Luisa ist bei weitem nicht so berühmt wie Sie. Aber wenn sie nun bei ihr ausprobieren, ob es glückt? Ehe sie einen wirklich dicken Fisch ins Visier nehmen.«

Caruso lachte strahlend. Er hatte ein rundes freundliches Gesicht mit ausgeprägter Stirn, und es leuchtete wie ein elektrischer Scheinwerfer. »Dann bin ich also plötzlich ein Fisch.«

»Ein dicker Fisch.«

»Aber natürlich.«

»Ein dicker Fisch verspricht eine üppige Mahlzeit«, sagte Bell. »Von Luisa verlangen sie viertausend Dollar. Was würden sie wohl von Ihnen fordern? Vierzigtausend?«

»Mindestens.«

»Ich halte Sie auf dem Laufenden. Archie ist in ständiger Bereitschaft, falls Sie Hilfe brauchen, solange ich in San Francisco bin.«

»San Francisco?« Caruso lächelte vielsagend. »Wohnt Ihre Verlobte nicht auch in San Francisco?«

»Das tut sie tatsächlich«, sagte Bell, und Caruso stimmte ein neues Lied an, das man höchstwahrscheinlich niemals in einem Opernhaus hören würde:

»*'round your heart a feeling stealing*
Comes to drive away regret,
When you know you're not forgotten
By the girl you can't forget.

Was wird die schöne Marion wohl davon halten, dass Sie einen transkontinentalen Eisenbahnzug mit einer feurigen Sopranistin teilen?«

Bell erwiderte im gleichen scherzhaften Tonfall, dass die furchterregende Rosa Ferrara sicherlich eifersüchtig darüber wachen würde, dass der tugendhafte Ruf der

Koloratursopranistin nicht befleckt wird. Dabei dachte er, wenn die Forderung an Luisa Tetrazzini ein Test war, wie weit die Macht der Black Hand reichte, so würde man sicherlich an ihr ein Exempel statuieren, wenn sie sich weigerte zu zahlen. Und, so erkannte er plötzlich mit eisiger Klarheit, der Zeitpunkt des Drohbriefs war keineswegs zufällig gewählt. Die Black Hand wusste, dass sie nach San Francisco reiste.

Je weiter von New York entfernt sie zuschlug, desto bedrohlicher würde sie zukünftigen Opfern erscheinen.

Während er Luisa Tetrazzini und ihre Zofe Rosa für die erste Etappe ihrer Reise quer über den Kontinent in den 20th Century Limited verfrachtete, behielt er die Kolonnen eingewanderter Arbeiter wachsam im Auge. Die Grand Central Station war im Aufruhr – Schienen und Bahnsteige wurden verlegt, Löffelbagger und Dampframmen erschütterten den Untergrund –, da die Abbrucharbeiten am alten Bahnhofsgebäude gleichzeitig mit dem Bau des neuen Terminals durchgeführt wurden. Wally Kisley, der in einem auffällig karierten Anzug wie ein Handelsvertreter gekleidet war und den Eindruck erweckte, er lese eine Zeitung, hielt Wache an der Bahnsteigsperre des 20th. Mack Fulton schob eine mit Reisegepäck beladene Handkarre über die Plattform. Archie Abbott stolzierte Ehrfurcht gebietend in der blau-grauen Uniform eines Zugschaffners der New York Central auf dem Bahnsteig auf und ab.

In der La Salle Station in Chicago, wo sie fahrplanmäßig zwanzig Stunden später eintrafen, hatten Van-Dorn-Agenten aus dem Hauptbüro Position bezogen, während die Reisenden umstiegen. Sie begaben sich zur

Union Station und bestiegen ohne einen Zwischenfall den Overland Limited, obgleich Bell nicht sehr erfreut feststellen musste, dass Zeitungsschlagzeilen die Transkontinentalreise der Sängerin weithin bekannt machten. Zum Dinner wurde an diesem Abend die vom Chefkoch des Overland zubereitete Version des berühmten Gerichts Truthahn Tetrazzini serviert, und in Omaha stürmten Opernliebhaber den Bahnsteig und drängten sich in den Zug, wobei sie in Sprechchören *»Brava, Diva! Brava, Diva!«* skandierten.

Tetrazzini, in lange Schals gehüllt und ungewöhnlich wortkarg, hielt im Clubwagen Hof. Rosa Ferrara lieferte pantomimisch die Erklärung, indem sie auf ihren eigenen Hals deutete und flüsterte: »*La Voce!* Signora muss ihre Stimme schonen.«

Isaac Bell hatte die Hand an seinem Colt in seiner Manteltasche und wachsam die Gesichter der Verehrer im Blick. Wie einfach wäre es für einen Mann oder sogar für eine Frau in dieser Menge, mit einem Stilett zuzustoßen! Er achtete vor allem auf ihre Augen, suchte nach einem verräterischen eisigen oder glühenden Aufblitzen, bis die Zugbegleiter den letzten Bewunderer aus dem Salonwagen expediert hatten.

Zwei Tage später herrschte Frieden in Ogden, wo ein Telegramm aus der Denver-Filiale auf Bell wartete. Die Van Dorns in Denver hatten Russo um Stunden verfehlt. Sie vermuteten, dass er nach San Francisco unterwegs war, aber ein Italiener, auf den seine Beschreibung zutraf, könnte ein Ticket in die entgegengesetzte Richtung, nach Kansas City, gekauft haben.

Mit anderen Worten, dachte Bell, konnte Russo überall sein – also auch hier in Ogden. Neun Eisenbahnlinien trafen an diesem Knotenpunkt zusammen, was für jemanden auf der Flucht ideal sein musste. Der einzige in Ogden tätige Van-Dorn-Agent, ein älterer pensionierter Sheriff, meldete sich im Zug zur Stelle. Bell autorisierte ihn, Bargeld an Bahndetektive zu verteilen, um nach Russo Ausschau zu halten.

Der Overland dampfte weiter nach Westen, über den Great Salt Lake und die Lucin-Cutoff-Brücke und quer durch Nevada. In Reno wurden starke Schublokomotiven angekoppelt, und der Zug bewältigte den steilen Streckenabschnitt hinauf in die Sierra Nevada. Nach etwa sechzig Kilometern erreichte der Schienenstrang bei zweitausenddreihundert Metern den höchsten Punkt. Dort fuhr der Zug in den langen, dunklen Summit-Tunnel ein und hielt plötzlich an.

Sekunden vor dem Knirschen der Bremsen und den entsetzten Schreien der Passagiere, die von ihren Sitzen geschleudert wurden, hatten Isaac Bell, Luisa Tetrazzini und Rosa Ferrara ihrer Begeisterung über das atemberaubende Panorama mit Bergen, die in den Himmel ragten, und Seen, die tief unten funkelten, lautstark Luft gemacht. Nun hingegen, im dunklen Tunnel, herrschte allgemeine Verwirrung. Sie steigerte sich schnell zu einem Chaos, als am vorderen Ende des Zugs mit dem Krachen von Pistolen und Gewehren eine Schießerei ausbrach. Darin mischte sich schließlich das unverwechselbare Donnern einer 12-gauge-Schrotflinte, als der im Expresswagen postierte Wachmann zurückschoss.

Bell stürmte aus Luisa Tetrazzinis Abteil heraus in den Korridor. »Verriegeln Sie die Tür hinter mir!«

10

»Platz da!«

Isaac Bell rannte in vollem Tempo in Richtung des Schusslärms, der durch den Tunnel hallte.

Rauchwolken erschwerten die Sicht im Korridor des Eisenbahnwagens.

Während er seine Pistole aus dem Schulterhalfter zog und die Passagiere vor ihm aufforderte, ihm Platz zu machen, stürmte er durch den Abteilwagen und in den vorderen Salonwagen, der sich direkt hinter dem Postwagen befand. Er durchquerte den Verbindungsgang und trommelte gegen die verstärkte Tür des Expresswagens.

»Jake! Hier ist Isaac Bell! Alles okay bei Ihnen?«

Wie bei Van Dorn üblich, hatte er sich bei den Postkurieren vorgestellt, die eingeschriebene Post, Inhaberpfandbriefe, Bargeld und Goldsendungen bewachten. Ein zusätzlicher bewaffneter Helfer war stets willkommen, und Gefälligkeiten dieser Art wurden bei passender Gelegenheit gerne erwidert. Bell rief: »Hinten habe ich alles unter Kontrolle. Hier wird nicht geschossen.«

»Hier auch nicht«, antwortete Jake und schloss die Tür auf. Er hatte eine Schrotflinte mit abgesägtem Zwillingslauf in der Hand und einen verwirrten Ausdruck im Gesicht. »Feuer auf den Schienen, eine Barrikade aus Steinen, und eine Schießerei im Tunnel, alles wie im Krieg. Aber ich sehe keine …«

Bell machte kehrt, um zu Luisa Tetrazzinis Abteilwagen zurückzurennen, preschte durch die schmalen Korridore der anderen Abteilwagen, stieß Passagiere aus dem Weg und schickte schließlich ein Stoßgebet zum Himmel, er möge nicht zu spät kommen.

Die Tür ihres Abteils war abgeschlossen.

Die Geräusche dahinter waren eindeutig: berstendes Glas und ein entsetzter Schrei.

Bell stieß sich von der Korridorwand ab, setzte seine geballte Kraft ein und warf sich mit der Schulter gegen die Abteiltür. Sie wurde aus dem Rahmen gesprengt, flog auf, und der Detektiv schoss ins Abteil, die Pistole in der rechten Hand, die linke zur Faust geballt. Er sah Luise und Rosa auf der Sitzbank, wo er sie zurückgelassen hatte, gegen die gepolsterte Rückenlehne gepresst, die Gesichter kreideweiß vom Schock.

In dem Rauch, der von draußen hereindrang, tauchte ein Mann auf. Man hätte ihn mit seinem rußgeschwärzten Gesicht und einem glänzenden Stilett zwischen den Zähnen leicht für einen Piraten aus einem Gilbert-and-Sullivan-Musical halten können, wäre da nicht der italienische Bodeo-Armeerevolver in seiner Hand gewesen, mit dem er die Glasscherben aus dem Fensterrahmen wischte. Er hatte den Blick auf Bell gerichtet. Der achtkantige Lauf des Revolvers zuckte herum und zielte auf ihn. Bell landete mit der Faust einen Treffer auf seiner Stirn, und der Mann kippte nach hinten. Der Tunnel war schmal und nur mühsam durch das kompakte Gestein des Berges getrieben worden. Der Gangster prallte gegen die raue Felswand und rutschte in den Spalt zwischen Tunnelwand und Eisenbahnwagen. Doch während er stürzte, schaffte er es, den

Abzug zu betätigen. Das Kaliber-.41-Projektil streifte Bells Hals. Es verfehlte zwar die Schlagader, grub jedoch eine glühende Furche in seine Haut, und die Druckwelle der schweren Kugel, die so dicht an ihm vorbeiraste, warf ihn beinahe um.

Luisa stieß einen Schrei aus.

Auf den Beinen schwankend, zielte Bell mit dem Revolver auf das geborstene Fenster und lugte durch den dichter werdenden Kohlenrauch hinunter auf die Schottertrasse unter dem Wagen. Der Mann, den er mit seinem Boxhieb getroffen hatte, kämpfte jetzt, um auf die Beine zu kommen. Er hatte noch immer die Pistole in der Hand und das Messer zwischen den Zähnen. Bell schwang sich aus dem Fenster, landete neben ihm und versetzte ihm einen Schlag mit seiner Automatik. Dies war ein Gangster der Black Hand, den zu erschießen Isaac Bell nicht die Absicht hatte. Diesen Mann würde er zum Reden bringen.

Der Gangster stolperte am Zug entlang. Wie ein Footballspieler rammte Bell ihn mit der Schulter. Dennoch versuchte er zu fliehen. Bell bekam einen Fußknöchel zu fassen, benutzte die Automatik als Totschläger und zielte auf sein Knie. Der Mann stolperte und kam schließlich zu Fall. Bell packte seine Schulter, aber der brennende Schmerz in seinem Nacken beeinträchtigte seine Konzentration. Sein Gegner riss sich los, schlängelte sich über das Gleis und unter den Zug. Bell rollte sich über den Schienenstrang und konnte seinen Gegner im flackernden Lichtschein des Feuers, das vor der Lokomotive loderte, gerade noch sehen. Er schnappte nach dem Fuß des Schützen, und so rangen sie in der flachen Bodensenke unter dem Wagen, schürften sich die

Fäuste an den zersplitterten Schwellen und dem Schotter auf und prallten wiederholt mit den Köpfen und Rücken gegen den Fahrrahmen des Eisenbahnwagens.

Die Lokomotive gab ein schrilles Pfeifsignal von sich. Drei kurze Töne wurden durch die Felswände des Tunnels noch verstärkt, und Isaac Bell begriff, dass der Lokführer den Zug rückwärts aus dem Tunnel bugsieren musste, bevor die Passagiere noch im Kohlenrauch der Lok erstickten. Der Black Hander, mit dem Bell kämpfte, erkannte es ebenfalls. Sein Blick richtete sich glitzernd auf das nächste Wagenrad, das sich etwa drei Meter von ihrem Kampfplatz entfernt befand. Als sich die Luftdruckbremsen mit einem ohrenbetäubenden Zischen lösten, griff er nach Bells Arm und warf sich mit seinem gesamten Körpergewicht darauf, um ihn quer auf dem Gleis zu fixieren.

Der Zug setzte sich in Bewegung, und Bell spürte, wie Schienen und Schwellen von der Reibung von Eisen auf Stahl vibrierten. Er mobilisierte die letzten Kraftreserven, um seinen Arm zu befreien. Der Spurkranz – die Eisenlippe, die den Zug auf den Gleisen hielt – näherte sich zentimeterweise wie die Aufschnittmaschine eines Metzgers. Er bearbeitete mit der freien Hand die Nieren des Mannes. Ein dicker Mantel, den der Mann trug, milderte die Schläge, und der Black Hander ließ ihm keinen Millimeter Spielraum. Bell beugte das Knie und zog den Knöchel zu seiner freien Hand hoch, bis er das Wurfmesser aus seinem Stiefelschaft angeln konnte. Er holte damit aus. Eine Verstrebung des rollenden Fahrgestells stieß gegen seine Hand, und das Messer drohte ihm aus den Fingern zu rutschen. Er hielt es, so fest er konnte, und rammte es in die Niere seines Gegners.

Der Mann bäumte sich auf. Bell warf ihn von sich ab, riss seinen Arm von der Schiene herunter und machte sich auf den Schwellen so flach wie möglich. Der Wagen rollte über ihn hinweg, desgleichen der nächste Abteilwagen, der Salonwagen, der Expresswagen und der Tender. Als sich schließlich auch die Lokomotive in einer Wolke aus Dampf und Qualm entfernte, richtete sich Bell auf und machte Inventur. Er hatte zwei funktionsfähige Hände. Sein Hals schmerzte nahezu unerträglich, und er atmete abgehackt, um seine Lunge mit der dünnen, rauchgeschwängerten Gebirgsluft zu füllen. Der Mann, der den Zug angehalten hatte, um Luisa Tetrazzini anzugreifen, starrte ihn mit grinsenden Zähnen und leeren Augen an. Seltsamerweise war er anscheinend gewachsen, bis Bell feststellte, dass der Schädel, der ihn ansah, auf der anderen Seite der Schiene lag, getrennt von seinem Körper.

Das Stilett glitzerte neben dem Kopf im Schotterbett.

Bell suchte im Mantel des Mannes nach der Messerscheide, dann steckte er die Waffe in die Tasche, zog sein Wurfmesser aus dem Toten heraus und stakste schwankend aus dem Tunnel ins Freie.

Marion Morgan, jung, gertenschlank, strohblond, mit fein geschnittenem Gesicht und ernstem, wachem Blick, wartete am Fährenterminal der Eisenbahnlinie. Isaac Bell sprang vor den anderen Passagieren vom Schiff an Land und schloss sie in die Arme. »Ich bin ja so froh, dich zu sehen.«

Sie küssten sich innig vor den Augen Hunderter Menschen, die sich an ihnen vorbeidrängten. Nach einer Weile ließ Marion ihn los. »Ich kann nicht umhin zu bemerken, dass du einen dicken Verband am Hals hast.«

»Hab mich beim Rasieren geschnitten.«

»Es sieht so aus, als würdest du noch immer bluten.«

»Nur ein Kratzer.«

»Du bist bleich wie ein Gespenst.«

»Vor Aufregung … und vor Freude.«

»Solltest du nicht lieber im Krankenhaus sein?«

»Ich sollte im Bett liegen. Was hast du heute Nachmittag vor?«

»Aber wo ist deine Operndiva?«

»Ich hatte veranlasst, dass Bronsons Leute in Oakland in den Zug einsteigen. Sie haben sie in ihrer Obhut.«

»Dann komm mit.«

»Wohin?« Bei ihrer letzten Begegnung hatte sie in einem Zelt gewohnt, so wie die meisten Menschen in der vom Erdbeben und dem anschließenden Feuer verwüsteten Stadt. Soweit er von der Fähre aus hatte erkennen können, war der Wiederaufbau in den abgebrannten Vierteln nicht sehr weit vorangekommen.

»Ich habe mir von meinem neuen Boss ein reizendes kleines Landhaus geliehen.«

»Von welchem neuen Boss?«

»Ich habe gerade einen wunderbaren neuen Job bei einer Zeitung ergattert. Ich erzähl dir alles. Aber später. Nachdem wir deinen Verband gewechselt haben.«

In der kurzen Zeitspanne, die sie verlobt waren, hatte Isaac Bell erfahren, dass er sich auf Marions Urteilsvermögen und Sachverstand absolut verlassen konnte. In Geschäftsangelegenheiten erfahren und in Stanford zur Anwältin ausgebildet – noch dazu mit einem erstklassigen Studienabschluss –, war sie der einzige Mensch neben seinen Arbeitskollegen in der Agency, mit dem er über seine Fälle sprach.

»Der Killer hat nicht nur Tetrazzinis Wagen in dem dunklen Tunnel auf Anhieb gefunden, sondern auch das Fenster ihres Abteils. Er war also bestens informiert. Und schon wieder habe ich das Gefühl, dass die sogenannte Black-Hand-Bande weitaus besser organisiert ist, als man von ungebildeten Einwanderern, die erst vor kurzem mit dem Schiff über den Ozean gekommen sind, erwarten würde.«

»Auf ihren Anführer trifft das zweifelsfrei zu«, räumte Marion ein. »Hat die Bahnpolizei möglicherweise den Mörder identifiziert?«

»Nein. Wie und warum sollte sie das?«

»Er hat dreitausend Meilen von New York entfernt zugeschlagen, und er – oder seine Handlanger – haben vor euerm Zug Steine auf den Gleisen aufgehäuft, was meines Erachtens die Vermutung nahelegt, dass er Kalifornier ist und seine Anweisungen aus New York erhielt. Außerdem war er offensichtlich mit der Eisenbahn vertraut, daher frage ich mich, ob sie ihn vielleicht schon einmal wegen Schwarzfahrens erwischt haben.«

Sie war in einen seidenen Hausmantel geschlüpft, der ihre seegrünen Augen ausgezeichnet zur Geltung brachte, und Bell verfolgte mit sichtlichem Wohlgefallen, wie sie durch die kleine Hütte schwebte, ihre Sektkelche mit Billecart-Salmon-Brut-Rosé-Champagner auffüllte und ins Bett zurückkam. »Was meinst du dazu?«, fragte sie.

»Ich denke, wir sollten darüber schlafen.«

Eine schwere Hand klopfte an die Haustür.

Marion rief: »Wer ist da?«

»Bronson«, drang eine dröhnende Stimme durch das Holz. »Sind Sie da, Isaac?«

»Was ist?«

»Russo ist in Ogden. Ich schiebe das Telegramm unter der Tür durch.«

Marions Lächeln verflog, und sie sagte traurig: »Sobald ich deinen Hals frisch verbunden habe, begleite ich dich auf die Fähre zum Zug.«

11

Brewster Claypool war unterwegs zum Hauptquartier der Tammany Hall Society, das über Tony Pastors Varietétheater in einem opulenten, in italienischem Stil gehaltenen Gebäude in der 14th Street residierte, als er hörte, wie die Revuegirls Victor Herberts jüngsten Gassenhauer »I Want What I Want When I Want It« intonierten.

Er betrat das Theater.

Sie probten eine Nummer mit einem krummbeinigen Komiker, der mit einer gelben Perücke und einem kurzen Damenrock kostümiert war. Claypool tauschte mit den Mädchen Kusshändchen aus und wurde von dem Komiker mit einem freundlichen Winken begrüßt, dann stieg er mit einem müden Lächeln die Treppe hinauf.

»I Want What I Want When I Want It« beschrieb auf makabre Weise absolut treffend seine Tätigkeit als Drahtzieher für J. B. Culp.

Boss Fryer – der farblose, speckbäuchige »Honest Jim« Fryer – hieß Claypool überschwänglich willkommen. Er hätte sich nach dem Wohlergehen seiner Familie erkundigt, wenn Claypool eine solche hätte vorweisen können, daher fragte er stattdessen nach gemeinsamen Freunden in der Wall Street. Claypool berichtete von ihren Erfolgen und Problemen und erkundigte sich nach Honest Jims Familie, der es offenbar gut ging.

Jim Fryer leitete die Tammany-Hall-Parteimaschine

der Demokraten, die New York City kontrollierte. Als strenger Wächter über eine parteiinterne Hackordnung – von Bezirksvorstehern abwärts zu Wahlbezirksvorstehern, Blockwarten, Salooninhabern und Hauswarten – sorgte er am Wahltag für eine hohe Wahlbeteiligung, um die Mehrheiten zu sichern, die nötig waren, um die Reformer zu besiegen, und herrschte über ein Zweckbündnis aus Polizei, Klerus, Straßenbahnbetreibern und Bauunternehmern.

Sie prosteten einander mit der herzlichen Hochachtung von Freunden, die ihr jeweiliges Metier beherrschten und dort das Sagen hatten, mit Selterswasser zu. Männer, die Städte und ihre Verwaltungen dirigierten und in Gang hielten, konnten sich nicht den Luxus leisten, sich wie gewählte Amtsträger am helllichten Tag auf einen Drink zu treffen. Dann tauschten sie den neuesten Klatsch aus, den zu erfahren so mancher ein Vermögen bezahlt hätte. Schließlich fragte Fryer, in dessen Vorzimmer sich Polizisten, Bauunternehmer, Geistliche und zahlungswillige potentielle Lizenznehmer drängten, Claypool mit allenfalls einem Anflug von Eile: »Welchem Umstand schulde ich das Vergnügen Ihres Besuchs?«

»Ich brauchte jemanden, der mir dabei behilflich sein kann, etwas Ungewöhnliches zu arrangieren.«

Bei dem Wort »Ungewöhnliches« verengten sich Fryers Augen für einen winzigen Moment.

»Brandon Finn wäre dafür der Richtige. Sagen Sie ihm, ich hätte Sie zu ihm geschickt.«

»Es könnte für Finn etwas zu ungewöhnlich sein«, meinte Claypool vorsichtig.

Boss Fryer erhob sich. »Brandon wird wissen, wen er Ihnen empfehlen kann«, erwiderte er, und beide Männer wussten, dass der Boss seine Hände in einer Angelegenheit in Unschuld wusch, deren Erledigung man am besten Handlangern oder Befehlsempfängern überließ.

»Lauf! Lauf, Pasquale!«

Sie waren wieder hinter ihm her, und Sante Russo rannte um sein Leben. Er fragte sich, weshalb Tramps, die nur noch Haut und Knochen waren, da die Lebensmittel knapp wurden und die ersten Kältewellen des Winters von den Wasatch Mountains herabwallten, ihre restlichen Kräfte vergeudeten, um einen einzigen armen Teufel zu hetzen, dem es keinen Deut besser ging als ihnen.

Am liebsten hätte er sich umgedreht und gesagt, ich esse nicht viel. Lasst mich nur in Frieden.

»*Renn, du Spaghettifresser!*«

Der arbeitslose Bergmann, der den Mob anführte, hatte einen Hackenstiel in der Faust. Wenn sie ihn schnappten, wäre das sein Tod. Eine schreckliche Stimme in seinem Innern raunte ihm zu, dass es vielleicht weniger qualvoll wäre, als zu rennen. Aber er blieb nicht stehen, setzte die Flucht fort und schickte ein Stoßgebet zum Himmel, dass er nicht stolperte und zu Fall kam. Er wollte das Hobo-Camp, die Hobos und den Wald und die Sümpfe, wo sie sich vor der Polizei versteckten, so weit wie möglich hinter sich lassen.

Russo schlug die Richtung zu einem nicht allzu weit entfernten Fluss ein und hoffte, dass er seicht genug war, um ihn überqueren zu können. Aber der Fluss war tief und die Strömung reißend. Sie hatten ihn in der Falle. Er ließ jede Hoffnung fahren und wappnete sich, um seinem Schicksal ins Auge zu blicken. Als ob das alles noch nicht schlimm genug wäre, kam plötzlich ein riesiges Automobil mit grell leuchtenden Scheinwerfern aus der Dunkelheit herausgeschossen. Die Verfolgungsjagd steigerte sich zu einem Wettrennen. Wer würde ihn zuerst erwischen? Der Bergmann mit dem Hackenstiel? Die zweite Meute, die sich mit Steinen bewaffnete, um ihn unter Beschuss zu nehmen? Oder das Automobil, das bläuliche Rauchwolken ausstieß, als der Fahrer beschleunigte, um ihn über den Haufen zu fahren. Russo, der davon geträumt hatte, eines Tages genug Geld zu verdienen, um sich ein Automobil kaufen zu können, erkannte in dem Wagen einen Thomas Flyer mit fünfzig Pferdestärken. Er war mit Reserverädern versehen, um unwegsames Gelände zu meistern. Würden seine Verfolger das Abschleppseil zum Lynchen zweckentfremden und ihn damit an einem Baum aufknüpfen?

Russo machte Anstalten, in den Fluss zu springen, als der Fahrer rief: »Sante Russo!«

Russos Augen wurden riesengroß. Woher kannte er seinen Namen?

Das Automobil kam in einer Staubwolke schlingernd neben ihm zum Stehen. »Steigen Sie ein! Schnell, schnell!«

Der Fahrer ergriff Russos Hand und zerrte den Mann mit einem kraftvollen Ruck auf den Beifahrersitz neben ihm. Ein Stein zischte durch die Lücke zwischen ihnen hindurch und verfehlte ihre Köpfe nur knapp.

Ein großer Mann löste sich aus dem Mob. Er hatte ebenfalls einen Stein in der Hand, holte aus wie ein Baseball Pitcher, krümmte den Arm, um den Wurf auszuführen. Der Fahrer zog eine Pistole aus der Manteltasche. Die Waffe bellte. Der Werfer kippte nach hinten.

»Mister?«, fragte Russo. »Wer sind Sie?«

»Bell. Van Dorn Agency… festhalten!«

Isaac Bell trat aufs Kupplungspedal des Flyers, veränderte die Stellung des Schaltknüppels und rammte den Fuß aufs Gaspedal. Antriebsketten rasselten, und die hinteren Reifen wühlten sich durch den Sand und kämpften um Halt. Durch den Flyer lief ein Ruck, er setzte sich in Bewegung, und Bell vollführte einen Slalom um dicht stehende Büsche, Felsbrocken und tiefe Gräben. Die Bande, auf die er geschossen hatte, wich zurück. Aber die Hauptgruppe, angestachelt von dem Mann mit dem Hackenstiel, versperrte ihren Fluchtweg. Bell erhob die Stimme. »Denjenigen, der den nächsten Stein wirft, erschieße ich!«

»Wir sind zu zwanzig«, brüllte der Anführer. »Wollen Sie uns alle erledigen?«

»Die meisten auf jeden Fall. Das Spiel ist zu Ende. Geht nach Hause!«

Für einen Moment glaubte Bell, sie eingeschüchtert zu haben. Stattdessen kamen die Verfolger schrittweise näher. Steine flogen durch die Luft. Einer streifte seinen Hut. Ein anderer hüpfte polternd von der Motorhaube. Ein dritter traf den in der Mitte angebrachten Suchscheinwerfer, der in einem Scherbenregen explodierte. Bell zielte wenige Zentimeter über ihre Köpfe hinweg und entfesselte einen Kugelregen, so schnell er den Abzug betätigen konnte.

Einige ergriffen die Flucht. Andere rückten noch weiter vor. Er gewahrte eine schnelle Bewegung und feuerte in diese Richtung. Eine verrostete Pistole wirbelte durch die Luft. Er schickte zwei weitere Kugeln in diese Richtung, die dicht an ihren Ohren vorbeipfiffen, und der

Hammer seiner Pistole schlug auf eine leere Patronenhülse. Der Abstand zu ihren Gegnern betrug nur noch höchstens zehn Meter. Da ihm keine Zeit blieb, um nachzuladen, rief Bell Russo zu, er solle sich festhalten, und schaltete in den dritten Gang.

Zweieinhalbtausend Pfund Thomas Flyer donnerten auf den Mob zu. Alle bis auf einen einzelnen Mann nahmen die Beine in die Hand. Er aber warf sich dem Automobil entgegen und griff nach dem Lenkrad. Isaac Bell schlug ihn mit dem Pistolenlauf nieder.

Er behielt den Fuß auf dem Gaspedal, raste etwa eine Viertelmeile weit querfeldein und bog dann auf einen breiten Feldweg ab, der nach Ogden führte. Russo sank erleichtert zurück. Aber als die Stadt in Sicht kam, spannte sich der Italiener wieder an und fragte misstrauisch: »Was … wollen Sie von mir?«

»Dass Sie mir bei meinen Ermittlungen helfen«, antwortete Bell und sagte nichts mehr, bis sie vor einem Hotel in der 25th Street anhielten, in dessen Parterre ein Herrenausstatter seinen Laden betrieb. Tatsache war, dass er keine Ahnung hatte, weshalb Russo aus New York geflohen war, denn die Dynamitfehlladung, die die Hauptwasserleitung gesprengt hatte, war entweder ein Unfall oder ein Sabotageakt der Black Hand gewesen oder von Russo im Auftrag der Black Hand ausgeführt worden.

Er betrat mit ihm das Hotel.

Der Angestellte am Empfang sagte: »Wir vermieten nicht an Itaker.«

Bell legte eine Zehn-Dollar-Goldmünze auf den Tisch und seinen Colt daneben. Die Pistole roch durchdringend nach verbranntem Schießpulver. »Dieser Gentleman ist kein Itaker. Das ist *Mister* Sante Russo, ein Freund der Van Dorn Detective Agency. Mister Russo wird ein Zimmer mit Bad bewohnen. Und Sie werden den Inhaber dieses Modeladens mit einer Kleiderkollektion – Hosen, Unterwäsche, Oberhemd und Krawatte – heraufschicken.«

»Ich rufe den Hausdetektiv.«

Ein eisiger Glanz, so kalt wie der Winter in den Bergen über der Stadt, trat in die Augen des Respekt einflößenden Detektivs. Der violette Schimmer, der manchmal ein Lächeln oder einen freundlichen Gedanken begleitete, war verschwunden, und das Blau, das zurückblieb, war so dunkel und unerbittlich wie ein Blizzard.

»Tun Sie's nicht, wenn Sie darauf Wert legen, dass ihm kein Härchen gekrümmt wird und er weiter seinen Dienst versehen kann.«

Der Angestellte ließ die Goldmünze – die fast einen ganzen Wochenlohn darstellte – mit einer blitzartigen Handbewegung in seiner Tasche verschwinden und klappte das Gästebuch auf. Bell trug ein:

MR. SANTE RUSSO C/O VAN DORN
DETECTIVE AGENCY
KNICKERBOCKER HOTEL, NEW YORK CITY

»Bestellen Sie dem Herrn aus dem Laden, er soll nicht vergessen, einen Gürtel mitzubringen. Und ein Paar Schuhe. Und Taschentücher.«

Bell machte es sich in einem Sessel gemütlich, während Russo ein Bad nahm. Ein anstrengender Tag und eine lange Nacht waren verstrichen, seit er sich in San Francisco von Marion verabschiedet hatte. Von dem

Zweikampf unter dem Zug schmerzte sein lädierter Hals noch immer, desgleichen seine Knie, Ellbogen, Schultern und Hände. Ein Klopfen an der Tür weckte ihn. Der Herrenausstatter war mit einem Schneider und einem Ladengehilfen erschienen. Innerhalb einer Stunde hatten sie Russo mit allem Notwendigen ausstaffiert.

Der Sprengmeister begutachtete sich erfreut im Spiegel.

»Vielen herzlichen Dank, Signore Bell. Habe so gut noch nie ausgesehen.«

»Sie können sich bei mir revanchieren, indem Sie sich dies hier genau anschauen.«

Bell warf ihm die rote Papphröhre zu. Russo fing sie auf, warf einen Blick darauf und ließ sich auf die Bettkante sinken. »Wo haben Sie … gefunden?«

»Erzählen Sie es mir.«

»Nicht an der Kirche. Nicht möglich. Nichts übrig.«

»Wie meinen Sie das?«

»Großer Knall. Immer großer Knall.«

»Wollen Sie damit sagen, dass diese Stange die Explosion unmöglich heil überstehen konnte?«

»Unmöglich.«

Was Bell zur nächsten – entscheidenden – Frage brachte. »Die Stangen, deren Zündkabel Sie abgeklemmt haben … waren sie wie diese?«

»Selbe Stange. Woher haben Sie?«

»Was meinen Sie mit *dieselbe*? Sie sagen doch, es sei nicht möglich.«

»Nicht dieselbe. Selbe … *marca. Marca!*« Er deutete auf den Namen Stevens, der auf der Röhre aufgedruckt war. »Woher haben Sie?«

»Dieselbe Sorte?«

»Häh?«

»Fabrikat?«

Russo zuckte die Achseln.

»Marke?«

»*Si. Marca.* Woher haben Sie?«

»*Mano Nero*«, sagte Isaac Bell.

»Dieselbe. Ja. *Si. Mano Nero* machte zu starke Ladung. Wie ich sage.«

Auf dem Weg zum Eisenbahndepot in Ogden absolvierte Isaac Bell einen kurzen Besuch im Van-Dorn-Außenbüro. In einem Telegramm, das über die Privatleitung gesendet wurde und an ihn adressiert war, meldete Helen Mills in sparsamer Van-Dorn-Chiffre ihren Erfolg.

BEFÖRDERUNG FAST SICHER
LYNCH VERHAFTET PENNSYLVANIA GRÜNZEUGER
DASSELBE PAPIER

Bell schickte Mack Fulton und Wally Kisley ein Telegramm –

ERMITTELN WER KAUFTE PAPIER UND FARBE
PRINTER'S ROW HOLT HELEN
GEHT AGENT LYNCH AUS DEM WEG

und beeilte sich, seinen Zug zu erreichen.

Während der Rückreise nach New York hatte er drei Tage Zeit, um darüber nachzudenken, wie sich der Fall der Black Hand ausgeweitet und womit er sich seltsamerweise verzahnt hatte. Sante Russos Bestätigung hinsichtlich des Dynamitfabrikats und die Vorliebe der Black Hand für das gleiche Schreibpapier waren eine Bestätigung für vier verschiedene Verbrechen: Die Entführung der kleinen Maria Vella, die zu hoch dosierte Dynamitladung, die das Bauprojekt ihres Vaters zum Erliegen gebracht hatte, das Bombenattentat auf die Banco LaCava und der Angriff der Black Hand auf Luisa Tetrazzini waren von ein und derselben Bande vorbereitet und durchgeführt worden. Und jetzt auch noch Falschmünzerei? Eine Bande von Alleskönnern, fragte er sich.

Nur dass es keine Alleskönner gab. Kriminelle neigten dazu, sich zu wiederholen. Wie die meisten Menschen blieben sie bei dem, was sie am besten beherrschten, und vertrauten darauf, dass alles, was ein Mal funktioniert hatte, immer wieder aufs Neue funktionieren würde. Gewaltverbrecher schüchterten ein, Betrüger tricksten, Geldschrankknacker sprengten Safes in die Luft, Diebe stahlen, Entführer brachten unschuldige Menschen in ihre Gewalt, Bankräuber überfielen Geldinstitute.

Als er in Chicago den Zug wechselte, wartete im 20th Century Limited ein Telegramm von Harry Warren auf ihn. Auch Harry hielt die Existenz von Alleskönnern zumindest für ungewöhnlich und schrieb es in seinem Telegramm.

PENNSYLVANIA GRÜNZEUGER SALATA
SELTSAM
HOLE DICH VOM ZUG AB

»Ernesto!«, sagte Charlie Salata. »Wohin willst du so eilig?«

Ernesto Leone rutschte das Herz in die Hose. Salata

hatte zwei Gorillas im Schlepptau, und sie vereitelten jeden Gedanken an eine Flucht.

»Ich hab's nicht eilig. Ich flüchte nicht. Ich will nach Hause. Du weißt doch, dass ich in diesem Haus wohne.«

»Dann bitte mich herein.«

Die vier Männer stiegen vier Treppenfluchten hoch. Der Geldfälscher schloss die Tür seiner Bleibe auf. Die Schläger blieben draußen im Flur. Leone zündete eine zuckende und zischende Gasflamme an. Der breitschultrige Salata sprengte den Raum beinahe. Als er das letzte Mal dort gewesen war, hatte er teures Papier gestohlen. Diesmal, so kam es Leone vor, sog er sämtliche Luft aus dem Raum.

»Hör mir zu, Charlie. Ich hab dem Boss gesagt, dass das Geld noch nicht fertig ist. Aber er wollte nichts davon hören.«

»Gib nicht dem Boss die Schuld.«

»Ich gebe ihm nicht die Schuld. Ich sage nur… na komm schon, Charlie. Wir kennen uns seit unserer Kindheit. Du gehst deinen Weg, ich geh meinen, aber wir sind doch nicht verfeindet.«

Salata schob die Finger in einen gefährlich aussehenden Schlagring. Vom Ring des kleinen Fingers ragte eine Messerklinge nach unten. Wie gebannt starrte Leone die Waffe an. Verstümmeln oder erstechen? Was hatte Salata mit ihm vor? Wie würde er ihn zurichten?

Salata hob die Faust langsam und presste die stählernen Ringe gegen seine Wange. Leone konnte die Klinge aus dem Augenwinkel sehen. Salata sagte: »Ich habe einen Mann von der Straße geholt. Tausend Dollar Lösegeld.«

»Ich hole das Geld.« Wo? Er konnte nur raten.

»Was sonst noch?«

»Was meinst du?«

»Was wirst du sonst noch tun – als Wiedergutmachung?«

»Ich tue, was ich kann. Was willst du? Ich besorge besseres Papier. Willst du etwas von dem neuen Material für dich?«

»Das war das letzte Mal, dass ich Falschgeld verteile.«

»Was dann?«

»Ich und Ferri, wir haben etwas Neues angefangen.«

»Ferri?«, wiederholte Leone. Roberto Ferri war ein Schmuggler. »Seit wann gibst du dich mit Ferri ab?«

»Seit der Boss es verlangt… du steigst in dieses Geschäft mit ein und revanchierst dich bei uns.«

»Was kann ich für euch tun?«

»Mein Mann wurde erwischt. Ich möchte, dass du erwischt wirst.«

»Für was? Ich bin nur ein Geldfälscher.«

»Du bist ein lausiger Geldfälscher. Aber du bist noch immer *prominente*. Du bist weiß Gott kein *cafon*. Wenn diese Sache schiefgeht, wirst du die Schuld auf dich nehmen.«

»Das kaufen mir die Cops niemals ab. Sie wissen, dass ich nur Falschgeld herstelle.«

Salata drehte die Hand. Die Ringe verloren den Kontakt mit der Wange. Dafür erschien die Klinge vor seinen Augen. »Es geht nicht um die Cops.«

»Um die Van Dorns?«

Salata lachte. »Du wirst dir wünschen, dass es nur die Van Dorns sind.«

Harry Warren erwartete Isaac Bell auf dem Bahnsteig der Grand Central Station mit Neuigkeiten über eine weitere Verhaftung des Secret Service.

»Agent Lynch kann eine Erfolgswoche verbuchen. Der Secret Service hat soeben einen Typen erwischt, der auf dem Land die gleichen Blüten vertrieben hatte.«

»Aus Salatas Bande?«

»Nee. Einen Ferri-Mann.«

»Wer ist Ferri?«

Bell suchte einen Weg aus dem chaotischen Bahnhofsgebäude heraus, wich Arbeitertrupps aus und umrundete klaffende Löcher im Boden der Halle. »Warum geht ein Schmuggler ein solches Risiko ein, indem er Blüten in Umlauf bringt?«

»Die Seltsamkeiten häufen sich«, sagte Warren. »Es ist genau das Gleiche wie bei Charlie Salatas Mann, der in Pennsylvania geschnappt wurde.«

»Das gleiche Papier?«

»Die gleichen Blüten, das gleiche Papier.«

»Wie hoch ist die Wahrscheinlichkeit, dass Salata ins Falschgeldgeschäft eingestiegen ist?«

»Genauso hoch wie die Wahrscheinlichkeit, dass ein Grizzly an einem Wohltätigkeitsessen der Kirche teilnimmt. Wie dem auch sei, Agent Lynch sagte zu Helen, die Blüten seien schlecht. Er meinte das Papier. Kein Wunder, dass sie geschnappt wurden. Aber der Druck war erstklassig. Lynch sagt, dass die Platten von jemandem namens Ernesto Leone angefertigt wurden. Er hat sein Handwerk in Italien erlernt und hier ein paar Lehrlinge ausgebildet.«

»Helen konnte Lynch offenbar einiges aus der Nase ziehen.«

»Sie hat Lynch eine Beschreibung von Leone geliefert, als er in Printer's Row Material einkaufte, daher glaube ich, dass Lynch der Meinung war, er sei ihr etwas schuldig.«

»Hat Lynch ihr vielleicht auch noch verraten, was die Kerle ausgesagt haben?«

»So weit konnte sie ihm den Kopf nun doch nicht verdrehen. Helen hat ihn gefragt. Und er ließ sie abblitzen.«

»Endgültig?«

»Das ist zu befürchten. Ich glaube kaum, dass wir vom Secret Service mehr erfahren werden.«

Auf dem Weg durch die Stadt zum Büro legte Bell mit seinen langen Beinen ein scharfes Tempo vor. Harry Warren hatte Mühe, mit ihm Schritt zu halten.

»Ist dir vielleicht zu Ohren gekommen, dass sich Ferri mit Salata zusammengetan hat?«, fragte Bell.

»Nee.«

Bell sagte: »Ich habe noch nie etwas von einer Bande von Allroundern gehört. Es ist doch eher die Regel, dass sich Leute vom gleichen Schlag zusammentun, aber diese Burschen sind auf allen Gebieten aktiv – Erpressung, Bombenlegen, Geldfälschen, Schmuggel und Entführung. Einerseits Gewalt und andererseits Intelligenz. Haben wir es mit einer Art Bandenallianz zu tun – mit einem Verbrechenskartell? Oder gibt es einen führenden Kopf, der Gangster aus verschiedenen Bereichen zwingt, seine Befehle auszuführen?«

»Ich nehme an, es ist nahezu unmöglich, eine Bande von Gaunern auf eine Linie einzuschwören«, sagte Warren. »Erst recht, wenn sie auf unterschiedlichen Gebieten tätig sind.«

»Ob Kartell oder Superhirn, ein solcher Verein wäre einflussreicher und gefährlicher und auch besser organisiert als die vergleichsweise kleinen Fische, die sich Black Hand nennen, um den Leuten Angst zu machen. Ich frage mich, was sie wohl als Nächstes in Angriff nehmen.«

»Alles, was Profit verspricht«, sagte Harry Warren.

Bell nickte. »Oder wovor sie zurückschrecken würden.«

12

Sie sind hiermit eingeladen zur Teestunde
bei Captain Michael Coligney
19th Precinct Station House
West 30th Street
3 Uhr nachmittags

Ein Beamter des New York Police Department in blauer Uniform mit glänzenden Messingknöpfen und einem hohen Helm auf dem Kopf spazierte durch den Tenderloin-Distrikt, ließ einen Schlagstock in der Hand kreisen und klopfte an Bordelltüren, um gedruckte Einladungen an die Inhaber zu verteilen.

Nick Sayers, stolzer Besitzer des Cherry-Grove-Bordells, betrat bereits vor seinen Konkurrenten das Reviergebäude. Diese fanden sich kurz nach ihm mit besorgten Mienen ein. Sayers wartete, im Gesicht den Anflug eines Lächelns. Captain Coligneys Teekränzchen endeten gewöhnlich mit Anweisungen an die »Gastgewerbler«, ihre »ordnungswidrigen Geschäftsbetriebe« innerhalb von vierundzwanzig Stunden zu schließen. Aber im Gegensatz zu seinen Konkurrenten hatte Nick Sayers ein Ass im Ärmel, nämlich in Gestalt von Informationen, für die sogar »Honest Mike« zahlen würde.

Natürlich hatte jemand den Zeitungen einen Tipp gegeben, und Polizeireporter drängten sich in Coligneys Büro, das bereits mit seinen geladenen Gästen vollgestopft war, die wie aus dem Ei gepellt erschienen.

»Wird sich dadurch irgendetwas ändern, Captain Coligney?«, wollte der Mann von der *Sun* wissen. »Ist es nicht so, dass die neuen Eigentümer die Namen ändern und ihre Etablissements neu eröffnen?«

Der breitschultrige attraktive Coligney glänzte in Paradeuniform und war bestens auf die Fragen der Presse vorbereitet. »Die Betriebe zu schließen ist besser und fairer, als arme, unglückliche Frauen ins Revier zu schaffen, sie für eine Nacht in einer Zelle festzuhalten und sie dann vor Gericht zu zerren, ehe sie wieder freigelassen und auf die Straße zurückgeschickt werden.«

Nachdem er die Neugier der Presse befriedigt und einstweilen zum Schweigen gebracht hatte, wandte er sich an seine Gäste. »Gentlemen und Ladys« – er nickte mehreren reichen Inhaberinnen zu –, »wir haben Tee, Sandwiches und Gebäck vorbereitet, aber ehe wir zugreifen, sollten Sie wissen, dass Sie hiermit aufgefordert sind, Ihre ordnungswidrigen Geschäftsbetriebe innerhalb von vierundzwanzig Stunden zu schließen. Nach drei Uhr morgen Nachmittag möchte ich keinen offenen Eingang und kein erleuchtetes Schaufenster mehr sehen.«

Tee wurde eingeschenkt und aus Taschenflaschen reichlich aufgefrischt. Sandwiches und Gebäck wurden verzehrt, und kurz darauf verließ jeder die Versammlung – bis auf den Inhaber des Cherry Grove.

»Nick«, wandte sich Captain Coligney an ihn. »Sollten Sie nicht lieber anfangen, Ihre Siebensachen zu packen?«

»Nun, Captain, das wäre vielleicht das Naheliegende, nicht wahr?«

Ein Ausdruck absoluter Selbstsicherheit in Nicks Stimme ließ den Captain wachsam werden. »Offensichtlich sind Sie damit nicht einverstanden, Nick. Würden Sie mir erklären, weshalb?«

»Ich würde meinen Laden lieber weiterhin offen halten.«

»Ich würde den Sommer am liebsten in Newport verbringen, aber so gute Karten habe ich leider nicht.«

»Aber ich habe sie«, erwiderte Nick. »Und ich werde sie richtig ausspielen.«

»Wittere ich da ein Ass im Ärmel?«, fragte Coligney mit einem gefährlichen Glitzern in den Augen. Der mit Schmuck behängte und parfümierte Nick war ein ehemaliger »Stenz«, der ein feines Gespür für dieses Geschäft entwickelt hatte, das aus einem Schwarm Bordsteinschwalben das Ritz des Tenderloin geschaffen hatte, und davon hatte Mike Coligney mittlerweile genug gehört.

Aber Nick ließ sich nicht einschüchtern. »*Vier* Asse.«

Coligney ballte eine Hand zur Faust. »Ich warne Sie, Freundchen, Sie sind im Begriff, mit einem Straight Flush unsanft Bekanntschaft zu machen.«

»Captain Coligney, ich biete Ihnen unbezahlbare Informationen als Gegenleistung dafür, mein Etablissement offen zu halten.«

»Unbezahlbar?«

»Und lebenswichtig.«

Coligney deutete auf die Uhr an der Wand. »Dreißig Sekunden.«

»In meinem Haus trifft sich regelmäßig ein geheimer Club. Wall-Street-Männer. So geheim, dass noch nicht einmal Sie davon Wind bekommen haben.«

»Was tun sie?«

»Trinken, schwatzen, amüsieren.«

»Das klingt wie das, was alle Ihre Gäste tun. Abgesehen vom Schwatzen.«

»Es sind die Gespräche, derentwegen Sie mir gestatten werden, weiter im Geschäft zu bleiben.«

Coligney erkannte, dass Nick es vollkommen ernst meinte. Der Bordellbesitzer glaubte allen Ernstes, dass die Polizisten bei seinem Laden eine Ausnahme machen würden. »Okay, spucken Sie's aus. Sie haben dreißig Sekunden.«

»Ihr geheimer Club. Es klingt, als sei es ein Scherz, aber es ist keiner. Das Ganze ist nicht zum Lachen. Diese Gentlemen beherrschen die Wall Street.«

»Hat dieser Club einen Namen?«

»Die Cherry Grove Gentlemen's Society.«

»Wie originell.«

»Wie ich sagte, es klingt tatsächlich, als sei dieser Verein ein Scherz. Auf den ersten Blick könnte man es annehmen.«

»Ihre dreißig Sekunden sind gleich um.«

»Ich belausche sie«, sagte Nick.

»Wie?«

»Es gibt da einen Schacht zur Belüftung. Ich kann oben hören, worüber sie in der Bibliothek reden.«

»War dieser Luftschacht schon vorher dort?«, fragte Coligney. »Oder haben Sie ihn eigens anlegen lassen, damit Sie mithören können?«

»Letzteres«, gab Nick mit einem Grinsen zu.

»Weshalb?«

»Ich bin an Börsentipps interessiert. Ich meine, diese Männer wissen über alles Bescheid, noch bevor es geschieht. Zweimal habe ich schon einen Riesengewinn eingeheimst. Einmal mit U.S. Steel und ein anderes Mal mit Pennsylvania Rail…«

Coligney sprang auf, diesmal beide Fäuste geballt. »Wollen Sie mich etwa mit Börsentipps schmieren?«

»*Nein, nein, nein, nein, nein!* Nein, Captain. Davon rede ich gar nicht. Ich erkläre Ihnen nur, auf welche Weise ich es gehört habe.«

»Was haben Sie gehört?«

Nick holte tief Luft und platzte heraus: »Sie wollen Präsident Roosevelt töten.«

Wie vom Blitz getroffen wich der Polizeioffizier zurück. Nick sah ihn triumphierend an. Endlich hatte er seine ungeteilte Aufmerksamkeit. Coligney ließ sich in seinen Schreibtischsessel fallen und stützte die Ellbogen auf die Tischplatte. »Was genau haben Sie gehört?«

Nick lieferte einen detaillierten Bericht.

»Geben Sie mir ihre Namen.«

»Die Namen weiß ich nicht.«

»Das sind doch Ihre Stammkunden.«

»Ich kann Ihnen sagen, wer alles dort war. Aber ich weiß nicht, wer geredet hat.« Nick erklärte, dass er zwar hatte verstehen können, worüber sie sprachen, dass er jedoch ihre Stimmen nicht unterscheiden konnte, weil sie durch den Luftschacht zu stark verzerrt wurden.

Doch Coligney gab sich damit nicht zufrieden. »Sie müssen den Sprecher an der Art seiner Formulierungen erkannt haben.«

»Es ist nicht so, dass sich in diesem Club nur ein einziger Wichtigtuer befände, Captain. Das sind alles hohe Tiere an der Wall Street, was haben Sie denn erwartet? Sie alle sind Wichtigtuer.«

Coligney bombardierte Nick mit einer ganzen Salve

von Fragen. Nick blieb jedoch bei seiner Schilderung, und schließlich war der Polizist überzeugt, dass er wirklich nicht wusste, welches Mitglied dieses »Clubs« die Drohung gegen den Präsidenten ausgesprochen hatte.

Coligney notierte ihre Namen. Sieben der reichsten Männer an der Wall Street.

»Okay«, sagte Coligney. »Ich biete Ihnen folgendes Geschäft an: Sie schließen Ihren Laden sofort, so wie alle anderen auch. Dann ändern Sie den Namen auf der Lizenzurkunde. Und am Wochenende öffnen Sie wieder die Tore.«

Nick war einverstanden. »Auf diese Weise erfährt niemand von dieser Geschichte, und es sieht nach außen so aus, als ob Tammany Hall eingegriffen hätte und mir behilflich gewesen wäre.«

»Aber wenn sich am Ende herausstellen sollte, dass das Ganze eine einzige Schaumschlägerei war, dann können Sie als kleiner Zuhälter Ihre Mädchen in Joisey auf den Strich schicken. Und jetzt verschwinden Sie.«

Fünf Minuten später verließ auch Mike Coligney das Gebäude, einen Mantel über seiner Paradeuniform und auf dem Kopf einen unauffälligen Filzhut, den er tief über die Augen gezogen hatte.

»Bin bald wieder zurück«, sagte er zu dem Sergeant am Empfang. »Ich brauche frische Luft, um den Kopf klar zu kriegen.«

»O'Leary's oder Normandie?«, wollte der Sergeant wissen.

»O'Leary's.«

Aber er ging schnurstracks an O'Leary's Saloon vorbei. Den Broadway hinaufeilend, passierte Coligney auch die Normandie Bar und steuerte zur Sixth Avenue hinüber, während er sich durch den Kopf gehen ließ, was er soeben erfahren hatte. »Satans Zirkus« brodelte um ihn herum, während er Backsteinmietskasernen und Holzhäuser, Straßenräuber und Hütchenspieler, Tanzhallen und Saloons hinter sich ließ. Und dann im Schatten der Elevated wieder nach Süden. Durch seinen Kopf gingen verschiedene Möglichkeiten, deren mögliche Komplikationen er sorgfältig abwog.

Sein Instinkt sagte dem Captain, dass der Plan keine Ente war und zumindest in Grundzügen existierte. Aber so erderschütternd er auch sein mochte, wem – zur Hölle! – konnte er so weit vertrauen, um ihn zu bitten, ihm bei seiner Vereitelung behilflich zu sein? Das Department befand sich in Aufruhr. Der Police Commissioner – ironischerweise ein guter Freund Präsident Roosevelts – stellte die Polizeitruppe auf den Kopf. Schlimmer noch, Bingham bestand darauf, nur über die »richtigen Kanäle« zu kommunizieren. Die richtigen Kanäle führten in diesem Fall über einen politisch vernetzten Inspektor, dem Coligney noch nicht einmal die Aufklärung eines Überfalls auf einen Süßwarenkiosk anvertraut hätte.

Außerdem, wer wusste schon, wie lange sich Commissioner Bingham im Amt halten würde? Oder welche Betriebsstörung er als Nächstes auslösen mochte? Vorerst war Coligney der einzige Revierführer, den Bingham nicht versetzt hatte, aber er hatte Coligney wegen des Verstoßes gegen Vorschriften des Departments acht Tage seines Gehalts gestrichen. Was wäre, wenn er sich während der Überprüfung von Nicks Behauptungen plötzlich in irgendeinem verschlafenen Revier in der Bronx wiederfand? Die grausame Tatsache war, dass der

Commissioner, ein paragraphentreuer Exsoldat, weder über das geistige Rüstzeug verfügte, um ein Komplott gegen den Präsidenten aufzuklären, noch über die Fähigkeit, schnelle Entscheidungen zu treffen, um notfalls sein Leben zu retten.

Coligney betrat einen Saloon in der 24th Street, um vom Telefon des Inhabers aus ein Gespräch zu führen. Dann ging er zum Broadway hinüber und eilte, als er sicher sein konnte, dass er von niemandem erkannt werden würde, die Treppe in der 23rd hinunter und fuhr mit der U-Bahn zur 42nd Street, wo er unbemerkt direkt vom Bahnsteig in die untere Lobby des Knickerbocker Hotels schlüpfte.

Er betrat eine kleine, dunkle Kellerbar neben der Lobby. An einem Ecktisch saßen, mit dem Rücken zur Wand, sein alter Freund Joseph Van Dorn und Van Dorns bester Ermittler, Isaac Bell.

13

»Habe ich das richtig verstanden?«, fragte Van Dorn, nachdem Coligney erklärt hatte, in welchem Dilemma er steckte. »Ein Captain des New York Police Department möchte meine Privatdetektei engagieren, um dem Gerücht nachzugehen, dass ein bislang namentlich nicht genanntes Mitglied eines geheimen Clubs von Wirtschafts- und Industriemagnaten beabsichtigt, den Präsidenten der Vereinigten Staaten zu töten?«

»Möglich, dass das Ganze ein Hirngespinst ist.«

»Aber wenn es keins ist, dann ist es reines Dynamit.«

»Ich kann nicht mit Geld bezahlen. Sie müssen sich auf ein Tauschgeschäft einlassen.«

»Lassen wir das Leben des Präsidenten und das Wohlergehen der Nation mal beiseite«, sagte Van Dorn trocken, »es kann für meine Agentur niemals von Nachteil sein, wenn sie einem hochrangigen Polizisten behilflich ist. Vor allem einem Polizisten, dessen Karriere von demselben Präsidenten angeschoben wurde, als nämlich Mr. Roosevelt noch den Posten des Police Commissioners bekleidete.«

Van Dorn wandte sich an Isaac Bell.

»Was halten Sie davon?«

Bell hatte aufmerksam zugehört, beeindruckt sowohl von Coligneys Intelligenz und Klarsicht als auch davon, wie einfallsreich er das Bingham-Problem zu lösen gedachte. »Sind Sie sicher«, wollte er von Coligney wissen,

»dass Ihr Informant den Mann, der die Drohungen aussprach, tatsächlich nicht an seiner Stimme erkannt hat?«

»Ich habe ihn eingehend zu diesem Punkt befragt. Ich glaube, dass ein Echo, wie es in dem Luftschacht herrscht, eine Identifizierung der Stimmen unmöglich machte.«

»Und er übergab Ihnen eine Liste der Mitglieder dieses sogenannten Clubs?«

Coligney klopfte auf die Brusttasche seines Uniformrocks. »Sieben Mitglieder waren an diesem Abend dort.«

Bell hätte wer weiß was darum gegeben, einen Blick auf diese Liste werfen zu können, aber er wusste, dass der Captain sie nicht herausrücken würde, ehe sie zu einer bindenden Abmachung gekommen wären. Er wandte sich an Van Dorn.

»Mein Bauchgefühl rät mir, Captain Coligneys Bauchgefühl ernst zu nehmen. Der Freudenhausinhaber sagt höchstwahrscheinlich die Wahrheit – oder zumindest hinsichtlich dessen, was er mitgehört hat. Er müsste ein vollkommener Irrer sein, um sich eine solche Geschichte aus den Fingern zu saugen, da er genau weiß, dass ihn die Polizei unbarmherzig durch die Mangel drehen würde.«

»Er ist nicht verrückt«, sagte Coligney. »Er ist sogar ziemlich clever. Es ist kein Zufall, dass er in seinem unappetitlichen Gewerbe ungewöhnlich erfolgreich ist.«

Isaac Bell und Joseph Van Dorn wechselten einen vielsagenden Blick.

Bell meinte: »Mit anderen Worten, es wäre möglich, dass er die Geschichte erfunden hat, um Zeit zu gewinnen, und darauf vertraut, dass Sie – ebenso wie die anderen Captains – versetzt werden und das Kommando über das Tenderloin einem weniger strengen Kollegen übertragen wird.«

»Natürlich ist es möglich, dass er das Ganze erfunden hat«, räumte Coligney ein.

Bell sah abermals zu Van Dorn hinüber, der seinen Blick kurz erwiderte und den Kopf schüttelte. Dann drehte er sich zu Coligney um. »Ich habe den Präsidenten persönlich kennengelernt, als ich mit dem Justizministerium zusammenarbeitete. Manchmal ist er ziemlich rücksichtslos und unbesonnen. Aber er hat das Herz am rechten Fleck.

Die traurige Tatsache ist aber, dass es, wie die blutgetränkte Geschichte zeigt, ein gefährlicher Job ist, Präsident der Vereinigten Staaten zu sein. Solange nicht das Gegenteil bewiesen ist, muss ich davon ausgehen, dass die Bedrohung wirklich vorhanden ist. Isaac wird sich um den Fall kümmern.«

»Ich kann mir nichts Besseres wünschen«, sagte Coligney. »Viel Glück, Isaac.« Er reichte Bell die Liste und besiegelte die Abmachung mit einem Händedruck. Dann bedankte er sich bei Van Dorn und verließ die Kellerbar, wobei sein Schritt deutlich beschwingter war als bei seinem Eintreten kurz vorher.

Isaac Bell wusste, dass er einiges Glück brauchte. Plötzlich musste er zwei Fälle bearbeiten. Die Black Hand wurde von Tag zu Tag dreister. Und während dieser neue Fall auf der zweifelhaften Aussage eines nicht allzu vertrauenswürdigen Bordellbetreibers beruhte, war jedem der Beteiligten die Tatsache bewusst, dass Theodore Roosevelt selbst weniger als fünf Jahre zuvor ins Amt gewirbelt worden war, als Präsident McKinley von einem Attentäter erschossen wurde.

Nick Sayers drehte Isaac Bells Visitenkarte zwischen den Fingern misstrauisch hin und her. »Was führt einen Privatdetektiv so früh am Tag ins Cherry Grove? Wollen Sie eine lange Nacht mit einem heiteren Morgen abrunden?«

»Ein Verbrechen ist begangen worden«, erwiderte Bell mit einem vielsagenden Blick auf die extravagant möblierte Bibliothek.

»Ein Verbrechen?«

»Jemand hat Madame Recamiers Kleid gestohlen.«

»Wie bitte?«

Bell deutete auf die überdimensionale Kopie von Jaques-Louis Davids Ölgemälde, die den Raum beherrschte. Ein geschickter Künstler hatte das Porträt der auf einem Sofa liegenden Lady mit jedem Detail kopiert, nur dass ein schmales schwarzes Samtband das einzige Stück Stoff darstellte, das von ihrem ursprünglichen Kleid übrig geblieben war.

Bells Beobachtung wurde von dem Bordellbesitzer mit einem anerkennenden Lächeln belohnt. »Wissen Sie, Mr. Bell, Sie sind der Erste, dem das auffällt.«

»Ich stelle mir auch vor, dass Ihre Stammgäste nicht wegen der Kleider hierherkommen.«

»Was kann ich für Sie tun, Sir?«

»Mir die Gelegenheit zu einem persönlichen Gespräch geben«, sagte Bell, »das jedoch nicht in dieser Bibliothek stattfinden sollte.«

»*Wie bitte?*«

»Wir haben einen gemeinsamen Freund bei der Polizei.«

Drei Minuten später beugten sie sich in Sayers' Privatbüro im obersten Stockwerk über Coligneys Namensliste. Bell sagte: »Berichten Sie mir genau, was Sie gehört haben.«

»Zuerst habe ich nicht allzu genau darauf geachtet. Sie beschwerten sich über den Präsidenten und beschimpften ihn ziemlich heftig. Aber all das kannte ich schon von früheren Gelegenheiten. Sie hassen ihn.«

»Aber was haben Sie dann gehört?«

»Aufmerksam wurde ich erst, als einer von ihnen sagte: ›Reiche Männer werden in diesem Land keinen Platz mehr haben, wenn er lange genug im Amt bleibt, um 1908 wiedergewählt zu werden.‹«

»Sehr gut«, sagte Bell. »Sonst noch etwas?«

»Für eine Weile wurde dieses Thema nicht mehr angesprochen. Dann verließen einige die Hauptbibliothek und begaben sich in den kleinen Salon daneben.«

»Woher wissen Sie das?«

»Dort klingt alles lauter. Ich weiß immer, wenn jemand dorthin geht. Und dort ist es auch, wo die interessanten Gespräche stattfinden. Wo Geschäftsgeheimnisse ausgetauscht werden.«

»Haben Sie dort die Bemerkungen über die U.S.-Steel-Aktien aufgeschnappt?«, fragte Bell und musterte seinen Zeugen prüfend.

»Ganz genau!«, antwortete Sayers unverfroren, als ob das Belauschen von Börsentipps ein ebenso legitimes Gewerbe sei wie die Medizin oder die Kirchenkanzel. »Deshalb höre ich immer besonders genau zu, wenn sie sich dorthin zurückziehen.«

»Und was haben Sie gehört?«

»Nur ein wenig Geplauder, anfangs. Wie ›Warum warten Sie hier?‹ ›Bitte, setzen Sie sich.‹ Aber dann hörte ich plötzlich: ›Mein Entschluss steht fest. Der Mann muss weg.‹ Und jemand anders sagte: ›Er ist nicht nur irgendein Mann. Er ist der Präsident der Vereinigten Staaten.‹ Dann wurde jemand – ein anderer Mann, nehme ich an – lauter. ›Mir ist es piepegal, ob er der König von England ist. Oder der verdammte Papst. Oder Gott der Allmächtige persönlich. Er wird uns vernichten, wenn wir ihn nicht vorher loswerden.‹ Der erste Mann fragte: ›Gibt es keinen anderen Weg?‹ Und dann, laut und deutlich: ›Theodore Roosevelt wird uns vernichten, wenn wir uns nicht von ihm befreien.‹«

Isaac Bell brachte Coligneys Liste zu Grady Forrer, dem Chef der Van-Dorn-Recherche. Seine Abteilung besetzte mehrere Hinterzimmer, wo ein kleines Heer von Studenten Artikel aus Zeitungen und Illustrierten ausschnitt, Bücher durchforstete und ständig telefonierte.

Forrer überflog die Liste mit suchendem Blick, dann wiederholte er die Namen mit lauter Stimme: »Arnold, Baldwin, Claypool, Culp, Manly, Nichols und Pendergast. Eine wahre Elitetruppe von Tycoons.«

»Zwei oder mehrere könnten sich verschworen haben, den Präsidenten der Vereinigten Staaten zu töten.«

Forrer, ein sehr großer Mann, hob skeptisch eine Augenbraue, die deutlich größer und buschiger war als ein Schnurrbart. »Sie können es sich leisten, teure Attentäter anzuheuern.«

»Tycoons«, sagte Isaac Bell, »heuern persönlich keine Mörder an. Können deine Leute die Namen ihrer Befehlsempfänger für mich in Erfahrung bringen?«

»Da ist einige Wühlarbeit vonnöten, um herauszukriegen, wer ihre ›Männer‹ sind. Macher und Erlediger, die Drähte ziehen und Schmiergelder verteilen, tun das am liebsten in aller Heimlichkeit. Erst recht, wenn sie Mörder in der Unterwelt rekrutieren.«

»Meine Personaldecke ist zurzeit verdammt dünn«, sagte Bell. »Ich bin für jede Hilfe dankbar, die du mir geben kannst.«

»Wie kommst du mit deinem ›Verbrecher-Kartell‹ weiter?«

»Die Black Hand Squad macht gegenwärtig Überstunden. Sie suchen nach Verbindungen zwischen Entführern, Erpressern, Bombenlegern und Falschmünzern.«

»Ich sehe schon, weshalb du knapp an Personal bist.«

Forrers Gesicht hellte sich plötzlich auf und leuchtete geradezu vor Bewunderung. Die langbeinige dunkelhaarige Helen Mills kam wie ein Wirbelwind in Forrers Büro gerauscht. »Da sind Sie ja, Mr. Bell. Hallo, Mr. Forrer. Mr. Bell, Mr. Kisley und Mr. Fulton haben mich gebeten, Ihnen zu bestellen, wir hätten Ernesto Leone gefunden.«

»Wo ist er?«

»Am Hafen. Irgendwo zwischen 40th Street und Eleventh.«

Bell war bereits halb durch die Tür. »Was hat ein Geldfälscher im Hafen zu suchen?«

»Mr. Kisley meinte, er hoffe, Sie könnten das aufklären.«

14

Isaac Bell verließ eilends das Knickerbocker Hotel, erwischte eine Straßenbahn quer durch die Stadt, stieg schon vor dem Ziel aus, als sie im Verkehr auf der Tenth Avenue stecken blieb, und gelangte zu Fuß zur Eleventh Avenue. Als er einen Laden für Seemannsartikel entdeckte, versteckte er seinen Straßenanzug unter einem gebrauchten Matrosenmantel und nahm den Derringer aus seinem Hut, den er gegen eine Leinenmütze und einen Handhaken, das wichtigste Werkzeug des Hafenarbeiters, austauschte. Drei Minuten nachdem er den Laden betreten hatte, rannte er schon die Eleventh Avenue hinunter.

Kisley und Fulton erwarteten ihn an der Ecke 40th Street.

»Wir hatten einen Tipp bekommen, dass Leone sich seit gestern in dieser Pension verkrochen hat. Wir sahen ihn dann in dieser Imbissstube da drüben frühstücken und gleich wieder in seine Höhle zurückkehren. Seitdem hat er sich nicht mehr blicken lassen.«

Mack sagte: »Er ist ein nervliches Wrack. Möglich, dass er uns während des Frühstücks entdeckt hat.«

»Was tut er hier?«

»Er könnte auf etwas warten, das von einem Frachter heruntergeschmuggelt werden soll. Druckplatten, vielleicht, aus Italien. Am Pier 75 liegt ein Schiff aus Neapel.«

»Da ist er!«

Bell sah einen hageren, dunklen Mann aus dem Eingang des Gebäudes herausschauen wie ein Kaninchen, das schnuppernd die Lage sondiert.

»Ich übernehme ihn. Ihr haltet euch zurück.«

Bell wandte sich ab und behielt das Spiegelbild des Mannes in einem Fenster im Auge. Leone zögerte. Er schien kurz davor zu sein, ins Gebäude zurückzurennen. Dann zog er eine Uhr aus der Tasche, starrte aufs Zifferblatt, ließ sie in der Tasche verschwinden und blickte sich wieder misstrauisch um. Mit hochgezogenen Schultern, den Kopf geduckt, schlug er eilig die Richtung zum Fluss ein.

Dank des dichten Gedränges aus Hafenarbeitern, Seeleuten und Straßendirnen auf den Bürgersteigen hatte Bell keine Schwierigkeiten, sich unsichtbar zu machen, während er ihn beschattete. Er folgte Leone über die 40th Street bis zu ihrem Ende an einem Hafenbecken oberhalb des Frachtterminals der Pennsylvania Railroad in der 37th Street. Der Geldfälscher ging an der Ufermauer entlang in Richtung 39th Street und bog plötzlich zum Hafenbecken ab.

Bell sah ein Boot, das in den Slip zwischen den schmalen Piers glitt und direkt auf ihn zukam. Es war einer der schnellen Dampfleichter, die zur Versorgung der Überseeschiffe mit Proviant und sonstigen Vorratsgütern eingesetzt wurden. Auf dem Frachtpier erschienen zwei Männer und rannten hinter Leone her. Mit ihrem dunklen Haar und ihren olivenfarbenen Gesichtern bildeten sie einen auffälligen Kontrast zu den blonden Haaren und blauen Augen der Leute in ihrer Umgebung. Leone kletterte unbeholfen auf die Holzplattform, die ins Wasser ragte. Die beiden Männer folgten ihm und waren ihm dabei behilflich, zum Leichter hinabzusteigen.

Wally Kisley und Mack Fulton schlossen zu Bell auf. »Das sind Charlie-Salata-Gorillas.«

Salatas Gangster sprangen hinter Leone an Bord. Der Leichter verließ den Slip in Rückwärtsfahrt, wendete im freien Wasser und verschwand in den Qualm- und Dunstwolken über dem Fluss.

»Wo will er hin?«, fragte Kisley.

»Wenn sie halbwegs bei Vernunft sind«, sagte Fulton, »verschwinden sie von hier, ehe die Iren sie fertigmachen.«

Bell deutete auf den Eisenbahnpier. »Bittet die Telefonzentrale, die Harbor Squad zu benachrichtigen. Roundsman O'Riordan sollte sich am Pier A postieren. Danach ruft im Büro an. Sie sollen Eddie Edwards suchen. Er arbeitet mit der New York Central zusammen. Und warnt Harry Warren. Er soll die Salata-Schlupfwinkel überwachen für den Fall, dass unsere Freunde auf dem Schiff zur Elizabeth Street unterwegs sind.«

Ein Viehfrachter mit hohen Seitenwänden aus Holzlatten tauchte aus dem Kohlenrauch auf, der den Hudson River verhüllte. Schleppschiffe bugsierten ihn in einen Frachtslip der Pennsylvania Railroad. Schlachtrinder muhten ängstlich, während ihn Deckhelfer am Pier festmachten.

Ed Hunt und Tommy McBean – Cousins, die die West Side Wallopers anführten, eine Hafenbande, die Handelsschiffe und Güterwagen ausraubte – warteten in einem Lastengespann darauf, dass die Rinder ausgeladen wurden. Hunt und McBean versuchten dieses eine Mal ausnahmsweise ihr Glück als Schmuggler in großem Stil. Ein Bandenmitglied, das vor der Polizei geflüchtet und in Texas wieder aufgetaucht war, hatte den Plan entwickelt, mexikanisches Heroin in ausgehöhlten Rinderhörnern zu verstecken. Die Cousins hatten die Bezahlung für das Rauschgift vorgeschossen. Nun brauchten sie nur noch auszuharren, bis die Rinder ausgeladen und unbeobachtet waren, um ihnen ihre Hörner abzunehmen.

Sie nutzten die Wartezeit, indem sie einen Black-Hand-Brief für einen italienischen Ladeninhaber verfassten, dessen Geschäfte gut genug gingen, um kurzfristig eintausend Dollar herauszurücken, nachdem er ausreichend eingeschüchtert wurde. Zwar waren sie New Yorker Iren durch und durch, aber man brauchte nicht Italiener zu sein, um einen Black-Hand-Brief zu versenden. Den Briefbogen auf einem Fassboden ausgebreitet, schrieben sie im Licht, das durch die Deckenluke des Frachtwagens hereindrang. McBean illustrierte den Text mit Totenköpfen, Messern, Pistolen und einer schwarzen Hand, während Hunt die Drohungen hinkritzelte. Anschließend machten sie sich über den italienischen Akzent ihrer Konkurrenten lustig.

»Hast du *moneta* bereit?«

»Wie viele *moneta* ihr wollt?«

Isaac Bell zückte sein Van-Dorn-Abzeichen und drückte einem Detektiv der Pennsylvania Railroad, der ihn aufhalten wollte, fünf Dollar in die Hand. Er rannte zum Ende des Eisenbahnschwimmanlegers, der einige zig Meter in den Fluss ragte, und kletterte an dem Gerüst hinauf, das den Anleger je nach Wasserstand anhob oder absenkte, um die Gleise mit den Leichtern und Prahmen auf gleiche Höhe zu bringen. Aus acht Metern Höhe über dem Wasser suchte er den teilweise von Dunst bedeckten Fluss ab, immer auf der Suche nach dem Dampfleichter, den Leone und die Salata-Gorillas geentert hatten. Er war verschwunden, offenbar untergetaucht in dem wimmelnden Durcheinander von Schleppern und Kähnen, Dampf- und Segelschiffen.

Er kletterte schon wieder nach unten, als er plötzlich begriff, dass er in die falsche Richtung blickte. Der Leichter befand sich in seiner Nähe, beinahe zu seinen Füßen, und war an einem Viehtransporter festgemacht, der an der Eisenbahnpier angelegt hatte. Offenbar hatte er den Slip verlassen, auf dem Fluss gewendet und war in den nächsten gedampft. Gleichzeitig konnte Bell beobachten, wie sich ein Dutzend Männer mit Säcken auf den Rücken durch die Lücken in der Lattenwand des Viehfrachters zwängten und in den Leichter sprangen. Ernesto Leone kam als Letzter an Bord. Der Leichter legte ab, dampfte in den Fluss hinaus und ließ Isaac Bell in der gleichen Position zurück, in der er sich nur wenige Minuten zuvor schon einmal befunden hatte – hilflos im Gerüst hängend, während der Geldfälscher entkam.

Aber nicht ganz, dachte er. Er konnte in einiger Entfernung ein Boot der New Yorker Hafenpolizei ausmachen, das mit zwölf Knoten den Fluss heraufgerauscht kam. Roundsman O'Riordan war mit fliegenden Fahnen im Anmarsch! Die Italiener entdeckten die Hafencops. Sie machten mit dem Leichter auf der Stelle kehrt und zogen sich eilends in den Slip zurück. Gerade als die

Harbor Squad in die Öffnung des Slips einbog, stolperte der letzte Gangster an Land.

Der Kutscher von Hunts und McBeans Frachtgespann klopfte mit dem Peitschenknauf auf das Dach des Wagens.

McBean legte den Black-Hand-Brief beiseite und lugte durch ein Guckloch. »Da kommen die Kühe.«

Hunt beobachtete das Geschehen durch einen zweiten Spion. Schlagartig verging ihnen das Lachen.

»Wo sind ihre Hörner?«, fragte McBean.

Von den Rindern, die über die Gangway zu den Ställen trabten, hatten einige gar keine Hörner. Manche hatten nur eins.

»Jemand hat unsere Hörner gestohlen.«

Die Iren sprangen aus dem Frachtwagen. Ihre Gesichter röteten sich, und sie ballten die Fäuste, während sie zu den Ställen rannten. Hunt setzte über den Zaun und nahm den nächsten Ochsen mit einem Horn in den Schwitzkasten. Er bockte und versuchte, ihn abzuwerfen. McBean half ihm. Er konnte nicht fassen, was er da sah. Wo sein Horn hätte aus dem Schädel des Ochsen ragen müssen, war es an der Basis säuberlich abgesägt worden. In der Mitte der Sägefläche war ein Loch zu sehen.

»Irgendwelche Hurensöhne haben sie abgeschraubt.«

Der Kutscher kam im Laufschritt zu ihnen.

»Gerade wurde gemeldet, dass einige Italiener soeben den Leichter verlassen haben.«

»Tatsächlich? Und?«

»Einer von ihnen ließ den Sack fallen, den er auf dem Rücken trug. Er war voll von Kuhhörnern.«

»Wohin sind die Männer verschwunden?«

»Die 36th Street hinauf.«

Charlie Salata und seine Unterführer stellten fest, dass ihnen der Fluchtweg von einem langen, langsamen Güterzug der New York Railroad versperrt wurde. Der Zug kroch mit der Geschwindigkeit des von der Stadtverwaltung bereitgestellten berittenen Cops, der ihn begleitete, die Eleventh Avenue hinauf. Salata schäumte vor Wut. Alles, was hatte schiefgehen können, war auch schiefgegangen: Hafencops, wo niemand sie erwartet hätte, einer seiner Männer von einer Kuh auf die Hörner genommen und das Schiff in der Falle. Wenigstens hatten sie das Rauschgift inklusive den Sack, den der nichtsnutzige Ernesto Leone vor den Augen des halben Hafens hatte fallen lassen. Aber jetzt saßen sie zu Fuß im Walloper-Territorium fest, und es war ein langer Heimweg nach Little Italy.

Und plötzlich, wie aus dem Nichts, kamen die Wallopers die 36th Street heraufmarschiert.

15

Isaac Bell blieb dicht bei den Italienern, die er beobachtet hatte, als sie den Leichter verließen. Nur zwanzig Meter hinter ihnen, als der Güterzug sie aufhielt, drückte er sich in einen Hauseingang.

Zu sehen waren neun Männer, die Säcke schleppten. Leone hatte seine Last fallen gelassen, als er an Land gesprungen war. Der Inhalt des Sacks bestand aus Kuhhörnern, wie Isaac Bell erkennen konnte, bevor die anderen Mitglieder der Gang sie hastig aufsammelten. Der Geldfälscher bot einen jämmerlichen Anblick. Immer wieder schaute er sich ängstlich um, rempelte die anderen Gangster an und war ihnen die meiste Zeit im Weg. Im Gegensatz zu ihm erschienen sie als hartgesottene Zeitgenossen, fest dazu entschlossen, keiner Auseinandersetzung aus dem Weg zu gehen.

Bell erkannte ihren Anführer, Charlie Salata, der die verkleideten Detektive in der Elizabeth Street nicht hatte identifizieren können und dann einen Messerstecher auf den jungen Richie Cirillo angesetzt hatte. An seiner Seite befand sich der Killer selbst, Vito Rizzo, erkennbar an der flachen Nase, die ihm Wish Clarke auf den Stufen des Kips Bay Saloon gebrochen hatte.

Was immer die Italiener gestohlen oder geschmuggelt haben mochten, es interessierte die örtlichen Iren brennend – West Side Wallopers, wie Bell aus ihrer bunten, protzigen Aufmachung schloss, ein zu allem entschlossener Ableger der Gopher Gang. Ein Blick auf die narbigen Visagen ihrer Anführer offenbarte, dass die Tammany-Hall-Mitglieder innerhalb der Stadtverwaltung dafür gesorgt hatten, dass Ed Hunt und Tommy McBean aus der Haft entlassen worden waren.

Weitere Wallopers beteiligten sich an der Verfolgung. Sie strömten aus Saloons und Zehn-Cent-Absteigen auf die Straße. Die Bande hielt mehrere Hauseingänge hinter dem Eingang an, in dem Bell Deckung gefunden hatte. Ein schriller Pfiff auf zwei Fingern durchschnitt die Luft.

Kunstvoll frisierte und behütete Frauen lösten sich aus dem zurückweichenden Gedränge auf den Bürgersteigen und gesellten sich zu den Männern. Wohlgeformt wie Lillian Russell, die Augen hart wie Marmorstatuen, hielten sie vollkommen still, als die Männer ihnen in die Ausschnitte und unter die Röcke griffen, um die Revolver hervorzuholen, die ihnen eine Verhaftung einbringen würden, sofern die Polizei sie während einer Leibesvisitation bei ihnen zutage förderte.

Bis auf den Geldfälscher Leone zogen die Italiener ihre eigenen Waffen.

Bell kam es so vor, als wären die ersten Schüsse gleichzeitig auf beiden Seiten abgefeuert worden. Ganz gleich, welche Bande zuerst schoss, es löste einen wahren Kugelhagel aus, und der Detektiv befand sich plötzlich mitten in einem hitzigen Feuergefecht. Kugeln zerfetzten den hölzernen Türrahmen, zertrümmerten Fensterscheiben und prallten als Querschläger von Pflastersteinen ab.

Bell zog seine eigene Waffe für den Fall, dass ein angreifender Walloper oder ein sich wehrender Salata-Gangster Schutz in »seinem« Hauseingang suchte. Er war sich zwar einigermaßen sicher, dass er mit seiner schweren Automatik besser bewaffnet war, aber er hatte es hier mit mindestens zwanzig potentiellen Gegnern zu tun, die so schnell sie konnten abdrückten und einen Bleiregen entfesselten, der aussah, als duellierten sich Maxime-Maschinenpistolen. Das Beste wäre, sie sich austoben zu lassen oder zumindest abzuwarten, bis ihnen die Munition ausging. Ein schneller Blick aus der Deckung auf die Straße bestätigte ihm, dass die Iren ein Feuerwerk wie zum Vierten Juli veranstalteten und es noch für eine Weile in Gang halten würden, da ihre Frauen ihnen wiederholt mit Reservemunition gefüllte Geldbörsen zuwarfen.

Der Detektiv schaute zu den Italienern hinüber. Sie wühlten in ihren Säcken nach Munitionskartons und luden ihre Waffen in einem Tempo nach, das darauf schließen ließ, dass sie schon früher an derartigen Schießereien beteiligt gewesen waren. Bell drückte sich in seinen Hauseingang, in dem er sich immer mehr wie auf einem Präsentierteller vorkam.

Als der Gefechtslärm für einen kurzen Moment nachließ, wagte er erneut einen Blick hinaus aufs Schlachtfeld. Als er zu den Italienern hinüberschaute, bot sich ihm plötzlich die Gelegenheit, Ernesto Leone in seine Gewalt zu bekommen. Der völlig verängstigte Geldfälscher hatte offenbar die Absicht, sich davonzuschleichen. Er hatte sich bäuchlings auf den Boden geworfen, kroch jetzt über die Pflastersteine und schirmte den Kopf mit den Händen ab, während er versuchte, sich mit den Ellbogen weiterzuziehen. Wenn jemand an diesem Ort in diesem Moment vollkommen fehl am Platz war, dann war es Leone. Und wenn jemand Licht in diese Allianz von Erpressern, Bombenlegern, Entführern, Schmugglern und Falschmünzern bringen konnte, dann war es ebenfalls Ernesto Leone.

Bell verließ seine Stellung. Kugeln zupften an seinen Ärmeln. Ein Projektil sirrte glühend heiß an seiner Schulter vorbei. Während er sich an die Hauswand drückte und an Mülltonnen vorbeischlängelte, rannte er zu Leone hinüber. Er überwand die zwanzig Meter mit sechs langen Sätzen, packte den Geldfälscher am Kragen und zerrte ihn in den nächsten Hauseingang.

»Du bist verhaftet.«

»Keine Pistole, keine Pistole«, rief Ernesto Leone.

Der Verrückte, der ihn gerettet hatte, hielt ihm einen Revolver unter die Nase und tastete seine Kleidung nach Waffen ab. »Falschgeld. Keine Pistole, keine Pistole.«

Seit vier Tagen hatte Leone bereits das schreckliche Gefühl, dass er beschattet wurde. Er hatte die Verfolger gesehen. Da er annahm, dass sie Agenten des Secret Service waren, wollte er der Anschuldigung, Falschgeld hergestellt zu haben, nicht auch noch eine Anklage wegen Waffenbesitzes hinzufügen.

»Rede. Ich höre.«

»Was?« Leone konnte ihn bei dem Kampfgetöse kaum verstehen.

»Du verdankst mir dein Leben.«

Leone ließ den Kopf hängen. »Ich weiß.«

»Wer ist dein Boss?«

»Das weiß ich nicht.«

Charlie Salata tauchte im Hauseingang auf, die Pistole im Anschlag.

Isaac Bell schoss zuerst. Salata drückte ab, während er

zu Boden ging. Die Kugel des Gangsters drang in Leones Hals ein und zerfetzte eine Arterie, aus der sofort eine Blutfontäne heraussprudelte. Bell stürzte sich auf ihn, riss Leones Hemdzipfel aus der Hose und wickelte den Stoff wie einen Druckverband um seine Kehle, um die Blutung zu stoppen. Doch es war hoffnungslos.

Schrotflinten dröhnten. Bell erkannte den gewitterähnlichen Donner von gedrungenen 12-gauge-Browning-Auto-5ern und fragte sich, wie die Gangster in den Besitz derart gediegener Waffen gelangt sein mochten. Schreckensschreie und Männer, die in alle Richtungen davonstürmten, wiesen darauf hin, dass eine dritte Partei aufmarschiert war und ins Kampfgeschehen eingriff.

Er spürte, wie Leone unter seinen Händen starb.

»*Isaac!*«

Der Güterzug, der die Eleventh Avenue blockiert hatte, war weitergerollt. Italiener rannten nach Osten, Iren und ihre Frauen rannten nach Westen, und ein Trupp Bahnpolizisten der New York Central stürmten die Straße hinauf, in einem fort aus ihren automatischen Schrotflinten feuernd. Angeführt wurden die Bahnpolizisten von Eddie Edwards, dem weißhaarigen Eisenbahnexperten der Van Dorn Agency, der außerdem die Brownings beschafft hatte.

»Hab die Schießerei gehört. Dachte mir, dass du mittendrin steckst.«

»Wo ist Salata?« Der Gangster, der Ernesto Leone erschossen hatte, war nirgendwo zu sehen.

»Mittlerweile wahrscheinlich auf halbem Weg nach Little Italy.«

»Ich habe ihn angeschossen«, sagte Bell. »Komm mit! Den holen wir uns!«

In der Elizabeth Street herrschte ein Betrieb wie bei einem Straßenfest. Der Abend war trocken und kühl, und Tausende waren aus ihren stickigen Mietwohnungen hinausgeströmt, um die letzten Herbststunden unter freiem Himmel zu genießen, ehe der Winter Einzug hielt und für eisige Nächte sorgte. Ein Puppentheater versperrte mit seiner breiten und hohen Bühne einen großen Teil der Straße. Schaulustige versammelten sich unter seinen Girlanden – die aus farbigen Glühbirnen bestanden – und drängten von den Bürgersteigen auf die Fahrbahn. Der Verkehr war zum Erliegen gekommen. Straßenhändler boten Kunden, die sich Schulter an Schulter an ihren Verkaufsständen vorbeischoben, lautstark ihre Waren an.

Antonio Branco, bekleidet mit einem dunkelblauen Anzug, einem roten Schal und einer Melone, ließ sich in der Menge treiben. Eine heftige Bewegung weckte seine Neugier. Charlie Salata, einen Arm in einer Schlinge, stolzierte hinter einem seiner Schläger her, der ihm einen Weg durch die Menge bahnte. Falls Salata eine Belohnung erwartete, weil er die Rauschgiftlieferung der Wallopers einkassiert hatte, würde er bei seiner nächsten Beichte erfahren, dass ihm der Boss die Schuld am Tod seines Geldfälschers gab.

Mit den vielen Passanten, die ihn erkannten, Höflichkeiten austauschend, näherte sich Branco den Puppen. Nahezu lebensgroß und mit bunt bemalten Gesichtern und farbenfrohen Kostümen, waren sie schon von Weitem zu sehen, wenngleich man sehr nahe bei ihnen sein musste, um den Erzähler, der ihre Aktionen kommentierte, verstehen zu können. Andererseits kannte jedermann auf der Straße schon seit der Kindheit die Geschichten, die sie nachspielten. Branco traf auf Giuseppe Vella, der ihn gutgelaunt begrüßte: »Was für ein schöner Abend.«

»Sie sehen aus, als hätten Sie Ihre Probleme gelöst.«

Vella zuckte lächelnd die Achseln. »Einige ›Gerichtskosten‹ hier, eine kleine ›Spende‹ dort, und schon wurden meine Lizenzen erneuert.«

Branco deutete mit einem Kopfnicken auf die Marionetten, die mit Ritterkostümen ausstaffiert waren. »Welches Stück wird heute geboten?«

»*Un'avventura di Orlando Furioso.*«

»Der rasende Roland?«, meinte Branco lachend. »Wie Sie und ich, mein Freund. Wir halten sie auf Distanz, während wir uns verdrücken.«

Vellas Miene verfinsterte sich. »Sehen Sie sich diese Gorillas an, wie sie überall Angst und Schrecken verbreiten.«

Rizzo hatte sich zu Salata gesellt. Ein Verband verhüllte ein Ohr, und seine Augen waren von der gebrochenen Nase, zu der die Van Dorns ihm verholfen hatten, noch immer blutunterlaufen und geschwollen. Die Gangster pflügten durch die Menge und stießen Schaulustige brutal aus dem Weg.

»Sie tun so, als gehörte ihnen die Straße », sagte Vella.

»Nun, in gewisser Hinsicht trifft das auch zu, glaube ich«, sagte Branco.

»So sollte es aber nicht sein.«

»Das wird es auch nicht – nicht für immer. *Buena sera*, mein Freund. Ich sehe gerade jemanden, den ich begrüßen muss.«

Isaac Bell nutzte den Vorteil seiner Körpergröße, als er nach Charlie Salata Ausschau hielt. Er trug noch immer sein Kostüm aus Mütze, Wachmantel und Handhaken, das er in der Eleventh Avenue in der Hoffnung gekauft hatte, im Hafengebiet nicht aufzufallen. Harry Warren kontrollierte die Feuertreppen auf Anzeichen für einen Hinterhalt der Black Hand. Außerdem behielt er Isaac Bell wachsam im Auge. Er hatte den Detektiv noch nie zuvor so zornig erlebt, und er kannte ihn gut genug, um zu wissen, dass er sich selbst die Schuld am Tod des Geldfälschers Leone gab. Ein Stück voraus hatte ein Marionettentheater seine Bühne errichtet und blockierte die Straße. Bunt gekleidete Ritter fochten mit Schwertern und Schilden miteinander, gesteuert von Stäben und Schnüren, die von einer mit einem Vorhang abgeschirmten Brücke von oberhalb der Bühne aus bewegt wurden.

»Um was kämpfen sie?«, fragte Bell.

»Um Ehre, Gerechtigkeit, Glauben und Frauen.«

»Genauso wie Privatdetektive.«

»Nur viel besser kostümiert«, sagte Warren.

»Hoffentlich auch erfolgreicher als wir zurzeit.«

Plötzlich kam ihm ein Gedanke. Während er das Spiel der Puppen verfolgte, sagte er: »Ich glaube, Ernesto Leone hat die Wahrheit gesagt.«

»Inwiefern?«

»Er wusste wirklich nicht, wer sein Boss war.«

»Vielleicht hatte er keinen.«

»Er hatte ganz sicher einen Boss. Deshalb hat Salata ihn getötet.«

»Sizilianer plaudern eben nichts aus.«

»Ich habe so ein Gefühl, als ob Leone doch reden

wollte. Er hätte es mir verraten, wenn er es gewusst hätte.«

»Schon möglich.«

»Leone war kein Mörder. Ein Fälscher, ein Betrüger. Er war dankbar, dass ich ihm das Leben gerettet habe. Aber er wusste es nicht. Wenn meine Vermutung zutrifft, dass es einen Boss gibt – eine Art Superhirn, das über allem steht –, dann ist er ein geheimer Puppenspieler, der genau weiß, an welchen Drähten er ziehen muss.«

»Wie kommst du darauf?«

»Sieh dir diese Puppen an.«

»Und?«, fragte Harry Warren zweifelnd. »Was ist damit?«

»Puppen können nicht sehen, wer die Drähte zieht … Harry! Dort sind sie!«

Zehn Meter entfernt befand sich Charlie Salata, einen Arm in einer Schlinge; neben ihm war Rizzo, das Ohr unter einem Verband. Sie entdeckten Bell im selben Moment, in dem er sie sah, und rissen Pistolen aus ihren Mänteln.

An die hundert Männer, Frauen und Kinder befanden sich zwischen ihnen und den Detektiven. Das Gedränge war so dicht, dass die einzigen Leute, die ihre Waffen sehen konnten, direkt neben den Gangstern standen. Ihre eigenen Waffen zu ziehen würde ein Blutbad zur Folge haben.

Charlie Salata wusste es. Er winkte ihnen spöttisch. Er und Rizzo verschwanden hinter der Puppenbühne. Bell machte Anstalten, sie zu verfolgen. Aber Harry Warren hielt ihn am Arm zurück. »Vergiss es. Sie würden schießen. Ihnen wäre vollkommen egal, wer zu Schaden kommt.«

Bell hielt inne. Warren hatte recht. »Okay. Machen wir Feierabend.«

Warren wandte sich ab. Bell griff nach seiner Schulter. »Nimm dich in Acht, falls du ihnen über den Weg läufst.«

Harry Warren alias Salvatore Guaragna erwiderte: »Ich kenne diese Gegend wie meine Westentasche«, und tauchte in der Menge unter.

Bell tat so, als verfolge er das Spiel der Puppen, die mit ihren Schwertern aufeinander einschlugen, während er gleichzeitig Gesichter kontrollierte, immer in der Hoffnung, Salatas Handlanger zu identifizieren. Plötzlich erklang hinter ihm eine Stimme. »Guten Abend, Detective.«

Bell fuhr herum. Vor ihm stand Antonio Branco, ein spöttisches Lächeln um die Mundwinkel. »Was führt Sie in der Kluft eines Hafenarbeiters nach Little Italy?«

»Ein Gangster der Black Hand namens Charlie Salata.«

»Sie haben ihn gerade verfehlt«, sagte Branco. »Ein stämmiger Mann mit einem Arm in einer Schlinge, der Leute aus dem Weg geschubst hat, als gehörte ihm die Straße.«

»Ich weiß, wie er aussieht.«

»Er verschwand hinter den Puppen.«

»Ich hab's gesehen«, sagte Bell. »Hier sind zu viele Menschen. Es könnte Verletzte geben, vielleicht sogar Tote.«

»Allesamt unschuldige Italiener«, sagte Branco. »Ich komme allmählich zu der Überzeugung, dass es Ihnen damit ernst ist.«

»Womit soll es mir ernst sein?«

»Dass man aus *cafon* und *contadino* echte Amerikaner machen kann.«

»Was sind *cafon* und *contadino*?«

»Barfüßige Bauern.«

»Wir haben es bereits getan, und wir werden es abermals tun. Aber was tun *Sie* denn für sie, bis es so weit ist?«

»Ich verschaffe ihnen Arbeit. Und ich verpflege sie.«

»Das ist aber nur ein Anfang«, sagte Isaac Bell. »Sie sind eine Persönlichkeit von Gewicht und Einfluss, ein *prominente*. Was tun Sie, wenn sie von Verbrechern bedroht werden? Wenn sie beraubt werden?«

»Ich bin kein Polizist. Ich bin noch nicht einmal ein Detektiv.«

»Weshalb unterstützen Sie Ihre White-Hand-Vereinigung nicht länger?«

»Sie hatte nicht viel Erfolg, oder?«

Bell sagte: »Verstärken Sie Ihre Bemühungen. Setzen Sie mehr Geld ein, nutzen Sie Ihren Einfluss, besinnen Sie sich auf Ihre besonderen Talente. Sie sind doch ein erfolgreicher Geschäftsmann, Sie können organisieren. Sie könnten sogar eine nationale Einrichtung daraus machen.«

»National?«

»Warum nicht? In jeder Stadt existiert eine italienische Kolonie.«

»Interessanter Gedanke«, sagte Antonio Branco. »Ich wünsche Ihnen noch einen schönen Abend, Detektiv Bell.«

»Erinnern Sie sich noch an das Messer, mit dem Sie mir in Farmington gedroht haben?«

»Ich erinnere mich an das Messer, das ich aufgeklappt habe, um mich zu verteidigen.«

»War es ein Springmesser? Oder ein Klappmesser?«

Branco lachte.

»Was ist daran so lustig?«

»Ihrem Benehmen nach gehören Sie seit Ihrer Geburt zur Klasse der Privilegierten. Habe ich recht?«

»Sie vermuten richtig«, sagte Bell.

»Ich lache, weil Sie offenbar annehmen, dass ein Einwanderer, der als einfacher Arbeiter hierherkam, das Risiko eingehen würde, eine illegale Waffe zu benutzen. Ihre Regierung nannte uns von Anfang an Fremde – was sie auch heute noch tut. Mit einem Springmesser oder einem Klappmesser in unserem Besitz würden wir von der Polizei verprügelt und eingesperrt werden. Es war ein Taschenmesser.«

»Ich habe noch nie gesehen, dass ein Taschenmesser so schnell aufgeklappt wurde.«

»Das ist Ihnen nur so vorgekommen«, sagte Branco. »Sie waren jung und hatten Angst… Das traf auch auf mich zu.«

16

Eine Stimme in der Dunkelheit ließ Tommy McBean aus dem Schlaf hochschrecken.

»*Was?*«

»Hör zu.«

»Wer – zum Teufel – bist du?« McBean griff nach der Pistole unter dem Kopfkissen. Sie war nicht dort. Das hatte er nun davon, dass er betrunken in einem fremden Hotel mit einer Frau, die er nie zuvor gesehen hatte, ins Bett gegangen war. Sie war ebenso verschwunden wie seine Pistole. Was für eine Riesenüberraschung. Sie hatte ihn ausgetrickst wie einen Bauerntrampel.

Vor Wut kochend und bereit, den Störenfried mit bloßen Händen zu erwürgen, wenn er den Kerl nur sehen könnte, richtete er sich im Bett auf und brüllte: »Was willst du, verdammt noch mal?«

»Wir haben Kuhhörner.«

»Ach ja?«, schoss Tommy zurück. »Ihr habt meinen Stoff? Wem – zur Hölle – wollt ihr das Zeug verkaufen?«

»Wir haben Käufer, der Spitzenpreis bezahlt.«

Der Typ redete wie ein Italiener. Noch so ein verdammter Vogel. Es wurden jeden Tag mehr. »Wen?«

»Spitzenpreis.«

»*Wen*, verdammt noch mal?«

»Dich.«

»Mich? Wovon redest du?«

»Wir dein Heroin nicht stehlen.«

»Du hast doch gerade gesagt, dass ihr es getan habt.«

»Wir nicht gestohlen. Wir entführt.«

McBean schwang die Füße aus dem Bett und stellte sie auf den Fußboden. Kalter Stahl wurde gegen seine Stirn gepresst. Er ignorierte es und machte Anstalten aufzustehen. Dann spürte er ein nadelspitzes Stechen zwischen seinen Rippen, und die Stimme in der Dunkelheit sagte: »Ich zehn Zentimeter von deinem Herzen.«

McBean sank aufs Bett zurück. »Lösegeld? Du willst Lösegeld für unseren Stoff?«

»Du hast Verteilersystem. Du verkaufst.«

»Ihr wollt Krieg mit uns.«

Der Italiener überraschte ihn mit der Entgegnung: »Ihr gewinnt den Krieg.«

»Und ob wir ihn gewinnen.«

»Aber nicht wie du denkst. Ihr geht Fordham College. Ihr geht Boston University. Ich? Sammelklasse für dummen Itaker.«

»Von was faselst du?«

»Ich hab mehr hungrige Männer als du. Micks steigen auf. Itaker fangen grade an. Zehn Jahre, ihr alle auf dem College. Zehn Jahre, uns gehören die Docks.«

»Ihr werdet niemals die Docks kontrollieren.«

Der Unsichtbare lachte. »Wir machen Wette. Wenn du Lösegeld bezahlt hast.«

»Und wenn ich nicht zahle?«

»Wir schütten Drogen in den Fluss.«

»Verdammt … Okay. Wie viel?«

»Hälfte Wert.«

»Ich muss mit meinem Cousin reden.«

»Ed Hunt sagte: kein Geschäft.«

»Ed meinte bereits: kein Geschäft? Dann kein Geschäft.«

»Hunt gestorben.«

»Ed ist tot?«

»Machen wir Geschäft?«

Tommy McBean konnte sich nicht vorstellen, dass Ed Hunt tot sein sollte. Es war, als ob der Fluss stehen geblieben wäre. Und nun waren die Wallopers allein seine Angelegenheit.

»Wie ist er zu Tode gekommen?«

»Sah aus wie Herzanfall.«

Antonio Branco spazierte vom Hafen nach Little Italy.

Es würde eine blutige Zeit werden, diese zehn oder mehr Jahre, die es dauern würde, um die Kontrolle über den New Yorker Hafen an sich zu reißen. Die Iren würden den Diebstahl ihrer Drogenlieferung und den Mord an Hunt nicht auf sich beruhen lassen, ohne zurückzuschlagen. Ein Chaos drohte, und ein Pandämonium würde losbrechen.

In der Prince Street suchte er Ghiottone's Café auf, wie er es häufiger zu tun pflegte. Trotz der Tageszeit herrschte reger Betrieb. Ghiottone persönlich brachte Wein. »Willkommen, Padrone Branco. Auf Ihre Gesundheit… Darf ich mich für einen Moment zu Ihnen setzen?«

Branco deutete mit einem Kopfnicken auf einen Stuhl.

Ghiottone nahm Platz, verdeckte mit einer behaarten Hand den Mund und murmelte: »Eine interessante Meldung ist in Umlauf.«

»Welche Meldung?«

»Gesucht wird jemand, der einen Mord begehen soll«, sagte Ghiottone.

»Der Gemüsehändler« kann nicht jeden täuschen. Erst recht keinen Salooninhaber, der für Tammany Hall arbeitet. Ein klarer Beweis für das Chaos, das die Verwirklichung seiner Träume verhindern würde.

»Weshalb erzählen Sie mir das?«

Ghiottone reagierte mit einem harmlosen Lächeln. »Ein Padrone sucht Arbeitskräfte. Spitzhacken- und Schaufelmänner. Steinmetze. Sie suchen sogar Padrones. Wer weiß, wen oder was sonst noch?«

»Ich habe keine Ahnung, weshalb Sie das gerade mir erzählen.« Ahnte Ghiottone, wie nahe er in diesem Augenblick seinem Tod war?

»Kennen Sie das englische Wort ›hypothetisch‹?«, fragte Ghiottone.

»Welches *ipotetico* meinen Sie?«

Ghiottone spreizte die Finger zum Zeichen, dass er nichts Böses im Schilde führte. »Können wir über *ipotetico* reden?«

Branco nickte knapp. Vielleicht wusste der Salooninhaber, dass er dem Tod nahe war. Vielleicht wünschte er sich insgeheim, nicht von etwas angefangen zu haben, das nicht mehr aufgehalten werden konnte.

»Die Bezahlung ist enorm. Fünfzigtausend.«

»Fünfzigtausend?« Branco traute seinen Ohren nicht. »Für fünfzigtausend könnte man ein ganzes Regiment umbringen.«

»Es geht nur um einen einzigen Mann.«

»Wen?«

»Das verraten sie mir nicht. Offenbar eine wichtige Person.«

»Und bestens beschützt. Wer bezahlt die fünfzigtausend?«

»Wer weiß das schon?«

»Wer bezahlt?«, wiederholte Branco seine Frage.

»Wen interessiert es?«, fragte Ghiottone. »Es wurde mir von jemandem berichtet, dem ich vertrauen kann.«

»Wie heißt er?«

»Sie wissen, dass ich es Ihnen nicht mitteilen kann. Ich würde niemals fragen, wer mit diesem Auftrag zu ihm kam. Genauso wie er niemals diesen Mann fragen würde, von wem der Auftrag kam. Nur wer schweigt, ist wirklich sicher.«

Unglaublich, welche Scheuklappen die Menschen manchmal trugen. »Kid Kelly« Ghiottone war offenbar vollkommen unfähig sich vorzustellen, dass er – wie ein Bremswagen am Ende eines dahinrasenden Zugs – mit einem *titan* in Verbindung stand, der fünfzigtausend Dollar für einen Todesfall zahlen konnte. Branco stellte sich in Gedanken vor, wie er vom Dach dieses Bremswagens auf den Güterwagen vor ihm und danach auf den nächsten Wagen und weiter auf den nächsten sprang und schließlich über die schwankenden Dächer bis nach vorn zur Lokomotive rannte.

»Sie sind also zu Ihnen gekommen«, sagte Branco nachdenklich. »Weshalb zu einem Italiener?«

Ghiottone zuckte die Achseln. Branco beantwortete seine Frage selbst. Die Verschwörer suchten jemanden, der alle Schuld übernahm, einen Mörder, der sich grundlegend von dem Titan unterschied, der das Opfer tot sehen wollte. Und wer eignete sich als »Sündenbock« besser als ein wirrköpfiger italienischer Einwanderer? Oder ein italienischer Anarchist?

»Was haben Sie gesagt?«, fragte Ghiottone.

Branco saß lange schweigend auf seinem Stuhl. Er rührte sein Glas nicht an. Schließlich sagte er: »Ich werde darüber nachdenken.«

»Ich kann nicht lange warten, ehe ich jemand anders frage.«

Antonio Branco fixierte den Salooninhaber mit seinem tödlichen Blick. »Ich glaube nicht, dass Sie jemand anders fragen werden. Sie werden warten, während ich überlege, welcher Mann für Sie der richtige sein könnte.«

»Fünfzigtausend sind ein Vermögen«, bohrte Ghiottone. »Ein Drittel oder die Hälfte als eine Art Finderlohn wären noch immer ein Vermögen.«

Branco erhob sich abrupt.

»Was ist los?«, fragte Ghiottone.

»Dies ist nicht der geeignete Ort, um ein solches Geschäft zu besprechen. Warten Sie zehn Minuten. Kommen Sie danach zum Nebeneingang meines Ladens. Achten Sie darauf, dass niemand Sie sieht.«

Branco bedankte sich überschwänglich für den Wein und wünschte ihm eine gute Nacht, ehe er den lauten, überfüllten Saloon verließ.

»Kid Kelly« Ghiottone wartete fünf Minuten, dann überquerte er die Prince Street und bog in eine Gasse ein. Nachdem er sich mit einem Rundblick noch einmal vergewissert hatte, dass niemand auf ihn aufmerksam geworden war, klopfte er am Seiteneingang des Lebensmittelgroßhandels.

Antonio Branco führte ihn durch Lagerräume, in denen es nach Kaffee, Olivenöl, Salami und Knoblauch roch. Dann ging es eine Treppenflucht hinunter in einen sauberen, trockenen Kellerraum. Er schloss eine Tür auf und sagte: »Hier kann uns niemand hören.« Schließlich betrat er mit Ghiottone einen Raum, in dem sich ein eiserner Käfig befand, der wie die Arrestzelle im Polizeirevier in der Mulberry Street aussah, aus dem Ghiottone gewöhnlich Dummköpfe, die sich bei geringen Vergehen hatten erwischen lassen, gegen Zahlung einer Kautionssumme herausholte, wofür diese sich mit ewiger Loyalität revanchierten.

»Was ist das? Ein Gefängnis?«

»Wenn jemand nicht bezahlen will, was es gekostet hat, ihm einen Job in Amerika zu beschaffen, wird er hier so lange festgehalten, bis jemand diese Kosten für ihn übernimmt.«

»Er muss also ein Lösegeld zahlen.«

»So kann man es nennen. Man kann es auch einen fairen Handel nennen. Schließlich hat die Überfahrt gutes Geld gekostet.«

»Aber Sie halten ihn gefangen.«

»So weit kommt es nur selten. Allein der Anblick dieser Käfigstäbe weckt in ihnen den Wunsch, ihre Schuld so schnell wie möglich zu begleichen.«

Ghiottones Blick wanderte über die dicken Wände und die schalldichte Decke.

Branco fügte hinzu: »Aber wenn ich jemanden hier gefangen halten muss, wird niemand seine Hilferufe hören.«

Explosionsartig wurde er aktiv und packte Ghiottones Arm mit einem Griff, der den Salooninhaber aufgrund der rohen Kraft erschreckte. Ghiottone ballte eine Hand zur Faust, aber es war innerhalb von Sekunden vorbei. Gewichtsmäßig unterlegen und von dem unerwarteten

Angriff überrumpelt, wurde der Saloonbetreiber in die Zelle gestoßen und mit voller Wucht gegen die hintere Gitterwand geschleudert. Die Tür krachte ins Schloss. Branco verriegelte es und steckte den Schlüssel in die Tasche.

»Wer hat Ihnen den Auftrag gegeben, einen Killer anzuheuern?«

Ghiottone musterte ihn mit einem Ausdruck tiefster Verachtung und verlieh seiner Stimme einen würdevollen Klang. »Ich habe es Ihnen schon einmal gesagt, Antonio Branco, ich kann und werde ihn niemals verraten, genauso wie ich niemals Sie verraten würde.«

Branco starrte ihn wortlos an.

Ghiottone packte die Gitterstäbe. »Es sind fünfzigtausend Dollar. Zahlen Sie irgendeinem Gorilla fünftausend für den Auftrag – das ist mehr, als er jemals in seinem Leben zu sehen kriegt – und behalten Sie den Rest für sich.«

Antonio Branco lachte.

»Weshalb lachen Sie?«, wollte Ghiottone wissen.

»Sie würden es nicht verstehen«, antwortete Branco.

Fünfzigtausend waren wirklich ein Vermögen. Aber fünfzigtausend waren nichts im Vergleich zu der goldenen Gelegenheit, die Ghiottone ihm unwissend präsentiert hatte. Dies war seine Chance, sich aus dem »Pandämonium« zu befreien und in eine dauerhafte Partnerschaft mit einem Titan einzutreten – sich aus dem Chaos zu lösen und sich mit einem mächtigen Amerikaner ganz oben an der Spitze zusammenzutun.

»Ich frage Sie noch einmal, wer hat Ihnen von dieser Angelegenheit erzählt?«

Ghiottone verschränkte die Arme vor der Brust. »Ich werde ihn nicht verraten.«

Branco verließ den Raum. Wenig später kam er mit einem Korb voll Brot und einer Salami zurück.

»Was ist das?«

»Verpflegung. Ich bin in einigen Tagen zurück. Ich kann Sie nicht verhungern lassen.« Er schob das Brot und das luftgetrocknete Fleisch durch die Gitterstäbe.

»Wie nett von Ihnen«, sagte Ghiottone sarkastisch, brach ein Stück Brot ab und biss in die Wurst. »Zu salzig.«

»In eine gute Salami gehört nun mal Salz.«

»Warten Sie!«

Branco schloss die Tür. »In ein paar Tagen sprechen wir uns wieder.«

»Warten Sie!«

»Was ist?«

»Wasser.«

»In ein paar Tagen. Dann bringe ich Ihnen Wasser.«

BUCH II

EIN FLUSS

17

Isaac Bell marschierte im Bereitschaftsraum der New Yorker Filiale auf und ab, angetrieben von dem Gefühl, dass er die belauschte Cherry-Grove-Unterhaltung vollkommen falsch interpretiert hatte. Die Worte waren klar; er hatte keinen Zweifel, dass der Bordellbesitzer das meiste, wenn nicht alles, mit dem Ohr am Luftschacht aufgeschnappt hatte.

Worauf warten Sie?

Auf eine Gelegenheit, Sie zur Vernunft zu bringen. Würden Sie sich bitte hinsetzen?

Mein Entschluss ist gefasst. Der Mann muss verschwinden.

Aber Bell hätte schwören können, dass ihm entgangen war, was sie gemeint hatten. Obgleich er seine Notizen auswendig kannte, las er sie abermals durch.

Würden Sie sich bitte hinsetzen?

Mein Entschluss ist gefasst. Der Mann muss verschwinden.

Er achtete nicht auf die Aktenschränke, zwischen denen er auf und ab ging. Vor einem dieser lackglänzenden Holzkästen, demjenigen, in dem das Commercial Graphophone des Außenbüros – eine Maschine zum Aufzeichnen von Diktaten – aufbewahrt wurde, blieb er stehen.

Ein Telefon klingelte. Er fasste über die Schulter des Detektivs vom Dienst hinweg und angelte es vom

Haken. »Hier ist Isaac, Mr. Van Dorn. Wie läuft es bei Ihnen in Washington?«

»Das hängt ganz davon ab, wie es bei Ihnen in New York läuft.«

Bell berichtete von dem Heroinraub und der Schießerei im Hafen. »Salata konnte flüchten, Leone ist tot. Das Einzige, was wir mit Sicherheit wissen, ist, dass die Black Hand aus dem Falschgeldgeschäft ausgestiegen ist.«

»Ich warte noch immer auf das Okay, dass ich den Präsidenten warnen kann.«

»Bis jetzt habe ich noch nichts Hieb- und Stichfestes«, sagte Bell.

Van Dorn hängte ein. Bell nahm seine Wanderung wieder auf.

Er blieb abermals stehen, um einen Wandkalender zu betrachten. Er war ein Werbegeschenk des Commercial-Graphophone-Vertreters. Das Jahr 1906 neigte sich dem Ende entgegen, aber was ihm ins Auge fiel, war der Werbeaufdruck, der dem Betrachter empfahl »Tell it to the Graphophone.«

Dieser Aufforderung, dem Graphophone alles zu erzählen, wollte Bell gerne nachkommen. Er zog das Federwerk auf und diktierte seine Notizen in die Sprechmuschel.

»*Worauf warten Sie?*

Auf eine Gelegenheit, Sie zur Vernunft zu bringen. Würden Sie sich bitte hinsetzen.

Mein Entschluss ist gefasst. Der Mann muss verschwinden.«

Er setzte die Aufnahmewalze in die Stenografiermaschine ein, die über Hörrohre anstelle eines Schalltrichters verfügte, und schob sich die kleinen Röhren in die

Ohren. Seine eigene Stimme, die die Worte vorlas, klang jetzt wie die eines Fremden, der sich in einem anderen Raum aufhielt. Oder wie zwei Fremde eine Etage tiefer in der Bibliothek.

»*Worauf warten Sie?*

Auf eine Gelegenheit, Sie zur Vernunft zu bringen. Würden Sie sich bitte hinsetzen.

Mein Entschluss ist gefasst. Der Mann muss verschwinden.«

Isaac Bell hörte endlich, was ihm entgangen war.

Er begab sich zur Recherche-Abteilung.

Grady Forrer setzte zu einer Entschuldigung an. »Tut mir leid, Isaac. Bei unserer Suche nach den Helfern und Befehlsempfängern kommen wir nur langsam voran. Die Magnaten benutzen verschiedene Leute für verschiedene Aufgaben. Einige von ihnen mindestens zwanzig.«

»Vergesst es, ich habe die Möglichkeiten bis auf einen von sieben reduziert.« Er legte seine Liste auf Forrers Schreibtisch. »Der Befehlsempfänger, der den Mörder des Präsidenten anheuern soll, ist einer dieser Männer in der Bibliothek.«

»Unmöglich. Jeder von ihnen hat einen festen Platz an der Börse und besitzt Aktienpakete von Eisenbahnlinien, Bergwerken, Banken und Industriebetrieben. Sie sind fast so etwas wie Götter.«

»Aber einer von ihnen ist nur ein Laufbursche für diese Götter.«

»Es ist keine Unterhaltung, noch nicht einmal eine Diskussion. Sie sind auch keine gleichrangigen Gesprächspartner. Der erste Redner ist der Boss, der andere ein Angestellter. Ganz gleich, ob er laut gerufen oder geflüstert hat. *Worauf warten Sie?* Er ist der Boss. Der Problemlöser ist kein Magnat, auch wenn er Mitglied in ihrem Club ist ... Ich komme mir vor wie ein Idiot, weil ich so lange gebraucht habe, um dahinterzukommen.«

»Okay.« Forrer nickte. »Ich verstehe. Ich komme mir jetzt auch wie ein Idiot vor. Wie unterscheiden wir den Diener von den Göttern?«

Bell sagte: »Fangen wir damit an, dass wir uns ansehen, wo sie wohnen.«

Das Who's Who enthielt Adressen für vier Clubmitglieder – Arnold, Claypool, Culp und Nichols. Ein Abgleich der im Telefonbuch angegebenen Nummern mit Firmendaten führte zu den New Yorker Adressen der anderen drei. In den Klatschkolumnen der Zeitungen fanden sie die Namen und Anschriften der Landsitze von sechs Männern. Dieselben sechs besaßen außerdem Sommerresidenzen in Newport. In beiden Fällen – Landsitze und Strandvillen – war Brewster Claypool die einzige Ausnahme.

»Er stammt aus dem Süden«, sagte Bell, »und hat die Juristische Fakultät in Virginia besucht. Vielleicht besitzt er da unten eine Plantage.«

Es gab Claypools in Virginia inklusive der Brüder Brewsters, aber Claypool selbst besaß keine Plantage.

»Noch nicht einmal ein Stadthaus in New York. Er wohnt im Waldorf Hotel.«

»Vielleicht«, sagte Forrer, »liebt Claypool das einfache Leben.«

»Das Leben eines Junggesellen«, konterte Bell. Er selbst bevorzugte den Yale Club, wenn er sich in New York aufhielt, wo er in seiner Mönchszelle wohnte, wie Marion diese Bleibe nannte.

»Und wenn er in einem Hotel wohnt, weil er nicht so reich ist wie die anderen?«

Die Recherche-Abteilung lieferte Claypools Verbindungen mit Firmendirektionen in der Stahlindustrie, im Telegrafenwesen und Straßenbahnwagenbau, allerdings vorwiegend als Berater. Letztlich war er ein Wall-Street-Anwalt, der als Lobbyist tätig war. Wie ein Theaterinspizient blieb Claypool hinter den Kulissen und mied das Scheinwerferlicht, was der Definition eines Problemlösers auf höchster Ebene entsprach.

Interessanterweise konnte die Recherche-Abteilung keine Bilder von Claypool ausgraben, weder eine jener Zeichnungen von Prominenten, die in den Beilagen der Sonntagsausgaben zu finden waren, noch irgendwelche aktuellen Fotos. Er war ganz eindeutig jemand, der hinter den Kulissen die Fäden zog.

Bell, der Kameras gewohnheitsmäßig aus dem Weg ging, weil er stets darauf achtete, seine Ermittlungen möglichst inkognito durchzuführen, kannte die Gefahr, die sich aus einem zufälligen Schnappschuss ergeben konnte. »Versucht herauszukriegen, wo er seinen Urlaub verbringt. Irgendein Fotoreporter sollte doch eine Aufnahme von ihm gemacht haben … Bis dahin gibt es vor allem *einen* weiteren Punkt aufzuklären – wenn Claypool unser Problemlöser ist, für wen ist er tätig?«

»Einfluss ist ein uraltes Elixier«, sagte Brewster Claypool in seinem weichen, schleppenden Virginia-Tonfall. »Einfluss beseitigt Hindernisse. Aber dies dürfte für einen Van-Dorn-Detektiv nichts Neues sein.«

»Würde ein Wall-Street-Anwalt nicht viel lieber Hindernisse umgehen?«

Brewster Claypool lachte. Nicht mehr als ein kleiner Federwisch von einem Mann, trug er einen elegant geschnittenen perlgrauen Anzug, handgefertigte englische Schuhe und ein blasiertes Lächeln, das Augen, denen nichts entging, und ein Gehirn, so präzise und geordnet wie die zentrale Feuerleitstelle eines Kriegsschiffs, zu kaschieren vermochte.

»Hervorragend erkannt, Mister Detective.«

Vom Fenster von Brewster Claypools Büro in der obersten Etage eines Gebäudes an der Ecke Cortlandt und Broadway aus konnte Bell auf den stählernen Käfig des im Bau befindlichen Singer-Wolkenkratzers blicken. Das neue Bauwerk würde Claypool, lange bevor es das höchste Gebäude der Welt wäre, die Sicht auf die Trinity Church und den Hafen versperren, aber im Augenblick gehörten zu dem beeindruckenden Panorama auch noch Gerüstbauer, die wie Spinnen über Stahlträger liefen.

Claypool musterte seinen Besucher mit mäßigem Interesse. »Darf ich erfahren, welchem Umstand ich das Vergnügen Ihres Besuchs zu verdanken habe? Ihr Brief war interessant, und ich war beeindruckt, wenn nicht gar geschmeichelt, dass Sie meine Behauptung zitiert haben, es sei beschämend, wenn man zugeben muss, dass man von allem, was die Wall Street betrifft, keine Ahnung hat. Darüber hinaus verspürte ich eine gewisse Neugier, gemischt mit einiger Bewunderung, als mir zu Ohren kam, dass Van Dorn ein entführtes Kind aus der Gewalt der Black Hand befreien konnte. Absolut außergewöhnlich, wie Ihre Agenten es geschafft haben, geradewegs in die Höhle des Löwen vorzudringen.«

»Das ist eigentlich gar nicht öffentlich bekannt«, sagte Bell.

»Ich mache meine Geschäfte nicht mit dem, was öffentlich bekannt ist, Mr. Bell«, sagte Claypool. »Aber eins würde mich interessieren. Haben Sie bemerkt, dass es im Lager der Black Hand zurzeit auffällig ruhig ist? Außer gelegentlichen Überfällen auf Schubkarren unglücklicher Straßenhändler, die aber wenig ergiebig sind, tut sich dort nichts.«

»Von ihnen ist tatsächlich kaum etwas zu hören«, pflichtete Bell ihm bei und fragte sich, weshalb Claypool ihn damit zu beeindrucken versuchte, dass er auch außerhalb der Wall Street über beste Kontakte verfügte. »Die Salata-Gang hat von den Iren eins auf die Nase bekommen, und seitdem ist es ziemlich still geworden.«

Für jemanden, der gerne prahlte, erschien Claypool seltsam immun gegen Schmeicheleien. Plötzlich fragte er ganz direkt: »Was kann ich für Sie tun, Mr. Bell?«

»Die Van Dorn Agency braucht jemanden, der Insiderinformationen liefern kann.«

Claypool war über dieses Angebot einer offenbar längerfristigen Anstellung aufrichtig verwirrt. »Ich bin sicher, dass sich Privatdetektive in Gangsterkreisen viel besser auskennen als ich. Mein Interesse für die Unterwelt ist im Hinblick auf meine anderen Tätigkeiten eher oberflächlich.«

»Es geht nicht um Gangster.«

»Um was denn?«

Isaac Bell deutete aus dem Fenster. Er folgte mit dem Zeigefinger dem Verlauf einer Straße quer durch die Stadt, die am East River begann und am Broadway dicht vor dem Friedhof der Trinity Church endete.

»Um die Wall Street?« Claypool zwinkerte ihm zu

und meinte scherzhaft: »Seien Sie vorsichtig, Mister Detective. Präsident Roosevelt würde Sie in Ketten legen, wenn er davon erfährt.«

»Was meinen Sie?«, fragte Bell. Der aalglatte Claypool kam ihm nicht gerade wie ein Ausbund an Mut und Dreistigkeit vor. Dass er so ungeniert den Namen Roosevelts fallen ließ, legte die Vermutung nahe, dass er keine Ahnung von einem Komplott gegen den Präsidenten hatte. Wenn dies zutraf, dann war Bell mit seiner »Problemlöser-Suche« in einer Sackgasse gelandet, in der genauso wenig los war wie auf dem Friedhof, an dessen Mauer die Wall Street endete.

»Die Manipulation von Insiderinformationen durch Wall-Street-Magnaten gehört zu Teddys meistgehassten Praktiken … Aber das wissen Sie sicher.«

Bell sagte: »Man braucht kein Industrie- oder Finanzmagnat zu sein, um Insiderinformationen zu manipulieren … Aber das wissen Sie sicher.«

Noch immer den leicht Amüsierten spielend, holte Brewster Claypool wieder seinen Virginia-Tonfall hervor. »Das klingt wie nach einem Privatdetektiv, der glaubt, bereits im Besitz von Insiderinformationen zu sein – über mich.«

»Ich habe tatsächlich solche Informationen«, erwiderte Bell. »Wir haben sehr viel über Sie in Erfahrung gebracht.«

»Weshalb interessierten Sie sich für mich?«

»Das sagte ich doch gerade. Die Van Dorn Agency ist auf der Suche nach einem Insider, der ihr mit Informationen dienlich sein kann. Sorgfältige Recherchen Ihre ›Interessen‹ betreffend, haben uns zu der Erkenntnis geführt, dass Sie genau der sind, den wir suchen.«

Claypool musterte den Detektiv nachdenklich. »Von Insidern geleistete Dienste sind teuer.«

»Aber nicht so teuer wie Dienste, die von einem Magnaten geleistet werden.«

»Reiben Sie es mir nicht ständig unter die Nase, Mr. Detective. Sie haben bereits deutlich zum Ausdruck gebracht, dass Sie wissen, dass ich kein Tycoon bin.«

»Aber das wissen nur ganz wenige«, sagte Bell. »Die meisten Leute, darunter auch viele, die es eigentlich besser wissen müssten, gehen davon aus, dass Sie ein ebenso bedeutender Magnat sind wie Ihre Partner. Für diese Leute stehen Sie auf der gleichen Stufe wie Manfred Arnold, William Baldwin, John Butler Culp, Gore Manly, Warren D. Nichols oder sogar Jeremy Pendergast.«

Falls Claypool in der Aufzählung eine alphabetische Liste von Mitgliedern der Cherry Grove Society erkannte, die an dem Abend zugegen waren, als offen der Tod des Präsidenten gefordert wurde, ließ er sich nichts anmerken, sondern meinte nur gedehnt: »Ich fühle mich geschmeichelt, zu dieser illustren Gesellschaft gezählt zu werden. Aber wie Sie bereits richtig kombiniert haben, bin ich nur ein hart arbeitender Anwalt. Indem ich die Ohren aufsperre, immer auf dem Laufenden bleibe und stets den Ball im Auge habe, erhalte ich mir Klienten, die tausend Mal reicher sind, als ich es in meinen kühnsten Träumen je sein könnte.«

Bell nickte. »Die Tatsache, dass allgemein angenommen wird, Sie gehörten zu diesem erlauchten Kreis, zwingt die Van Dorn Agency, Ihnen ein deutlich höheres Honorar anzubieten.«

Claypools Antwort war knapp und eindeutig. »Sparen Sie Ihr Geld. Ich erwarte nur das, was branchenüblich ist.«

»Abgemacht«, sagte Bell und streckte die Hand aus. Wenn Claypool unschuldig war, dann hatte die Van Dorn Agency sich soeben eine offenbar mit allen Wassern gewaschene Quelle in den höchsten Kreisen der amerikanischen Wirtschaft gesichert; war Claypool dagegen schuldig, dann hatten die Van Dorns einen Insider an der Angel.

Sie schlugen darauf ein, und Brewster Claypool fragte: »Was darf ich Ihnen über die Wall Street erzählen?«

Isaac Bell warf einen eisigen Blick aus dem Fenster. »Wer da unten empfindet genug Hass auf den Präsidenten der Vereinigten Staaten, um ihn zu ermorden.«

18

John Butler Culps Großvater legte den Grundstein für ein Hudson-River-Landgut am Storm King Mountain. Culps Vater weitete die Ländereien großräumig aus, und vom Sohn wurde die Villa zurzeit vergrößert und modernisiert. Landgut und Villa trugen den Namen Raven's Eyrie nach der *Raven* – dem ersten Dampfschiff des Großvaters, das ihre Flussschiff-, Eisenbahn-, Bergbau- und Finanzimperien begründet hatte. Brewster Claypool nannte die Villa scherzhaft, liebevoll und absolut insgeheim das *Vogelhaus.*

Claypool traf Culp in der Turnhalle an, wo er mit Lee, einem der Preisboxer, die er auf dem Landsitz beschäftigte, in einem Boxring sparrte. Die Turnhalle war ein Tempel körperlicher Fitness, taghell erleuchtet durch eine Front deckenhoher Fenster. Die Morgensonne brachte den Schweiß der Männer im Boxring zum Glitzern. Der andere Preisboxer, ein Schwergewichtler namens Barry, trainierte mit großen, zwanzig Pfund schweren, siebzig Zentimeter langen indischen Gymnastikkeulen. Keiner der Boxer gehörte zu der Sorte plattnasiger, narbenübersäter Schlägertypen, die sich einige reiche Männer als Leibwächter hielten. Vielmehr waren sie ernstzunehmende Meister in ihrer Sportart. Nichtsdestoweniger hatte Barry ein blaues Auge.

Blau geschlagene Augen kamen vor, wenn man mit Culp Sparringskämpfe austrug, und Claypool half ihm, ein weiteres auszuteilen, indem er den goldenen Knauf seines Spazierstocks hochhielt, sodass die Sonne von ihm blitzend reflektiert wurde. Für einen kurzen Moment abgelenkt, fing sich Lee einen schweren Treffer ein, der ihn in die Seile schleuderte. Das sollte ihn lehren, seine Deckung in Culps Nähe niemals zu vernachlässigen.

Culp entließ seine Kämpfer mit der Anweisung, in die Küche zu gehen und sich vom Koch Beefsteaks zum Kühlen ihrer Augen geben zu lassen. Dann setzte er über die Seile, landete so krachend neben Claypool, dass der Hallenboden erzitterte, und fragte: »Was war mit Isaac Bell?«

Claypool berichtete es in allen Einzelheiten.

Culp hob seine indischen Keulen vom Boden auf. Er hörte jedoch aufmerksam zu, während er die schweren lackierten Hölzer wie Propeller der Gebrüder Wright um seinen Kopf wirbeln ließ. Er unterbrach sein Training erst, als Claypool sagte: »Und dann fragte Detektiv Bell: ›Wer empfindet genug Hass auf Roosevelt, um ihn zu töten?‹«

»Was haben Sie geantwortet?«

»Ich reichte ihm das Mitgliederverzeichnis der New Yorker Börse.«

Culp ließ die Keulen fallen, schlug sich auf den Oberschenkel und brach in ein schallendes Gelächter aus.

Die mit dem Herr-und-Diener-Verhältnis einhergehenden Demütigungen, die Claypool als »Culps Handlanger« ertragen musste, wurden durch das reine Vergnügen, sich als seinen Verbündeten betrachten zu dürfen, erheblich gemildert.

»Sucht er nach etwas Bestimmtem?«

»Nein. Er klopft in der Hoffnung auf den Busch, irgendetwas Brauchbares aufzuschnappen.«

»Können wir damit in Verbindung gebracht werden?«

»Niemals.«

»Wie das?«

»Zu dieser Sache sind wir durch eine lange Kette von Leuten auf Distanz gesetzt, die einander nicht kennen und uns erst recht nicht.«

»Woher hat Bell dann diese Liste? Manfred, Bill, Gore, Warren und Jeremy Pendergast waren alle an dem Abend im Club, als wir darüber sprachen.«

»An dieser Stelle hat Isaac Bell meines Erachtens einen Riesenfehler gemacht. Er lieferte uns mit dieser Liste nämlich einen klaren Hinweis.«

»Das hat er wirklich getan! Jetzt wissen wir, dass jemand in diesem Raum ihm verraten hat, wer alles dort war.«

»So scheint es.«

»Ich will wissen, wer das das war! Und weshalb. Wer will das gegen mich verwenden?«

Claypool sagte: »Cherry Grovers können es nicht gewesen sein. Keiner von ihnen hat etwas aufgeschnappt, woraus er irgendwelche Schlüsse hätte ziehen können.«

Culp wurde lebhaft und fragte: »Die Mädchen?«

»Natürlich nicht. Es sei denn, Sie haben sich zu irgendwelchem Bettgeflüster hinreißen lassen.«

»Das möchte ich mal erleben. Was ist mit Ihnen?«

»Ich habe mich an diesem Abend schon früh verabschiedet«, sagte Claypool. »Ich hatte den Kopf voll mit ganz anderen Dingen.«

»Wer dann?«

»Ich bin genauso verblüfft gewesen wie Sie. Bis ich

im Zug saß und in Ruhe darüber nachdenken konnte. Erinnern Sie sich, dass das Cherry Grove unter neuem Namen gleich wieder die Tore geöffnet hat? Noch in derselben Woche nach Coligneys Teekränzchen?«

»Natürlich erinnere ich mich. Ich war ja dort. Sie auch, bis Sie mit den Zwillingen nach oben verschwunden sind. Tammany Hall hat einen Gefallen eingefordert; Sie können darauf wetten, dass Nick jetzt an ihrer Angel hängt.«

»Das ist nicht das, was ich gehört habe.«

»Was meinen Sie?«

»Tammany Hall hat Captain Coligney nicht unter Druck gesetzt.«

»Wie soll das … Oh, ich verstehe, was Sie meinen … Nick.«

»Nick Sayers muss Coligney irgendwas geliefert haben, um die Erlaubnis zu erhalten, seinen Laden wieder zu öffnen.«

»Aber woher sollte dieser Schleimer etwas gewusst haben?«

»Keine Ahnung. Vielleicht hatte es gar nichts mit uns zu tun. Bloß ein Zufall.«

»Ich schicke meine Jungs zu ihm, damit sie ihm auf den Zahn fühlen.«

»Davon rate ich ab.«

»Bei wem kann sich ein Puffbesitzer schon beschweren?«

»Wenn Isaac Bell davon Wind bekommt, dass Nick verprügelt wurde, wird er sofort wissen, woher der Wind weht, und Nick gründlich in die Mangel nehmen.«

»Meine Jungs können auch dafür sorgen, dass Nick niemals von Bell gefunden wird.«

»Das könnte zu unnötigen Komplikationen führen. So wie die Dinge im Augenblick stehen, gibt es keinerlei Verbindung zu demjenigen, der möglicherweise den Auftrag ausführt. Es gibt also keinen Grund, die Angelegenheit einstweilen auf Eis zu legen. Sie können weitermachen. Wenn Sie immer noch auf Ihrer Forderung bestehen.«

»Ich bestehe darauf. Nach wie vor.«

»Dann wünschen wir uns erst recht keine weiteren Komplikationen.«

»Was wird Bells nächster Schritt sein?«

»Seien Sie nicht überrascht, wenn er Ihnen einen Besuch abstattet.«

»Warum mir? Sie sagten doch, nichts könne zu uns zurückverfolgt werden.«

»Das kann es auch nicht. Was zur Folge hat, dass er mit jedem sprechen muss, der sich in diesem Raum aufgehalten hat. Also auch mit Ihnen.«

»Vor allem mit mir. Bei Ihnen war er bereits. Man braucht kein Sherlock Holmes zu sein, um uns miteinander in Verbindung zu bringen.«

»Der Punkt ist, dass das, was Sie beabsichtigen, nicht zu uns zurückverfolgt werden kann.«

Culp ließ sich diesen Aspekt für einen Moment durch den Kopf gehen. »Dann hoffe ich sogar, dass er sich bei mir meldet.«

»Weshalb?«

»Weil er sich dann wünschen wird, es nicht getan zu haben. Und das wird allem ein Ende machen.«

Brewster Claypool verstummte.

Culp starrte ihn sekundenlang irritiert an. »Okay. Was ist nicht in Ordnung?«

»Ich will den Van Dorns auf keinen Fall Fähigkeiten zuschreiben, über die sie nicht verfügen. Aber sie haben ein Motto, und daran halten sie sich.«

»Ich habe es in der *Police Gazette* gelesen: ›Wir geben niemals auf.‹«

»›Niemals‹ ist das wichtige Wort.«

»Ein dramatischer Slogan, um das Geschäft anzukurbeln.«

»Sogar melodramatisch«, sagte Claypool. »Aber …«

»Aber was?«

»Das Problem ist, dass sie sich daran halten.«

»Ich halte mich auch an gewisse Dinge.«

»Das tun Sie wirklich, Sir. Das ist eine Ihrer bewundernswertesten Eigenschaften.«

Plötzlich verdüsterte sich Culps Miene, und eine Gewitterwolke zog über sein Gesicht, die ihn gefährlich erscheinen ließ. »Moment mal! Selbst wenn wir nicht damit in Verbindung gebracht werden können, würde unser Mann Probleme bei der Ausführung haben, wenn Roosevelt gewarnt wird, dass ihm jemand nach dem Leben trachtet.«

Claypool lächelte.

»Warum grinsen Sie? Der Secret Service wird Sicherheitsmaßnahmen ergreifen.«

»Ich *grinse* nicht«, erwiderte Brewster Claypool, »ich lache nur, weil ich mir Teddys Reaktion vorstelle, wenn er gewarnt wird, wachsam zu sein, und ihm geraten wird, für einen solchen Fall Vorbereitungen zu treffen.«

»Wie? Was? Was wird er denn tun?«

»Er wird den Bauch einziehen, die Brust rausstrecken und verkünden, dass er keine Angst hat.«

»Und?«

»Das Spaßige daran ist, dass er in diesem Fall sogar die Wahrheit sagt. Teddy wird sich tatsächlich nicht fürchten. Und darum wird er sich weigern, Vorsichtsmaßnahmen zu ergreifen.«

19

Isaac Bell kehrte zum Cherry Grove zurück. Die goldene Inschrift auf dem Türbalken war in *Grove House* umgeändert worden. Er fragte Nick Sayers, welche der Frauen an dem Abend, an dem er die Unterhaltung belauschte und von dem Komplott erfuhr, in der Bibliothek gearbeitet hatte.

Nur Jenny, eine Schönheit mit rabenschwarzen Haaren. Mit ihr begab sich der hochgewachsene Isaac Bell in die obere Etage und reichte ihr, nachdem sie die Tür ihres Zimmers geschlossen hatte, einhundert Dollar und sagte: »Ich habe eine ganz einfache Bitte und werde, ganz gleich, wie Sie darauf reagieren, mit niemandem darüber reden.«

Jenny nickte. »Keine Sorge, ich sage immer zu allem ja. Was wünschen Sie?«

»Am Samstagabend, ehe Coligney den Betrieb schließen ließ, verließen zwei Mitglieder des Cherry Grove Clubs den großen Salon und begaben sich in die Bibliothek.«

Jenny riss die Augen auf und sah ihn erschrocken an. »Woher wissen Sie von dem Club? Sind Sie mit den Männern befreundet?«

»Eigentlich nicht. Einer von ihnen war Brewster Claypool. Können Sie sich daran erinnern, wer ihn begleitete?«

»Weiß Mr. Sayer, dass Sie mich das fragen?«

»Wollen Sie kurz mit ihm sprechen, um es nachzuprüfen?«

Sie musterte Bell vom Kopf bis zu den Füßen. »Nun, das erklärt alles.«

»Erklärt was?«

»Ich habe mich schon gefragt, weshalb ausgerechnet Sie ein solches Etablissement besuchen.«

Bell erwiderte das Lächeln. »Ich verstehe das als Kompliment, danke. Und ich darf sagen, dass ich, wenn ich jemals das Bedürfnis verspürte, eins zu besuchen, mich auf jeden Fall vorher vergewissern würde, dass ich Sie dort antreffe… Erinnern Sie sich, mit wem Mr. Claypool den Raum verließ?«

»Er ging allein hinaus.«

»Ganz allein?«

»Ich habe zwei Mal nachgesehen. Er saß dort und trank seinen Whiskey, bis Mr. Culp zu ihm kam.«

Isaac Bell holte sich in der Recherche-Abteilung zuverlässige Informationen über die Gewohnheiten der Mitglieder der Cherry Grove Society, die er verdächtigte, um sie in Sicherheit zu wiegen. Dann machte er sich, einen nach dem anderen, an sie heran, wobei er als jemand auftrat, der ihre diversen Interessen teilte. Die meisten erkundigten sich nach seinen geschäftlichen Aktivitäten, als sie ihn in einer gesellschaftlich zwanglosen Atmosphäre kennenlernten. Diejenigen, die ihm diesbezüglich Fragen stellten, haben erfahren, dass Isaac Bell eine leitende Position in der Versicherungsbranche bekleidete.

Den ersten Verdächtigen traf er im Grolier Club, einer Vereinigung der Bibliophilen von New York. Danach lieh er sich ein Polizeipferd aus, um sich einem anderen zu nähern, der in seiner Freizeit durch den Central Park galoppierte. Nachdem sie sich in einer spätherbstlichen Regatta der New York »Thirties«, eines speziellen traditionsreichen Segelboottyps, mit dem zweiten Platz zufriedengegeben hatten, ließen er und Archie Abbott sich vom Sieger zu einem Drink in den Seawanhaka Corinthian Yacht Club einladen. Später speiste er mit einem Cherry Grover im Union League Club zu Mittag und verabredete sich in der Hauptverwaltung der Chase National in der Cedar Street mit einem Bankier, der es ablehnte, Bell für den Kauf einer Zweihundert-Fuß-Dampfyacht einen Kredit zu gewähren. Von den sieben erwies sich nur einer als schwer erreichbar, und Bell erwischte ihn dort, wo alles angefangen hatte: im Bordell.

In unverfängliche Gespräche verwickelt, räumte jeder von ihnen ein, Claypool persönlich zu kennen. Zwei ließen durchblicken, dass sie ihm verdankten, sie aus »unangenehmen Situationen« gerettet zu haben. Der Chase-Bankier ließ beiläufig die Bemerkung fallen: »Jedermann weiß, dass ›Brew‹ Claypool für Culp die Kastanien aus dem Feuer holt.« Er war jedoch der Einzige, der diese Verbindung bestätigte. Von allen erschienen Bell nur zwei als dem Präsidenten ausreichend feindlich gesinnt, um einen Mörder zu engagieren – J. B. Culp und Warren D. Nichols.

Culp machte kein Geheimnis daraus, dass er Roosevelt nicht mochte. Der sich leutselig gebende Nichols hatte einen eisigen Blick – wahrscheinlich war das eine wertvolle Eigenschaft eines Bankiers, aber er hatte etwas an sich, das Bell zu der Frage brachte, ob die kalten

Augen tatsächlich das leidenschaftliche Herz eines Jägers kaschierten.

»Sehr, sehr dünn«, berichtete er Joseph Van Dorn. »Ein Tycoon, der den Präsidenten hasst, und ein Bankier mit eiskalten Augen.«

Der Boss gab ihm recht. »Wir hatten von Anfang an die Möglichkeit in Betracht gezogen, dass die belauschten Drohungen nicht mehr waren als ein verbaler Wutausbruch. Vielleicht ist das Ganze tatsächlich nicht mehr als das.«

Zwei Stunden später schickte Bell über die private Leitung ein Telegramm an Van Dorn.

RECHERCHE ERMITTELTE NICHOLS SPENDET FÜNFZIGTAUSEND HEKTAR BESTES ADIRONDACK-WALDLAND FÜR NATURRESERVAT, DAS NACH THEODORE ROOSEVELT BENANNT WIRD.

Van Dorn kabelte zurück.

AUF CULP KONZENTRIEREN

Culps Industriebetriebe, seine Bergwerke und seine Bauholzproduktion wurden von brutalen Streikbrechern beschützt. Culps Aktienpakete wurden von den besten Wall-Street-Jongleuren verwaltet und in ihrem Wert gesteigert. Seine Lobbyisten in Washington hatten Gesetzgeber bestochen, um die Position des Ozeane verbindenden Schiffskanals von Nicaragua zum Isthmus von Panama zu verlegen. Seine Agenten in Frankreich und Panama hatten ihm danach geholfen, gewinnträchtige Kanalaktien in seinen Besitz zu bringen.

Zahlreiche windige Mittelsmänner arbeiteten hinter den Kulissen für Culp, aber Bell gewann schnell den Eindruck, dass Claypool diese Mittelsmänner aussuchte und einstellte. Und zwar alle. Nur dass Claypool nicht daran dachte, Auftragsmörder zu engagieren, erst recht niemanden, der ein Attentat auf den Präsidenten verüben sollte. Er engagierte lieber einen Agenten, der einen anderen Agenten anheuerte, der wiederum einen weiteren Agenten beauftragte und so weiter. Wenn der Auftrag schließlich bei demjenigen ankam, der den Schuss abfeuern sollte, wären Claypool und Culp Welten von ihm entfernt und nicht mit ihm in Verbindung zu bringen.

»Vergebt mir, Vater, denn ich habe gesündigt«, sagte Francesca Kennedy.

Ihr Schal verhüllte ihr Gesicht, aber ihre gebeugten Schultern, die Finger, die nervös die Perlen ihres Rosenkranzes hin und her drehten, und der erstickte, zitternde Klang ihrer Stimme boten das überzeugende Bild einer verzweifelten Frau, die an nichts anderes dachte als daran, ihre Seele vor der Verdammnis zu retten. Wäre das Leben gnädiger zu ihr gewesen, dachte Branco, wäre sie vielleicht eine erfolgreiche Broadway-Schauspielerin geworden.

»Welche Sünden hast du begangen, mein Kind?«

»Ich habe einen Mann in den Tod gelockt.«

Branco lachte. »Beruhige dich. Tommy McBean ist genauso lebendig wie du und ich.«

»Bekomme ich trotzdem mein Honorar?«

Eine Frau, die bereit war zu töten, war ein seltener und wertvoller Schatz und sollte auch als solcher behandelt werden. Sie liebte das Geld, also sollte sie das Geld erhalten.

Branco schob einen zusammengerollten Einhundert-Dollar-Schein durch das Holzgitter des Beichtstuhls. »Natürlich erhältst du deinen Lohn. Du hast ihn verdient. Es hat einige Mühe gekostet, ihn aufzuwecken.«

»Wissen Sie was?«, flüsterte sie und blickte auf das Holzgitter. »Ich glaube, ich würde es mit ihnen noch lieber tun, wenn ich wüsste, dass ich es bin, die ihnen nachher den Rest gibt – anstatt sie nur in die Falle zu locken und wehrlos zu machen.«

»Es gibt solche und solche.«

»Und wissen Sie …«

»Genug gebeichtet«, schnitt Branco ihr das Wort ab, ehe sie zu geschwätzig wurde.

Obgleich sie noch nie sein Gesicht gesehen hatte, kannte Branco sie und wusste, dass sie an dem Tag, als sie ihren ersten Mord begangen hatte – an einem Kunden, der sie misshandelt hatte –, als gewöhnliche Prostituierte aufgetreten war. Ihre Kaltblütigkeit und Umsicht hatten ihn derart beeindruckt, dass er Charlie Salata befohlen hatte, sie vor den Cops zu retten. Francesca war eine Überlebenskünstlerin, die jede Lüge mit dem treuesten Blick verkaufen konnte. Sobald er sie unterbrach, kam sie sofort wieder zum Geschäft.

»Wie lautet mein nächster Auftrag?«

Branco schob ein weiteres kleines Vermögen durch das Gitter. »Komm wie geplant pünktlich zur Beichte. Dann wirst du es erfahren.«

»Ich werde nervös, wenn ich untätig herumsitze.«

»Zügle deine Ungeduld und triff die notwendigen Vorbereitungen.« Noch mehr Geld wanderte durch das

Gitter. »Kauf dir Kleider, um im Knickerbocker Hotel Tee zu trinken. Etwas Passendes, um den Hausdetektiven nicht aufzufallen. Du musst so aussehen, als gehörtest du dorthin. Als würdest du nichts anderes kennen.«

»Das ist einfach.«

»Für dich schon. Du bist eine ungewöhnliche Frau.«

Branco kehrte durch die Tunnel unter dem Friedhof und den Mietshäusern zu seinem Laden zurück.

Er füllte einen Krug mit reinem, kaltem Wasser und brachte diesen und ein Trinkglas in den unterirdischen Raum, in dem er Ghiottone eingesperrt hatte.

20

»Kid Kelly« Ghiottone hörte Wasser rauschen. Eine Hauptleitung unter der Straße war geplatzt. Es war ein einhundert Jahre altes Rohr, seinerzeit von den Holländern verlegt, die die Stadt gegründet hatten, verrostet, verrottet, dünner und dünner geworden und plötzlich unter dem hohen Druck explodiert. Überall war Wasser. Es drang zwischen den Pflastersteinen hindurch und füllte Keller. Er würde sterben, tief unten in Brancos Gefängnis. Aber ehe er starb, würde er trinken.

»Wach auf, mein Freund.«

Der Geruch kam ihm bekannt vor. Er war in seiner Nase gewesen, als er eingeschlafen war – modrige Salami und der Gestank seines eigenen Schweißes, seiner Angst, seiner Verzweiflung. Es gab gar keine geborstene Hauptleitung und auch keine Überflutung. Keinen einzigen Tropfen Wasser. Er träumte. Aber er *hörte* Wasser. Er schlug die Augen auf, schaute sich verschlafen um und sah Branco wieder vor der Zelle stehen. Er schüttete Wasser aus einem Krug in ein Glas. Das war keine Täuschung.

»Es ist Zeit zu trinken.«

Ghiottone wollte »Bitte« sagen, sein Mund und seine Kehle waren trocken wie Sandpapier. Die Zunge lag steif in seinem Mund, und er konnte kaum einen Laut hervorbringen. Es wurde nur ein Krächzen wie von einem Säufer in der Gosse.

»Wer hat dir den Auftrag gegeben, einen Mörder anzuheuern?« Der vertrauliche Umgangston sollte Ghiottone einlullen.

Ghiottone versuchte zu reden. Seine Zunge füllte seinen Mund vollständig aus. Kein Laut drang zwischen seinen Lippen hervor. Sie erschien wie mit Staub bedeckt. Branco stellte den Krug und das Glas auf den Fußboden. Ghiottone starrte durch die Käfiggitter auf das Glas. Er sah einen Tropfen am Rand des Kruges hängen. Der Tropfen erschien riesengroß. Branco reichte ihm einen Bleistift und ein Stück Papier.

»Schreib seinen Namen auf.«

Ghiottone konnte sich nicht erinnern, wie viele von Brancos Bleistiften er schon zerbrochen oder wie viele Bogen Papier er zerrissen hatte. Er ergriff den Bleistift und das Papier und verfolgte verblüfft, wie der Bleistift über das Papier glitt, und schrieb: »Er wird nicht mehr wissen als ich.«

»Eins nach dem anderen«, sagte Branco. »Seinen Namen. Dann Wasser.«

Ghiottone schrieb »Adam Quiller.«

Antonio Branco las das Geschriebene. Adam Quiller, ein fetter, kleiner Ire mittleren Alters, den er schon des Öfteren im Viertel gesehen hatte, wenn er Nachrichten vom Stadtrat übermittelte. Quiller war Ghiottone mit Gefälligkeiten zu Diensten – als Gegenleistung dafür, dass der Salooninhaber am Wahltag für zahlreiche italienische Stimmen sorgte.

»Natürlich. Das hätte ich mir denken und uns eine Menge Ärger ersparen können. Aber ich musste es genau wissen. Hier, mein Freund. Trink!«

Er öffnete die Käfigtür. Und reichte dem Gefangenen das Glas.

»Kid Kelly« Ghiottone nahm es mit beiden Händen entgegen und legte den Kopf in den Nacken. Das Wasser ergoss sich auf die Lippen und rann an seinem Kinn herab. Was davon in seinen Mund drang und die Kehle hinabperlte, war kalt und köstlich. Er neigte das Glas weiter, um den letzten Tropfen aufzufangen.

Antonio Branco beobachtete, wie der Salooninhaber die Ellbogen anhob, bis sie parallel zu seinen Schultern waren. Durch diese Bewegung rutschte seine Weste über dem Hosenbund hoch. Das Hemd spannte sich über seinem Brustkorb.

»Trink noch ein Glas.«

Er nahm das Glas und füllte es abermals. »Verrate mir noch eins«, sagte er und hielt das Glas fest, »wie erfährt der Mörder den Namen des Opfers?«

Ghiottone, vollkommen gebrochen, konnte ihm nicht in die Augen schauen. Er wollte etwas sagen, brachte jedoch nur ein Flüstern zustande. »Wenn Sie mir den Namen des Mörders nennen, gebe ich ihn weiter …«

»An Adam Quiller.«

Ghiottone nickte.

Branco runzelte die Stirn. »Dann wird also das Ziel die ganze Kette hinunter weitergegeben, oder? Das klingt langsam, schwerfällig und nicht besonders geheim. Ich glaube nicht, dass du mir die ganze Wahrheit sagst.«

»Doch, das tue ich, Padrone. Sie haben mir nicht verraten wie, aber es geht nicht die ganze Kette hinunter. Sie haben eine andere Möglichkeit, ihm das Ziel zu nennen.«

»Und das Geld? Die fünfzigtausend? Woher kommen die?«

Ghiottone richtete sich auf. »Von mir. Sie schicken mir das Geld, nachdem der Auftrag erledigt wurde. Ich soll das Geld an Sie weitergeben.«

Branco reichte ihm das Trinkglas und sagte: »Das macht dich zu einem sehr wertvollen Mann.«

Erneut setzte Ghiottone das Glas mit beiden Händen an die Lippen und legte den Kopf nach hinten. Diesmal fand der größte Teil des Wassers den Weg in seinen Mund. Er schluckte, genoss die frische Kühle und leerte das Glas.

Branco stopfte die Leiche in ein Zuckerfass, nagelte es zu und suchte seinen Stall auf, wo er einen alten sizilianischen Pferdeknecht weckte und ihm befahl, den Müllwagen anzuspannen und das Fass in den Fluss zu werfen. Dann machte er sich auf die Suche nach Adam Quiller.

21

Am späten Nachmittag, als sich der Bereitschaftsraum der Van Dorn Agency mit Agenten füllte, die sich auf den Nachtdienst vorbereiteten, indem sie die Tageszeitungen lasen und Informationen austauschten, saß Isaac Bell allein an einem Tisch, klappte ein Taschenmesser auf und zu, überflog seine Eintragungen in einem Notizbuch, das aufgeschlagen neben ihm lag, und hörte zu.

»In der *Tribune* steht, dass die Harbor Squad ›Kid Kelly‹ Ghiottone im Fluss fand, als er an ihnen vorbeitrieb.«

»Sieht so aus, als hätten sich die Wallopers revanchiert.«

»Warum sollten die Wallopers Ghiottone aus dem Verkehr ziehen? Er gehörte doch gar nicht zur Salata-Gang.«

»Er war Italiener und bot den Wallopers die Chance zu demonstrieren, dass sie – erstens – über den Diebstahl ihres Rauschgifts ziemlich wütend sind, und – zweitens – den Mumm haben, ihn aus Little Italy herauszuholen. Laut der Zeitungsmeldung war seine Leiche übel zugerichtet und sah aus, als ob sie ihn mit Fleischerbeilen bearbeitet hätten.«

»Das ist nicht geschehen«, sagte Isaac Bell.

»Ich dachte, du hältst ein Nickerchen, Isaac. Was meinst du?«

»Ghiottone wurde nicht misshandelt. Zumindest nicht, solange er am Leben war.«

»Wie kommst du darauf?«

»Neben der Leiche trieben Fassdauben im Wasser.«

Jeder Detektiv im Bereitschaftsraum ließ seine Zeitung sinken und starrte Isaac Bell verblüfft an.

»Das bedeutet, dass sie den Toten in ein Fass gesteckt haben, ehe sie ihn in den Fluss warfen«, sagte Mack Fulton.

»Und dass ein Schiff das Fass erwischt hat«, sagte Wally Kisley.

»Die Fünf-Mast-Barke *James P. Richards*«, sagte Bell, »stählerner Rumpf, beladen mit Salpeter, unterwegs nach Chile. Laut den Angaben der Harbor Squad.«

Bell spielte weiter mit seinem Taschenmesser. Mack Fulton hatte eine Frage. »Eins würde ich gerne wissen, Isaac …«

»Spuck's aus.«

»Deine Theorie von einem kriminellen Kartell hält dich ständig in Trab, und der Boss sitzt dir wegen dieser Sache mit dem Präsidenten im Nacken.«

»Ich weiß, dass ich im Augenblick alle Hände voll zu tun habe«, sagte Bell. »Deshalb bin ich auf eure unbezahlbare Hilfe angewiesen. Was willst du wissen?«

»Obwohl du so viel um die Ohren hast, wie bist du darauf gekommen, dich bei Roundsman O'Riordan wegen eines italienischen Saloonbetreibers, der aus dem Fluss gefischt wurde, zu erkundigen?«

»Was meinst du denn, weshalb ich darauf kam?«

»Weil«, antwortete Kisley für Fulton, »Isaac meint, dass Ghiottone zur Black Hand gehört.«

Bell schüttelte den Kopf. »Das ist nicht das, was ich

von der Recherche erfahren habe, und die hat ihre Informationen direkt von Captain Coligney, der früher die Aufsicht im Revier Mulberry Street hatte. Ghiottone war ein Tammany-Mann – daher ist mir der Verdacht gekommen, dass sich irgendjemand auf Tammany Hall einschießt. Adam Quiller wurde am vergangenen Samstag gefoltert und ermordet, und Harry Warren meint, dass er Stadtrat Kings Befehlsempfänger gewesen sein muss. Und dieser Lehane, Stadtrat Henrys Ausputzer, wurde ebenfalls gefoltert.«

»Diese Reformer werden von Tag zu Tag bösartiger«, sagte Walter Kisley.

Bell stimmte in das allgemeine Gelächter ein. Dann sagte er: »Beide Helfer wurden am Ende mit einem Stilett getötet.«

»Das stand nicht in der Zeitung.«

»Ihr werdet es morgen zu lesen bekommen. Eddie Edwards hat soeben mit dem Leichenbeschauer gesprochen. Die Zeitungen werden sich überschlagen, wenn sie erfahren, dass alle drei Opfer durch ein Stilett zu Tode kamen.«

»Wie wäre es denn, wenn die Verbindung zwischen ihnen ein Tammany-Boss wäre, gegen den eine Untersuchung läuft und der deshalb Zeugen aus dem Weg schafft?«, fragte Kisley.

»Nicht sehr wahrscheinlich. Hohe Tiere verfolgen eher die Taktik, Zeugen und Richter zu bestechen. Aber etwas an der Sache finde ich auffällig. Seht euch mal an, in welcher Reihenfolge sie getötet wurden – jedes Opfer rangierte in der politischen Hierarchie eine Stufe höher als das vorhergehende – Ghiottone ganz unten; dann Quiller, Ausputzer und Blockwart, eine Stufe höher;

dann Lehane, der Befehlsempfänger des Bezirkswahlleiters. Bin gespannt, wer der Nächste sein wird.«

»Der Bezirksleiter?«

»Eher sein Problemlöser.«

Helen Mills kam in den Bereitschaftsraum hereingerauscht. Detektive rückten ihre Krawatten zurecht, fuhren sich mit den Fingern durchs Haar und wischten sich Brotkrümel von den Westen. Sie entdeckte Bell und reichte ihm einen kleinen Briefumschlag.

»Was ist das?«

»Claypool.«

Bell schlitzte den Umschlag mit dem Messer auf. Heraus fiel eine Fotografie, so frisch und feucht, dass sie noch nach Fixierbad roch. Das Bild war leicht verschwommen, da Claypool das Gesicht abwendete, aber er war es ganz sicher, und jeder, der den kamerascheuen Anwalt kannte, würde ihn auf Anhieb identifizieren.

»Woher haben Sie das?«

»Ich habe das Foto selbst geschossen. Mädchen aus meiner Schule waren zu Besuch in der Stadt. Wir taten so, als seien wir Touristen, und ich hab ihn erwischt, während ich gerade sie fotografierte, als er sein Büro verließ, um zum Mittagessen zu gehen.«

Bell schob das Foto in sein Notizbuch. »Gut gemacht, Helen. Gehen Sie mit den Mädchen in Rector's Lobster Palace. Bestellen Sie Charlie, dass ich die Rechnung übernehme und dass er ihnen den besten Tisch geben soll.«

Detektive schauten ihr nach, als sie den Bereitschaftsraum verließ.

Fulton fasste zusammen: »Quiller vor vier Tagen. Dann Sullivan, Lehanes Helfer, gestern.«

»Offenbar arbeiten sie sich an einen leibhaftigen Stadtrat heran«, sagte Kisley.

Isaac Bell legte das Messer beiseite und holte seinen Füllfederhalter aus der Tasche. »Gegen wen ist zurzeit eine Untersuchung im Gange?«

»Gegen wen nicht?«, fragte Kisley und hielt die Times mit einer Schlagzeile hoch, die lautete:

ZWEI STADTRÄTE
WEGEN BESTECHUNG VERHAFTET

»Von den vierzig Gaunern im Stadtrat steckt Alderman Martin im Augenblick am tiefsten in der Klemme. Martin war stets für jede Art von Vetternwirtschaft gut. Zehn Jahre Gefängnis, wenn er verurteilt wird, und dass er verurteilt wird, ist so gut wie sicher. Es heißt, dass er keine Kaution zahlen kann.«

»Ein Stadtrat bekommt keine Kaution zusammen? Der einzige Sinn, zum Boodle Board, dem Kassierer-Club der Beigeordneten, zu gehören, ist doch der, reich zu werden.«

»Er ist pleite«, rief Scudder Smith, der in einer Ecke saß und einen Schluck aus seiner Taschenflasche trank. »Hat alles bei einem Girl und beim Poker gelassen.«

»Bist du ganz sicher, Scudder?«, fragte Bell.

Scudder Smith, ein Star unter den New Yorker Skandalreportern, ehe Joseph Van Dorn ihn überredete, den Beruf zu wechseln und eine Laufbahn als Detektiv zu starten, erwiderte: »Das ist so sicher wie das Amen in der Kirche.«

»Heh, wohin willst du, Isaac?«, fragte Kisley.

Der hochgewachsene Detektiv war bereits aufgestanden, steckte Messer und Notizbuch in die Tasche, setzte seinen Hut auf und ging zur Tür. »Zum Gerichtsgebäude. Mal sehen, ob das Girl und die Spieler Alderman Martin noch irgendetwas übrig gelassen haben, das er als Kaution anbieten kann.«

Bereits halb in der Tür, hielt er noch einmal kurz inne. »Harry?«

»Was ist?«, fragte Harry Warren.

»Würdest du einen Abstecher in die Stadt machen und versuchen, Antonio Branco die Hand zu schütteln?«

Harry Warren wechselte verwirrte Blicke mit Mack Fulton und Wally Kisley. »Klar doch, Isaac. Aber würde es dir etwas ausmachen, mir zu verraten, weshalb ich Antonio Branco die Hand schütteln soll?«

»Tu es einfach, und ich erkläre dir später, weshalb«, antwortete Isaac Bell. »Achte bloß darauf, dass er keine Handschuhe trägt.«

Alderman James Martin versteckte sein Gesicht vor dem Zeitungszeichner hinter einer Hand, zwischen deren Fingern eine halb aufgerauchte Zigarre klemmte, während ein stellvertretender Bezirksstaatsanwalt dem Richter erklärte, dass er ins Polizeigefängnis in der West 54th Street überstellt werden solle, es sei denn, er zahle eine Kaution von 15.000 $. Der Detective des Bezirksstaatsanwalts, der ihn auf der Queensboro Bridge verhaftet hatte, nachdem er den städtischen Bauhof in Long Island City verließ, wo er das Geld in Empfang genommen hatte, stand spöttisch grinsend in der Tür. Glücklicherweise hatte der Bezirksstaatsanwalt die Schmiergeldfalle in einem Bauhof aufgestellt, wo sich aufzuhalten er jederzeit das Recht hatte. Schließlich war er Bauunternehmer, wie zahlreiche New Yorker Stadträte, oder etwa nicht? Er betete im Stillen, dass der Richter diese Rechtfertigung wenigstens so weit gelten ließ, um den Kautionsbetrag zu senken, sodass er sich das Geld irgendwo leihen konnte.

»Zwölf Fünfhundert-Dollar-Scheine«, fuhr der stellvertretende Bezirksstaatsanwalt fort. »Einer für jeden seiner Kollegen im Stadtrat, um ihre Stimmen in einer wichtigen Angelegenheit zu kaufen, die die Gesundheit und das Wohlergehen jedes Mannes, jeder Frau und jedes Kindes in New York betrifft.«

Der Anwalt, der Alderman Martin vertrat, beantragte, dass für seinen Klienten eine zumutbare und damit reduzierte Kautionssumme verhängt werde. Martin wartete gespannt darauf, sein Schicksal zu erfahren. Abendessen zu Hause oder die nächsten Wochen im Gefängnis.

Der Richter setzte die Kautionssumme auf 10.000 $ fest. Der stellvertretende Staatsanwalt protestierte, der Betrag sei zu niedrig und dass Martin die Flucht ergreifen würde, aber tatsächlich war es mehr, als er aufbringen konnte, und der Stadtrat bat den Richter um Milde, allerdings mit wenig Hoffnung auf Erfolg.

»Euer Ehren, ich bin nicht in der Lage, einen Betrag von zehntausend Dollar aufzubringen.«

»Die Anklage lautet auf eine schwere Straftat. Wenn Sie schuldig gesprochen werden, drohen Ihnen möglicherweise zehn Jahre Gefängnis und eine Geldstrafe von fünftausend Dollar. Daher ist eine Kaution von zehntausend Dollar angemessen. Ich kann den Betrag nicht weiter verringern.«

»Ich habe keine zehntausend – ich hatte sechstausend,

aber die haben die Detectives des Bezirksstaatsanwalts eingesteckt.«

Die Augen des Richters funkelten zornig. »Die Detectives des Bezirksstaatsanwalts haben das Geld nicht ›eingesteckt‹. Sie haben Beweismittel konfisziert, die zufälligerweise aus Geldscheinen bestanden, die im Vorfeld Ihrer Verhaftung markiert wurden, um nachzuweisen, dass Sie das Schmiergeld annahmen.«

»Das Geld wurde mir im Zusammenhang mit einer geschäftlichen Vereinbarung übergeben.«

»Die Art dieser Vereinbarung hat letztlich zu Ihrer Verhaftung geführt.«

»Ich bin Bauunternehmer. Es ging um eine übliche geschäftliche Transaktion, die eine Lieferung von Bausteinen betraf. Mit Bestechung habe ich nicht das Geringste zu tun.«

»Sie werden während der Gerichtsverhandlung ausreichend Gelegenheit haben, dies zu beweisen. Die Kaution wird auf zehntausend Dollar festgesetzt.«

Am Eingang zu dem kleinen Gerichtssaal entstand plötzlich Unruhe, und der Stadtrat wandte sich hoffnungsvoll um. Er hatte den ganzen Nachmittag hinter Freunden hertelefoniert und um Geld für seine Kaution gebettelt. Vielleicht hatte es sich einer von ihnen anders überlegt.

Eine Nachricht wurde Martins Anwalt überreicht, der sich daraufhin an den Richter wandte. »Euer Ehren, soeben hat sich ein Kautionsbürge gemeldet. Er bietet Immobilien in der Mulberry Street 31 und 32 als Sicherheit für Alderman Martins Zehntausend-Dollar-Kaution an.«

Isaac Bell eilte die Treppe zum Kassenraum des Criminal Courts Building hinauf und sagte zu dem zuständigen Büroangestellten: »Ich nehme an, dass das Gericht meinen Scheck auf die American States Bank als Kaution für Alderman Martin akzeptiert.«

»Natürlich akzeptieren wir einen Scheck der American States Bank. Aber Stadtrat Martin ist bereits auf Kaution aus der Haft entlassen worden.«

»Wohin ist er gegangen?«

Der Angestellte zuckte die Achseln. »Jemand hat ihn ausgelöst.«

Bell faltete einen Zehn-Dollar-Schein zusammen und schob ihn dem Angestellten über den Tisch. »Mir wurde zugetragen, Alderman Martin habe keine Freunde von jener Art mehr gehabt, die zehntausend Dollar für ihn auf den Tisch legen würden.«

»Da wurden Sie richtig informiert«, sagte der Angestellte.

»Irgendeine Idee, wer die Kaution bezahlt hat?«

»Jemand, der zwei Häuser in der Mulberry Street als Sicherheit überschrieben hat.«

»Mulberry? Die liegt doch in der italienischen Kolonie, nicht wahr?«

»Das tut sie.«

»Liegt Martins Viertel nicht in Queens?«

»Nur bis sie ihn in Sing-Sing einsperren.«

»Der Mann steckt wirklich in der Klemme, oder?«

»Es heißt, er sei bis über die Ohren verschuldet und könne nicht mehr mit Gefälligkeiten rechnen. Er besitzt überhaupt nichts mehr.«

Bell faltete einen zweiten Zehner zusammen. »Sie erleben hier sicherlich eine ganze Menge seltsamer Dinge.«

»O ja.«

»Wer riskiert es, zwei Häuser darauf zu verwetten, dass sich Martin nicht aus dem Staub macht?«

»Jemand mit mehr Geld als gesundem Menschenverstand.«

»Was meinen Sie, was der oder die Betreffenden dafür bekommen?«

»Etwas, worüber der Stadtrat nach wie vor verfügt.«

Bell hatte das Gefühl, als würde er beobachtet werden. Er sah sich um. »Ist der Mann, der dort drüben am Türpfosten lehnt, ein Detektiv des Bezirksstaatsanwalts?«, fragte er den Büroangestellten.

»Detective Rosenwald. Er hat Martin einkassiert.«

Bell ging zu Rosenwald hinüber. »Ich möchte Ihnen Ärger ersparen und mache es kurz. Ich bin Isaac Bell, Van Dorn Agency. Und ich habe den Gerichtsdiener das Gleiche gefragt, das ich Sie fragen möchte.«

Rosenwald nickte. »Ich erspare Ihnen Ärger, indem ich Ihnen dringend von dem Versuch, mich zu schmieren, abrate.«

»So etwas fällt mir nicht im Traum ein«, erwiderte Bell. »Aber ich würde Ihnen gerne einen Drink spendieren.«

»Aus dem Regen«, dachte Alderman Martin und hatte das unangenehme Gefühl, dass er auf die Traufe zusteuerte. Zuerst lief alles wie geschmiert. Gerichtsangestellte, die grinsten, als hätte ihnen irgendein hohes Tier die Taschen vollgestopft, ließen ihn durch eine Seitentür aus dem Gebäude. Anstatt den Kopf vor einer Bande krakeelender Zeitungsleute einziehen zu müssen, wurde er von einer stummen Eskorte empfangen, die ihn in eine

Limousine setzte, ehe die Reporter begriffen, was vor ihren Augen geschah. Aber nun, da seine Retter, wer immer sie waren, mit ihm in dem Wagen saßen, dessen Fenster mit Vorhängen zugezogen waren, behandelten sie ihn in keiner Weise mit dem Respekt, geschweige der Unterwürfigkeit, den ein Mitglied des New Yorker Stadtrats, der Jobs, Verträge, Gefälligkeiten und Beziehungen zu vergeben hatte, erwarten durfte.

Sie wollten ihm nicht mitteilen, wohin sie ihn brachten. Tatsächlich sagten sie kein Wort. Erleichtert und froh, den Reportern entkommen zu sein, hatte er nicht darauf geachtet, dass seine breitschultrigen Beschützer vierschrötige Italiener waren. Ich wurde gekidnappt, dachte er in einem Anflug plötzlicher Klarheit. Geschnappt von der Black Hand. Entführt, um Lösegeld zu erpressen, von Italienern, die zu dumm waren, um zu erkennen, dass er so tief in der Tinte saß, dass niemand auch nur einen Cent zahlen würde, um ihn aus ihrer Gewalt zu befreien.

Als der Wagen durch den Verkehr gezwungen wurde anzuhalten, versuchte er auszusteigen. Sie ergriffen von beiden Seiten seine Arme und zogen ihn unsanft zurück. Er forderte eine Erklärung. Sie befahlen ihm, den Mund zu halten.

Er holte tief Luft und wollte um Hilfe schreien.

Sie stopften ihm ein Taschentuch in den Mund.

Als das Automobil schließlich anhielt und sie die Tür öffneten, parkte es in einem Lagerhaus. Er konnte den Fluss oder einen Abwasserkanal riechen. Sie führten ihn eine Steintreppe hinunter in einen Keller, der von einer einzelnen Glühbirne erhellte wurde, die von der Decke herabhing. In einer Ecke stand ein Tisch, auf dem etwas lag, das mit einem Laken zugedeckt war. Im dunklen Schatten einer anderen Ecke des Raums stand ein Mann steif und reglos da wie eine Marmorstatue. Unter der Glühbirne sah er einen schweren Stuhl mit gerader Rückenlehne. Sie stießen ihn auf den Stuhl, fesselten ihn mit Handschellen an die Armlehnen und rissen ihm das Taschentuch aus dem Mund.

Die Eskorte verließ den Raum. Der Mann im Schatten begann zu reden. Stadtrat Martin konnte sein Gesicht nicht erkennen. Er hatte einen italienischen Akzent.

»Alderman Martin, Ihr Helfer hat gestanden, dass Sie ihm befohlen haben, Mörder anzuheuern.«

Ihm blieb fast das Herz stehen. Er hatte mit der Traufe recht gehabt. Das war keine Entführung, um ein Lösegeld zu fordern. Plötzlich dachte er vollkommen klar und folgerichtig und wusste, dass der ganze schreckliche Tag, angefangen mit der Schmiergeldfalle, bedeutungslos war. Dies war eine Situation, in die er niemals hätte geraten dürfen – in die er auch niemals geraten wäre, wenn Brandon Finns Leute nicht genau gewusst hätten, wie verzweifelt er war –, und es war entsetzlich schiefgelaufen. Ihm blieb keine andere Hoffnung, als sich mit Dreistigkeit herauszureden.

»So etwas hat er nicht behauptet. Das würde er niemals tun.«

»Das wollte er auch nicht.«

Der Mann hob das Laken hoch.

James Martin hätte zehn Jahres seines Lebens hingegeben, wenn er in diesem Augenblick in einer Gefängniszelle in der West 54th Street hätte sitzen dürfen. Der Helfer war tot. Sein Gesicht war so blutig wie ein rohes Beefsteak. Das einzelne Auge, das in seinem Schädel noch vorhanden war, starrte Martin entgeistert und fragend an.

»Was haben Sie mit ihm gemacht?«, fragte Martin, als er genug Luft holen konnte, um zu reden.

»Wir haben ihm eine Frage gestellt. Wir fragten: ›Wer hat dich aufgefordert, Mörder zu beauftragen?‹ Wir stellen Ihnen jetzt die gleiche Frage, Alderman Martin. Wer gab Ihnen den Auftrag, einen Mörder anzuheuern?«

»Kennen Sie das ›Kabinett des Schreckens‹?«, fragte Captain Coligney, als er mit Isaac Bell telefonierte.

»Am Union Square?«

»Wir treffen uns dort.«

22

Isaac Bell rannte die Treppe der Union Square Station immer drei Stufen auf einmal nehmend hinauf. In der 16th Street stand ein Ausrufer mit Megafon und Pferdelunge.

»Wollen Sie bessere Schulen und U-Bahnen? Wollen Sie grüne Parks und saubere Strände? Dann besuchen Sie die Ausstellung des Komitees der Einhundert Bürger gegen die Tammany Hall Society, um zu besichtigen, wie Tammany mit ihren Trickserеien ungestraft davonkommt.«

Der Ausrufer war offenbar überflüssig. Die Schlange der Wartenden besetzte den gesamten Union Square und verschwand in den Seitenstraßen. Laut den Schlagzeilen, die die Zeitungsjungen ausriefen, verzeichnete die Ausstellung in nur drei Tagen zweiundzwanzigtausend Besucher.

Im Schaufenster der Ausstellung stellte eine Pappmaché-Kuh die Stadt dar, die von Tammany Hall gemolken wurde. »Beklagt euch nicht über verschüttete Milch«, lautete die Inschrift auf dem Plakat über der Kuh. »Wählt neue Milchmädchen!«

Eine von der Tammany Hall Society organisierte Ausstellung wartete mit einem lebendigen Elefanten auf, der die Republikaner repräsentierte, die die Stadt auffraßen. Aber Bell kam es vor, als ob die Anti-Tammany-Show viermal mehr Besucher anlockte als der Dickhäuter.

Coligney hatte einen Polizisten abkommandiert, der Bell in die Ausstellung geleitete, wo er den Hinweisschildern zum Kabinett des Schreckens folgte. Unterwegs passierte er »Die städtische Lustreise in die Catskill Mountains«, ein großformatiges Plakat mit einer Karikatur von »Honest Jim« Fryer, der in einer Limousine saß und einen kleinen Steuerzahler über den Haufen fuhr, und eine Bilderfolge mit der Überschrift »Geschichte und Schande der Queensboro Bridge«, die Tammany-Hall-Demokraten beschuldigte, 8.000.000 $ vergeudet zu haben, um »nichts anderes anzulegen als eine Automobilschnellstraße«, die lieber für die Finanzierung von Maßnahmen gegen die Ausbreitung der Tuberkulose in den städtischen Elendsvierteln hätten verwendet werden sollen.

Die Treppe hinunter befand sich im Tiefparterre die Hauptattraktion, das Kabinett des Schreckens der Tammany Hall, und dies war stärkerer Tobak. Schattenrisse von Männern, Frauen und Kindern umschlossen den Raum wie die Kreise der Hölle und veranschaulichten die Folgen der Bestechung: dreizehntausend New Yorker, die in diesem Jahr an vermeidbaren Krankheiten verstorben waren; Kinder, die wegen eines akuten Mangels an geeigneten Schulen auf den Straßen herumlungerten.

Captain Coligney wartete neben einem Ausstellungsstück, das auf einer bis zur Decke reichenden Plakatwand durch den Text kommentiert wurde: »Wie Tammany Hall den Catskills Aqueduct ihren bevorzugten Bauunternehmern zuschiebt«.

»Ein Detektiv des Bezirksstaatsanwalts erzählte mir, dass Sie ihm meinen Namen genannt haben«, begrüßte er Isaac Bell.

»Nur Ihren Namen. Ich versuchte, etwas mehr über Alderman Martin zu erfahren.«

»So viel hatte ich mir schon gedacht«, sagte Coligney. Er deutete mit einem Daumen auf die Plakatwand. »Ich dachte mir, Sie würden sicherlich auch den zweiten Teil der Ausstellung sehen wollen.«

Aldermann Martin befand sich hinter der Plakatwand und war von den regulären Besuchern nicht sofort zu sehen. Er war am Hals aufgehängt. Sein Gesicht war blau angelaufen, seine Zunge sah so dick und grau aus wie die eines Papageis, sein Körper steif.

Coligney erklärte: »Er war noch nicht dort, als die Ausstellungsräume gestern für die Nacht geschlossen wurden. Sie haben ihn erst heute Morgen gefunden.«

»Um wie viel Uhr wurde die Ausstellung geschlossen?«

»Um elf. Und um neun Uhr heute Morgen ist sie wieder geöffnet worden.«

»Sollen wir annehmen, dass er Selbstmord beging, weil er sich schuldig fühlte?«

»*Schuld,* das war für Martin schon immer ein Fremdwort. Aber wie dem auch sei, sein Tod trat vor mehr als zwölf Stunden ein. Was bedeutet, dass er sich nicht hier erhängt hat.«

»Und auch nicht woanders«, fügte Bell hinzu und untersuchte die Leiche eingehend. »Aber es sieht nicht so aus, als habe er sich gewehrt.«

Coligney gab ihm recht. »Andererseits waren seine Taschen leer… bis auf ein Teil.« Er balancierte eine Visitenkarte zwischen seinen dicken Fingern, sodass Bell den Namen lesen konnte.

»Wer ist Davidson?«

»Ein ehemaliger Reformer. Er hat gesehen, wo das dicke Geld verdient wird, und lief mit fliegenden Fahnen zur Tammany Hall über. Er war ein hohes Tier in der Contractors' Protective Association.«

»Warum steckt seine Visitenkarte in Martins Tasche?«

»Ich nehme an, aus dem gleichen Grund, weshalb auch Alderman Martin hier hängt. Damit Tammany Hall noch schlimmer aussieht als das Kabinett des Schreckens.«

»Demnach hat sich Davidson mit den gleichen Leuten angelegt, die Martin aufgehängt haben.«

Coligney nickte. »Und sie haben ihm damit eine Warnung geschickt.«

Bell fragte: »Wie viel Zeit habe ich, um mich mit Davidson zu unterhalten, bevor Sie eine amtliche Meldung herausgeben?«

Coligney interessierte sich plötzlich brennend für die Decke des Raums. »Meine Cops haben eine Menge zu tun. Ich denke, Sie haben einen Tag.«

»Ich brauche zwei«, sagte Bell. Damit hätte die Recherche Zeit, Davidson ausgiebig unter die Lupe zu nehmen, ehe er ihn persönlich zur Rede stellte.

Der Seitenradflussdampfer *Rose C. Stambough* hatte Mühe, sechzig Meilen von New York entfernt auf dem Hudson am Storm King Mountain anzulegen. Rauch wallte aus dem Schornstein hinter dem Ruderhaus, und die quer stehende Maschine, die wie ein Ölbohrturm zwischen den Schaufelrädern aufragte, stieß Dampfwolken aus, die sich in der eisigen Luft schneeweiß färbten.

Der Kapitän stieß einen endlosen stummen Fluch aus, als eine bitterkalte Windböe – direkt vom Nordpol – die amerikanische Flagge, die am Heck flatterte, steif wie ein Brett aufstellte und das Schiff gegen den Kai zu schieben drohte. Für ihn konnte es nicht früh genug geschehen, dass der Winter den Schiffsverkehr auf dem Fluss zum Erliegen brachte.

Auf dem Sprung, an Land zu gehen, stand Isaac Bell am Kopf der Gangway. Er trug einen dunkelblauen Mantel und eine Melone und hatte eine Wochenendreisetasche in der Hand. Rot-grüne Fuhrwerke von Branco's Grocery standen auf dem Frachtdeck in Reih und Glied, beladen mit Fässern und Kisten, deren Inhalte für die Aquädukt-Arbeiter an der Schlüsselstelle des gigantischen Bauprojekts bestimmt waren. Sie legten den Düker an, der das Wasser aus den Catskills unter dem Hudson River hindurchleitete und den Ashokan-Staudamm mit New York City verband.

Die Maultiere waren bereits angespannt. Kaum berührte die Gangway den Kai, eilte Bell mit langen Schritten über die Bohlen, gefolgt von den langohrigen Zugtieren mit ihrer schweren Last. Hektische Unruhe brach unter dem Hafenpersonal aus, als sie ihn an Land kommen sahen.

Wenn ihn sein Mantel und sein Hut wie einen Detective des New York Police Department oder einen hochrangigen Inspektor des Water Supply Board aussehen ließen, war es Isaac Bell nur recht, und er dachte nicht daran, diesen Eindruck zu korrigieren. Eine der beiden Fliegen, die er mit einer Klappe, sprich bei diesem Trip, schlagen wollte, war ein zweiter Besuch bei J. B. Culp. Diesmal befände er sich auf seinem heimischen Terrain, dem Landsitz Raven's Eyrie, den Bell in halber Höhe des Berghangs in der Mittagssonne funkeln sah. In seiner Reisetasche befand sich Abendkleidung. Aber das käme später. Zuerst einmal sah er wie ein Polizei-Detective bei einer Bergtour aus.

Er fand die Stelle, wo ein neuer Zugangsschacht zum Dükertunnel vorgetrieben wurde. Der ursprüngliche Schacht war zu dicht am Bergrand gebohrt worden, wo der Granit zu brüchig war, um dem Wasserdruck des Aquädukts standzuhalten.

»Kann ich Ihnen behilflich sein, Sir?«, fragte der Mann am Tor zur Baustelle.

»Wo ist Davidson?«

»Ich lasse ihn holen.«

»Zeigen Sie mir nur den Weg.«

Der Torwächter deutete bergauf.

Bell, ganz Polizist, trat dicht an ihn heran. »Wo genau?«

»Etwa dreißig Meter vom neuen Schacht entfernt steht eine Baubude.«

Bell rückte dem Mann noch dichter auf die Pelle, sodass der Abstand zwischen seiner Schulter und dem Gesicht seines Gegenübers kaum einen Zentimeter betrug. »Wenn Sie dieses Telefon benutzen, um ihn zu warnen, drehe ich Sie durch die Mangel, nachdem ich mit ihm fertig bin.«

Davidsons offizielle Funktion war die eines Beraters, die Arbeitssituation und den Bedarf an Arbeitskräften betreffend. Das war aber reine Augenwischerei. In Wirklichkeit kassierte er Vertragsgebühren von der Contractors' Protective Society – oder war, wie der ehemalige Zeitungsmann Scudder Smith es formulierte, »der für die Tammany Hall tätige Vorortschröpfer der Bauunternehmer und Steuerzahler.« Ursprünglich als Inspektor der im Besitz der Stadtverwaltung befindlichen öffentlichen Einrichtungen tätig, hatte Davidson nach dem städtischen Sieg in der Ramapo-Water-Grab-Affäre die Seiten gewechselt und war, wie Captain Coligney angemerkt hatte, gründlich »tammanisiert« worden.

Auf der anderen Seite des Hudson – dort wo das Wasser aus den Catskills wieder zutage trat, nachdem es unter dem Fluss durchgeleitet worden war – wurde ein Abschnitt des Aquädukts von einer Firma gebaut, die Davidson für seine Beratung ein Honorar von fünf Prozent der Vertragssumme gezahlt hatte. So oder ähnlich lauteten zuverlässige Gerüchte, die von Van-Dorn-Agenten aufgeschnappt worden waren. Vagere Gerüchte besagten dagegen, dass Davidson von Antonio Branco für einen Versorgungsvertrag 20.000 $ verlangt und erhalten habe. Ärgerlich war nur, dass Gerüchte, so nahe an der Wirklichkeit sie auch sein mochten, keine Beweiskraft hatten und dass Bestechungsvorwürfe vor Ablauf der Verjährungsfrist niemals vor Gericht verhandelt würden.

Aber trotz seiner offensichtlichen Immunität hatte Davidson Angst. Und offenbar war er verunsichert, so kam es Bell vor, zumindest so weit, dass er Bells Maskerade nicht in Frage stellte. »Ich habe das Telegramm erhalten«, waren die ersten Worte aus dem Mund des Befehlsempfängers.

»Welches Telegramm?«, fragte Bell.

»Die Nachricht. Sie haben ihn dort für mich aufgehängt. Als Warnung.«

»Warnung wovor?«

»Das geht Sie nichts an.«

Bell sagte: »Wenn Sie wollen, kann ich Sie mitnehmen. Das Schiff kehrt in Kürze nach New York zurück. Wir können aber auch die Eisenbahn benutzen, wenn Ihnen das lieber ist.«

»Nur zu. Tun Sie, was Sie nicht lassen können.«

»Was?«

»Verhaften Sie mich. In Ihrem Gewahrsam bin ich sicherer, als wenn ich hierbleibe.«

»Soll mir recht sein«, bluffte Bell, »wenn Sie glauben, dass Ihnen in einem Stadtgefängnis keine Gefahr droht.«

Davidson befeuchtete seine Lippen. »Ich weiß nicht, wovon Sie reden. Gehen Sie zu Finn. Er wird Ihnen klarmachen, was Sache ist.«

»Welcher Finn?«

Davidson sah ihn misstrauisch an. »Es gibt nur einen Finn, und wenn Sie ihn nicht kennen, dann sind Sie nicht der, als der Sie sich ausgeben.«

Bell versuchte seine augenblickliche Unkenntnis zu überspielen. »Ich frage noch einmal höflich nach. Welcher Finn?«

Davidson machte auf dem Absatz kehrte, entfernte sich und ließ den Detektiv mit dem untrüglichen Gefühl zurück, ziemlich dumm dazustehen. Er eilte ins Dorf zurück, fand neben der Poststation eine Telefonzelle und rief Captain Coligney an. Es dauerte eine Weile, bis die Fernverbindung zustande kam, darum vermutete er, dass die örtliche Telefonvermittlung mithörte.

»Kennen Sie einen ›Finn‹, der mit unserem Erhängten in irgendeiner Verbindung steht?«

»Ich fürchte, Sie meinen Brandon Finn. Er unterhält nicht die üblichen Verbindungen zu den hohen Tieren. Seine Kontakte sind eher informell, wenn Sie wissen, was ich meine.«

»Sie meinen, er operiert außerhalb der üblichen Kanäle?«

»Und er hält sich bedeckt.«

»Für wen ist Brandon Finn tätig?«

»Für den Boss. Aber nur auf streng informeller Basis. Weshalb fragen Sie?«

»Es könnte ratsam sein, ihn im Auge zu behalten.«

»Zu spät«, sagte Coligney. »Er ist gestorben.«

»An was?«

»Das weiß man noch nicht.«

Bell formulierte ein Telegramm in klassischen Van-Dorn-Chiffren.

SCHUTZ FÜR CLAYPOOL ZUHAUSE UND BÜRO

Wenn zwischen Brandon Finn und Boss Fryer eine direkte Verbindung bestand, dann näherte sich jemand der Spitze der Pyramide – und zwar der, der die Tammany-Männer getötet hatte. Falls Claypool der Problemlöser war, der die Kugel ins Rollen gebracht hatte, könnte er der Nächste sein.

Archie Abbott betrachtete es als selbstverständlich, dass er Frauen auf die gleiche Weise in Entzücken versetzte, wie Katzen von Katzenminze angelockt wurden. Als jedoch eine attraktive Brünette, die Tee trinkend in der Lobby des Knickerbocker Hotels saß, ihn nicht nur nicht zur Kentniss nahm, sondern geradezu durch ihn hindurchschaute, als ob er gar nicht existiere, betrachtete Abbott dies als eine radikale Störung der natürlichen Ordnung.

»Guten Tag.«

Sie hatte faszinierende blaue Augen, mit denen sie Abbotts energisches Kinn, seine Adlernase, die durchdringenden Augen, seine hohe Stirn, sein volles rotes Haar und sein strahlendes Lächeln prüfend musterte. Dann sagte sie: »Ich fürchte, wir sind einander noch nicht vorgestellt worden, Sir«, und konzentrierte sich wieder auf die Illustrierte, in der sie gerade las.

»Gestatten Sie mir, dies nachzuholen«, sagte Abbott. »Ich bin Archibald Angell Abbott IV. Es wäre mir eine Ehre, Sie näher kennenzulernen.«

Sie lud ihn nicht ein, an ihrem Tisch Platz zu nehmen. Wäre er den Hausdetektiven des Knickerbocker nicht als Van-Dorn-Kollege bekannt gewesen, hätten zwei elegant gekleidete stämmige Männer ihn unauffällig, aber sehr bestimmt in die Mitte genommen und auf den Bürgersteig hinaus begleitet, während sie ihm erklärten, dass die Direktion es keinesfalls dulde, dass weibliche Hotelgäste von Gigolos belästigt werden – und er sich nicht unterstehen solle, das Hotel noch einmal zu betreten!

»Meine Freunde nennen mich Archie.«

»Und wie nennt Ihre Frau Sie?«

»Ich hoffe, sie wird einen passenden Namen für mich finden, wenn wir uns endlich kennenlernen. Darf ich fragen, wie Sie heißen?«

»Francesca.«

»Ein schöner Name.«

»Danke, Archibald.«

»Archie reicht vollkommen.«

»Ich nenne Sie aber gerne Archibald.«

Abbotts scharfer Blick hatte sich bereits auf ihre linke Hand gerichtet, wo der Trauring in ihrem Handschuh eine kleine Wölbung erzeugte. »Sind Sie verheiratet, Francesca?«

»Ich bin Witwe.«

»Das tut mit schrecklich leid«, schwindelte er.

»Danke. Es ist vor zwei Jahren geschehen.«

»Wie ich sehe, tragen Sie noch immer den Ring.«

»Er hält die falschen Typen davon ab, auf dumme Ideen zu kommen.«

»Darf ich mich setzen?«

»Weshalb?«

Abbott grinste. »Um festzustellen, ob ich der falsche Typ bin.«

Francesca reagierte mit einem Lächeln, das ihre Augen wie Rampenscheinwerfer erstrahlen ließ. »Nur die falschen Typen kommen auf dumme Gedanken.«

»Erzählen Sie mir etwas über Ihren Akzent. Ich kann ihn nicht einordnen. Dabei habe ich als Schauspieler viel mit Akzenten zu tun gehabt. Bevor ich meine augenblickliche Tätigkeit aufgenommen habe.«

»Und was machen Sie?«

»Ich arbeite in der Versicherungsbranche.«

»Setzen Sie sich, Archibald«, sagte Francesca Kennedy. »Ich freue mich, Ihre Bekanntschaft zu machen.«

23

Das Pförtnerhaus von Raven's Eyrie sah aus, als sollte es Anarchisten und Arbeitskämpfer abwehren. Wuchtig wie eine Festung, wurde der zweistöckige Bau von hohen Mauern flankiert. Die Stäbe des eisernen Tores waren massiv wie Eisenbahnschienen, und die Zufahrt, die sie versperrten, war so steil, dass kein Fahrzeug ein Tempo entwickeln konnte, das ausreichte, um das Tor aufzusprengen.

Was Isaac Bell jedoch vor allem anderen sofort ins Auge fiel, waren die Schießscharten im oberen Stockwerk, von denen aus Schützen ihre Opfer ungefährdet ins Visier nehmen konnten. J. B. Culp war offensichtlich auf jeden vorbereitet, der es auf die Reichen abgesehen hatte.

»Bitte, informieren Sie Mr. Culp, dass Isaac Bell erschienen ist, um die seinerzeit im Seawanhaka Club ausgesprochene Einladung anzunehmen, seine Eisyacht zu besichtigen.«

»Haben Sie einen Termin, Sir?«

Der Torwächter trug eine makellose Uniform. Er hatte bürstenkurz geschnittenes eisengraues Haar und eine athletische Statur. Seine Seitenwaffe war der alte Model 1873 .45er Colt, den die United States Marines wegen seiner überragenden mannstoppenden Wirkung für den Philippinisch-Amerikanischen Krieg erneut als offizielle Dienstwaffe eingeführt hatte.

Bell schob seine Visitenkarte durch das Torgitter. »Mr. Culp lud mich ein, ihn jederzeit zu besuchen.«

Fünf Minuten später brauste Culp persönlich in einem luftgekühlten Sechs-Zylinder-Franklin – demselben Sechs-Zylinder-Modell, das soeben den Kontinent von Küste zu Küste in rekordbrechenden fünfzehn Tagen durchquert hatte – die Zufahrt herab. »Willkommen, Bell! Was verschlägt Sie denn hierher?«

»Wir haben die Bürgschaft für einige Versicherungen übernommen, mit denen die Bauunternehmer Policen abgeschlossen haben. Hartford bat mich, vor Ort einen Blick auf unser Engagement zu werfen.«

»Sie haben großes Glück, dass Sie mich zu Hause antreffen.«

»Ich hatte schon vermutet, dass Telefon- und Telegrafenleitungen Sie von der Stadt unabhängig machen«, antwortete Bell, der einen Agenten abgestellt hatte, um Culps Kommen und Gehen seit dem Tod der anderen Cherry-Grove-Verdächtigen zu überwachen.

»Steigen Sie ein! Ich fahre Sie herum und zeige Ihnen alles.«

»Ich bin vor allem hierhergekommen, um Ihr Eisboot zu besichtigen.«

Culp lenkte das Automobil auf eine Abzweigung der Zufahrt, die parallel zur Umgrenzungsmauer des Anwesens bis zum Fluss hinab verlief, wo Mannschaftsbaracken ein Bootshaus einrahmten. Gartenarbeiter zogen Segelboote auf einer Schienenslipanlage aufs Trockene. Im Bootshaus schwebte sein Eisrenner über dem Wasser, bereit herabgelassen zu werden, wenn der Fluss zugefroren war. Das Boot war so breitbeinig wie eine Wasserspinne. Das Leichtgewichtfahrzeug bestand aus einem stabilen dreieckigen »Rumpf« – zwei angewinkelten Aluminiumstreben – mit Schlittschuhkufen an den drei Ecken.

»Eine vollkommen neuartige, ganz moderne Konstruktion«, prahlte Culp. »Die Idee mit dem Aluminium habe ich von meinem Franklin. Stabil und leicht.« Bell fiel auf, dass Culp wie ein typischer Sportler klang, der von der Idee besessen war, mit seiner Yacht, seinem Pferd oder Automobil oder seiner Eisyacht jedes Rennen zu gewinnen.

Bell betrachtete staunend das Boot, das vom Dachgebälk des Bootshauses herabhing. »Das Segel ist gigantisch.«

»Ein Lateinsegel. Es übertrifft noch das erprobte und echte Hudson-River-Gaffelsegel mit beschwertem Ausleger. Damit habe ich im vergangenen Winter neunzig Knoten geknackt.«

»Neunzig? Damit sind Sie schneller als der 20th Century Limited.«

»In diesem Winter schaffe ich einhundert. Kommen Sie, ich zeige Ihnen das Haus.«

Das Haus auf Raven's Eyrie war eine sehr große Villa mit atemberaubenden Ausblicken durch Fensterscheiben, die so breit und hoch waren wie Kaufhausschaufenster in New York. Auch hier kam ihm Culp eher wie ein stolzer Hausbesitzer vor und nicht wie ein Mörder. Die Inneneinrichtung hatte Culp in Europa zusammengekauft. In kurzen Abständen stieß Bell bewundernde Rufe aus und verstummte beim Anblick einer riesigen Skulptur aus Silber, Lapislazuli und Elfenbein im Esszimmer – angemessen beeindruckt. Sie beherrschte den Esstisch, in dessen Mitte sie auf dreißig Gäste herabschaute.

Sie stellte den Heiligen Georg dar, der auf einem Pferd saß und mit einer Lanze einen Drachen durchbohrte. Bell hatte soeben erkannt, dass die großen Schüsseln an Kopf und Schwanz des Drachen als Salz- und Pfefferspender dienten, als Mrs. Culp plötzlich mit ihrem Koch und dem Haushofmeister im Gefolge erschien.

Dem Aussehen nach war sie mindestens zehn Jahre jünger als Culp und in Bells Alter. Gewiss war sie nicht die erste Frau eines reichen Mannes, der gelegentlich im Cherry-Grove-Bordell übernachtete, aber, dachte Bell, Daphne Culp sah derart überwältigend aus, dass es keinesfalls der Mühe wert war, den heimischen Herd zu verlassen.

»Bell«, stellte ihn Culp mit barscher Stimme vor. »Habe ihn nach einem Rennen im Seawanhaka kennengelernt.«

Bell äußerte sich bewundernd über die Eisyacht und das Haus, und dann fragte sie: »Ist es möglich, dass ich einen leichten Bostoner Akzent bei Ihnen wahrnehme?«

»Schuldig, Ma'am. Ich dachte, das meiste hätte sich in New Haven verflüchtigt.«

»Butler war auch in Yale, nicht wahr, Liebling?«

»John Butler Culp war ein legendärer Old Blue, als ich dorthin kam«, sagte Bell.

»Nicht so alt, verdammt noch mal«, sagte Culp.

Daphne stellte schnell fest, dass sie und Bell durch die Heirat entfernter Cousins miteinander verwandt waren, und sie lud ihn zum Dinner ein. »Sind Sie direkt aus New York heraufgekommen? Dann sollten Sie hier übernachten.«

»Aber vorher zeige ich Ihnen die Turnhalle«, erklärte Culp.

»Sie haben Ihren eigenen Boxring«, stellte Bell fest.

»Und meine eigenen Boxer.«

Culp machte ihn mit Lee und Barry bekannt, kräftigen Männern mit festem, federndem Schritt. Lee war hochgewachsen und schlank, Barry nur wenig kleiner und doppelt so breit, und Culp konnte den Vorteil nutzen, mit unterschiedlichen Gegnern zu trainieren.

»Könnte ich irgendwo aufgeschnappt haben, dass Sie für Yale geboxt haben?«, fragte Culp.

»Ich glaube, das Gleiche hörte ich auch von Ihnen.«

»Wie wär's mit ein paar Runden?«

Bell legte Jacke und Schulterhalfter ab.

Culp fragte: »Kommt es in der Versicherungsbranche oft vor, dass man Artillerie einsetzen muss?«

»Gewalttätige Schwindler sind die löbliche Ausnahme«, antwortete Bell und hängte Jackett und Pistole an einen Haken. Er öffnete den Knoten der Krawatte und streifte das Oberhemd ab, stieg zum Boxring hoch, kletterte zwischen den straff gespannten Seilen hindurch und ging über den Ringboden zur gegenüberliegenden Ecke. Culp befreite sich von Jackett, Krawatte und Oberhemd und stieg nach ihm in den Ring. »Brauchen Sie Handschuhe?«

»Nein, wenn Sie keine brauchen.«

»Dann hoch die Fäuste.«

Barry, der den Sandsack bearbeitet hatte, und Lee, der die indischen Gymnastikkeulen hatte kreisen lassen, verfolgten das Geschehen mit einem kaum verhohlenen spöttischen Grinsen. Barry schlug den Gong mit einem kleinen Hammer, der daneben hing. Culp und Bell schritten zur Ringmitte, berührten sich mit den Fäusten, traten einen Schritt zurück und begannen zu sparren.

Bell erkannte sofort, dass Culp sehr gut war und mit einer seltenen Kombination aus Masse, Tempo und Beweglichkeit aufwarten konnte. Obgleich zehn Jahre älter als Bell, schien er außerordentlich gut in Form zu sein. Das überraschte Bell nicht im Mindesten. Im Yachtclub war Culp wie der geborene Athlet über die Decks seiner New York »Thirty« geturnt. Was ihn jedoch überraschte, war die verbissene Entschlossenheit des Wall-Street-Magnaten, ihm ein blaues Auge zu verpassen. Er schien tatsächlich nichts anderes im Sinn zu haben, zielte wiederholt auf seinen Kopf und wurde zunehmend leichtsinnig. In seinem Elan gebremst durch Bells Fußarbeit und undurchdringliche Deckung, begann er Boxhiebe auszuführen, die in seiner eigenen Verteidigung Lücken aufklaffen ließen.

Lee betätigte den Gong, der die erste Runde beendete. Sie ruhten sich für einen Augenblick aus und absolvierten die zweite Runde.

In der dritten Runde ließ Culp alle Vorsicht fahren und griff an. Er nutzte seine Körpermasse und versuchte Bell zu überrumpeln, sodass dieser seine Deckung sinken ließ, und feuerte eine mächtige rechte Gerade auf ihn ab. Hätte sie im Ziel eingeschlagen, wäre Bell durch die Seile gefegt worden.

Culp versuchte es ein zweites Mal mit dieser Taktik, und Bell entschied, das Duell zu beenden, ehe es weiter außer Kontrolle geriet. Er öffnete Culps Deckung mit zwei Finten der linken Hand, dann landete er mit derselben Linken einen leichten Treffer auf Culps Auge.

Ohne die schützenden Polster eines Boxhandschuhs forderten Bells Knöchel ihren Tribut, und Culp taumelte rückwärts. Sein Gesicht verfinsterte sich vor Wut, und dann kletterte er durch die Seile, während er eine Hand auf das lädierte Auge presste.

»Übernehmt ihn!«

Der große, schlanke Lee legte die indischen Keulen beiseite und kletterte in den Boxring.

Culp stampfte zur Tür. »Sie werden mich entschuldigen, ich muss mich zum Dinner umziehen. Die Sportanlage gehört Ihnen – viel Vergnügen, Mister *Detective*.«

»Ich habe mich schon gefragt, wann Sie das herausbekommen«, sagte Bell.

»Das wusste ich schon lange, bevor ich Ihre Pistole bemerkte.«

»Danke.«

»Wofür?«

»Jetzt weiß ich genau, was Sie vorhaben.«

Culp lachte. »Sie werden nicht einmal Ihren eigenen Namen kennen, wenn diese beiden mit Ihnen fertig sind. An die Arbeit, Jungs.«

Er nahm Bells Schulterhalfter vom Haken und trug es mit hinaus.

Lee hob die Fäuste. »Sagen wir, fünfzehn Runden?«

»Oder bis Sie müde sind«, sagte Bell.

»Wenn er müde wird«, rief Barry, »komme ich an die Reihe.«

Am Ende der fünften Runde sagte Lee: »Mir kommt es vor, als hätten Sie diese Fußarbeit nicht in Yale gelernt.«

»Nein. Auf der South Side«, sagte Bell.

Lee atmete heftig. Bell ebenfalls. Barry schaute aufmerksam zu, um sich die Taktik seines Gegners einzuprägen.

»Auf welcher South Side?«

»Von Chicago.«

»Das dachte ich mir.«

Barry schlug den Gong.

Lee verließ nach zehn Runden langsam den Ring. »Mach ihn fertig.«

Barry schlängelte sich durch die Seile und tänzelte leichtfüßig über den Ringboden, der von Lees Blut glitschig geworden war. »Okay, Chicago. Zeit für ein paar Lektionen.«

»Dazu müssen Sie aber um einiges besser sein als Ihr Kumpel.«

»Lektion Nummer eins: Ein guter großer Mann schlägt jeden guten kleinen Mann.« Barry kam schnell und gefährlich auf ihn zu.

Isaac Bell war müde. Seine Arme wurden schwer. Seine Füße fühlten sich an, als hätte er seine Schuhe gegen ein Paar Hufeisen ausgetauscht. In seinem Ohr, das von einer rechten Geraden getroffen worden war, ertönte ein lautes Klingeln. Seine Wange war geschwollen. Sein Oberkörper allerdings hatte noch keine schwereren Schäden zu verzeichnen. Barry drang auf ihn ein, als er spürte, wie müde Bell war.

Bell blickte dem größeren Mann in die Augen und feuerte einige Finten ab, um ihm mitzuteilen, dass er noch immer stark und gefährlich war. Gleichzeitig bemühte er sich, den Drang, sich schnell zu bewegen, zu unterdrücken, da er auf diese Weise zu schnell ermüdete. Barry griff an, beschäftigte ihn mit kurzen Jabs, um seine Reaktionsschnelligkeit zu testen. Plötzlich zog er mit einer eigenen Finte Bells Hände hoch und landete eine linke Gerade zur Brust des Detektivs. Die Treffer des schlanken, langarmigen Lee waren wie schmerzhafte Stiche gewesen. Barry dagegen traf wie mit einem Vorschlaghammer. Bell musste sich zwingen, seine aufrechte Haltung zu bewahren und die Wirkung zu kaschieren.

»Lee!«, rief er. »Kommen Sie zurück!«

»Was?«

»Es wird langweilig. Warum steigen Sie nicht auch noch in den Ring? Dann machen wir der Sache ein schnelles Ende.«

»Das wird Ihre Beerdigung.«

Lee kletterte durch die Seile, langsam, steif, angeschlagen und erschöpft.

»Heh, Barry, helfen Sie Ihrem Kumpel, er bewegt sich wie ein alter Mann.«

Barry wandte sich um und bückte sich, um Lee eine Hand zu reichen. Bell trat zwischen sie und setzte mit einem Salto über die Ringseile.

»Er haut ab!«, rief Barry, und beide verfolgten ihn.

Bell machte kehrt und sah sie an. »Ich haue nicht ab, ich sorge nur für Chancengleichheit.«

Er hatte in jeder Hand eine Zwanzig-Pfund-Keule.

»Legen Sie die Dinger weg, sonst geht es Ihnen schlecht.«

»Zähne oder Knie, Jungs?«

Er zielte mit den Keulen auf ihre Gesichter. Sie rissen die Hände hoch, um sie abzublocken und festzuhalten. Aber Bell hatte längst ihre Flugbahn geändert. Die Keulen sanken herab und schwangen zur Seite. Die schweren gewölbten Enden trafen wie stumpfe Äxte. Zischend sog Barry die Luft ein. Lee stöhnte. Beide ließen die Deckung fallen, um die Hände auf ihre Kniescheiben zu pressen. Aber sie waren nicht ausgeschaltet. Die zwei Männer waren kampferprobt und verbissen den Schmerz, um sich auf Bell zu stürzen.

Bell hatte die Keulen längst wieder oben und holte in Kopfhöhe damit aus. Indem er sämtliche Kräfte für die finale Attacke mobilisierte, schickte er sie gleichzeitig auf die Reise.

Anlässlich des Dinners mit einem mitternachtsblauen Smoking bekleidet, schlenderte Isaac Bell ins Speisezimmer von Raven's Eyrie. John Butler Culp saß am Kopfende der Tafel, Daphne ein Stück entfernt rechts von ihm, während der Platz an Culps linker Seite frei war. Der Heilige Georg, sein Pferd und der Drachen mit Salz- und Pfefferspender waren ein wenig herangerückt worden, um das freie Ende des endlos langen Mahagonitisches abzuschirmen und eine gemütliche Zone für ihre gemeinsame Mahlzeit zu schaffen.

»Guten Abend, Mrs. Culp«, begrüßte er die bildschöne Daphne. »Es tut mir leid, dass ich mich ein wenig verspätet habe. Guten Abend, J.B. Sagen Sie, wo haben Sie sich das blaue Auge geholt?«

Culp funkelte ihn wütend an.

Mrs. Culp sagte: »Jenkins, stehen Sie nicht so herum. Bringen Sie Mr. Bell einen Teller… Und Mr. Bell, geht es Ihnen gut? Ihr Gesicht ist gerötet. Butler, hast du das getan?«

Bell beeilte sich, seinen Gastgeber zu verteidigen. »Natürlich nicht. Das würde er niemals tun, selbst wenn er es könnte… Oh, das hätte ich beinahe vergessen, J. B. Die Gentlemen, die in der Turnhalle für Sie arbeiten, lassen anfragen, ob es möglich sei, dass der Koch ihnen Suppe oder Brühe aufs Zimmer schickt. Auf jeden Fall sollte es etwas sein, das sie durch einen Strohhalm zu sich nehmen können.«

»Okay«, sagte Culp. »Diese Runde haben Sie gewonnen.«

»Das habe ich in der Tat«, sagte Bell. Aber er wusste, und Culp wusste es ebenfalls, dass er lediglich einen trügerischen Sieg errungen hatte. Ein Blick auf den Tycoon, so wütend er in diesem Moment auch sein mochte, zeigte einen Mann, nach wie vor absolut sicher davon überzeugt, dass John Butler Culp ungeachtet Bells Verdacht sich niemals die Hände schmutzig machen würde und so hoch über dem Gesetz stand, dass er tatsächlich den Tod des Präsidenten planen konnte. Die verbrecherische Tat würde stattfinden.

Dieser Gedanke erschütterte Bell bis ins Mark. Räder waren in Bewegung gebracht worden, und jetzt nahmen sie Tempo auf wie eine Lokomotive, die frisch aus dem Depot kommt, geölt, bekohlt, mit Wasser aufgetankt und auf die Hauptstrecke geleitet wird, deren Gleise frei waren, und nun konnte sie nichts mehr anhalten, nicht einmal Culp selbst … Nicht ganz, dachte Bell nach kurzem Überlegen. Der einzige Punkt, den Culp nicht unter Kontrolle hatte, war der, dass Bell Bescheid wusste. Noch konnte er es nicht beweisen. Aber er wusste es, und er würde die Tat verhindern oder bei dem Versuch sein Leben opfern.

»Mr. Detective«, sagte Culp, »Sie lächeln, als seien Sie mit sich selbst sehr zufrieden.«

Bell legte Messer und Gabel auf den Teller und richtete den Blick auf die Statue des Heiligen Georg, seines Pferdes und des Drachens. »Bitte reichen Sie mir das Salz.«

Mrs. Culp lachte schallend. »Mr. Bell, Sie sind der erste Gast, der den Mut hatte, so mit ihm zu reden… Butler, du kannst wenigstens lächeln, Herrgott noch mal!«

»Ich lächle«, sagte Culp.

»Es sieht aber nicht so aus.«

»Das wird es am Ende schon noch tun.«

24

»Hast du mit dem Gesicht Nieten eingeschlagen?«, fragte Harry Warren, als Isaac Bell ins Büro kam.

»Bin in der Badewanne ausgerutscht… und jetzt habe ich im Zug Finns Nachruf gelesen; auch wenn man zwischen den Zeilen liest, ist kaum zu erkennen, wer er wirklich war.«

»Ein erstklassiger Problemlöser. Kavalier der alten Schule, absolut trinkfest, mit jedem auf Du und Du. Hielt sich stets im Hintergrund und stand in engster Verbindung mit Boss Fryer. Nur wirst du auf der ganzen Welt niemanden finden, der Letzteres bezeugen würde.«

»Wahrscheinlich unsere direkte Verbindung zu Claypool. Wenn er nicht tot wäre.«

»Übrigens, Claypool hat unseren Schutz nicht nötig. Die Jungs haben einen Trupp dienstfreier Detectives gesichtet, die rund um die Uhr in seinem Büro kampieren.«

»Damit dürfte alles klar sein. Claypool weiß, dass er als Nächster an der Reihe ist.«

»Bei seinem Einfluss und seinen Beziehungen wird er den besten Schutz haben. Okay, ich habe Branco die Hand geschüttelt. Was nun?«

»Die rechte Hand?«

»Natürlich.«

»Ist dir daran etwas aufgefallen?«

Warren dachte einen Moment nach. »Ja. Er hat zwei seltsame Schwielen an den Fingern.«

»Bist du sicher?«

»Ja, bin ich. An den Innenseiten seines Zeige- und seines Mittelfingers. Fast drei Zentimeter lang.«

»Genau das ist mir an jenem Tag in Little Italy auch aufgefallen. Sie erinnerten mich daran, wie ich ihm das erste Mal die Hand schüttelte. Was meinst du, wie sie entstanden sind?«

Harry Warren zuckte die Achseln. »Erzähl du es mir.«

Isaac Bell holte sein Taschenmesser hervor. »Achte auf meine Finger.«

»Tue ich.«

Er klappte das Messer auf. »Diese Finger, Zeige- und Mittelfinger.«

Harrys Augen glänzten. »Vom Auf- und Zuklappen, immer und immer wieder.«

»Vom ständigen Üben.«

»Eine raffinierte Methode, die Waffengesetze zu umgehen.«

»Branco hat es mir erklärt. Allerdings hat er nichts vom Üben verlauten lassen.«

Warren starrte Bell an. »Moment mal. Falsche Hand. Du ziehst das Messer mit der linken Hand. Ich habe ihm aber die rechte geschüttelt.«

»Er ist Linkshänder. Ich habe gesehen, wie er eine Orange auffing, die aus einer Kiste fiel. Seine Hand zuckte schneller als eine Klapperschlange durch die Luft.« Bell klappte das Messer zu und öffnete es wieder. »Natürlich, egal wie schnell du es ziehst und aufklappst, du hast nur eine kurze Klinge.«

»Nicht unbedingt«, sagte Harry Warren. »Ich habe

sizilianische Federmesser gesehen, deren Griffe so schlank waren, dass man sie glatt in dem Schlitz verschwinden lassen konnte, den die Klinge erzeugte.«

»Das wäre dann ein legales Stilett, oder?«

»Bis man jemanden damit ersticht.«

Seine Tammany-Hall-Freunde reservierten Tony Parsons Varietétheater für Brandon Finns Leichenschmaus.

Isaac Bell hatte Helen Mills als Begleitung mitgebracht. »Achten Sie vor allem auf Brewster Claypool. Die Frage ist, ob er als Nächster auf der Liste steht. Angenommen, Finn hat sich am oberen Ende der Kette befunden, die bis zu ›Kid Kelly‹ Ghiottone hinabreichte, hat Finn seine Befehle direkt von Claypool erhalten?«

Bells Theorie, dass Türsteher und Zeremonienmeister die Anwesenheit eines Mannes mit einer gutaussehenden jungen Frau am Arm nicht in Frage stellten, erwies sich als zutreffend, und sie mischten sich wie selbstverständlich unter die Schar der Politiker, hochrangigen Polizisten, Bauunternehmer, Geistlichen und Wichtigtuer, lauschten aufmerksam und stellten unauffällig ihre Fragen.

Zwei Dinge waren offensichtlich: Brandon war beliebt gewesen. Und die Gerüchte, dass er möglicherweise ermordet worden war, beunruhigten seine Freunde. Wer, hörte Bell sie immer wieder fragen, hätte denn den Wunsch haben können, ihn auf diese Weise aus dem Weg zu schaffen?

Da reichlich getrunken wurde, lockerten sich die Zungen, und wie bei jedem Leichenschmaus zu Ehren einer beliebten Persönlichkeit riefen Anekdoten über Finns Aktivitäten ein herzliches Gelächter hervor, das durch das ganze Theater wogte. Helen, die über die besondere Gabe verfügte, Männer zum Reden zu bringen, berichtete Bell gleich zweimal, dass Finn – der von vielen liebevoll als »der letzte der großen Verschwender« bezeichnet wurde – sich an dem Tag, ehe er starb, weitaus spendabler gezeigt habe als üblich.

Bell selbst hörte mehrmals die Bemerkung, er sei »zu viel Geld gekommen«.

Er vermutete, dass dieses Geld von außerhalb der Tammany-Kette den Weg zu ihm gefunden hatte, da Tammany Hall ihn eher mit Gefälligkeiten anstatt mit Bargeld belohnt haben dürfte. Er erklärte Helen, dass ein Außenstehender Finn angewiesen hatte, »Kid Kelly« einen Auftrag zu erteilen.

»Was«, fragte Helen, »wollte er von Ghiottone?«

»Gehen Sie davon aus, dass das, was er wollte, nicht ausdrücklich von Ghiottone kommen sollte – der Punkt war, dass keine Namen genannt wurden –, sondern dass er jemanden suchte, der ebenso liefern konnte wie Ghiottone.«

»Einen Mörder.«

»Das weiß nur derjenige genau, der Finn bezahlt hat. Aber da wir wissen, was im Cherry Grove geredet wurde, müssen wir annehmen, dass sie einen Mörder suchen.« Bell deutete quer durch den Raum. »Dort ist Mike Coligney. Ich mache Sie mit ihm bekannt. Er leistet Ihnen Gesellschaft, während ich Mr. Finns Gefährtin mein Beileid ausspreche.«

»Ich brauche niemanden, der mir Gesellschaft leistet.«

»Viele Trauernde können sich an Ihnen gar nicht sattsehen und sind ständig auf dem Sprung, sich an Sie heranzumachen.«

Bell manövrierte sich an Rose Bloom heran, wie der Künstlername von Finns Mätresse lautete, und sagte laut genug, dass sie ihn trotz des Lärms der etwa tausend Trauergäste verstehen konnte: »Brandon Finn macht noch im Sarg eine bessere Figur als alle anderen, die drum herumstehen.«

»Ist es nicht so?«, rief sie schluchzend und befreite sich aus einer Gruppe Männer, die darum wetteiferten, bei ihr Gehör zu finden, um den Urheber des Kompliments ins Auge zu fassen.

Bell übertrieb nicht im Mindesten. Der karierte Anzug des Toten war maßgeschneidert wie ein Handschuh. Eine mit einem Brillanten besetzte Ziernadel steckte in seiner Krawatte. Drei vollendet angeordnete Zigarren ragten aus seiner Brusttasche wie der Geschützturm eines Kriegsschiffs, und seine Melone saß in einem verwegenen Winkel über einem Auge. Sogar das Abzeichen auf seinem Revers, mit dem Bürgermeister McClellan um Wähler geworben hatte, wies auf einen Sieger hin.

Rose Bloom hatte rotgeweinte Augen und eine laute, ordinäre Stimme. »Er ist immer ein schicker Kerl gewesen.«

»Ich bedaure Ihren großen Verlust zutiefst«, sagte Bell, streckte seine Hand aus und beugte sich über die ihre. Es war nicht schwer sich vorzustellen, was für ein Gespann die beiden abgegeben hatten, ein »Diamond Jim«-Brady-und-Lillian-Russell-Paar, das seinen Spaß hatte und dem New York beständig zu Füßen lag.

»Ich danke Ihnen, Sir.«

»Bell. Isaac Bell. Mein herzlichstes Beileid.«

»Oh Mr. Bell. Egal, welche Pläne man hat, der Tod macht allem ein Ende. Plötzlich ist alles vorbei.«

»Es heißt, der Herr weiß stets, was richtig ist, aber es erscheint nicht immer fair, wenn es dann tatsächlich geschieht, nicht wahr? Waren Sie bis zum Ende zusammen?«

»Noch am Abend vorher. Wir hatten ein köstliches Dinner eingenommen. Bei Delmonico's. In einem Separee.« Ihre Stimme versiegte, und Tränen füllten ihre Augen.

»Sein Lieblingsrestaurant, nehme ich an.«

»O ja, da speiste er am liebsten – nicht dass wir regelmäßig dort waren. Dazu war es viel zu teuer.«

»Ich bin sicher, dass er in diesem Augenblick lächelnd auf uns herabschaut und froh ist, Sie an seinem letzten Abend zu Delmonico's ausgeführt zu haben. Dies war sicherlich kein Abend, an dem gespart wurde.«

Ihre Miene hellte sich auf. »Brandons Glück blieb ihm bis zum Schluss treu. Es kostete ihn keinen Penny. Ein Wall-Street-Mann steckte den Kopf in unser Separee und nahm die Rechnung vom Tisch.«

Männer drängten sich jetzt von allen Seiten heran, um sie auf sich aufmerksam zu machen, und Bell wusste, dass die Zeit allmählich knapp wurde. »War dies der Mann von der Wall Street?« Er öffnete die Hand, in der sich Helen Mills' Schnappschuss von Brewster Claypool befand, und beobachtete ihr Gesicht. Sie erkannte ihn.

Ehe er sich abwandte, blickte er ihr noch direkt in die Augen. »Noch einmal, Miss Bloom, mein Beileid. Auch ich bedaure aufrichtig, dass Sie Ihren guten Mann verloren haben.«

Draußen auf der 14th Street schickte er Helen ins Büro zurück, und zwar mit Anweisungen für Harry

Warren, Detektive zum Waldorf Hotel und zum Cherry Grove in Marsch zu setzen. »Sagen Sie ihm, ich sei unterwegs zu Claypools Büro.«

»Es ist lange nach Feierabend, Mr. Bell.«

»Claypool weiß, dass er der Nächste ist. Er denkt, in seinem Büro, umgeben von Cops, sei er sicher.«

»Woher weiß er, dass er in Gefahr ist?«

»Er ist das letzte Verbindungsglied zwischen Culp an der Spitze und dem Black-Hand-Mörder, der von Ghiottone ausgewählt wurde.«

Für Isaac Bell sahen Brewster Claypools Leibwächter wie ehemalige Detektive aus, die degradiert worden waren, als Commissioner Bingham im Police Department aufgeräumt hatte. Sie waren schäbig gekleidete, ungepflegte Männer, die den Job, Claypool zu beschützen, offenbar nicht bewältigt hatten.

Bell fand einen im Fahrstuhl, einen im Flur und zwei in Claypools Büro, alle bewusstlos oder auf dem Fußboden kauernd und ihre Köpfe haltend. Er roch Pulverdampf. Mit der Pistole in der Hand platzte er in Claypools privates Büro. Dort lagen ein Detective, eine Smith & Wesson in der Hand, ohnmächtig auf dem Teppich und neben ihm der Anführer der Black Hand Gang, Charlie Salata – erschossen.

»Claypool!«

Bell ging durch den Raum, um nachzusehen, ob er sich in einem der Schränke oder im Badezimmer versteckte, aber Claypool war nicht da. Er trat an die Fenster, die zum Singer Building hinausgingen. Er öffnete eins und blickte nach unten. Das Büro befand sich zwölf Stockwerke über der Cortland Street. Es gab keinen

Balkon, auf den Claypool hätte flüchten können, und nichts, woran er an der Hauswand zum Dach hätte hinaufklettern können.

Nackte Glühbirnen leuchteten auf der anderen Straßenseite innerhalb des Stahlskeletts des Singer Building. Die Arbeiten waren für die Nacht eingestellt worden, und die Stahlträger und -stützen, die seit Bells letztem Besuch um einige Stockwerke angewachsen waren, ragten nun verlassen in die Nacht. Die Kräne rührten sich nicht, die Aufzugwinden waren still. Er konnte Straßenbahnen, einen lauten Motorlastwagen und Hufgetrappel auf der Straße unter ihm hören. Eine Bewegung fiel ihm ins Auge. Fünf Stockwerke über dem Bürgersteig entdeckte er die Silhouette eines Mannes, der eine Treppe im Singer-Rohbau hinaufstieg – ein Nachtwächter oder eine Feuerwache.

Bell kehrte zu den Wandschränken zurück und rief sich ins Gedächtnis, welcher von ihnen nahezu vollkommen leer gewesen war. Diesmal untersuchte er ihn gründlich und fand in der Rückwand eine geheime Tür, deren Knauf unter einem Wintermantel versteckt war. Die Tür führte in ein Treppenhaus.

»Claypool!«

Stille. Keine Antwort, keine Schritte. Es war möglich, dass Claypool während des Kampfes geflüchtet war, möglicherweise gedeckt von dem verwundeten Detective, der Salata erschossen hatte.

Bell ging wieder zu den Fenstern. Der Mann, der im Singer-Rohbau herumstieg, blieb stehen und blickte nach unten. Augenblicklich rannte er zu einer Leiter und kletterte auf ihr hinauf. Bell beugte sich vor, um mehr erkennen zu können. Zwei Stockwerke tiefer kletterte ein anderer Mann hinter ihm her. Er humpelte, behindert durch einen Fuß, der bei jedem Schritt seitlich ausschlug.

25

Brewster Claypool sackte in einem Winkel aus kaltem Stahl, bestehend aus einem Stützpfeiler, einem Querträger und einer diagonal verlaufenden Windstrebe, zusammen, wo er sich vor dem Monster, das ihn jagte, verstecken konnte. Ihm blieb nur noch, sich still zu verhalten und zu beten oder in den Tod zu stürzen, so erschöpft war er. Selbst einem Sport- und Fitnessfanatiker wie J. B. Culp würde es schwerfallen, so viele Treppen und Leitern zu ersteigen, wie er es bis zu diesem Punkt getan hatte – fünf, ehe er aufgehört hatte zu zählen –, und er konnte sich nicht entsinnen, wann er das letzte Mal eine Treppe zu Fuß überwunden hatte, obwohl ein Fahrstuhl vorhanden war.

Während er seine zitternden Beine in den Winkel zwängte, hatte er die Schritte des Monsters gehört, aufsteigend und näherkommend, irgendwo unter ihm in der Dunkelheit. Aber jetzt hatte er ihn verloren. Wurden die Geräusche vom Wind übertönt? Hatte er innegehalten? Stand er stocksteif auf einer Treppe und lauerte auf seine Beute? Denn Claypool war eine Beute. Daran war nicht zu zweifeln. Er war die Beute in einer Situation, aus der ihn aller Einfluss der Welt, den er für sich zu mobilisieren vermochte, nicht befreien konnte. Er versuchte, lautlos Luft in seine brennende Lunge zu pumpen.

Nach und nach beruhigte sich sein Atem, und gleichzeitig keimte die Hoffnung in ihm auf, dass der Killer aufgegeben hatte. Könnte er irgendwie in diesem kleinen Stahlwinkel des Wolkenkratzers ausharren, bis die Morgendämmerung das Stahlskelett mit Arbeitern füllte? Würde er bis dahin erfroren sein? Der Wind hatte zugenommen und wehte hier oben heftig. Kein Wunder, dass die Techniker die Gitterstruktur mit Windstreben befestigten und sicherten.

»Mista Claypool.«

Die Stimme war nur Zentimeter von seinem Ohr entfernt, und er war derart geschockt und verängstigt, dass er ausrief: »Wer sind Sie? Was wollen Sie von mir?«

»Wer hat Ihnen befohlen, Finn den Auftrag zu geben, einen Mörder anzuheuern?«

»Ich weiß nicht, wovon Sie reden.«

»Weshalb haben Sie sich dann hinter Leibwächtern verschanzt, als Finn starb?«

In der von Arglist beherrschten, hinterhältigen Welt, die Brewster Claypool während seiner gesamten Karriere dominiert hatte, gab es niemanden, der raffinierter war als ein »Eisenbahnanwalt« – außer einem Wall-Street-Advokaten. Aber als er diese Frage in der Dunkelheit hörte, spürte Brewster Claypool, wie jede Taktik, die er je entwickelt hatte, aus seinem Kopf gesogen wurde; jede Parade, jeder Gegenschlag, jede Klageerwiderung.

»*Warum?*«

Dann, alle Götter seien gepriesen, arbeitete sein Gehirn wieder.

»Warum Leibwächter?«, erwiderte er ruhig und sprach in den dunklen Wind, als säßen sie gemütlich in Polstersesseln im Union League Club. »Weil ich beobachtet habe, wie Männer getötet wurden, einer nach dem anderen, jeder in einer höheren Position. Waren dies die Verbrechen eines Irren? Oder eines Mannes mit einem brillanten Plan? Aber als Brandon Finn starb, wusste ich, dass das ›Warum‹ unwichtig war. Wichtig war einzig und allein, dass sich die Morde fortsetzen würden und ich lieber Vorsichtsmaßnahmen ergreifen sollte … *Ahhh!*«

Eine Klinge drang in seine Wange und schlitzte sie bis zur Lippe auf.

Isaac Bell spürte eine warme, klebrige Flüssigkeit, die auf die Leiter tropfte, auf der er zum siebten Stockwerk des Singer-Building-Stahlskeletts hinaufstieg, und nahm den stechenden, metallischen Geruch von Blut wahr. Er blickte nach oben. Drei Meter über seinem Kopf sah er die Schatten von zwei Männern miteinander ringen, einer war groß und breitschultrig, der andere klein, dünn, zierlich wie eine Spinne. Claypool hatte nicht den Hauch einer Chance.

»Branco!«, rief Bell, während er sich nach der nächsten Leiter streckte.

Antonio Branco hielt überrascht inne, als er seinen Namen hörte, und Claypool konnte sich befreien, rutschte durch eine Lücke zwischen den Gerüstbrettern auf den Stahlträgern und stürzte ab.

Bell erwischte seine Hand, als Claypool ihn passierte, und versuchte ihn in einen sicheren Stand zu ziehen.

Doch die Hand des Anwalts war glitschig von Blut. Sie rutschte aus Bells Griff. Aber Bell hatte immerhin seinen Sturz abgebremst, und Claypool landete zu seinen Füßen, allerdings nur, um durch den nächsten Spalt zwischen den Gerüstbrettern in diesem Stockwerk zu rutschen und auf das nächste Stockwerk hinabzufallen.

Bell hörte, wie Branco über ihm weiterkletterte und über den Stahlträger rannte, um einen Weg nach unten zu suchen. Es war aber so dunkel, dass Bell ihn nicht sehen konnte. Claypool befand sich direkt unter ihm am Rand eines Lichtkreises, der von einer matten Glühbirne erzeugt wurde. Bell stieg die Leiter hinab, um dem Anwalt zu helfen.

Claypool lag ausgestreckt auf dem Rücken. Der Mann starb. Sein Gesicht war mehrmals zerschlitzt worden, und die Landung nach dem Sturz war brutal gewesen, aber was seinen Tod ganz sicher besiegelte, war das Messer in seiner Brust. Seine Hände wischten fahrig hin und her und betasteten den Griff.

Bell hielt ihn zurück. »Nicht anfassen. Ich bringe Sie ins Krankenhaus.«

Claypool gab einen kehligen Laut von sich, der wie ein Lachen klang. »Nur wenn Ihre Ärzte gute Beziehungen zu Gott haben.« Er richtete den Blick auf Bells Gesicht. »Danke, dass Sie versucht haben, mich zu retten.«

»War es Antonio Branco, der Lebensmittelhändler?«

»Ein großer Aquädukt-Bauunternehmer. Muss zur Black Hand gehören.«

»Haben Sie Branco erzählt, dass Culp Sie zu Brandon Finn geschickt hat?«

»Culp ist mein Freund«, keuchte Claypool, und Isaac Bell sah ihn mit dieser typisch rätselhaften Antwort auf den Lippen sterben. *Culp ist mein Freund* verriet niemandem, ob Brancos brutales Verhör ihn gezwungen hatte zu enthüllen, dass J. B. Culp der Boss war, den er verfolgt hatte.

Bell überprüfte seinen Puls und presste ein Ohr auf

seine Brust, aber der Problemlöser war tot. Er griff nach dem Messer, das aus dem Leichnam ragte, zog es heraus und hielt es ins Licht der nächsten Glühbirne. Es war ein zusammenklappbares Taschenmesser mit einer Klinge der gesetzlich erlaubten Länge. Der Griff war von jener schlanken Art, die Detektiv Warren beschrieben hatte, kaum breiter als die Klinge selbst, und am Scharnier noch dünner, wodurch es, wenn es aufgeklappt war, in ein Stilett verwandelt werden konnte.

Bell vermochte keinen Hinweis auf den Hersteller zu entdecken. Es war von einem Spezialmesserschmied angefertigt worden.

Er lud sich Claypools federleichte sterbliche Hülle auf die Schulter und trug ihn sechs Stockwerke zum Bürgersteig hinab und über den Broadway zur Cortland Street und in sein Bürogebäude hinein. Dort hatten sich bisher weder Detectives noch Polizisten blicken lassen. Wieder zurück auf der Straße, traf Bell mit Warren, Kisley und Fulton zusammen, die mit einer REO-Limousine gekommen waren, die der Hersteller der Agency als Werbung für seine Produkte zur Verfügung gestellt hatte.

»Wir müssen schnellstens zur Prince Street«, erklärte Bell ihnen. »Rutscht rüber, ich fahre!«

»Branco?«

»Er braucht Geld für die Flucht. Ich habe ihn gesehen. Claypool hat ihn verpfiffen. Und ich habe sein Messer.«

Bell fuhr, so schnell er konnte, den Broadway hinauf und zur Prince Street. Selbst um diese späte Uhrzeit herrschte dichter Verkehr, aber es kam nicht zu vollständigen Stopps wie während der Bürozeiten. Der Motor des REO war ziemlich stark und die Hupe sehr laut. Die Männer von Bells Black Hand Squad zwängten sich neben ihn und auf den Rücksitz, überprüften ihre Pistolen und tauschten die neuesten Informationen über den Fall aus.

Bells Black-Hand-Fall und der Fall des geplanten Attentats auf den Präsidenten hatten sich aufeinander zubewegt wie zwei Ozeankreuzer auf einem Kollisionskurs. Der Salooninhaber »Kid Kelly« Ghiottone hatte einen Black-Hand-Mann rekrutiert, der Präsident Roosevelt töten sollte, und Antonio Branco hatte die Gelegenheit ergriffen, den entscheidenden Black-Hand-Brief zu verschicken.

»Der Plan wurde aber zum Bumerang, als Branco durch Ghiottone davon erfuhr.«

»Anstatt den Präsidenten zu töten, mordete Branco sich an der Auftragskette der Mördersuche entlang nach oben, um den Mann an der Spitze zu erpressen.«

»Kann sich jemand vorstellen, was Culp bezahlen würde?«

»Branco konnte es«, sagte Mack Fulton unter allgemeinem Gelächter. Bell beschäftigte allerdings eine Frage. Wäre es für Branco ausreichend, um sein Unternehmen und seine Position aufs Spiel zu setzen, oder plante er etwas wesentlich Größeres?

Ghiottones Saloon war von dem Cousin des Toten übernommen worden und erfreute sich wieder einer zahlreichen und ausgelassenen Kundschaft. Branco's Grocery auf der gegenüberliegenden Straßenseite war dunkel, die Fensterläden waren verschlossen.

»Festhalten!«, rief Bell.

Er riss das Lenkrad herum. Der REO hüpfte über den Bordstein. Bell lenkte den Wagen auf den Bürgersteig und raste durch Antonio Brancos Eingangstür drei Meter weit in den Laden hinein. Die Van Dorns sprangen heraus, ihre Pistolen im Anschlag. Sie verteilten sich und drangen in das Labyrinth aus Warenregalen vor, Bell an der Spitze.

»Wir brauchen Licht... Moment! Ich rieche Gas.«

»Vielleicht hat Branco ja den Kopf in den Backofen gesteckt.«

»Der Backofen hier ist in Ordnung«, meldete Mack Fulton. »Kein Leck.«

»Kein Licht einschalten! Raus hier! Sofort!«

Der Geruch war plötzlich so stark, als strömte das Gas aus einer städtischen Hauptleitung direkt in die Lagerhalle. Bell fühlte sich benommen. »Raus hier, Leute! Nichts wie weg, ehe alles in die Luft fliegt!«

Die Van-Dorn-Black-Hand-Squad stürzte zur Tür, die sie zertrümmert hatten.

»Lasst den Wagen stehen!«

Bell zählte seine Leute durch und war sich vage bewusst, dass er Mühe hatte, die Übersicht zu behalten, als er Harry Warren etwas rufen hörte. Er konnte kaum verstehen, was er sagte. Warren klang, als wäre er mehrere Straßen weit entfernt.

»Komm endlich, Isaac! Wir sind alle draußen!«

Bell drehte sich langsam zur Tür um.

Er sah einen Blitz. Wie ein scheuendes Pferd bäumte sich der REO auf. Blechdosen flogen in den Raum. Gläser zerschellten klirrend, und Fässer platzten auf, aber der Detektiv hatte den seltsamen Eindruck vollkommener Stille. Es war, als liefe vor seinen Augen ein Film vom Ausbruch eines Vulkans ab.

Dann gab der Fußboden unter seinen Füßen nach, und die Decke stürzte ihm auf den Kopf.

BUCH III

STORM KING

26

Auf den Straßen wimmelte es von Polizisten und Van-Dorn-Agenten.

Antonio Branco trat aus einem Mietshauseingang, eilte keine zehn Meter weit bis zur Banco LaCava und klopfte mit seinem Siegelring gegen die Schaufensterscheibe. David LaCava schaute von den Goldbarren und Goldmünzen hoch, die er gerade im Schaufenster aufstapelte. Branco sah seinen Gesichtsausdruck und machte sich bereit, das Weite zu suchen. LaCava erblickte Branco. Erst starrte er ihn geschockt an. Dann aber erschien ein erleichterter Ausdruck in seinem Gesicht, und er beeilte sich, die Tür aufzuschließen.

»Sie leben!«

Branco drängte sich durch den Türspalt und schloss die Tür hinter sich.

»Es hieß, Sie würden nach der Explosion vermisst werden.«

Branco machte einen Scherz, um den Bankier in Sicherheit zu wiegen. »Es war fast genauso schlimm. Ich bin oben in den Catskills gewesen.« Dann wurde er der Situation angemessen ernst. »Ich bin mit dem Nachtschiff zurückgekommen. Von der Explosion habe ich erst heute Morgen erfahren, als wir anlegten.«

»Wie schlimm ist es?«

»Das konnte ich nicht erkennen. Die Polizei und die Feuerwehr und die Abwasser- und Baubehörden streiten sich darüber, wer die Bergung der Opfer leitet. Glücklicherweise hielt sich keiner meiner Angestellten in dem Laden auf. Aber es war zu hören, dass einige Unglücksraben in den Wohnungen eingeschlossen sind.«

»Außerdem ist das Gerücht aufgekommen, dass sich Isaac Bell im Gebäude befand.«

»Das habe ich auch gehört. Gott weiß, was er dort zu suchen hatte. Hier! Nehmen Sie diese.« Er drückte LaCava einen Stapel Papiere in die Hand.

»Was ist das?«

»Quittungen und Flussladescheine für eine Fracht Weine, die ich in der West 21st Street gelagert hatte. Sie verstehen sicher, in welcher Situation ich mich befinde. Mein gesamter Lagervorrat ist vernichtet worden. Ich muss mir Bargeld leihen, um die Aufträge für den Aquädukt auszuführen.«

»Ist die Prince Street nicht versichert?«

»Es dauert einige Zeit, bis das Geld ausgezahlt wird, und ich muss jetzt neue Vorräte kaufen. Addieren Sie alles; Sie werden sehen, dass der Wein fünfzigtausend wert ist. Können Sie mir dreißig vorschießen?«

»Ich wünschte, ich könnte es, mein Freund. So viel habe ich nicht flüssig. Meine Kunden kommen nur langsam und tröpfchenweise zurück.«

»Geben Sie mir, was immer Sie mir jetzt leihen können… sofort.«

Zehn Minuten nachdem sich der Lebensmittelhändler mit einer Tasche voller Bargeld verabschiedet hatte, stürmten Detektive der Van Dorn Black Hand Squad mit grimmigen Gesichtern in die Bank.

»Haben Sie Antonio Branco gesehen?«

David LaCava nickte. »Sie haben ihn knapp verpasst. Darf ich fragen, ob es etwas Neues über Mr. Bell gibt?«

»Nein. Wohin ist Branco gegangen?«

»Neue Vorräte kaufen. Er hat Bestellungen für den Aquädukt, die er unbedingt ausführen muss.«

Harry Warren und Eddie Edwards starrten den Bankier irritiert an.

»Für den Aquädukt?«, wiederholte Warren.

»Wovon reden Sie, Mr. LaCava? Branco führt keine Aufträge aus, er ist auf der Flucht.«

»Was meinen Sie?«, fragte LaCava.

»Der Mann ist ein Dieb und ein Mörder. Er hat seinen eigenen Laden in die Luft gejagt«, sagte Warren.

»Wir haben gehofft, dass er von den Trümmern begraben wurde«, knurrte Eddie Edwards. »Aber jemand hat ihn auf der Straße in diese Richtung gehen sehen.«

LaCava wurde kreideweiß, als das Blut aus seinem Gesicht wich. »*Basta!*«

Harry Warren packte den Bankier bei den Schultern. »Was ist los? Ist etwas nicht in Ordnung?«

»Das wusste ich nicht. Alle meinten, es sei ein Unfall gewesen.«

»›Alle‹ haben sich geirrt. Er hat den Laden zusammen mit drei Gebäuden nebenan und dem halben Friedhof in die Luft gesprengt.«

»Ich habe ihm soeben zwanzigtausend Dollar geliehen … Aber ich habe dies hier! Sehen Sie? Eine Sicherheit, ein Pfand. Sie müssen sich irren. Er ist Antonio Branco. Er hat einen Vertrag mit dem Catskills Aqueduct.«

»Ehrlich wie eine Lotterie?«

»Aber diese Flussladepapiere …«

Der Van-Dorn-Detektiv riss sie ihm aus der Hand.

Gekleidet wie ein reicher Kaufmann, in einem dunkelblauen Mantel, mit einem rotem Schal und einer Melone auf dem Kopf, stand Antonio Branco auf einem Frachtkai in der 22nd Street am Hudson River und kontrollierte Weinfässer. Schauerleute rollten sie über die Gangway auf ein Küstenschiff, dessen Ladung für Philadelphia bestimmt war. Der Schiffskapitän und der Lebensmittelhändler zählten die Fässer gemeinsam. Als die letzten Fässer im Laderaum verschwunden waren, übergab der Kapitän Branco die Flussladepapiere und bestätigte, dass sich die Fünfzigtausend-Dollar-Fracht an Bord seines Schiffes befand.

Branco begab sich eiligen Schrittes zwei Blocks weiter zu einem Weinhändler, der bereits eingewilligt hatte, die Ladepapiere zu einem Sonderpreis aufzukaufen. Dann setzte er auf einer Fähre nach Jersey City über und ging zu einer Wäscherei, deren Kundschaft vorwiegend aus Angehörigen der Arbeiterklasse bestand. Der Inhaber, ein kleinwüchsiger alter Chinese mit missgestaltetem Gesicht und einem blinden Auge, durchsuchte in Papier eingewickelte Kleiderpakete, die von ihren Eigentümern nicht abgeholt worden waren, und verkaufte ihm eine strapazierfähige Hose, einen kurzen Mantel und eine warme Wachmütze, die ihm der Wind nicht vom Kopf wehen würde.

Ein empörter Harry Warren betrachtete lange und verärgert den leeren Slip, den ein Küstenschiff eine Stunde zuvor verlassen hatte. Eddie Edwards tauchte aus der Hafenmeisterbaracke auf dem Kai auf und wirkte genauso wütend.

»Zuerst lockt dieser kaltblütige Mistkerl LaCava

zwanzig Riesen aus der Kasse. Dann stolziert er höchstpersönlich durch die Stadt und verlässt laut Aussage des Angestellten der Hafenmeisterei diesen Kai mit fünfzigtausend Dollar in Frachtpapieren für denselben Wein, den er für weitere dreißigtausend verhökert, da Frachtpapiere fast genauso viel wert sind wie richtiges Geld.«

»Und verdrückt sich mit genug Zaster in der Tasche, um einen Privatzug zu mieten.«

»Oder einen Ozeandampfer.«

Die Detektive wechselten einen finsteren Blick, wohl wissend, dass keiner von ihnen beim Schätzen des Werts von Brancos Beute übertrieben hatte. Für fünfzigtausend Dollar konnte man einen Landsitz erwerben, und zwar mit Hausdienern, Gärtnern, Wildhütern und einem Chauffeur, um den glücklichen Eigentümer zum nächsten Bahnhof zu kutschieren.

»Was nun?«

»Jersey City.«

»Was ist dort?«

»Der Angestellte in der Hafenmeisterei hatte einen Jungen hinter ihm hergeschickt. Einer der Frachtbriefe ist von dem Stapel heruntergefallen. Der Junge hatte ihn auf der Fähre zu spät entdeckt. Sie war bereits dabei abzulegen.«

Branco wechselte die Kleidung in der Herrentoilette des Communipaw Terminals der Jersey Central Railroad und deponierte die Sachen, die er getragen hatte, neben einer Kirche, wo ein Tramp sie sicher schon bald finden und mitgehen lassen würde. Er kaufte einen Militärrucksack aus dem Spanisch-Amerikanischen Krieg, in dem er sein Bargeld und sein Fernglas verstaute, und trennte sich von seiner eleganten Ledertasche. In einer billigen Imbissstube gönnte er sich eine umfangreiche Mahlzeit und mietete ein Zimmer in einer Zehn-Cent-Absteige. Dort studierte er Güter- und Personenzugfahrpläne. Schließlich legte er sich ins Bett, schloss zum ersten Mal, seit er Brewster Claypool getötet hatte, die Augen und schlief tief und traumlos bis zum Einbruch der Dunkelheit. Er speiste abermals – und jetzt stopfte er sich den Bauch so voll es ging. Dann folgte er dem Lärm von Dampfkolben, Rangierloks und Lokomotivsignalen, der von den Depots der New Jersey Railroad aufstieg.

Es war eine eisige, dunkle Nacht mit schneidendem Wind und bedecktem Himmel. Reihenweise parkten Züge unter wirbelnden Rauch- und Dampfwolken. Zahllose Nebengleise von den schwimmenden Anlegestegen der Güterwagenflöße, die die Ufer des Hudson River säumten, und vom Passagierbahnhof bündelten sich zu vier verschiedenen Hauptstrecken, auf denen man die Stadt verlassen konnte.

Branco versuchte, sich seinen Zug von einer Straße aus auszusuchen, die sich über eine der Hauptstrecken spannte. Aber es gab Hunderte von Gleisen und Tausende Güterwagen – ein wahrer Ozean von Laternen, Positionslaternen und Frontscheinwerfern –, umrahmt von Strom- und Telegrafenleitungen und -masten. Dabei entdeckte er inmitten des matt erleuchteten Durcheinanders den Turm eines stillgelegten Weichenstellwerks, von dem aus er einen besseren Überblick hätte.

Ein Streifen brachliegenden Landes hinter einem Zaun erstreckte sich zu den Gleisen hinunter. Die Lichtmasten des Depots meidend, den hellen Strahlen der Frontscheinwerfer der Rangierloks ausweichend und nach Schienencops Ausschau haltend, drang er in das Gewirr abgestellter Waggons ein, kletterte über Kupplungen und arbeitete sich über mindestens zwanzig Nebengleise hinweg bis zu dem dunklen Turm vor. Eine starre Leiter führte aufs Dach, von wo aus er das Depot mit seinem Fernglas absuchte.

Van-Dorn-Agenten beobachteten das Depot.

Er erwischte einen dabei, wie er dem diensthabenden Bahnpolizisten Geld zusteckte – wahrscheinlich, damit er weitere Kopfjäger anheuerte. Der Detektiv verriet sich durch eine äußere Erscheinung, die deutlich ansehnlicher schien als die eines regulären Bahnpolizisten, und durch einen Gesichtsausdruck kalter Wut und Trauer über den Verlust seines wertvollen Kollegen Isaac Bell.

Antonio Branco wunderte sich nicht. Jeder Detektiv, der sein Honorar wert war, hatte die gleichen Eisenbahnkarten im Kopf wie er und wusste, dass für jemanden, der in einen weiter entfernten polizeilichen Zuständigkeitsbereich flüchten wollte, Jersey City der geeignete Ort war, um sich ein passendes Ziel auszusuchen. Zahlreiche Eisenbahnstrecken verzweigten in südlicher und westlicher Richtung nach Philadelphia, Baltimore, Pittsburgh, Chicago, St. Louis und San Francisco. In jeder Stadt existierte eine von Einwohnern wimmelnde italienische Kolonie.

Die Van Dorns wussten außerdem, dass er es nicht riskieren konnte, als zahlender Passagier zu reisen, ständig beobachtet von Fahrkartenverkäufern, Bahnsteigwärtern, Gepäckträgern und Zugschaffnern. In einem dahinrasenden Expresszug sitzend, ganz gleich wie schnell dieser auch unterwegs sein mochte, könnte er niemals vor einem telegrafisch versandten Steckbrief die nächste Station erreichen. Daher würden sie sämtliche Orte überprüfen, an denen er sich verstecken konnte, um als blinder Passagier an sein Ziel zu gelangen: auf den massiven Verstärkungsstäben unter einem Waggon; oder auf einem Wagendach; oder vor Kälte geschützt in einem nicht abgeschlossenen Güterwagen; oder auf einer »blinden« Plattform am vorderen Ende eines Gepäckwagens.

Von den zahlreichen Zügen, die die Rangierloks zusammenstellten, entschied er sich für einen Eilgüterzug, gezogen von einer starken 2-6-0-Camelback-Lokomotive. Er bestand aus Pritschenwagen, die mit Bergbaumaschinen, leeren Kohleloren und frischem Rindfleisch aus den Schlachthäusern von Jersey City beladen waren. Branco schloss aus der Anzahl der Wagen – etwa dreißig, die von den Rangierloks bereits angehängt worden waren –, dass er schon bald zu den Anthrazitgruben in Pennsylvania starten würde. Der erste Zwischenstopp war in Bethlehem Junction.

Er schlich zur Leiter, nur um von einem Personenzug abgelenkt zu werden, der aus dem Communipaw Terminal auftauchte und sich langsam durch die Depots schlängelte. Die Fenster boten ein warmes rötliches Leuchten in der eisigen Kälte. Die Uhrzeit und die 4-4-2-Lokomotive, die zwei Gepäckwagen, vier Pullman- und einen Salonwagen zog, signalisierte ihm, dass der Zug wahrscheinlich der schnelle Harrisburg Flyer mit dem sinnreichen Namen »Queen of the Valley« war. Branco stellte sich vor, wie es sich die Passagiere in tiefen Armsesseln mit Cocktails in funkelnden Gläsern gemütlich machten und mit einiger Sicherheit davon ausgehen konnten, um Mitternacht in ihren eigenen Betten zu schlafen. Dann schreckte ihn eine vollkommen andere Bewegung aus seinen Träumereien.

Ein Mann marschierte über die Schwellen eines Nebengleises, das in einem Bogen um den Turm herum verlief.

Ein Rangierbremser? Ein Bahnpolizist? Ein Hobo? Die Dampf ausstoßenden Lokomotiven in seiner Nähe ignorierend, kam er auf Brancos Versteck zu wie ein Löwe, der seine Beute durch eine Elefantenherde hindurch anschlich. Kein Hobo bewegte sich so – und auch kein Bremser. Er musste ein Bahnpolizist sein oder, schlimmer noch, ein wachsamer Van Dorn, der den leer stehenden Stellwerkturm als mögliches Versteck eines Flüchtigen ausgemacht hatte.

Der Lichtstrahl eines Rangierlokscheinwerfers strich über das Abstellgleis. Der Lichtstrahl wurde von einem weißen Haarschopf reflektiert, und Antonio Branco erkannte Isaac Bells Black-Hand-Squad-Detektiv Eddie Edwards, dessen Gesicht vor Rachsucht gerötet war. Branco rollte sich vom Dach, rutschte die Leiter hinunter und rannte hinter dem Queen-of-the-Valley-Express her.

Der Schnellzug gewann an Tempo, noch während er über die Weichen rollte, die ihn von Gleis zu Gleis aus dem Depot hinaus und auf die Hauptstrecke leiteten. Er hörte, wie der Detektiv die Verfolgung aufnahm und mit Stiefeln, die auf den Schienen stählern klirrten, mit vollem Tempo hinter ihm herrannte wie jemand, der genauso wie Branco den gefährlichen Untergrund aus Schienen, Schwellen und fußknöchelbrechenden Lücken zwischen den Weichengleissträngen kannte.

So schnell rennend, wie er konnte, überholte Branco

den Gepäckwagen an der Spitze des Zuges, erreichte mit einem verwegenen Sprung eine Handleiste und zog sich auf die Plattform zwischen dem vorderen Ende des Waggons und dem Tender der Lokomotive hinauf. Dort hatte sich in der Dunkelheit ein Bremser versteckt und lauerte, die Handlampe ausgeschaltet, auf Hobos. Er holte mit der Lampe aus, drohte, sie Branco gegen den Schädel zu schmettern, und brüllte: »Runter vom Zug!«

Von einem Hobo wurde erwartet, dass er sofort absprang, wenn er erwischt wurde: Such dir den Zug eines anderen Bremsers, auf dem du als blinder Passagier mitfahren kannst! Sich dem Befehl zu widersetzen hatte zur Folge, dass man den Zorn der gesamten Zugmannschaft zu spüren bekam. Aber Branco saß in der Falle. Der Van-Dorn-Detektiv war dicht hinter ihm und holte zügig auf.

»*Spring ab!*«

Der Bremser schwang die Laterne. Branco ergriff sie, zog mit einem kraftvollen Ruck daran und nutzte den Schwung des Mannes aus, um ihn über die Plattform und an der »blinden«, mit Gepäck zugestellten Kopftür vorbeizuzerren.

Der Bremser flog mit wirbelnden Gliedmaßen aus der Dunkelheit geradewegs auf Eddie Edwards zu. Dieser war jedoch nicht unvorbereitet. Bremser hielten auf den Plattformen der Gepäckwagen häufiger Hobo-Wache und verscheuchten Tramps, bis ihr Zug das Depot verlassen hatte, und Antonio Branco hatte wiederholt bewiesen, dass er kein gewöhnlicher Tramp war.

Der Detektiv wich einem Stiefel aus und duckte sich unter einer schweren Laterne weg, die so dicht an seinem Kopf vorbeipfiff, dass ihm der Luftzug den Hut herunterriss. Der Zug beschleunigte, und der Maschinist hatte keine Ahnung, welches Drama sich hinter ihm abspielte. Edwards steigerte verzweifelt sein Tempo. Er rannte neben dem Zug her. Vor seinen Füßen tauchte aus dem Nichts eine Weiche auf. Er setzte wie durch ein Wunder über den gähnenden Spalt zwischen den Schienensträngen hinweg und schwang sich auf das vordere Ende des Gepäckwagens, eine Hand an einem Handgriff, die andere zur Faust geballt und für Branco bestimmt.

Die Plattform war leer.

Er schaute nach oben. Branco war aufs Wagendach geklettert.

Indem er ein Schutzgitter als Hilfe benutzte, sprang Eddie auf das Rad einer Handbremse, wuchtete sich zwischen dem vorderen Ende des Gepäckwagens und dem Tender in die Höhe und wälzte sich auf das abfallende Ende des Wagendachs.

Das Dach war leer.

Er wirbelte herum, da er annahm, dass sich Branco auf dem Tender befand und Anstalten machte, ihn mit einem dicken Kohlebrocken niederzuschlagen. Aber auch der Tender war leer. Er schaute auf die leere Plattform hinab. Wohin war der Gangster verschwunden? Eigentlich gab es nur *eine* Möglichkeit. Vom Zug herunter. Er musste auf der anderen Seite abgesprungen sein – zurück ins Depot und zu den Bahnpolizisten sowie den Detektiven, die für ihren toten Kollegen nach Vergeltung trachteten.

Antonio Branco verließ das Jersey Central Eisenbahndepot über den brachliegenden Abhang und gelangte in ein Wohnviertel, das von der sich ausbreitenden Eisenbahn bedroht wurde, und eilte durch dunkle Straßenschluchten aus Mietskasernen, die mit Brettern zugenagelt waren. Von den vier Schienensträngen, die aus der Stadt hinausführten, verlief einer nördlich der Harrisburg-Linie des Queen-of-the-Valley-Schnellzugs. Es war die Scranton-Linie – die Strecke, die er von Anfang hatte benutzen wollen, was jedoch den Van Dorns hätte verborgen bleiben sollen. Als er sie erreichte – nachdem er eine Böschung hinuntergerutscht und über einen Zaun geklettert war –, suchte er den Zug, den er schon vorher für seine Flucht ausgewählt hatte.

Sorriso di Dio! Ihm lachte das Glück. Dort – das war die charakteristische Silhouette der 2-6-0-Camelback-Lokomotive. Der schnelle Güterzug war komplett, rollte und verließ das Depot. Branco rannte neben der Hauptstrecke voraus. Der Lichtstrahl des Frontscheinwerfers erzeugte die Schatten seiner rennenden Füße vor ihm. Er tauchte in einen Graben neben den Gleisen ab und versteckte sich. Die Lokomotive donnerte in einer Wolke aus Rauch und Dampf an ihm vorbei, wobei sie langsam, aber stetig das Tempo erhöhte.

Branco sprang in die Wolke hinein und galoppierte neben dem rollenden Zug her. Die Kühlwagen waren sicherlich voll, die Türen verschlossen. Leere Kohlenloren könnten im eisigen Wind hochgefährlich sein. Als er über die Schulter blickte, erspähte er einen Flachwagen, auf dem ein Löffelbagger wie ein Gefangener angekettet war. Er verlangsamte seine Schritte, ließ sich vom Wagen überholen und sprang an Bord.

Krankenschwestern drängten sich um sein Bett.

»Was für ein hübscher Kerl.«

»Was meinst du, was er gerade denkt?«

»Wie kommst du darauf, dass er überhaupt etwas denkt…?«

Ärzte diskutierten. »Koma…«

»Ich sage Stupor.«

»Koma: Lazeration des Gehirns; Kapillarblutung; Läsion.«

»Das Gehirn ist doch durchblutetes Gewebe. Es hat die Fähigkeit nachzuwachsen und zu heilen.«

»Bläuliche Verfärbung der Zunge und der Lippen. Atemstörung.«

»Schlucken – im Koma unmöglich… Toxämie?«

»Läsion.«

Ein jüngerer Arzt meldete sich zu Wort, arm an praktischer Erfahrung, reich an theoretischem Wissen. »Der Kopf des Patienten ist nicht zur Seite gedreht. Seine Augen sind zu keiner Seite abgelenkt. Im Fall einer Läsion würde der Patient dorthin blicken. Es liegt also keine Läsion vor.«

»Was dann?«

»Asphyxie.«

Der Mond schwebte in einem silbernen Lichthof. Voll und absolut kreisrund.

Er war wunderschön und unendlich fern, und dann versank er.

Die Dunkelheit kehrte zurück. Sie senkte sich herab, undurchdringlich wie eine Winternacht.

27

Antonio Brancos schneller Güterzug nach Ost-Pennsylvania wurde auf ein Ausweichgleis geleitet, um den »Phoebe Snow«-Nachtzug der Lackawanna Railroads überholen zu lassen. Branco sprang vom Flachwagen ab und schlängelte sich darunter. Ehe der Phoebe Snow vorbeigebraust war, hatte er auf den Tragstäben des Rahmens einen Platz gefunden, der sicherer und ein wenig wärmer war.

Er blieb auf dem Zug bis zum Depot in Bethlehem Junction, wo er beinahe einem Bahnpolizisten über den Weg lief, und zwängte sich unter einen Güterwagen nach Wilkes-Barre. In Wilkes-Barre erwischte er einen Zug nach Scranton und suchte sich einen Platz auf dem Dach, als er sah, dass Bremser die Tragstäbe unter den Ladepritschen kontrollierten. Er klammerte sich an einen Ventilator und achtete auf die Strecke vor der Lokomotive, damit er nicht in einer scharfen Kurve abgeworfen wurde, und er sprang ab, als der Zug vor dem Depot abbremste, fand eine Scheune, eine Meile von den Gleisen entfernt, und schlief in einem Heuschober. Nach Einbruch der Dunkelheit kletterte er unter einen Kohlenzug der Delaware & Hudson Railroad, der nach Nordosten schwenkte und durch Carbondale und Cadosia rollte, wo die Kohlenwagen von der südöstlich verkehrenden New York, Ontario & Western Railway übernommen wurden. Mit dieser bewegte er sich in extrem langsamer Kriechfahrt eine Nacht und einen Tag und eine weitere Nacht durch Summitville, Middletown und Maybrook.

Nach Meadowbrook roch er Flusswasser.

Das erste Licht des neuen Tages enthüllte, dass sich die Gleise zwischen steilen Bergen und dem Hudson River hindurchzwängten, der unter einer dichten Nebeldecke lag. Herrschaftliche Anwesen erschienen auf den Berghängen, Villen im gotischen, neugriechischen und klassisch amerikanischen Baustil auf Rasenflächen, die so groß wie die Ackerflächen von Farmen waren. Ein riesiges Touristenhotel für Sommergäste stand unerwartet in der Landschaft, danach sah er ein dreistöckiges Eislager mit einer Landungsbrücke, um die Eisernte nach New York zu transportieren, dann weiß gestrichene Pensionen und Fremdenheime und, ganz unvermittelt, Fabrikgebäude aus rotem Klinker.

Er hörte, wie die Lokomotive ruckartig langsamer wurde und die schweren Güterwagen an den Kupplungen gegeneinanderstießen. Als er einen langen Anlegesteg gewahrte, der von Dampfern umlagert wurde, streckte er sein steifes Knie aus und bereitete sich auf das Abspringen vor. Der Zug bremste für seinen letzten Halt an den Kohlendocks am Fuß des Storm King Mountain.

Schmutzig, hungrig und durchgefroren bis auf die Knochen, war Antonio Branco fünfhundert Meilen im Kreis gefahren und – ohne einen Hinweis, woher er kam – an einen Punkt gelangt, der nur fünfzig Meilen nördlich von dem Punkt entfernt war, wo er die Van Dorns in Jersey City abgehängt hatte. Niemand wusste, dass er hier war. Niemand wusste, woher er kam – er war nicht mehr als ein Spitzhacke-und-Schaufel-Mann, der Arbeit für einen Dollar und fünfundsiebzig Cents pro Tag auf der Baustelle des Catskill Aqueduct suchte.

Während der Kohlenzug ins Depot einfuhr, ging die Sonne hinter einem Berg auf der anderen Flussseite auf und warf gelbes Licht auf eine imposante Villa, die Branco an griechische Ruinen auf Sizilien erinnerte. Er erkannte John Butler Culps berühmten Landsitz Raven's Eyrie. Er hatte die Villa oft von den Dampfschiffen auf dem Hudson River aus gesehen – lange bevor er wusste, dass Culp sein Mann war.

Aber was seine Aufmerksamkeit fesselte, war der Anblick von Culps Privatzug. Er wartete im Eisenbahndepot von Cornwall Landing – das waren glänzend rot lackierte Wagen, die von einer tintenschwarzen Atlantic-4-4-2-Lokomotive gezogen wurden.

Die Lokomotive stand unter Dampf.

Culp konnte innerhalb von Minuten abreisen.

Branco hatte keine Zeit zu verlieren.

Er verließ seinen Platz auf den Tragstäben, ehe der Zug zum Stillstand kam, und rannte zu dem im Bau befindlichen Siphonschacht des Aquädukts hinüber, den er anhand der schwarzen Kutscher, die Maultiergespanne über den nackten Untergrund lenkten, und einer Ansammlung von Lokomotiven, Eisenbahnwagen und Löffelbaggern lokalisierte, die mit den Namen irischer Bauunternehmer beschriftet waren.

Seine Verkleidung als eingewanderter Arbeiter war hundertprozentig überzeugend. Nur wenige Augenblicke nachdem man ihm eine Lohnnummer auf einer Messingmarke ausgehändigt hatte, machte er die Bekanntschaft eines »Keilers« – also eines Erpressers der Black Hand, der so tat, als sei er ein verängstigter Arbeitskollege.

»Hast du schon gehört?«, flüsterte der Keiler. »Die Black Hand verlangt, dass jeder Mann am Zahltag einen Dollar abgeben muss. Sie bringen uns um, wenn wir nicht löhnen.«

»Bring mich zu deinem Boss.«

»Zu welchem Boss?«

Branco fixierte ihn mit einem eisigen Blick. »Wenn dein Boss erfährt, dass du mich nicht zu ihm gebracht hast, macht er dich kalt.«

Vito Rizzo, der Black-Hand-Gangster, dem die Van Dorns eine gebrochene Nase und ein zerfetztes Ohr verpasst hatten, war bei der »Beichte« befohlen worden, in Cornwall Landing ein Arbeitererpressungs-Racket aufzuziehen und auf weitere Befehle zu warten. Er operierte von einem Saloon an der Straße in der Nähe des Siphonschachtes aus, der aus einem Zelt und einer Bar bestand, die nicht mehr war als ein auf Fässern ruhendes Brett.

Als seine Schläger einen rußgeschwärzten Spitzhacke-und-Schaufel-Mann in sein Hinterzimmer brachten, behandelte er den Arbeiter mit vollkommener Herablassung und erkannte in ihm nicht jenen elegant gekleideten *prominente* aus Little Italy, den er gelegentlich schon von Weitem gesehen hatte.

Antonio Branco reichte ihm eine Messingmarke. Sie sah genauso aus wie die Ausweismarke mit der Lohnnummer, die er am Tor erhalten hatte.

»Dreh sie um.«

Ein einfacher Stern war in das Metall gestanzt worden.

Rizzo sprang auf. »Verschwindet«, brüllte er seine Schläger an. »Alle! Sofort!« Hinter ihnen schlug er die Tür zu. Dann nahm er den Hut ab und starrte auf seine Stiefelspitzen, wobei er darauf achtete, nicht in Brancos Gesicht zu blicken – und demonstrierte auf diese Weise, dass er diesen Mann, der über sein Leben und seinen Tod bestimmen konnte, niemals identifizieren würde.

Seine Worte klangen unterwürfig, er gab sich keine Mühe, seine Angst zu verbergen.

»Darf ich Ihnen helfen, *Dominatore*?«

»Ich brauche einen Ort, um mich zu waschen und zu essen, während du mir frische Kleider, ein Stück Glockenschnur, eine Sprengkapsel und eine Stange Dynamit besorgst.«

Der Mond schwebte in einem silbernen Lichthof.

Voll und ganz und gar kreisrund.

Die Dunkelheit kehrte zurück.

Die Ärzte hatten noch nie jemanden wie diese außergewöhnlich schöne junge Frau getroffen, die mit einem Reisekostüm bekleidet und nach einer mehrtätigen Eisenbahnreise sichtlich müde und erschöpft war. Sie fixierte sie mit einem stechenden, klaren Blick, der keine Ausflüchte und Plattitüden zuließ. Jeder der Ärzte stellte fest, dass er sich bemühte, so klar und direkt zu antworten, wie ihr Professor es in der medizinischen Fakultät von ihnen gefordert hatte.

»Wir sind uns weitgehend sicher, dass er keine Hirnverletzung erlitten hat. Es gibt keinerlei Hinweise auf eine auch nur minimale Kapillarblutung.«

»Keine Läsionen in beiden Gehirnhälften.«

»Die einzigen Verletzungsspuren an seinem Kopf sind alte, längst verheilte Narben. Keine Verletzungen an seinem Oberkörper und seinen Gliedmaßen. Es ist wie ein Wunder – fast so, als hätte sich eine riesige Hand um ihn geschmiegt, während das Gebäude einstürzte.«

Sie sagte: »Aber er schläft noch.«

»Es ist möglich, dass dies die Diagnose bestätigt, dass sein Stupor eine Folge des Sauerstoffmangels beim Einatmen giftiger Gase ist.«

»Wann wird er aufwachen?«

»Das wissen wir nicht.«

»*Wird* er aufwachen?«

»Nun… das ist zu hoffen, sofern er ein starker Mann war.«

Ihre Augen sprühten Funken, als sie die Ärzte ansah. »Er *ist* ein starker Mann.«

28

Um es mit den unsterblichen Worten Brewster Claypools zu sagen: *Das Geld liegt auf der Straße, man muss nur clever sein und clevere Ideen haben – ein Segen, dass es so viele davon gibt.*

Erst fünf Tage war er tot, und Culp vermisste ihn bereits.

Der Zugführer rief: »Der Maschinist ist bereit, wenn Sie es sind, Sir.«

»Einen Moment noch«, sagte Culp.

Sein Mann aus Ost-Pennsylvania ging auf der Plattform des Privatzuges auf und ab. Culp schob das Fenster nach unten. »Schicken Sie diesen verdammten Anwalt rein.«

Herein kam der verdammte Anwalt. Er war einer von mehreren, die Claypool engagiert hatte und für sich arbeiten ließ – um Culp langweilige Verhandlungen zu ersparen –, und er war alles, was Culps alter »Spießgeselle« nicht gewesen war: farblos, humorlos und langweiliger als Spülwasser.

»Das Justizministerium weitet die Untersuchung im Zusammenhang mit der Ramapo Water Company aus.«

Culps Miene verdüsterte sich. Der Ramapo Grab – ein Kabinettstück, das er und Claypool inszeniert hatten, um die Wasserversorgung New Yorks zu übernehmen – hätte die Stadt vierzig Jahre lang jedes Jahr 5.000.000 $ gekostet, die in ihren Taschen gelandet wären.

»Ich dachte, Sie hätten eine Menge Geld aufgewendet, um sie zu ermutigen, die Untersuchung nicht durchzuführen.«

»Es scheint, als ob die Progressiven ein Exempel statuieren wollen.«

»Warum statuieren sie kein Exempel mit J. P. Morgan? Er hat seine große Nase ins Panamakanal-Projekt gesteckt. Warum nehmen sie nicht ihn unter die Lupe?«

Der Washingtoner Anwalt erwiderte ungerührt. »Ich fürchte, Sir, wir müssen akzeptieren, dass es so ist, wie es ist.«

Anwälte liebten diese Art von Formulierungen. »Es ist, wie es ist« übertrug die Verantwortung für ihre Inkompetenz auf den Klienten.

»Dahinter steckt Roosevelt.«

»Es ist schließlich auch Präsident Roosevelts Justizministerium. Tatsächlich, Sir, könnte man mir Nachlässigkeit vorwerfen, wenn ich Sie nicht darauf aufmerksam machte, dass die Anregung, die Angelegenheit strafrechtlich zu verfolgen, direkt aus dem Weißen Haus kommt.«

»Aber warum bin gerade ich im Visier? Warum nicht Morgans Kanal?«

Brewster Claypool hätte an dieser Stelle Roosevelts mit hoher Falsettstimme vorgetragenen, entrüsteten Einwand imitiert: »Ramapo würde den Steuerzahlern Millionen aus den Taschen ziehen, und die Leidtragenden wären die verdurstenden Bürger der größten Stadt der Nation.«

Verdammte Hölle!

»Sagten Sie etwas, Sir?«

Das war viel schlimmer, als Culp befürchtet hatte. »Ich verlasse Scranton«, sagte er.

»Soll ich mit Ihnen nach New York zurückfahren, Mr. Culp? Ich kann dort in den Express nach Washington umsteigen.«

Culps Zugführer scheuchte den Anwalt aus dem Salonwagen.

Der Maschinist ließ das Abfahrtsignal ertönen.

Die Lokomotive stieß eine dicke Dampfwolke aus, ließ die private Plattform hinter sich, rollte aus dem Depot heraus auf eine freie Strecke und nahm die lange Steigung hinauf in die Pocone Mountains in Angriff. Culp vertiefte sich in seine Arbeit und diktierte Notizen in ein Diktiergerät. Plötzlich flog die Tür zum Vorraum auf und ließ den Lärm der mühsam bergauf stampfenden Lokomotive eindringen. Er schaute hoch. Der wahrscheinlich dunkelhäutigste Italiener, der sich je an Einwanderungsbeamten vorbeigeschlichen hatte, trat in seinen Wagen.

29

»Wo, zum Teufel, kommen Sie her?«

Culp wartete nicht ab, bis der Eindringling antwortete, sondern angelte stattdessen seine Pistole aus der Schreibtischschublade und richtete sie auf den Kopf des dunkelhäutigen Mannes. Der einzige Grund, weshalb er nicht schoss, war der, dass dies vielleicht ein dummer, unaufmerksamer Gleisarbeiter war, der gegen seinen Willen mitgenommen worden war, als der Zug Scranton verlassen hatte, und sein Tod zu endlosen Schwierigkeiten mit den örtlichen Behörden geführt und jede Hoffnung zunichtegemacht hätte, zu einem späten Abendessen rechtzeitig im Cherry Grove einzutreffen. Aber das war kein Gleisarbeiter – der Mann trug einen Rucksack wie ein Hobo.

»Verstehen Sie Englisch?«, brüllte Culp. »Wer, zum Teufel, sind Sie?«

Der Mann sprach Englisch auf eine fließende Art, die Culp an Claypool erinnerte, wenn er sich besonders verschnörkelt ausdrückte.

»Ich bin ein Fremder mit einem unwiderstehlichen Angebot, um Ihre nähere Bekanntschaft zu machen.«

»Das möchte ich erleben. Hände hoch!«

Der Mann hob die Hände. Culp sah, dass er ein Stück Kordel festhielt, das straff gespannt war und dessen anderes Ende durch die Tür im Vorraum verschwand. »Was für eine Schnur ist das?«

»Der Auslöser.«

»Was? Auslöser? Was für ein Auslöser?«

»Um die Sprengkapsel zu zünden.«

»Spreng…«

»Ich sollte lieber die Hand sinken lassen«, unterbrach ihn der Eindringling. »Sodass die Spannung nachlässt. Wenn der Zug einen Ruck macht, könnte ich unabsichtlich daran ziehen. Und wenn das geschieht, würde eine Stange Dynamit die Kupplung sprengen, die Ihren persönlichen Salonwagen mit Ihrer persönlichen Lokomotive verbindet.«

»Sind Sie wahnsinnig? Dann rollen wir zurück nach Scranton und finden beide den Tod.«

»*Chissà*«, sagte der Mann.

»Kiss-a? Was, zum Teufel, soll dieses Itaker-Kiss-a heißen?«

»*Chissà* heißt ›wer weiß‹, ob ich am Leben bleibe oder sterbe. Oder sollte ich *wir* sagen?«

Culp spannte den .45er. »Sie sind sowieso tot, da hilft Ihnen auch kein ›Kiss-a‹ weiter.«

»Wenn Sie mich erschießen, werden Sie ebenfalls sterben.«

»Kein schmieriger Einwanderer zwingt mir seinen Willen auf!«

Antonio Branco blickte ruhig auf den Pistolenlauf. »Ich bin beeindruckt, Mr. Culp. Mir wurde erzählt, Sie seien interessanter als ein verhätscheltes Kind reicher Eltern. Sie seien stark wie Granit.«

»Wer hat Ihnen das erzählt?«

»Brewster Claypool.«

»*Was*? Wann?«

»Als er starb.«

Culps Gesicht rötete sich vor Wut. Er stand auf, und seine Hand, mit der er die Pistole nach vorn stieß, zitterte heftig. »Sie haben Claypool getötet!«

»Nein, das habe ich nicht. Ich habe versucht, ihn zu retten.«

»Wovon reden Sie?«

»Ein Narr, der mir helfen sollte, hat sich dumm verhalten.«

»Sie sind dort gewesen. Sie haben ihn getötet.«

»Nein, ich wollte ihn genauso dringend lebendig haben wie Sie. Ich *brauchte* Claypool. Er sollte mein Mittelsmann sein. Jetzt habe ich keine andere Wahl, als Sie direkt zu bitten. Ich habe alles verloren. Mein Geschäft ist ruiniert. Desgleichen mein Ruf. Die Van Dorns sind hinter mir her. Und jetzt, ohne Claypool, der mich hätte vertreten können, stehe ich allein vor Ihnen, mit Ihrer Pistole auf mein Gesicht gerichtet.«

»Sie haben Claypool getötet.«

»Nein, ich habe ihn nicht getötet«, wiederholte Branco. »Er war sogar meine einzige Hoffnung.«

»Ich verstehe nicht… nehmen Sie die Hände runter.«

Branco ließ die Hände sinken, trat jedoch einen Schritt vor, sodass die Kordel straff gespannt blieb. »Wissen Sie nicht, wer ich bin?«

»Mir ist egal, wer Sie sind.«

»Die Gasexplosion.«

»Welche Gasexplosion?«

»In der Prince Street. Wohnhäuser wurden zerstört. Sie müssen es in der Zeitung gelesen haben.«

»Warum sollte ich mich für Explosionen in Mietskasernen in italienischen Kolonien interessieren?«

»Um zu erfahren, was mit Isaac Bell geschehen ist.«

Der Mann hatte ihn vollkommen unvorbereitet erwischt.

J. B. Culp konnte seine Überraschung nicht verbergen. »Bell? Ist Bell deshalb im Krankenhaus? Wie ist sein Zustand?«

»*Tu sogni accarezzévole.*«

»Was heißt dieses Itakerkauderwelsch?«

»Süße Träume.«

Culp lachte. »Okay. Sie haben also alles verloren. Was wollen Sie von mir? Geld?«

»Ich habe genug Geld.« Während er nach wie vor die Schnur festhielt, ließ er den Rucksack von seinen Schultern gleiten und stellte ihn auf Culps Schreibtisch. »Werfen Sie einen Blick hinein.«

Culp öffnete den Schnallenverschluss. Der Sack aus robustem Leinen war mit banderolierten Stapeln von Fünfzig- und Hundert-Dollar-Scheinen prall gefüllt. »Sieht so aus, als hätten Sie eine Bank ausgeraubt.«

»Ich habe nur meine ›öffentliche‹ Firma verloren. Aber ich habe auch noch eine private.«

»Und was für eine private Firma ist das?«

»*Mano Nero.*«

»Black Hand?… Mit anderen Worten, Sie haben Ihre Gangsterfirma hinter einem legitimen Unternehmen versteckt und sind jetzt nichts anderes als ein Gangster?«

»Ich bin viel mehr als ein Gangster.«

»Wie meinen Sie das?«

»Ich bin ein Gangster mit einem Freund in einer hohen Position.«

»Ich gehöre nicht dazu, Kumpel.« Culp warf dem Mann seinen Rucksack vor die Füße. »Verschwinden Sie aus meinem Zug.«

»Ich meine einen Freund, der noch höher steht als der Präsident.«

Bis hierher hatte Culp es genossen, sich mit dem Eindringling ein Wortgefecht zu liefern, trotz der sehr realen Bedrohung einer mit Dynamit präparierten Kupplung. Aber inzwischen begann die Unterhaltung eine grausame Wendung zu nehmen. Der Mann verhielt sich, als hätte er für ihn etwas Schlimmeres in petto als eine Höllenfahrt bergab mit achtzig Meilen in der Stunde.

»Wie«, fragte er, »kommen Sie auf diese Idee?«

»Claypool hat mir den Job angeboten.«

»Ich weiß nicht, wovon Sie reden. Welchen Job?«

»Roosevelt zu töten.«

»Sind Sie verrückt? Claypool würde niemals so etwas sagen.«

»Er hatte keine andere Wahl«, erwiderte der Gangster kühl.

30

Der Mond schwebte in einem silbernen Lichthof. Voll und absolut kreisrund.

Er war wunderschön und unendlich weit entfernt.

Kalter Regen benetzte seine Lippen, dann folgte ein seidiger warmer Hauch.

Plötzlich füllte die Sonne den Himmel aus. Auch sie besaß einen Lichthof, wie der Mond. Nur war dieser Lichthof goldfarben.

Isaac Bell schlug die Augen auf. Die Sonne lachte ihm aus wenigen Zentimetern Entfernung ins Gesicht. Sein Herzschlag beschleunigte sich, und dann flüsterte er: »Hallo Marion, bist du nicht in San Francisco gewesen?«

Marion Morgan blinzelte Tränen weg. »Ich kann nicht glauben, dass du tatsächlich lachst.«

»Ich lache schöne Frauen immer an.«

Bell blickte sich um und wurde sich nach und nach bewusst, dass er in einem Bett lag, das nach scharfer Seife roch. Vor seinen Augen rotierte langsam ein Kaleidoskop. Durch die Farbmuster erkannte er ernst aussehende Doktoren in modernen weißen Kitteln und eine Krankenschwester, die Marion – offenbar die Einzige im Raum, die nichts mit Medizin zu tun hatte – finster anblickte. Er sagte: »Irgendwie habe ich das Gefühl, dass für uns aus einer Nacht in einem Hotel nichts wird.«

»Heute wahrscheinlich nicht.«

»Das wird sich noch finden.« Bell bewegte Hände

und Füße, streckte Arme und Beine und drehte den Kopf, um die Ärzte anzusehen. »Soweit ich es beurteilen kann, arbeitet mein Gehirn einwandfrei, und ich besitze immer noch alle Gliedmaßen, die mir ursprünglich zugeteilt wurden. Können Sie mir also bitte verraten, weshalb ich in Ihrem Krankenhaus liege?«

»Das ist das erste Mal seit acht Tagen, dass Sie sich aufgerichtet und gesprochen haben.«

Bell hatte das Gefühl, dass sich der Raum um ihn drehte, als stünde sein Bett auf einer schwerfällig rotierenden Scheibe. »Ich hatte wirklich den Eindruck, ich müsste mich ein wenig ausruhen. Sieht so aus, als ob ich dazu ausreichend Gelegenheit gehabt hätte.«

»Erinnern Sie sich an irgendein Geschehen, bevor Sie das Bewusstsein verloren? Irgendein Detail, egal wie unbedeutend? Irgendetwas, das …«

»Der Boden sackte unter mir weg, und das Dach stürzte herab.«

»Erinnern Sie sich, weshalb?«

»Sind die Jungs okay?«

»Ihre Truppe hat Sie ausgegraben.«

Bell sah Marion an. Sie nickte. »Sie sind alle okay.«

Der Arzt sagte: »Können Sie erklären, weshalb es dazu kam?«

»Weil Antonio Branco uns ein weiteres Mal hereingelegt hat – auf die grandioseste Art und Weise, die ich je erlebt habe.« Er wandte sich an Marion. »Haben ihn die Jungs erwischt?«

»Er ist vor einer Woche Eddie Edwards im Eisenbahndepot von Jersey City durch die Lappen gegangen.«

»Vor einer Woche? In einer Woche hätte er sich wer weiß wohin im ganzen Land verdrücken können.«

»Oder einen Sonderzug mieten können«, sagte Marion. »Detektiv Edwards erzählte mir, dass Branco einen Bankier und einen Weinhändler mit einem Schwindel um fünfzigtausend erleichterte, ehe er verschwand.«

Das Bett geriet abermals in Bewegung. Bell hatte das Gefühl, als würde sich dieser Effekt in unregelmäßigen Abständen wiederholen und gewiss noch für eine Weile andauern. Die Ärzte starrten ihn an wie einen Affen in einer Glasglocke.

»Ereignisse«, sagte Bell, »kommen in schneller Folge zurück. Bringen Sie mich bitte in einen ruhigen, halbdunklen Raum, wo ich mich mit meiner Verlobten, Miss Morgan, ungestört darüber unterhalten kann.«

Marion beugte sich zu ihm hinab und flüsterte ihm ins Ohr: »Bist du wirklich vollkommen okay?«

Bell antwortete, ebenfalls im Flüsterton: »Versuch, ob du sie überreden kannst, einen kalten gebratenen Vogel und eine Flasche Schampus heraufzuschicken … *Warte!*«

»Was ist, Isaac?«

»Mir geht gerade ein Licht auf … *Marion, hol mich hier raus!* Schick Joe Van Dorn ein Telegramm. Mir ist es egal, ob er mit vorgehaltener Waffe hier erscheinen muss, um mich loszueisen … mir ist jetzt klar geworden, dass Branco Brewster Claypool niemals ein Messer ins Herz gestoßen hätte, wenn dieser nicht längst zugegeben hätte, dass Culp sein Boss war.«

Schnee wehte gegen die Fenster von Raven's Eyrie, wo sich Antonio Branco unter einer Pelzbettdecke in einem fürstlichen Gästezimmer neben der Sporthalle aalte. Es war vom Haupthaus weit entfernt, Culps Ehefrau war für die Wintersaison in ihre Villa in New York umgezogen. Die Hausdiener, die ihm das Abendessen an dem Tag, nachdem sie von Scranton zurückgekehrt waren, und das Frühstück am Morgen danach gebracht hatten, waren zwei sichtlich gezeichnete Preisboxer. Culp meinte, dass sie absolut vertrauenswürdig seien.

»Mr. Culp erwartet Sie im Trophäensaal«, bestellte ihm einer der beiden nach dem Frühstück.

Eine mit Nieten beschlagene, gotisch gewölbte mittelalterliche Festungstür sicherte den Trophäensaal, der so groß wie eine Scheune war – zwei Stockwerke hoch und fensterlos – und von elektrischen Kronleuchtern erhellt wurde. Ausgestopfte Schädel von Wapiti, Elch und Bison hingen an den Wänden. Ein ausgewachsener Elefant, ein Nashorn, ein Kaffernbüffel und ein drei Meter großer Grizzly bevölkerten den Fußboden. Tigerfelle dienten als Teppiche. Türen und Alkoven waren mit Elefantenzähnen eingerahmt.

J. B. Culp stand hinter einem mächtigen Schreibtisch aus Rosenholz, der von mittelalterlichen Ritterrüstungen flankiert wurde. An der Wand hinter ihm hingen Jagdgewehre und Pistolen. Er deutete auf einen großen, bequem aussehenden ledernen Armsessel vor seinem Schreibtisch. Antonio Branco blieb stehen.

»Gut geschlafen?«

»Danke für Ihre Gastfreundschaft.«

»Sie haben mir keine Wahl gelassen.«

»Ein toter Präsident kann Sie nicht vor Gericht stellen.«

»Das sagten Sie schon in meinem Zug.«

Branco nickte und fügte hinzu: »Und der private Aquädukt wird Ihnen gehören.«

»Das Sahnehäubchen«, sagte Culp sarkastisch. Aber

in Wirklichkeit war er sehr interessiert. Der erpresserische Italiener hatte ein Prachtexemplar von einem Plan, die Kontrolle über den Catskill Aqueduct zu übernehmen – mitsamt Staudämmen, Stauseen, Tunneln und allem, was sonst noch dazu gehörte –, der tatsächlich funktionieren konnte. Ein zweiter Versuch, den Ramapo Grab zu landen.

»Sie hatten eine Nacht lang Zeit, über ihre Möglichkeiten nachzudenken«, sagte Branco. »Wie lautet Ihre Antwort?«

»Nicht anders als gestern«, sagte Culp eisig. »Niemand diktiert mir irgendwelche Bedingungen.«

»Sie können Ihr wunderbares Leben fortsetzen«, sagte Branco. »Und ich kann es für Sie noch wundervoller machen. Der Aquädukt ist bloß der Anfang. Ich werde Ihnen bei all Ihren Geschäften behilflich sein.«

Culp sagte: »Sie können an den Fingern einer Hand abzählen, wie viele Männer in diesem Land reicher sind als ich, und keiner von ihnen ist genauso jung. Ich brauche Ihre Hilfe also nicht.«

Branco erwiderte: »Das kann schon sein. Aber ich beseitige Probleme mit Arbeitern. Ich beseitige Ihre Rivalen. Ich beseitige Ihre Feinde. Sie werden verschwinden, als hätten Sie mit einem Zauberstab gewinkt. Ein Streik in den Kohlebergwerken in Colorado? Sabotage in Pittsburgh? Reformer in San Francisco? Radikale in Los Angeles? Überall dort im Land, wo man Sie drangsaliert, werde ich Sie … sozusagen ent-drangsalieren.«

»Nur aus Neugier – was wird mich dieses ›Ent-drangsalieren‹ kosten?«

»Die Hälfte.«

Culp tat so, als dächte er ernsthaft darüber nach. »Die

Hälfte von allem, das ich mit Ihrer Hilfe verdiene? Nicht schlecht.«

»Die Hälfte von allem.«

»Von *allem*? Hören Sie gut zu, Sie schmieriger kleiner Itaker. Ich brauche Sie nicht, um zu beschaffen, was längst mir gehört.«

»Sie brauchen mich, um sich weiterhin an dem erfreuen zu können, was Ihnen gehört.«

Culps Miene verdüsterte sich. »Sie bieten mir eine Partnerschaft an, und gleichzeitig erpressen Sie mich?«

»Richtig.«

Culp lachte.

»Sie lachen mich aus?«, fragte Branco. »Weshalb? Bei diesem Arrangement trag ich das gesamte Risiko. Die Polizei kann nicht mit gezogenen Waffen in Ihre Villa eindringen. Wenn, dann erschießen sie lediglich den ›schmierigen Itaker‹. Sie würden niemals auf Mr. John Butler Culp abdrücken.«

»Ich lache über Ihre Dreistigkeit.«

Branco betrachtete den Mann, der sich hinter seinem Schreibtisch hinfläzte. War Culp so abgehoben, so weit von der realen Welt entfernt, dass er sich der Gefahr nicht bewusst war, die Branco darstellte? Ein seltsamer Gedanke schoss ihm durch den Kopf: Konnte es sein, dass Culp ein Mensch war, der weit über den gewöhnlichen Menschen stand?

»Würden Sie nicht genau dasselbe tun, wenn wir uns in vertauschten Positionen befänden?«

»Das würde ich verdammt noch mal ganz gewiss tun«, erwiderte Culp. »Genau dasselbe.«

»*Malvivente.*«

»Was heißt das in der Itakersprache?«

»Gangster.«

J. B. Culp strahlte. Er fühlte sich plötzlich so frei wie ein Gauner, der an einem Samstagabend ausging, Pomade im Haar, eine dicke Zigarre im Mund und eine Pistole in der Tasche. Alles war möglich. Er streckte die Hand aus.

»Okay, Partner. Schlagen Sie ein.«

Branco sagte: »Ich würde Ihnen sehr gerne die Hand geben. Aber ich kann nicht.«

»Warum nicht? Ich dachte, Sie wünschten sich einen Partner?«

»Sie bringen uns in Gefahr.«

»Was reden Sie?«

»Ihre Boxer wissen zu viel.«

Culp erhob die Stimme. »Lee! Barry! Kommt rein!«

Sie erschienen schnell. Zu schnell.

»Habt ihr an der Tür gelauscht?«

Sie wechselten einen schnellen Blick. Barry versuchte es mit Dreistigkeit. »Klar haben wir zugehört. Sie sind schließlich mit diesem Kerl allein. Wir mussten uns vergewissern, dass Sie okay sind.«

John Butler Culp griff hinter sich und nahm eine Colt-Bisley-.32-20-Scheibenpistole von der Wand. Er schoss einmal auf Barry. Der Schwergewichtler sackte auf den Boden, zwischen den Augen ein Loch so groß wie der Durchmesser einer Zigarette.

Lee starrte ungläubig auf den Toten.

Culp feuerte abermals.

Dann sagte er zu Branco: »Schaffen Sie die Leichen weg, Partner.«

31

Wie Mikadostäbchen waren die Skelette verstreut. Die Hälfte des Friedhofs in nächster Nähe der Kirche wirkte noch immer wie ein zeitloser Ort mit seiner Ansammlung von Grabsteinen, die aus dem Gras ragten, während die Explosion das restliche Gelände zu einem Durcheinander aus morastiger Erde und ungeordneten Knochen aufgewühlt hatte. Darüber ragte ein Berg aus Ziegelsteinen und Holzbalken auf. Dieser Schutthügel war alles, was von drei fünfstöckigen Wohnhäusern und Antonio Brancos Lebensmittelgroßhandlung übrig geblieben war.

Isaac Bell betrachtete das Trümmerfeld von einem Hausdach auf der anderen Seite der Prince Street aus. Der Bürgermeister hatte das Gesundheitsamt mit der Beseitigung des Schutts und der gleichzeitigen Suche nach Toten und Verschütteten betraut. Scharen von städtischen Arbeitern gruben, siebten und luden, was sie fanden, in Lastwagen.

»Wie«, fragte Bell, »konnte das Gas in drei Gebäude eindringen, bevor es explodierte?«

Der hochgewachsene Detektiv wurde von dem Sprengstoffexperten Wally Kisley und dem Gang-Squad-Chef Harry Warren flankiert. Sie hielten sich dicht neben ihm, jederzeit bereit, ihn sofort festzuhalten, falls ihm schwindelig würde und er abzustürzen drohte. Bell schüttelte sie ab und ließ den Blick langsam über die Unglücksstelle schweifen.

Branco's Grocery hatte zwei Blocks eingenommen, gut fünfzehn Meter Straßenfront. Drei Wand an Wand stehende Wohnhäuser, jedes acht Meter breit, maßen insgesamt weitere vierundzwanzig Meter. Die Explosion hatte vierzig Meter Gebäude und knapp zehn Meter Friedhof eingeebnet. Wie Kisley es formuliert hatte, während Bell das Krankenhaus durch den Hinterausgang verließ, war dies »ein Riesenbums« gewesen.

Nun, vom Dach hinabschauend, klang Kisley gar nicht mehr so überzeugt, was seine Erklärung des Ausmaßes der Zerstörung betraf. »Der Punkt ist, Isaac, dass Wohnhäuser in Reihe gebaut werden, immer mehrere gleichzeitig. Die Wände sind aus Ziegelsteinen gemauert, aber es werden Durchgänge offen gelassen, damit die Arbeiter ungehindert von Haus zu Haus gehen können. Wenn die Bauarbeiten beendet sind, werden die Öffnungen mit Resten von Baumaterial aufgefüllt und leicht verputzt. Dieses Flickwerk reicht keinesfalls aus, um zu verhindern, dass Gas durchdringt.«

»Wie konnte Branco die Explosion auslösen und unversehrt davonkommen?«

»Er könnte einen Zeitzünder benutzt haben. Oder eine lange Zündschnur.«

Bell wandte sich an Harry Warren. »Versuch doch mal herauszukriegen, wo und wie Brancos legale Geschäfte mit der Unterwelt in Verbindung stehen.«

»Daran arbeite ich, seitdem du diesen Punkt zum ersten Mal zur Sprache gebracht hast«, sagte Warren. »Bisher bin ich auf keine einzige Beschwerde wegen Betrugs oder Erpressung gestoßen. Branco hat seinen Lebensmittelgroßhandel absolut sauber betrieben.«

Kisley unterbrach ihn: »Man könnte meinen, dass er

zwei vollkommen verschiedene Personen in sich vereint: einen Gauner und einen Chorknaben.«

»Warum wurde er dann von keiner unserer bekannten Banden bedroht oder angegriffen?«

»Man kann sie nur auf eine Weise bremsen«, erwiderte Warren.

»Durch Angst«, sagte Bell.

Warren nickte zustimmend. »Aus irgendeinem Grund war diesen Mistkerlen klar, dass es besser ist, sich nicht mit Branco anzulegen.«

»Aber wenn man ihn niemals in der Gesellschaft von Gaunern gesehen hat, wie gab er dann seine Befehle? Er hatte doch ganze Banden unter Kontrolle: Black-Hand-Schläger, Drogenschmuggler und Geldfälscher. Und was das betrifft, wie lässt er ihnen jetzt, während er auf der Flucht ist, seine Anweisungen zukommen?«

»Das weiß ich nicht, Isaac.«

Eine weitere Frage beschäftigte Bell.

»Weshalb hat er das Gebäude überhaupt in die Luft gesprengt?«

»Er hatte es auf uns abgesehen.«

»Nein. Er konnte niemals wissen, wann genau wir vor seiner Tür stehen würden. Er hatte absolutes Glück, als wir hineinstürmten, so wie wir Glück hatten, da drinnen nicht den Tod zu finden … Und wenn ihr beiden nicht endlich meine Arme loslasst, breche ich euch die Knochen! Mir geht es gut … *Warum* hat er das getan?«

»Um Beweise zu vernichten.«

»Welche Beweise? Ich hatte ihn im Singer Building auf frischer Tat ertappt. Er hat diese Sache lange im Voraus geplant. Er war bereit zu flüchten, als es für ihn eng wurde.«

Bell blickte abermals an der langen Strecke der Vernichtung entlang, von dem Schutthügel, der einst Brancos Laden gewesen war, zum höheren Trümmerhaufen der Wohnhäuser, hinunter zum Friedhof und vorbei an den aus der Erde herausgerissenen Gebeinen. Die Kirche selbst hatte nichts abbekommen. Sogar die bunten Glasfenster waren intakt. Trotzdem fand er es bemerkenswert, wie weit sich das Gas ausgebreitet hatte.

»Ich möchte wissen, wem die Wohnhäuser gehört haben… Schmiert die entsprechenden Leute vom Gesundheitsamt. Schmuggelt einige unserer Agenten in die Arbeitertrupps, die die Ausgrabungen durchführen. Sie sollen sich alles, was zutage gefördert wird, ganz genau ansehen. Und sie sollen sofort Bescheid geben, wenn man besichtigen kann, was von Brancos Keller übrig geblieben ist.«

»Enrico«, sagte Isaac Bell, als er Caruso auf ein Glas Champagner in die Kellerbar des Knickerbocker Hotels lockte, »Sie sind doch Italiener.«

»Schuldig«, erwiderte der Opernsänger lachend. »Aber an erster Stelle bin ich Neapolitaner.«

»Dazu muss ich Sie etwas fragen. Was treibt einen Sizilianer an?«

»An die hundert Invasionen. Zahllose Tyrannen. Sie haben dank ihres Verstandes dreitausend Jahre erfolgreich überlebt. Warum fragen Sie?«

»Ich grüble darüber nach, wie Antonio Branco denkt.«

»Sizilianer denken an sich selbst – ausschließlich an sich selbst.«

»Als ich der Tetrazzini während unserer Fahrt nach San Francisco eine ähnliche Frage stellte, antwortete sie,

sie seien ›Kürbisköpfe aus dem tiefen Süden‹. Primitive Bauern.«

»Niemals!« Caruso brach in brüllendes Gelächter aus. »Die Tetrazzini kommt aus Florenz, sie kann nichts anderes sagen. Sizilianer sind alles andere als primitiv. Das glatte Gegenteil. Sie sind raffiniert. Denken strategisch. Haben einen klaren unverstellten Blick und sind unverfroren überspannt. Sie sehen, sie verstehen, sie handeln – alles innerhalb eines einzigen Pulsschlags. Mit anderen Worten …«

»Man sollte sie niemals unterschätzen«, sagte Bell.

»Es gibt kein geschriebenes Gesetz, das sie nicht verabscheuen.«

»Gut«, sagte Bell. »Vielen Dank.«

»›Gut‹?«

»Ja, denn jetzt weiß ich, was er als Nächstes versuchen wird.«

»Was?«, fragte Caruso.

»Irgendein ahnungsloses hohes Tier wird demnächst einen Black-Hand-Brief erhalten. Und es wird der Black-Hand-Brief sein, der alle anderen Black-Hand-Briefe noch übertrifft.«

Archie kam eilig in die Bar. Durch Carusos Zigarettenrauch, der als dichte Wolke durch den Gastraum trieb, entdeckte er nach einigen Sekunden Bell, kam zu ihm herüber und flüsterte aufgeregt: »Die Recherche will festgestellt haben, dass Branco die Mantelgesellschaft leitet, die wiederum die Mantelgesellschaft kontrolliert, der die Wohnhäuser neben seinem Lebensmittelladen gehören.«

32

Die Arbeiter des Gesundheitsamtes, die in den Trümmern von Branco's Grocery gearbeitet hatten, gingen nach Feierabend nach Hause. Zurück blieb ein einzelner Wächter, nachdem die Leichen aller Vermissten abtransportiert worden waren. Wally Kisley und Harry Warren bestachen ihn. Von ihm unbehelligt, hatten sie sich an der ausgebrannten Treppe aufgestellt, die von Brancos Küche in den Keller geführt hatte.

Isaac Bell stieg eine Leiter hinab, bewaffnet mit einer modernen Wolframdrahttaschenlampe, die von verbesserten dauerhaften Zink-Kohlenstoff-Trockenbatterien gespeist wurde. Er ließ den Lichtstrahl über ein Gewirr von geborstenen Holzbalken und zertrümmertem Mauerwerk wandern und stellte zu seiner Überraschung fest, dass ein Teil der Räume im hinteren Teil des Kellers der herabgestürzten Etage, die nun zum großen Teil darüberlag, standgehalten hatte.

Die Taschenlampe riss die Wände eines Raums aus dem Dunkeln, der noch immer intakt war. Er bot einen bemerkenswerten Anblick in der ansonsten chaotischen Ruine. Das Wunder wurde aufgeklärt, als Bell einen quadratischen Rahmen aus vertikalen Eisenträgern entdeckte, der die Decke gestützt hatte. Die Träger bildeten so etwas wie eine Gefängniszelle. Dann gewahrte er eine Tür mit schweren Türangeln und einem Schloss und erkannte, dass es sich tatsächlich um eine Gefängnis- oder Arrestzelle handelte. War sie von Arbeits-*padrone* Branco eingebaut worden, um die Erfüllung von Verträgen zu erzwingen? Oder von dem Gangster Branco, um Rivalen zu demonstrieren, wer hier der Chef war?

Hinter einem Schutthügel stieß er auf einen weiteren freien Raum mit ungefähr den gleichen Ausmaßen. Er hatte keine Gitterstäbe, die Wände bestanden vielmehr aus solidem Stahl. Und die Tür, die offen stand, war massiv, ganze zwanzig Zentimeter dick. Ein begehbarer Safe.

Bell ging hinein.

Die Geldbehälter waren leer. Er fand darin keinen Krümel Asche; das Geld war nicht darin verbrannt, sondern musste den Safe zuvor in Brancos Taschen verlassen haben. Bell kam es seltsam vor, dass der Gangster finanziell bestens versorgt geflohen war, aber dennoch eine Verhaftung riskiert hatte, indem er sich die Zeit nahm, den Bankier LaCava und den Weinhändler auszunehmen. Ein überzeugender Hinweis darauf, dass Branco ein abgebrühter Kunde war.

Die Wände des Safes waren voller Flecken. Verbogenes Metall und verkohltes Holz bedeckte den Fußboden. Explodierende Munition hatte Brancos Sammlung von Schrotflinten und Revolvern zerstört. Diese Explosionen, oder die ursprüngliche Gasexplosion, hatten die Rückwand des Safes in Mitleidenschaft gezogen und verbogen. Sie war verzogen und stand jetzt schief, und als Bell genauer hinsah, fand er einen weiteren Satz Türangeln. Eine Tür – er fand es höchst seltsam, sie in einer Wand zu finden, die eigentlich undurchdringlich sein sollte.

Das Licht seiner Lampe ließ nach. »Neu und verbessert« ungeachtet, war sie noch immer nur eine Taschenlampe, die nicht ewig leuchten konnte. Er schaltete sie aus, um die Batterien zu schonen, und betastete die Türangeln mit den Händen. Der Safe hatte ohne Zweifel eine Hintertür.

Bell legte die Finger beider Hände um die Kanten und zog kraftvoll. Die Tür gab nach und schwang zentimeterweise auf. Dann knipste Bell die Taschenlampe wieder an und blickte hinter die Tür. Alles, was sich seinen Augen darbot, waren dicht zusammengepackter Bauschutt, Ziegelsteine, Holz und Gips. Noch während er die Lampe wieder ausknipste, um den letzten Rest Batterieleistung zu erhalten, fiel sein Blick auf eine grobe Ziegelmauer, die beide Seiten der Tür einrahmte, und er begriff, dass er eine Art Eingang vor sich hatte, der im Keller des Wohnhauses hinter Antonio Brancos Lebensmittellager angelegt worden war.

»Jetzt wissen wir Bescheid«, sagte Isaac Bell zu Kisley und Warren, die am oberen Ende der Leiter warteten, »wie das Gas so weit vordringen konnte, bis es explodierte. Und auch, weshalb Branco es gezündet hat. Da unten befand sich eine Art unterirdischer Geheimgang, der von seinem Laden unter den Wohnhäusern hindurch zum Friedhof verlief.«

»Und was gibt es auf dem Friedhof?«

»Gebt dem Wachmann noch ein paar Scheine und leiht euch drei Schaufeln von ihm aus.«

Die Van Dorns suchten und hackten und schaufelten sich einen Weg durch die eingestürzten Wohnhäuser, folgten engen, gewundenen Korridoren, die vom Gesundheitsamt gegraben worden waren, und kletterten schließlich durch ein letztes geborstenes Fundament zur Erdoberfläche hinauf. Der Friedhof wurde vom Licht einiger Küchen in den Wohnhäusern gegenüber und einem bunt verglasten Fenstergeschoss auf der Rückseite der Kirche schwach erhellt.

Bell ging voraus über das nackte Erdreich, das die Explosion durchgepflügt hatte. Die Gebeine, die er vom Hausdach in der Prince Street aus gesehen hatte, waren in eine Reihe akkurat aufgestellter Särge gebettet worden. Der Geruch der frisch zurechtgesägten Tannenholzbretter mischte sich mit dem Modergeruch der Erde. Die Kirche und die Wohnhäuser ringsum hielten den Straßenlärm ab, und es war so still, dass sie das Surren der Nähmaschinen in den Wohnungen über ihren Köpfen hören konnten.

Dort, wo der umgepflügte Untergrund auf die Grasnarbe traf, entschied Bell: »Hier fangen wir an.«

In etwa einem halben Meter Tiefe stießen ihre Schaufeln auf Mauerwerk.

Sie gingen zurück, verließen die Grasnarbe, kehrten auf das umgepflügte Gelände zurück und begannen dort zu graben.

»Meine Schaufel ist ins Leere gerutscht!«, rief Wally Kisley. Einen Augenblick später stieß er einen lauten Schrei aus und verschwand. Der Erdboden hatte sich geöffnet und ihn verschlungen. Bell sprang ihm in das Erdloch nach und landete in der Dunkelheit auf ihm.

»Alles okay, Wally?« Der Sprengstoffexperte wurde allmählich zu alt für solche Strapazen.

»Alles wäre großartig, wenn du von mir runtersteigen würdest.«

Harry Warren landete neben ihnen. »Was haben wir denn hier?«

Bell knipste seine Stablampe an. »So wie es aussieht, einen weiteren Tunnel.«

Sie folgten ihm etwa sieben Meter weit in Richtung der Kirche und gelangten zu einer Tür, die in ein massives gemauertes Fundament eingesetzt worden war. Bell, dem kaum ein Türschloss gewachsen war, öffnete es mit einem Dietrich. Seine Lampe erlosch. Kisley und Warren zündeten Streichhölzer an. Sie befanden sich in einer Krypta, in der Särge aufgestapelt waren.

Die Krypta besaß eine weitere Tür gegenüber der Tür, durch die sie hereingekommen waren. Bell öffnete sie ebenfalls mit seinem Spezialbesteck, und nun befanden sie sich in einem schmalen Gang mit niedriger Decke zwischen Grabgewölben. Eine nackte elektrische Glühbirne hing am fernen Ende von der Decke herab und erhellte eine steinerne Treppenflucht.

Bell flüsterte: »Wally, gib mir von hier unten aus Deckung. Harry, geh du zurück und um die Ecke und beobachte die Vorderseite der Kirche.«

Bell schlich die Treppenstufen hinauf.

Er öffnete eine Tür am oberen Ende der Treppe und lugte in die Kirche hinein. Trotz der späten Stunde knieten einige Betende in den Bänken. Die vordere Tür war wegen der Kälte geschlossen. Der Altar und die Plätze im Chorraum waren leer. Kerzen brannten flackernd in einer Nische auf der anderen Seite der Kirchenbänke. Dort wartete eine ältere Frau mit einem Kopftuch vor einem Beichtstuhl darauf, an die Reihe zu kommen, und nichts sah anders aus, als Bell es von einer gewöhnlichen Kirche in einem städtischen Wohnviertel erwartet hätte.

Er zog sich von der Tür zurück und machte kehrt, um die Treppe hinunterzugehen. In diesem Augenblick entdeckte er etwas, das wie die Tür eines Wandschranks aussah: ein schmales Holzbrett mit zwei Scharnieren. Diese Tür war nicht abgeschlossen. Er wandte sich zur Seite, um seine Schultern durch die Öffnung zu zwängen, und gelangte in einen kleinen Raum mit einer schmalen Sitzbank und einem Holzgitter, durch das Licht hereindrang. Er ließ sich auf die Bank sinken und blickte durch das Gitter in eine ähnliche Zelle. Deren Tür stand offen, sodass ein schwarzes Seil aus Samtstoff zu sehen war, das den Einlass zu den Kirchenbänken hin versperrte.

Bell hatte längst erkannt, dass er in einem Beichtstuhl saß. Aber er brauchte eine Weile, um sich zu orientieren. Dies war nicht der Beichtstuhl, vor dem die alte Frau in der Nische auf der anderen Seite der Kirchenbänke wartete, sondern ein anderer in einer entsprechenden Nische auf seiner Seite. Er dachte einige Sekunden lang nach, was dies zu bedeuten hatte. Die Tür zu seiner Seite war geschlossen. Er befand sich in der Zelle, die für den Priester vorgesehen war und in der er den Bekenntnissen der beichtenden Sünder lauschte. Plötzlich huschte ein Mann in die Nische und stieg über das schwarze Absperrseil.

Seiner gebrochenen Nase und dem zerfetzen Ohr nach zu urteilen konnte es nur Vito Rizzo von der Salata Gang sein. Rizzo stürzte sich in die Zelle neben derjenigen Bells und schloss die Tür. Bell begriff, dass Antonio Branco ein noch hinterhältigeres Genie war, als er sich jemals vorgestellt hatte. Branco lenkte seine

Gangster aus diesem Beichtstuhl am Ende des Tunnels zwischen seinem Laden und dieser Kirche. Sie »beichteten« absolut geheim, und er erteilte ihnen die »Absolution« ebenfalls absolut geheim. Und das Beste war für dieses Superhirn, dass die Gangster niemals das Gesicht ihres Chefs sahen.

Rizzo zitterte. Er sah verängstigt aus. Und plötzlich begann er Italienisch zu reden.

Isaac Bell zog seine Pistole.

Aber weshalb war dieser eigentlich hartgesottene Gangster derart verängstigt? Weil, schlussfolgerte Bell, ihm diese Methode des Befehlsempfangs vollkommen neu war. Vielleicht war das erst seine zweite »Beichte«, seit sein Boss Salata getötet worden war. Sein zweiter direkter Kontakt mit einem geheimnisvollen Boss.

Bell drückte ein Taschentuch gegen seine Lippen.

»Sprich Amerikanisch«, murmelte er.

Durch das Gitter sah er, wie Rizzo überrascht die Augen aufriss. Aber Bell hatte richtig vermutet. Rizzo war viel zu ängstlich, um seinen Boss nach dem Sinn dieses Befehls zu fragen. »Okay. Ich kann Amerikanisch gut. Vergebt mir, Vater, ich habe gesündigt ... es tut mir leid, dass ich die Beichte letzte Woche versäumt habe. Die Cops waren hinter mir her. Daher habe ich Ihre Befehle nicht erhalten ...!

»Rede weiter.«

»Alles, was ich weiß, ist, das Salata tot ist. Ich weiß nicht, wer seine Position übernimmt.«

»Du«, sagte Bell.

»Danke! Danke, Padrone – ich meine, Vater. Danke, ich werde alles gut machen, ich verspreche es ... Darf ich Sie etwas fragen?«

»Was?«, sagte Bell.

»Auf der Straße hört man seltsames Gerede über die Explosion von Brancos Laden. Hat das irgendetwas mit uns zu tun?«

»Sag du es mir.«

»Ich weiß es nicht. Ich hörte, dass Branco vielleicht Black Hand ist. Ist das so?«

»Was wäre wenn?«, fragte Bell.

»Ich weiß nicht.«

Bell ließ eine längere Pause zwischen ihnen entstehen. Rizzo begann nervös zu werden und zupfte an seinem lädierten Ohr. Bell ergriff plötzlich das Wort.

»Hast du getan, was ich dir das letzte Mal befahl.«

»Ja.«

»Erzähl mir, was du getan hast.«

»Genau das, was Sie verlangt haben.«

»Beschreibe es mir *genau.*«

»Ich bin nach Storm King gegangen. Ich habe einen Saloon eröffnet. Ich suchte mir meine Keiler, indem ich Hacke-und-Schaufel-Männer einschüchterte. Und die ganze Zeit über wartete ich auf den Typ, der mit dem Zeichen zu mir kommen sollte.«

»Mit welchem Zeichen?«

»Dem Zeichen, auf das ich achten sollte, wie Sie verlangten.«

»Welches?«

»Das Sie mir beschrieben haben. Die Scheibe mit der Lohnnummer und der Markierung.«

»Ist er gekommen?«

»Ja. Ich habe alles getan, was er mir befohlen hat.«

»Wo ist er jetzt?«

»Das weiß ich nicht.«

»Was meinst du damit, du weißt es nicht. Ich habe dir doch befohlen, in seiner Nähe zu bleiben.«

»Nein, das haben Sie nicht.«

Bell legte wieder eine Pause ein. Rizzo unterbrach sie.

»Sie befahlen mir zu tun, was er sagt. Ich habe ihm gegeben, was er verlangte. Seitdem habe ich ihn nicht mehr gesehen.«

»Was verlangte er?«

»Kleider, etwas zu essen, eine Stange Dynamit.«

»Du musst doch wissen, wohin er gegangen ist.«

»Das weiß ich nicht.«

»Wann ist er gekommen?«

»Vor vier Tagen.«

»Und hast du ihn seitdem gesehen?«

»Nein. Er verschwand.«

Bell schwieg. Er hatte zwar eine Menge erfahren, aber kaum genug. Er bezweifelte jedoch, dass Rizzo mehr wusste. Der »Typ mit dem Zeichen«, das konnte Branco sein oder auch nicht, aber selbst wenn es Branco war, konnte Rizzo ihn nicht finden. Trotzdem, es war nicht schlecht für einen Abend Arbeit, und Bell entschied, dass er handeln musste, als ob Branco versuchte, mit J. B. Culp Kontakt aufzunehmen. Denn falls er dies wirklich tat, wäre Präsident Roosevelt immer noch in Gefahr.

Es wurde Zeit, seine Black Hand Squad nach Storm King zu verlegen.

»Was soll ich als Nächstes tun, Boss?«

»Ich will, dass du die Hände hochhebst.«

»Wie bitte?«

»Mein Sohn, dreißig Zentimeter von deinem Kopf entfernt befindet sich die Mündung einer .45er-Automatik.«

»Was?«

»Streck die Arme in die Höhe.«

»Was haben Sie gesagt?«

»Auch wenn du noch so andächtig betest, es wird ganz sicher keine Fleischwunde. Hände hoch!«

»Wer sind Sie?«

»Bell. Van Dorn Agency.«

Der Black-Hand-Gangster stieß eine Kette von Flüchen aus.

Bell sprang aus seiner Zelle, riss die Sündertür auf und bohrte den Pistolenlauf in Rizzos heiles Ohr.

»Gehört sich das, solche schlimmen Worte in einer Kirche auszusprechen?«

33

»Ich hoffe, Sie haben nicht beabsichtigt, den Abend in vollständiger Anonymität zu verbringen, Mr. Bell, aber es gibt niemanden in der gesamten Restaurantszene von New York, der eine so schöne Frau an einen Tisch setzen würde, wo niemand sie sehen kann.«

Rector's, der große, helle, laute Hummerpalast auf dem Broadway, war nur ein paar Schritte vom Knickerbocker Hotel entfernt. Der Inhaber, ein alter Freund Joseph Van Dorns aus Chicagoer Zeiten, hatte Marion Morgan an einer von allen Seiten zu überblickenden Bankettafel platziert, die gewöhnlich für Broadwayschauspielerinnen reserviert war.

Bell sagte: »Dann richten Sie allen Gästen, denen ich die Sicht versperre, mein tiefstes Bedauern aus … Wir fangen mit Champagner an. Billecart-Salmon Brut Rosé.«

»Das hatte ich vermutet, Mr. Bell. Er ist schon unterwegs zu Ihrem Tisch.«

Bell und Flasche trafen gleichzeitig ein.

»Billecart-Salmon Brut Rosé?«, sagte Marion. »Was feierst du?«

»Ein Abendessen mit der schönsten Frau in New York. Und die Neuigkeit, dass wir einen von Brancos führenden Leuten einkassiert haben.«

»Herzlichen Glückwunsch.«

Er nahm ihr gegenüber Platz. »Marion, du bist noch

nie atemberaubender gewesen als in diesem Augenblick.«

»Danke, Isaac.«

Bell nahm eine untypische Angespanntheit in ihrer Stimme wahr. »Du klingst irgendwie beklommen. Soll ich darum bitten, dass man uns einen anderen Tisch gibt, der nicht so sehr im Blickpunkt steht?«

»Wenn ich nicht hätte auffallen wollen, hätte ich wohl kaum ein kobaltblaues Kleid angezogen.«

»Irgendetwas beunruhigt dich.«

Sie reagierte mit einem verkniffenen Lächeln. »Du kennst mich wirklich gut, nicht wahr?«

»Wenn du dir wegen mir Sorgen machst, dann lass es lieber. Mein Gedächtnis ist ausgezeichnet; ich habe den Stupor oder das Koma oder wie immer, zum Teufel, diese Medizinmänner eine Phase von mehreren Tagen Schlaf nennen, vollkommen heil überstanden«, beschwichtigte Bell sie.

Marion schob einen Briefumschlag über den Tisch. »Ich dachte, ich sollte es lieber dir überlassen, dies zu öffnen.«

Bell erkannte das Papier, noch ehe er die Adresse lesen konnte.

Signora Marion Morgan
Die Verlobte von Isaac Bell
Knickerbocker Hotel

Das Gesicht rot vor Wut, griff Bell in seinen Stiefel.

»Pass auf, die Leute«, warnte ihn Marion mit einem vielsagenden Blick auf das voll besetzte Restaurant. Sie reichte ihm eine Austerngabel, und Bell benutzte mit einem dankbaren Kopfnicken einen breiten Zinken, um den Briefumschlag aufzuschlitzen.

Die Umrisse einer schwarzen Hand, eines Revolvers und eines von einem Dolch durchbohrten Totenkopfs waren mit außerordentlichem Können skizziert worden. Es war das Werk eines Künstlers. Die Wortwahl der Drohung war barock, die Drohung selbst grotesk.

Verehrteste Signora Marion Morgan,

es liegt in Ihrer weiblichen Macht, Isaac Bell zu veranlassen, die höchsten Autoritäten davon zu überzeugen, lieber vernunftgemäß zu handeln. Nur Sie, schöne Lady, können Bell dazu bringen, die Entscheidungsträger zu beeinflussen, zum Wohle aller zu handeln.

Den Catskill Aqueduct mit einer Bombe zu zerstören muss unbedingt verhindert werden.

Um einen solchen Angriff zu vereiteln, sind eine Million Dollar aufzubringen, um die dazu notwendigen Zahlungen zu leisten. Radikale, Agitatoren und Kriminelle haben sich zusammengeschlossen. Die Stadt kann den Aquädukt nicht beschützen. Das Water Supply Board ist hilflos.

Die Black Hand steht neben Ihnen. Gemeinsam halten wir die Tragödie auf, bevor sie eintritt. Zahlen Sie am Tag nach dem nächsten einen Anteil von einhunderttausend Dollar am Storm-King-Siphonschacht.

Sich der Tatsache bewusst, dass »Verehrteste Signora« und »in Ihrer weiblichen Macht« und »schöne Lady«

Phrasen waren, die ihn in unkontrollierte Rage versetzen sollten, hatte Isaac Bell Mühe, diese Rage im Zaum zu halten. Die Absicht von Antonio Brancos vergifteter Nachricht war die gleiche wie die einer Drohung, eine Schubkarre in Little Italy in die Luft zu sprengen – sie sollte Panik auslösen. Zumindest, dachte Bell, war es genau das, was er vorausgesagt hatte: ein Black-Hand-Brief, der alle bisherigen Black-Hand-Briefe übertraf.

Bedeutete es, dass die Gefahr für Präsident Roosevelt gebannt war? War das Attentatskomplott, das Brewster Claypool für J. B. Culp in Gang gesetzt hatte, nicht mehr aktuell? Im Gegenteil. Antonio Branco war auf den Füßen gelandet. Sogar auf allen vier Füßen, wie das Sprichwort lautete.

»Weshalb lächelst du?«, wollte Marion wissen.

»Tue ich das?«

»Wie ein Wolf. Weshalb?«

»Das gibt es nur in Amerika.«

»Was meinst du?«

»Dass ein eingewanderter Gangster mit einem blaublütigen Wirtschaftstycoon Hand in Hand arbeitet.«

»Antonio Branco und J. B. Culp?«

Bell warf den Brief auf die Tischdecke. »Das bestätigt im Großen und Ganzen, was Vito Rizzo ›gebeichtet‹ hat. Der Mann, dem er am Storm King geholfen hat, war Branco selbst. Er hält sich wahrscheinlich zu diesem Zeitpunkt in Culps Villa auf und wärmt sich am Kamin die Füße.«

»Warum sollte jemand, der so reich und mächtig ist wie Culp, einem Kriminellen Unterschlupf gewähren?«

»Jeder der beiden hat das zu bieten, was der andere

sich wünscht. Branco will Macht. Culp will den Tod des Präsidenten.«

Marion nahm den Brief vom Tisch und las ihn.

»Was soll das heißen?«, fragte sie und zitierte: »›Die Stadt kann den Aquädukt nicht beschützen.‹«

»Branco erinnert uns daran, dass es nahezu unmöglich ist, etwas zu bewachen, das einhundert Meilen lang ist.«

»Und was heißt dies? ›Das Water Supply Board ist hilflos‹?«

»Das Gleiche … Es sei denn, es ist seltsam, dass du fragst … Grady von der Recherche berichtete nämlich, dass es in New York anfangs heftige Auseinandersetzungen gegeben habe, ob man den Aquädukt als ein von der Stadt kontrolliertes öffentliches Bauprojekt oder als ein privates Unternehmen realisieren sollte, das der Stadt das gelieferte Wasser in Rechnung stellt. Die Stadt hat am Ende gesiegt, aber nur ganz knapp. Du kannst dir sicherlich vorstellen, dass die Verlierer das Water Supply Board hassen.«

»War Culp der Verlierer?«

»Geführt wurde die Auseinandersetzung von Bevollmächtigten. Von Mantelgesellschaften. Es könnte aber sein, das Culp dahintersteckte. Wer weiß das schon?«

»Ich frage mich, weshalb Branco verlangt, dass das Geld gerade am Storm-King-Schacht übergeben wird. Wo ist das?«

»Fünfzig Meilen flussaufwärts in Cornwall Landing.«

»Nimmst du an, dass die sogenannten ›Entscheider‹ ähnliche Briefe wie diesen erhielten?«

»Ich bin sicher, dass das Water Supply Board und der Bürgermeister ebenfalls solche Briefe auf den Tisch bekamen. Unserer ist wahrscheinlich im Nachhinein abgeschickt worden, um mich auf die Palme zu bringen.«

»Werden sie zahlen?«

»Nicht wenn ich es verhindern kann.«

»Aber Branco hat Giuseppe Vellas Kirchenbau sabotiert, und er hat auch die Banco LaCava gesprengt. Wenn er an seiner Taktik festhält, wird er angreifen.«

»Die einzige Frage ist noch, wo«, pflichtete Bell ihr bei.

Marion sagte: »Am Storm-King-Schacht.«

»Wie kommst du darauf?«

»Eine Explosion oder ein Sabotageakt an einer anderen Stelle könnte als Unfall eingestuft werden. Aber eine Bombe an dem Ort, den er im Brief nennt, würde keinen Zweifel daran lassen, dass er es ernst meint.«

Bell musterte seine Verlobte mit einem Ausdruck tiefster Bewunderung. »Du wärest eine erstklassige Erpresserin.«

»Das klingt, als ob es zutrifft, nicht wahr?«

»Das tut es in der Tat.«

Bell winkte einem Kellner.

»Packen Sie unser Abendessen in einen Picknickkorb. Und fragen Sie Mr. Rector, ob er seinen Einfluss geltend machen kann, für uns in letzter Minute noch eine Kabine im Nachtschiff zum Storm King zu buchen.«

Marion streifte ihre Handschuhe über und griff nach ihrer Handtasche. »Gibt es nicht eine Van-Dorn-Vorschrift, die verbietet, Freundinnen zu Schießereien mitzunehmen?«

»Dieser teuflische Brief macht dich zu einer Kandidatin für einen von Van Dorn bereitgestellten Rund-umdie-Uhr-Schutz – und ich garantiere, dass in unserer Kabine keine Schießerei stattfinden wird.«

»Und wie wäre es mit einem Feuerwerk?«

Bohrköpfe fraßen sich dreihundertfünfzig Meter unter dem Hudson River ins Felsgestein. Sich in einem kreisrunden Stollen vorwärtsarbeitend, zermalmten sie den Granit zu einem rosafarbenen Pulver. Wasser, das durch winzige Risse in der gewölbten Tunneldecke eindrang, verwandelte das Pulver in eine klebrige Schmiere, die sich auf Helmen, Öljacken, Stiefeln und Gesichtern festsetzte.

Isaac Bell, der von dem Bauunternehmer, der den Siphon baute, als neuer Vorarbeiter eingestellt worden war, der erst noch die Grundlagen seiner Tätigkeit erlernen musste, war die Untertagearbeit nicht fremd, hatte er doch während der Jagd auf den Provokateur zeitweise in der Rolle eines gewöhnlichen Kumpels in einem Steinkohlebergwerk geschuftet. Granit war jedoch erheblich härter als Steinkohle; der fast fünf Meter hohe Drucktunnel hatte geradezu palastartige Dimensionen, verglichen mit einem Förderstollen; und Granitschmiere, im Gegensatz zu Kohlenstaub, ließ die Mitglieder des Bohrtrupps, der von acht Uhr abends bis vier Uhr morgens im Tunnel arbeitete, wie rosa Marzipanschweine aussehen.

Bell hatte dafür gesorgt, dass ein Van-Dorn-Agent die Winde des Förderkorbs bediente, und außerdem ausgesuchte weitere Agenten rund um das Förderhaus Posten beziehen lassen. Unterstützt wurden sie von einer eigenen Wachtruppe des Bauunternehmers, während Polizisten des Water Supply Board auf der Baustelle patrouillierten. Archie Abbott hatte einen Frühzug genommen, um Marion sicher zum Knickerbocker zu begleiten; Helen Mills hielt sich mit einer frisch zugeteilten Seitenwaffe bereit, die, wie Bell wusste, die Tochter des Generals ausgezeichnet bedienen konnte. Außerdem hatte er nicht den geringsten Zweifel, dass die Black Hand, falls sie irgendetwas versuchen sollte, in New York auf kein effizienteres Duo treffen könnte.

Marion Morgans und Archie Abbotts Zug nach New York City folgte ab West Point dem Flussufer. Durch einen bedeckten Himmel, der so matt glänzte wie Zinn, erschien der Hudson so kalt wie die steinernen Uferbefestigungen. Der Himmel verhieß Schnee, und das Eis härtete sich auf den stillen Wasserflächen der Tümpel und Nebenarme. Marion dachte daran, sich nach ihrer Ankunft lieber sofort einen warmen Wintermantel zu kaufen, als Archie plötzlich das Wort ergriff.

»Ich habe eine Witwe kennengelernt.«

»Wie alt?«

»Zweiundzwanzig … sie hat jung geheiratet.«

»Magst du sie?«

»Ich bin hin und weg.«

»Das ist ein gefährlicher Zustand, Archie.«

»Man kann es vernarrt nennen.«

Marion lachte. »Das ist noch schlimmer.«

Archie sah sie ernst an. »So etwas ist mir noch nie zuvor passiert.«

Obgleich sie jünger war als er, hatte Marion das Gefühl, dass er sich ihr wie einer älteren Schwester anvertraute, und so entgegnete sie geradeheraus: »Hin und weg und vernarrt sein lässt auf eine starke Dosis Torheit schließen.«

»Das weiß ich.«

»Wie heißt sie?«

»Francesca.«

»Schöner Name.«

»Er passt zu ihr. Sie ist von geradezu berauschender Schönheit.«

»Hin und weg, vernarrt und berauschend? Francesca sollte lieber aufpassen, dass die Anti-Saloon-Liga nicht auf sie aufmerksam wird.«

»Sie trinkt nicht. Rührt keinen Tropfen an. In ihrer Nähe wurde ich glatt zum Abstinenzler.« Er grinste. »Stattdessen bin ich betrunken vor Liebe.«

Marion sagte: »Wenn ich daran denke, wie es mir erging, als ich Isaac zum ersten Mal sah, kann ich nur sagen: Herzlichen Glückwunsch! Ich kann es kaum erwarten, Francesca kennenzulernen.«

»Oh, du wirst sie lieben. Sie ist wirklich interessant. Sie kann über alles reden – wie ein Buch.«

Helen Mills erwartete sie im Jersey City Terminal. Auf der Fähre berichtete sie, dass Mr. Van Dorn im Knickerbocker veranlasst hatte, dass Marion in einer Suite mit zwei Zimmern untergebracht würde. Das zweite Zimmer war für Helen bestimmt.

»Ich hoffe, Sie haben nichts gegen eine Mitbewohnerin einzuwenden.«

»Ich werde mir vorkommen wie damals auf der Schule.«

Archie begleitete sie zum Hotel und verschwand wie der Blitz, um Francesca zu treffen.

Am Ende der langen Schicht füllte der Bohrtrupp die Bohrlöcher mit Dynamit. Sie zogen sich das kurze Stück bis zum Schacht zurück, gingen in Deckung und zündeten die Ladungen mit elektrischen Detonatoren. Mit einem dumpfen Rumpeln wurde der Granit, den sie den ganzen Tag lang angebohrt hatten, vom Tunnelkopf abgesprengt, und der Dükertunnel war weitere zwei Meter länger. Sie zwängten sich in den Förderkorb für die Fahrt zur Erdoberfläche, zu müde, wie ein Mann es ausdrückte, »um auch nur einen Schluck zu trinken«.

Isaac Bell blieb unten, um dem Abraumtrupp zuzusehen.

Noch ehe sich der Rauch verzogen hatte, kamen die Männer des Abraumtrupps mit Spitzhacken und Schaufeln und begannen, den abgesprengten Fels in Loren zu laden, die von einer elektrischen Lokomotive zum Schacht gezogen wurden. Bis auf den irischen Vormann, der ständig zur Eile antrieb, bestand die Mannschaft aus italienischen Arbeitern. Jeder von ihnen hätte Antonio Brancos Saboteur sein können. Aber genauso gut konnte er auch das sein, wonach er aussah: ein hart arbeitender Einwanderer, der sich für einen Dollar fünfundsiebzig pro Tag die Seele aus dem Leib schaufelte.

Die Männer hatten soeben den Abraum beseitigt, als plötzlich Wasser in den Vortrieb strömte. Eine Wasser führende Gesteinsader war offenbar durch die Sprengung der vorangegangenen Arbeitsschicht geöffnet worden.

»*Il fiume!*«, rief ein Arbeiter.

Die anderen lachten, und der Ire meinte zu Bell: »Der dämliche Itaker glaubt, dass der Fluss durch den First einbricht.«

»Weshalb lachen sie ihn aus?«

»Sie sind nicht so dumm wie er. Sie wissen, dass sich

zwischen dem Tunneldach und dem Fluss dreihundert Meter Schiefer und gut dreißig Meter solider Granit befinden. Das ist kein Flusswasser. Es ist Wasser, das sich im Gestein gesammelt hat. Was meinen Sie, wie viel hereinströmt? Einhundert Gallonen pro Minute?«

Wie eine Schnapsdrossel, die schon alles gesehen hatte, zwinkerte er Bell zu. »Ein Typ erzählte mir, die Firma habe gewusst, dass sie auf diesem Tunnelabschnitt auf Wasser stoßen würden, dies jedoch für sich behalten. Wenn Sie wissen, was ich meine ...«

»Ich fürchte, das tue ich nicht«, sagte Bell. »Ich bin hier noch neu. Wenn sie wussten, dass sie auf Wasser stoßen würden, warum haben sie es dann verschwiegen?«

»Es lief folgendermaßen – um den Auftrag zu bekommen, haben sie einen niedrigen Preis genannt, doch dann holen sie sich ihr Geld mit Extras. Sie müssen die Wasser führenden Spalten und Risse abdichten, und das wird nicht billig. Ehe sie mit dem Ausfugen anfangen, brauchen sie weitere Pumpen und Rohre, um das Wasser abzuleiten. Vielleicht müssen sie sogar eine verstärkte Betonwand errichten, um den gesamten Vortrieb zu füllen, damit er nicht überflutet wird.«

»Sie meinen, die machen in jedem Fall ein gutes Geschäft.«

»So hat es mir dieser Typ erzählt. Ein schlauer Bursche ...« Die Stimme des Vormanns versiegte, und er runzelte die Stirn. Das Wasser drang jetzt heftiger ein. Einige von den Arbeitern, die wenige Sekunden zuvor über den Angsthasen gelacht hatten, waren jetzt selbst offensichtlich zutiefst besorgt.

»Beruhigt euch, ihr dämlichen Spaghettifresser. Beruhigt euch und zurück an die Arbeit. Bleibt ruhig. Keine Angst.«

Aber die Arbeiter warfen weiterhin nervöse Blicke zur Stirnwand des Tunnels, wo es aus dem Gesteinsspalt üppig heraussprudelte, und auf das Wasser, das bereits die Schienen der Abraumloren überspülte.

»*Il fiume!*«

Andere wiederholten den Warnruf. »*Il fiume!*«

»Nix ›Fi-umee‹, verdammt noch mal«, brüllte der Vormann. »Es ist nur Gesteinswasser.«

Ein Arbeiter, der älter war als die anderen, deutete mit einem zitternden Finger auf die Spalte im Gestein, aus der das Wasser hervorschoss.

»*Mano Nero.*«

»Black Hand?« Der Vormann packte einen jungen Arbeiter, den er als Dolmetscher nutzte, am Arm. »Von was, zum Teufel, redet er?«

»*Mano Nero.* Sabotage.«

»Das ist verrückt! Erklär ihnen, dass es verrückt ist.«

Der Dolmetscher versuchte es, aber sie brüllten ihn nieder. »Sie sagen, dass jemand nicht bezahlt hat.«

»Was bezahlt?«, fragte Isaac Bell. Es klang, als hätte die Nachricht von dem Black-Hand-Brief ihren Weg bis hinunter zu den Arbeitern gefunden.

»Die Dollars, die wir von unserem Lohn abgeben sollen«, sagte der Übersetzer.

»Es ist ein Erpressungsracket der Black Hand«, sagte der Vorarbeiter. »Sie zwingen sie, am Zahltag einen Dollar rüberzuschieben.«

Die Glühbirnen flackerten.

Jeder Arbeiter des Abraumtrupps ließ seine Spitzhacke oder seine Schaufel fallen und flüchtete den Tunnel hinunter. Sie stürmten in kopfloser Verwirrung zum Schacht, wateten durch knöcheltiefes Wasser, stolperten über die Lorengleise, rempelten einander an und brachten sich in ihrer Panik gegenseitig zu Fall. Der Vorarbeiter stürmte hinter ihnen her und brüllte sie vergeblich an.

Isaac Bell folgte ohne Eile. Am Schacht würde es ohnehin zu einer längeren Wartezeit kommen, bis der Korb herunterkäme und alle Arbeiter eingestiegen wären. Außerdem konnte er nicht ernsthaft annehmen, dass der Hudson River durch dreihundertfünfzig Meter solides Gestein gedrungen war.

Als er aber an das Tageslicht zurückkehrte, kursierten im Arbeitercamp bereits die Gerüchte und infizierten nicht nur die verängstigten italienischen Arbeiter, sondern auch die irischen und deutschen Ingenieure, Maschinisten, Vorarbeiter und Polizisten des Water Supply Board sowie die schwarzen Gesteinsbohrer und Maultiertreiber. Die Black Hand habe den Siphon sabotiert. Der Hudson River sei in den Tunnel eingebrochen. Sogar die Ingenieure, die es eigentlich hätten besser wissen müssen, kratzten sich am Kopf. War der Tunnel verloren?

Nichts davon traf zu, und alles würde sich aufklären. Das Gesteinswasser würde herausgepumpt, der Felsspalt würde ausgefüllt und die Bohrarbeiten würden fortgesetzt werden. Aber in diesem Augenblick telegrafierten Nachrichten-Scouts nach New York. Fünfzig Meilen entfernt, in den Straßen von Manhattan und Brooklyn würden schon in Kürze Zeitungsjungen die vollkommen haltlose Neuigkeit verkünden.

»Extrablatt! Extrablatt!«

BLACK HAND STOPPT AQUÄDUKT
WASSERKNAPPHEIT BEDROHT NEW YORK CITY

Bell bekam den Bauunternehmer des Tunnels, der den Schutz durch die Van Dorn Agency begrüßt hatte, zu fassen. Er war ein beherzter, raubeiniger, ernsthafter Mann, der sich nichts bieten ließ. Wie zahlreiche andere Bauunternehmer war er persönlich auf seiner Baustelle anwesend. Traf es zu, fragte Bell, dass die Wahrscheinlichkeit, auf Wasser zu stoßen, schon vor Beginn der Arbeiten in Betracht gezogen worden sei?

»Unter uns und ganz im Vertrauen, mit Diamantbohrern ausgeführte Probebohrungen während der Projektplanung deuteten durchaus darauf hin, dass wir mit Wassereinbrüchen rechnen mussten. Das zwar nicht in einem derartigen Ausmaß, dass die Arbeiten am Dükertunnel gestoppt werden müssten, aber immerhin doch so reichlich, dass etwas dagegen getan werden müsste. Wir wussten, dass es notwendig war, die Gesteinsspalte abzudichten.«

»Wie viele Leute wussten es?«

»Nur eine Handvoll, und alle in der ›Familie‹ – Ingenieure, ich sowie die Männer, die den Diamantbohrer bedienten.«

»Könnte einer von ihnen der Black Hand einen Tipp gegeben haben?«

»Ich glaube, ich kann Ihnen nicht ganz folgen, Mister Detective.«

»Ich habe Ihnen den Brief gezeigt«, sagte Bell. »Ich frage also, ob die Black Hand nur Glück hatte, dass Sie auf Wasser stießen, kurz nachdem sie mit der Zerstörung des Tunnels gedroht hatten. Oder wusste die Black

Hand, dass Sie auf Wasser stoßen würden, und stimmte ihre Drohung zeitlich darauf ab?«

»Die Black Hand erpresst italienische Arbeiter und keine amerikanischen Techniker. Sie können sich darauf verlassen, dass niemand etwas direkt darüber verlauten ließ. Aber es brauchte nur ein einziger Spaghettifresser ein wenig cleverer zu sein als der Rest und die Ohren zu spitzen, um irgendetwas aufzuschnappen.«

Bell sagte: »Mit anderen Worten, die Black Hand hat die Situation für ihre Zwecke ausgenutzt.«

»Die Wahrheit wird irgendwann herauskommen. Die Arbeiten am Tunnel gehen ohne Unterbrechung weiter.«

Aber Antonio Branco hatte erreicht, was er wollte, dachte Bell. Die Black Hand erschien mächtig, und der Aquädukt erschien verletzbar. Er hatte die Baracke des Bauunternehmers kaum verlassen, als ihn ein Fernanruf von einem besorgten Joseph Van Dorn erreichte, der soeben nach New York zurückgekehrt war.

»Ist einer unserer Leute bei der Überschwemmung ertrunken?«

»Es gab keine Überschwemmung.«

»Die Zeitungen melden, der Hudson River habe den Tunnel überflutet.«

»Absolut unwahr«, sagte Bell. »Unglücklicherweise wird die Black Hand die Urheberschaft für diesen angeblichen Sabotageakt für sich beanspruchen.«

»Das haben sie soeben getan. Wir haben einen weiteren Brief erhalten.«

»War er an Marion adressiert?«

»Genauso wie der letzte. Er bezieht sich auf die Überflutung und droht mit noch Schlimmerem, wenn die Stadt nicht bezahlt.«

Isaac Bell sagte: »Wir müssen sie aufhalten, ehe sie angreifen.«

»Einverstanden«, sagte Van Dorn. »Was schlagen Sie vor?«

»Wir schnappen Branco zusammen mit Culp.«

»Und wie wollen Sie das bewerkstelligen?«

»Wir führen eine Razzia durch – auf Raven's Eyrie.«

34

Zwölf bullige, athletische Van-Dorn-Detektive studierten den illustrierten Lageplan von Raven's Eyrie, den Isaac Bell auf die Wandtafel im Bereitschaftsraum gezeichnet hatte. Als Van Dorn ihm bewilligt hatte, Verstärkung aus Philadelphia, Boston und Baltimore hinzuzuziehen, hatte er seine verdeckten Ermittler am Storm King auf ihren Posten belassen. Sie hörten zu, kommentierten und stellten Fragen, während Bell die besonderen Einrichtungen des Landsitzes erläuterte, die sie bei der Razzia erwarteten.

»Hauptgebäude. Sporthalle inklusive Gästezimmer und Culps Trophäensaal. Pferdestall. Automobilgarage. Bootshaus. Eine Mauer – zwei Meilen rund herum und mindestens zweieinhalb Meter hoch –, die achtzig Hektar Land umschließt. Fronttor und Pförtnerhaus. Lieferanteneinfahrt. Arbeiterwohnbaracken.«

»Wie kommt es, dass Sie sich dort so gut auskennen, Isaac?«

»Ich habe mal eine Einladung ergattert und bin bis zum Abendessen geblieben. Das Pförtnerhaus ist unüberwindlich. Steile Auffahrt und ein Tor, das Lokomotiven aufhalten kann. Culp hat den Turm sogar mit Schießscharten versehen lassen. Das Lieferantentor ist kaum weniger wehrhaft. Aber hier in der Mauer – vom Turm des Pförtnerhauses am Lieferantentor aus nicht zu sehen – befindet sich ein hoher Abschnitt, den jüngere

Detektive, die körperlich fit sind, mit Wurfankern überwinden können. Danach können sie Strickleitern für die Kollegen herablassen, die der Gratisküche in den Saloons zu intensiv zugesprochen und sich einen Bauch angefressen haben. Während wir rübergehen, kappen wir die Telefonleitungen und den Draht des privaten Telegrafen. Beide sind nur ein paar Schritte von der Mauer entfernt.«

»Warum schneiden wir nicht auch die Stromleitung durch, wenn wir schon mal dabei sind? Damit sie im Dunkeln sitzen.«

»Culp hat ein eigenes Kraftwerk. Es befindet sich dort.« Er deutete auf einen Punkt auf der Wandtafel.

»Sie haben es wie eine Kirche gezeichnet.«

»Das Kraftwerk sieht auch wie eine Kirche aus. Mittlerweile haben wir uns vergewissert, dass Mrs. Culp sich hier in New York in der Familienvilla in der 50th Street aufhält, was unseren Einsatz erheblich vereinfacht.«

»Kreischende Ehefrauen«, sagte ein grauhaariger Veteran aus dem Bostoner Außenbüro, »verderben einem beim Aufbrechen von Türen den ganzen Spaß.«

»Sie sind schlimmer als Kinder«, sagte ein anderer.

»Dort sind keine Kinder. Aber wir müssen mit einer Menge Personal rechnen. Mrs. Culp hat ihren Haushofmeister mitgenommen, aber alle anderen befinden sich noch dort, von Lakaien über Köche und Hausmädchen bis hin zu Hausmeistern.«

»Was ist mit Leibwächtern?«

»Culp beschäftigt zwei Preisboxer in der Sporthalle. Sie bewohnen ein Zimmer im Parterre. Daher brauchen wir ein paar Leute, um ihnen Handschellen anzulegen.«

»Ist es okay, ihnen ins Bein zu schießen, wenn sie sich wehren?«

»Diese Entscheidung überlasse ich Ihnen.«

»Wohin bringen wir Culp und Branco?«

»Culp ist im Hudson Valley eine große Nummer, daher empfiehlt Mr. Van Dorn dringend, dass wir die örtliche Polizei meiden. Wir haben dort ein Boot« – Bell deutete auf den Bootshauspier –, »um den Fluss zu überqueren. Dann schnellstens zu einem Sonderzug der New York Central, der in Cold Springs wartet, und weiter zur Grand Central Station. Captain Coligney vom NYPD kommt in Yonkers an Bord und nimmt die Verhaftungen vor, sobald wir die Stadtgrenze überquert haben.«

»Mit welchem Anklagepunkt?«

»Gewähren von Unterschlupf für einen Kriminellen, was Culp betrifft. Weitere Anklagepunkte folgen.«

»Wie wäre es mit Planung eines Attentats auf den Präsidenten?«

»Wenn wir es ihm anhängen können«, sagte Bell. »Das vordringliche Ziel ist, Culp außer Gefecht zu setzen, damit er ihn nicht töten kann.«

»Was werfen wir Branco vor?«

»Wir fangen mit dem Mord an Brewster Claypool an. Damit sollte der Bezirksstaatsanwalt ausreichend Zeit haben, um einen Black-Hand-Fall aufzubauen. Das Ziel ist das gleiche: ihn kaltstellen, ehe er noch mehr Schaden anrichten kann.«

»Wie hieb- und stichfest ist die Anklage im Fall des Claypool-Mordes? Immerhin ist zu berücksichtigen, was die Italiener mit Zeugen zu tun pflegen.«

»Die Anklage steht auf soliden Füßen«, sagte Bell. »*Ich* bin der Zeuge.«

»Ich habe eine Idee«, sagte J. B. Culp.

Der Magnat stand, beugte sich über seinen Schreibtisch im Trophäensaal und stützte sich mit beiden Fäusten auf die Rosenholzplatte. Ruhelos ging Antonio Branco zwischen den ausgestopften Jagdtrophäen auf und ab. Culp wartete darauf, dass er fragte, welche Idee er habe, aber der Italiener war derart von sich selbst eingenommen, dass er nicht nach dem Köder schnappte.

Culp versuchte abermals, sein Interesse für seine Überlegungen zu wecken. »Wir werden zwei Fliegen mit einer Klappe schlagen … Können Sie erraten, wie, Branco?«

Branco blieben neben einer Ritterrüstung stehen und strich mit den Fingern über das Kettenhemd. »Wir töten Roosevelt«, sagte er, »wenn er seine Rede am Aquädukt hält.«

Culp machte aus seiner Bewunderung keinen Hehl. Branco war ebenso klar und präzise wie Brew Claypool. Genauso zynisch und genauso effizient. Die Leichen von Lee und Barry waren verschwunden, als hätten sie niemals existiert, zusammen mit ihren Habseligkeiten und jedem Anzeichen, dass sie jemals die Zimmer unter der Turnhalle bewohnt hatten. Der Unterschied zwischen Claypool und Branco war lediglich der, dass Branco auch noch Zähne hatte, rasiermesserscharfe.

»Gut geraten«, sagte Culp.

»Es war einfach zu erraten«, sagte Branco. »Wie ließe sich besser beweisen, dass die Stadt ihr Bewässerungssystem nicht verwalten und optimal nutzen kann, als den Präsidenten im Aquädukt zu ertränken?«

»Ertränken? Wollen Sie es auf diese Weise tun?«

Branco sagte: »Ich habe versprochen, Sie nicht mit

Dingen zu belasten, die Sie nicht wissen sollten«, und ging zwischen den Stoßzähnen hindurch, die die Festungstür einrahmten.

»Wohin wollen Sie?«

»Wie versprochen werden Sie nicht belastet«, sagte Branco und ging hinaus.

Culp eilte hinter ihm her. »Warten Sie, Branco. Ich möchte wissen, wann Sie zurückkommen.«

»Später.«

Branco folgte einem gewundenen Pfad durch einen Wald alter Fichten und einen Abhang hinunter zwischen dem Eingang zu seinen Zimmern und der Grundstücksmauer. In der Nähe der Mauer schlüpfte er durch eine schmale Lücke in einer Felsrippe, die sich aus dem Erdreich wölbte, und gelangte in eine kleine Höhle unterhalb der Mauer.

Nur ein erfahrener Spitzhacken-und-Schaufel-Mann hätte die Höhle als eine künstlich geschaffene Konstruktion aus Mörtel und in ihrem ursprünglichen Zustand belassenen Steinen erkannt, die so geschickt aufeinandergestapelt worden waren, dass sie wie natürliches Geröll aussahen, das von einem Gletscher mitgenommen und an dieser Stelle zurückgelassen worden war. Sie war sechzig Jahre zuvor von Culps Großvater, einem »Stationsvorsteher« der Underground Railroad, die geflüchteten Sklaven half, nach Kanada zu gelangen, angelegt worden.

»Weshalb?«, hatte Branco verwundert gefragt. Er hatte sich intensiv mit der Familie beschäftigt; kein Mitglied hatte sich jemals dadurch hervorgetan, das gewesen zu sein, was Amerikaner Gutmenschen nannten.

»Er verliebte sich in eine Quäkerfrau. Sie überredete ihn dazu.«

»Ihre Großmutter?«

»Verdammt unwahrscheinlich.«

Branco kam auf der anderen Seite der Mauer heraus und eilte durch einen weiteren Fichtenwald. Das mit Fässern beladene Maultiergespann wartete. Der ältere sizilianische Pferdeknecht, der die Zügel in der Hand hielt, befolgte Vito Rizzos letzte Befehle vor seiner Verhaftung genauso unwidersprochen, wie er – in der Prince Street – Brancos Befehl gehorcht hatte, ein Zuckerfass in den Fluss zu werfen. Der alte Mann blickte starr geradeaus und tat so, als hörte er niemanden hinter sich in ein Fass klettern, bis Branco sagte: »*Muoversi.*«

Francesca Kennedys »Beichte« zwei Wochen zuvor in der Kirche in der Prince Street war ihre letzte gewesen. Der Boss hatte einen vollständigen Wechsel ihrer Routine angeordnet. Von nun an meldete sie sich an ungeraden Tagen um drei Uhr nachmittags aus einer öffentlichen Fernsprechzelle im Grand Central Terminal. An geraden Tagen sah sie in einem Brieffach im nahe gelegenen Postamt nach. Die Briefe enthielten Instruktionen und Geld. Zu den Instruktionen gehörte auch eine Nummer, die sie der Telefonvermittlung nannte, um mit ihr verbunden zu werden. Aber seit zwei Wochen, ganz gleich welche Nummer sie nannte, klingelte es in einem fort, ohne dass sich jemand am anderen Ende meldete.

An diesem Nachmittag, um Punkt drei Uhr, nahm er den Hörer ab. »Welche Sünden?«

»Ehebruch.«

»Ich wusste nicht, dass er verheiratet ist.«

»Das ist er auch nicht. Aber ich bin angeblich Witwe, daher ist es Ehebruch, bis wir heiraten, weil, sehen Sie, die Kirche…«

»Was hast du von ihm erfahren?«

»Sie haben einen guten Tag ausgesucht, um meinen Anruf anzunehmen. Ich habe gerade herausgefunden, dass eine große Razzia stattfinden wird.«

»Razzia? Was für eine Razzia?«

»Eine Razzia mit *Detektiven.*«

»Weshalb hat er dir das erzählt?«

»Er hat ein Rendezvous abgesagt. Er musste mir erklären weshalb.«

»Vielleicht trifft er sich mit einer anderen.«

»Niemals«, sagte sie knapp. »Ich habe ihn an der Angel.«

»Hat er zufällig auch verlauten lassen, wo die Razzia stattfindet?«

»Auf dem Landsitz irgendeines reichen Kerls.«

»Wo?«

»Irgendwo flussaufwärts.«

Der Boss verstummte. In der Tür der Telefonzelle befand sich ein kleines Fenster. Francesca konnte Hunderte von Menschen zu Zügen eilen sehen. Ihr kam ein lustiger Gedanke. Der Boss konnte in ihrer Nähe sein. Gleich neben ihr, in einer anderen Telefonzelle. Er wusste genau, wo sie war. Aber sie konnte nur raten, wo er sich aufhielt.

»Hat Detektiv Abbott vielleicht auch den Namen des reichen Kerls erwähnt?«

»Klar.«

»Warum *klar*?«

»Ich habe ihn gefragt. Sie sagten mir, ich solle alles

in Erfahrung bringen, was die Van Dorns tun, erinnern Sie sich?«

»Ich wundere mich, dass ein Privatdetektiv dir so viel über einen Fall erzählt, an dem er arbeitet.«

»Ich sagte doch, ich habe ihn an der Angel.«

»Es fällt mir schwer zu glauben, dass er derart indiskret sein könnte, sogar dir gegenüber.«

»Hören Sie, er hat keinen Grund, mir nicht zu trauen. Schließlich ist er es, der unsere Bekanntschaft begonnen hat. Ich habe es so inszeniert, dass er glaubt, im Knickerbocker den ersten Schritt getan zu haben. Tatsächlich frage ich mich seit kurzem …«

»Wie lautet der Name des reichen Mannes?«

»Culp.«

Abermals schwieg der Boss.

»J. B. Culp, der Wall-Street-Typ«, fügte sie hinzu und presste die Wange gegen die Glasscheibe, um auf die Reihe von Telefonzellen hinunterzuschauen. Der Winkel war zu flach. Sie konnte nicht in die anderen Zellen hineinsehen, nur auf das Pult des Telefonvermittlers und auf den Kassierer an seinem Tisch.

Noch immer keine Reaktion des Bosses.

»Es ist seltsam«, sagte sie. »Jeder liest etwas über J. B. Culp in der Zeitung – der Kerl ist so reich wie Rockefeller. Aber nur die kleine Francesca weiß, dass eine ganze Schwadron Detektive seine Tür aufbrechen wird, als betreibe er ein illegales Wettbüro.«

»Hat Detektiv Abbott dir verraten, weshalb die Van Dorns auf Culps Landsitz eine Razzia durchführen?«

»Nein.«

»Hast du ihn gefragt?«, fragte der Boss schneidend.

»Ich habe ein wenig herumgestochert. Er hat aber sofort dichtgemacht. Ich dachte mir, ich lasse es lieber, solange ich bei diesem Spiel die Nase vorn habe.«

»Wann findet die Razzia statt?«

Francesca lachte.

»Was ist so lustig?«

»Wenn Sie die Meldung darüber in der Morgenzeitung lesen, dann vergessen Sie nicht, wer es Ihnen zuerst gesagt hat.«

»*Heute Nacht?*«

Die Wurfanker pfiffen, als sie durch die Luft flogen. Isaac Bell und Archie Abbott schwenkten die Seile in weiten Kreisen, holten Schwung und ließen sie dann gleichzeitig in Richtung der Mauer fliegen, die ein wenig dunkler als der mit Wolken bedeckte Nachthimmel über ihren Köpfen vor ihnen aufragte. Die Haken flogen über die Mauerkrone vier Meter über ihnen und prallten klirrend gegen ihre Rückseite. Bell und Abbott holten die durchhängenden Seile ein und zogen sie stramm. Die eisernen Haken hielten.

»Kappt die Drähte!«

Es lief wie ein Uhrwerk ab. Die mit Knoten versehenen Seile hinauf, über mehrfach zusammengefaltete Segeltuchplanen, um die mit Glasscherben besetzte Mauerkrone zu bedecken, dann auf der Innenseite nach unten und im Laufschritt über einen gemähten Patrouillenpfad, der parallel zur Mauer verlief. Kein Licht brannte in der Sporthalle, in den Baracken oder im Bootshaus. Die obere Etage des Haupthauses war dunkel, aber das Parterre leuchtete wie ein Christbaum durch die Nacht.

»Dinner im Esszimmer«, sagte Bell.

Er schickte zwei Männer los, um die Preisboxer einzukassieren, und einen Mann hinunter zum Fluss, um das Boot an den Steg zu lotsen. Dann führten er und Archie Abbott je einen Trupp zum Haupthaus. Bell übernahm den Hinterausgang, Archie die Vordertür.

»Sie sind da«, sagte Branco.

»Das dürfte ein großer Spaß werden«, sagte Culp. »Zu schade, dass Sie nicht persönlich daran teilhaben können. Ich werde Ihnen später alles erzählen.«

Branco war keineswegs überzeugt, dass es eine gute Idee war, viel weniger ein »großer Spaß«. Aber sie befanden sich auf Culps heimischem Terrain, und hier bestimmte Culp, wo es langging. »Verschwinden Sie!«, riet ihm Culp. »Solange die Luft rein ist.«

Branco öffnete eine Dienstbotentür, die in der Wandtäfelung des Esszimmers verborgen war.

»Branco!«

»Was ist?«

»Ich bin tief beeindruckt, dass Sie zurückgekommen sind, obwohl Sie über die Razzia Bescheid wussten. Sie hätten verschwinden und mich im Stich lassen können.«

»Ich brauche Sie«, sagte Branco. »Nicht weniger und nicht mehr, als Sie mich brauchen.« Er schloss die Tür. Eine schmale gewundene Treppe führte in den Silbertresor hinab, der ursprünglich ein Sklavenversteck gewesen war. Branco schloss ihn auf, schlüpfte hinein und schloss ihn von innen ab.

J. B. Culp nahm eine schwere Pistole von der Anrichte, stolzierte zur Vordertür, riss sie auf und rief: »Mr. Bell, Sie begehen Hausfriedensbruch.«

35

»Detektiv Bell ist am Hinterausgang«, sagte Archie Abbott. »Ich bin Detektiv Abbott. Nehmen Sie lieber diese Pistole runter, ehe noch jemand verletzt wird.«

J. B. Culp ließ die Pistole sinken und wich in seine Diele zurück, eine geräumige Eingangshalle, die von zwei Empfangsräumen flankiert wurde. »An Ihrem roten Haar hätte ich Sie überall erkannt, Detektiv Abbott. Sogar auf meinem Privatgelände.«

Abbott erwiderte: »Ihrem rötlichen Gesicht, dem blonden Haar und den blauen Augen nach zu urteilen sind Sie nicht der flüchtige Antonio Branco, sondern John Butler Culp, der Mann, der ihm Unterschlupf gewährt. Legen Sie Ihre Pistole auf den Tisch.«

Culp sagte: »Hier sind Leute, die Sie und Ihre« – er warf einen Blick auf die vierschrötigen Detektive, die sich hinter Abbott versammelt hatten – »Bande unbedingt kennenlernen möchten.« Dann erhob er die Stimme. »Sheriff!«

Ein massiger Schlägertyp mit einem Orange-County-Sheriffstern an seiner Jacke trat aus einem der Empfangszimmer. »Sie sind verhaftet, Detektiv Abbott.«

»Das bin ich nicht«, erwiderte Archie Abbott.

»Leute!«, rief der Sheriff.

Sechs Deputys kamen aus dem anderen Empfangszimmer. Sie hatten Schrotflinten in den Armbeugen.

Der Sheriff sagte: »Sie sind alle verhaftet.«

»Weswegen?«

»Wir fangen mit Hausfriedensbruch an.«

»Wir begehen keinen Hausfriedensbruch.«

»Lassen Sie die Waffen fallen, und strecken Sie die Arme zum Himmel.«

»Wir begehen keinen Hausfriedensbruch«, wiederholte Abbott. »Wir verfolgen einen flüchtigen Black-Hand-Gangster namens Antonio Branco.«

Der Sheriff wandte sich zu Culp um, dessen Gesicht den Anflug eines Lächelns zeigte.

»Mr. Culp, haben Sie auf Ihrem Anwesen irgendwelche Gesetzesflüchtlinge gesehen?«

»Nein.«

Der Sheriff richtete seine Aufmerksamkeit wieder auf Archie Abbott. »Besitzen Sie amtliche Genehmigungen, die Ihnen das Mitführen von Waffen gestatten?«

»Natürlich. Wir sind Van-Dorn-Agenten.«

»Genehmigungen des Orange County?«

»Moment mal, Sheriff.«

»Sie begehen im Orange County Hausfriedensbruch. Sie führen im Orange County verbotenerweise Waffen mit sich. Sie gefährden die öffentliche Sicherheit im Orange County. Und wenn Sie der Detektiv Archie Abbott sind, den ich Mr. Culp soeben begrüßen gehört habe, dann liegt dem Bezirksstaatsanwalt von Orange County auch noch eine Meldung über Ihre radikalen Tendenzen vor.«

»Sind Sie verrückt geworden? Ich bin Princeton-Absolvent.«

»Letzte Chance. Heben Sie die Hände hoch, sonst schießen wir. Die 12-gauge-Flinten meiner Jungs lassen gewöhnlich nicht allzu viel übrig, was ein Arzt zusammenflicken könnte.«

Isaac Bell betrat den Vorraum mit erhobenen Händen, gefolgt von seinem Team mit ebenfalls erhobenen Händen. Er sah, wie Culp von Ohr zu Ohr grinste. Archie sah wie vom Donner gerührt aus. Aber die von auswärts angereisten Van Dorns waren harte Burschen, und Bell intervenierte blitzschnell, ehe Blut floss.

»Waffen runter, Leute. Hebt die Hände. Wir klären das später.«

Archie meinte: »Er sagt, er sei der Sheriff.«

Bell sagte: »Die Männer an der Hintertür sind Angehörige der in New York stationierten Army National Guard. Und in der Küche verzehrt soeben jemand ein Sandwich, der den Gouverneur vertritt. Wir sind gründlich angeschmiert.«

»Sheriff!«, sagte J. B. Culp.

»Ja, Sir, Mr. Culp?«

»Entfernen Sie diese unbefugten Eindringlinge von meinem Grund und Boden.«

»Jawohl, Sir, Mr. Culp.«

»Sperren Sie die Leute ein. Ich schicke morgen jemanden zum Gefängnis, um Anzeige zu erstatten.«

Neun verhaftete Van Dorns wurden in eine Zelle des County-Gefängnisses eingesperrt, in dem es roch, als ob es ausschließlich für Säufer reserviert war. Die anderen drei hatten mit dem Boot flüchten können.

»Ich möchte wissen, wie sie davon Wind bekommen konnten, dass wir zu ihnen auf dem Weg waren«, sagte Isaac Bell.

»Sie wussten, dass wir kommen, nicht wahr?«, sagte Archie.

»Es sei denn, durch einen unglaublichen Zufall haben

der Sheriff, die Army Guard und der Vertreter des Gouverneurs dem Hausherrn an ein und demselben Tag einen freundschaftlichen Besuch abgestattet«, sagte Isaac Bell.

Bell kochte vor Wut. Die Kosten dieser gescheiterten Razzia waren nahezu unkalkulierbar. Culp war aus dem Schneider. Branco war noch immer auf freiem Fuß und wurde von Culp beschützt. Culp hatte noch dazu seine Macht bewiesen, indem er schwere Artillerie aufgeboten hatte, um sein geheimes Bündnis mit dem Gangster zu verteidigen. Während sie gleichzeitig das nahezu Unmögliche geschafft hatten – lange genug im Voraus Hinweise auf eine geheime Van-Dorn-Razzia zu erhalten.

Archie wiederholte: »Das ist furchtbar. Sie wussten, dass wir kamen.«

»Wir werden herausbekommen, wie«, versprach Bell.

Bell döste Schulter an Schulter mit seiner restlichen Truppe, als er Joseph Van Dorn mit voller Lautstärke schimpfen hörte. Der Boss stand in Melone und weitem Mantel vor der Zelle.

»Das ist der armseligste Haufen von Schurken, die ich je in einer Arrestzelle gesehen habe. Sie sind eine Schande für unsere gesamte Zunft. Aber übergeben Sie mir die Jammerlappen trotzdem.«

Der Sheriff war plötzlich hellwach und sichtlich nervös. »Mr. Culp wird ganz schön wütend sein.«

»Bestellen Sie Mr. Culp, dass er in Kürze vom Bundesanwalt für den Southern District von New York hören wird, in dessen Gerichtsbarkeit Orange County fällt. Zeigen Sie ihm diesen Brief, den mir der Bundesanwalt übergeben hat, um ihn an Sie weiterzuleiten. Öffnen und lesen Sie ihn, Mann! Wir müssen einen Zug erreichen. Kommt, Leute. Tempo, Tempo … Mein Gott, dieser Knast stinkt vielleicht! Gut, dass ich einen Viehwagen gemietet habe, um euch nach Hause mitzunehmen.«

Ein vernichtender Blick und ein Kopfnicken in Bells Richtung forderten diesen zu einem Gespräch unter vier Augen auf. Sie – der Boss und er – standen im Vorraum des Eisenbahnwagens, während der Zug den Bahnhof verließ. Van Dorns Stimme klang kalt, der Ausdruck seiner Augen war noch kälter.

»Der Bundesanwalt war mir noch einen Riesengefallen schuldig. Ihre Truppe herauszuhauen hat das Konto jetzt ausgeglichen, und er hat mir unmissverständlich klargemacht, dass wir das nächste Mal auf uns allein gestellt sind. Daher lassen Sie auch mich eines unmissverständlich klarmachen, Isaac: Kein Van-Dorn-Detektiv wird in Zukunft ohne meine ausdrückliche Erlaubnis über die Mauer von Raven's Eyrie klettern.«

»Außer, natürlich«, sagte Bell, »wir sind Antonio Branco dicht auf den Fersen.«

Van Dorns Wangen färbten sich feuerrot, und der Boss war plötzlich so wütend, wie Bell es noch nie bei ihm erlebt hatte. »Wenn Antonio Branco die Mauer von Culps Anwesen zur Hälfte überwunden hat und Sie hängen an seinen Füßen, schicken Sie mir auf meiner privaten Leitung ein Telegramm und warten Sie auf mein ausdrückliches Okay.«

Während sich der Zug der Stadt näherte, flüsterte Archie Abbott: »Isaac, ich muss mit dir reden.«

Bell begleitete ihn hinaus in den Vorraum am Wagenende, wo Van Dorn ihm kurz vorher sein Missfallen kundgetan hatte. »Was ist los?«

»Es war meine Schuld, Isaac.«

»Jeder hat seinen Job gemacht. Wir haben eins auf die Nase gekriegt. Da ist es bestimmt nicht deine Schuld, dass sie schon auf uns gewartet haben.«

»Ich fürchte doch«, sagte Archie.

»Was redest du?«

Abbott ließ den Kopf hängen. Er schämte sich zutiefst, und allmählich dämmerte es Isaac Bell, dass sein alter Freund Archie Abbott niedergeschlagener war, als es dem Fiasko auf Raven's Eyrie angemessen schien.

»Wovon sprichst du, Archie?«

»Ich glaube, ich wurde gründlich für dumm verkauft.«

»Wer hat dich … etwa die Frau, mit der du dich getroffen hast?«

»Francesca.«

»Du hast Marion erzählt, du seist vernarrt in sie.«

»Vollkommen.«

»Was hast du Francesca erzählt?«

»Nur dass ich an einer Razzia teilnehme. Ich musste eine Verabredung verschieben. Ich sagte, ich sei über Nacht nicht in New York, sondern irgendwo flussaufwärts.«

»Archie …« Bell spürte eine plötzliche Benommenheit. Vor seinen Augen drehte sich alles. Culp war von jedem Verdacht befreit. Culp beschützte Branco.

»Ich habe nicht nachgedacht.«

»Hast du ihr erzählt, dass wir hinter Culp her sind?«

»Nein!… Na ja, ich meine, eigentlich nicht.«

»Was zum Teufel heißt ›eigentlich nicht‹?«, explodierte Bell. »Entweder du hast ihr gesagt, dass Culp unser Zielobjekt ist, oder du hast es ihr nicht gesagt.«

»Ich sagte, es sei Culps Haus. Ich sagte nicht, dass wir es auf Culp abgesehen haben. Es hätte jeder auf dem Anwesen sein können. Ich war mir sicher, dass ich diesen Eindruck erzeugt habe. Bis …«

»Bis Culp den Sheriff und die Army Guard aufmarschieren ließ, um uns auszuschalten … Was zum Teufel hast du dir dabei gedacht, Archie?… Also, es klingt, als hättest du genau das nicht getan – nachgedacht.«

»Nicht richtig. Was soll ich jetzt tun, Isaac? Soll ich den Dienst quittieren?«

Isaac Bell sah ihm ins Gesicht. Sie waren nicht nur die besten Freunde, sondern Bell fühlte sich auch für ihn verantwortlich, weil er Archie überredet hatte, zu den Van Dorns zu kommen. Er sagte: »Das muss ich mir durch den Kopf gehen lassen. Und ich muss natürlich mit Mr. Van Dorn darüber reden.«

»Er wird mich sofort feuern.«

»Er ist der Boss. Ich habe keine Wahl.«

»Ich sollte ihm den Ärger ersparen und kündigen.«

Archie sollte wirklich kündigen, dachte Bell. Er kannte den Boss gut genug, um zu wissen, dass Van Dorn nicht in der Stimmung war, ein solches Verhalten zu entschuldigen. Aber ihm kam der vage Ansatz zu einer Idee, wie sich das Blatt in Brancos Fall vielleicht doch wenden ließ.

»Weißt du, Archie, du denkst noch immer nicht klar und folgerichtig.«

»Was meinst du?«

»Bete, dass diese Geschichte nicht in die Zeitung kommt. Denn wenn sie gedruckt wird und deine Francesca sie liest, wird sie zwei und zwei zusammenzählen und begreifen, dass der Boss, bei dem sie in dieser Kirche ›gebeichtet‹ hat, Branco ist. Und sie wird auch wissen, dass Branco, wenn er die Geschichte liest, weiß, dass sie Bescheid weiß. Branco hat keine Mühen gescheut und nicht die geringsten Hemmungen gehabt, alles zu tun, um sicherzugehen, dass die Kriminellen, die seine Befehle ausgeführt haben, ihn niemals belasten – geschweige gegen ihn aussagen – konnten.«

»Was soll das heißen?«

»Wie lange wird er Francesca wohl am Leben lassen?«

»Ich muss vor ihm bei ihr sein«, sagte Archie.

»*Wir* müssen zuerst bei ihr sein. Sie wird einiges über Brancos Verbrechen wissen und, mit ein wenig Glück, gehört auch dazu, was er als Nächstes plant.«

»Moment mal, Isaac. Was macht es denn Branco noch aus, wenn Francesca ihn bloßstellt? Er ist doch längst bloßgestellt.«

»Wenn wir ihn schnappen, kommt er vor Gericht und wird von den besten Anwälten verteidigt, die man für Geld kaufen kann. Der Staatsanwalt wird jede Hilfe brauchen, die er bekommen kann. Er wird Francesca für ihre Aussage Jahre ihrer Gefängnisstrafe schenken.«

»Gefängnis?«

»Archie, du warst gewiss nicht der erste Job, den sie für ihn erledigt hat. Sondern nur der leichteste.«

36

»Wo wohnt Francesca?«

»Weiß ich nicht.«

»Das weißt du *nicht*? Wie kann es sein, dass du nicht weißt, wo eine Frau wohnt, mit der du dich triffst?«

»Sie hat nie zugelassen, dass ich sie zu mir nach Hause mitnehme. Sie ist sehr anständig.«

»›Anständig‹?«, fragte Bell ungehalten. So gut dieser Plan sein mochte, er war noch wütend genug, um Archie aus dem dahinrasenden Zug zu werfen.

»Damenhaft. Ich meine … sittsam … na ja, du weißt schon, was ich meine.«

»Wo habt ihr euch immer getroffen?«

»Im Waldorf Astoria.«

»Wie hast du das geschafft?«, fragte Bell. Archie war ein gesellschaftlich prominenter New Yorker und in jedem Salon eines im *Blue Book* aufgeführten Mitglieds der oberen Zehntausend willkommen, aber die Abbotts hatten ihr Vermögen während der Panik von 1893 verloren, und so musste er von seinem Gehalt als Detektiv leben.

»Francesca ist recht wohlhabend, ihr Mann hat Geschäfte mit dem Hotel gemacht, daher hat sie mit der Hotelleitung ein günstiges Arrangement ausgehandelt.«

»Du sagtest, du wüsstest nicht, wo sie wohnt. Nun erzählst du, dass sie im Waldorf wohnt.«

»Nein, nein, nein. Sie bucht immer ein Zimmer für uns.«

»Wann wollt ihr euch das nächste Mal treffen?«

»Morgen Nachmittag.«

»Wird sie erscheinen?«

»Ich habe keine Ahnung.«

»Ich glaube, dass sie kommen wird«, sagte Bell.

»Woher weißt du das?«

»Sie wird neugierig sein, was du ihr Neues erzählst.«

Abermals ließ Abbott den Kopf hängen. »Wie lange willst du weiter Salz in meine Wunden reiben?«

»Bis ich absolut sicher bin, dass ich den übermächtigen Impuls unterdrücken kann, dich nach Strich und Faden zu verprügeln.«

Archie verspätete sich.

Francesca Kennedy hatte sich bereits ein ausgiebiges heißes Bad in der Porzellanwanne gegönnt. Nun aber, eingewickelt in einen türkischen Hammam-Bademantel, hatte sie es sich mit angezogenen Beinen in einem Armsessel gemütlich gemacht und ließ den Blick genussvoll durch das wunderschöne Hotelzimmer wandern. Ausgestattet war es unter anderem mit einer Kommode mit geätztem Spiegel, einem mit Intarsien verzierten Kopfbrett, das zur Kommode passte, und französischen Tapeten. Sie lugte durch einen Vorhangspalt: Es schneite schon wieder. Vom Bad noch durchgewärmt, streckte sie sich behaglich aus und widmete sich der Lektüre der Nachmittagszeitung.

Eine Woche nach seiner Rückkehr aus Panama wird Präsident Roosevelt in der Felsenhöhle 350 Meter unter dem Bett des Hudson River auf einen Knopf drücken und auf elektrischem Weg die Explosion auslösen, die das entscheidende Loch in den Hudson-River-Siphon-Tunnel des Catskill Aqueduct sprengt …

Schritte klangen in den mit Teppichen ausgelegten Fluren des Waldorf nur gedämpft, und sie ließ wiederholt die Zeitung sinken, um auf den Schlitz am unteren Türrand zu blicken, wartete sie doch ungeduldig darauf, dass Archies Schatten ihn verdunkelte.

»Sind Sie Opernsänger, Sir?«

Antonio Branco schenkte dem Liftboy ein strahlendes Lächeln. »Würde ich anfangen zu singen, du würdest dir Ohren zuhalten. Nein, junger Freund, ich nur aussehe wie einer.«

Zwar verspotteten und verachteten Amerikaner italienische Immigranten, aber sie amüsierten sich über wohlhabende Italiener, die sich mit Stil und Eleganz kleideten. Ein cremefarbenes Cape, ein farblich darauf abgestimmter breitkrempiger Borsalino, ein Gehstock aus Elfenbein und ein gewachster Schnurrbart boten einen großartigen Anblick. Seine Maskerade würde keinen Van-Dorn-Detektiv oder jeden anderen, der ihm schon einmal von Angesicht zu Angesicht gegenüber gestanden hatte, täuschen, aber er wurde von den Waldorf-Astoria-Portiers militärisch begrüßt, und Hausdetektive verbeugten sich. Er durchquerte die Lobby und betrat den golden funkelnden Fahrstuhl, wo nur der Page, der ihn gebannt anstarrte, es wagte, ihm Fragen zu stellen.

»Welche Etage, Sir?«

»*Sesto!* Das heißt, sechste Etage. *Pronto!*«

Francesca hatte sich zu den letzten Seiten vorgearbeitet, der Text zeichnete sich durch einen leicht ironischen, witzelnden Sprachstil aus.

Ein in weite Fernen verschlagener Korrespondent berichtet, dass unsere die Provinz liebenden Brüder und Schwestern im ländlichen Orange County in dieser Woche zwei Mal von befremdlichen Gerüchten um den Schlaf gebracht wurden. Erstens, wie auch unsere Leser in New York und Brooklyn erfuhren, wurde der Catskill-Aqueduct-Tunnel unter dem Hudson River – der sogenannte Düker oder Siphon oder auch Moodna-Hudson-Breakneck-Pressure-Tunnel and Gauging Chamber, wie die Wasserbauingenieure ihn nennen – vom Fluss überflutet, wodurch sich sämtliche Hoffnungen, den Aquädukt noch vor der nächsten Trinkwasserknappheit fertigstellen zu können, zunächst einmal zerschlugen. Glücklicherweise war dies jedoch nicht der Fall. Der Klempner wurde gerufen. Das Leck war nur klein und wurde längst geflickt.

Neue Gerüchte, heiß und skandalös, kamen heute Morgen auf. Laut einem dieser Gerüchte führte der Sheriff von Orange County auf Raven's Eyrie, dem legendenumwobenen Landsitz der Culps, deren zahlreiche Generationen Riesenvermögen mit Flussfrachtdiensten, Eisenbahnlinien und Wall-Street-Geschäften verdient haben, eine Razzia durch. Verhaftet wurden ein Dutzend Männer, die dort angetroffen wurden. Spekulationen, weshalb der Sheriff auf Raven's Eyrie eine Razzia durchführte, ließen weitere Gerüchte aufkommen, deren faszinierendstes den Sheriff dicht auf den Fersen des der Black Hand zugerechneten flüchtigen Antonio Branco sah.

Unklar war jedoch, weshalb ein Gangster (und ehemaliger Zulieferer für den Catskill Aqueduct), der vor dem Gesetz auf der Flucht ist, sich ausgerechnet auf dem festungsähnlichen Ruhesitz eines Plutokraten versteckt. Außerdem war unklar, um wen es sich bei den verhafteten Männern handelte. Die Bandbreite der Möglichkeiten reicht von eingewanderten Arbeitern über Privatdetektive bis hin zu Tammany-Hall-Geschäftemachern.

Der Sheriff dementiert, dass dieser Vorfall je stattgefunden hat, und zeigte unserem Korrespondenten zum Beweis sein leeres Gefängnis.

Mr. J. B. Culps Büro in der Wall Street lässt verlauten, dass der Magnat zurzeit in seinem Privatzug den Kontinent überquert und daher für einen Kommentar nicht zur Verfügung steht.

Der Italiener Branco hat keine Nachsendeadresse hinterlassen.

Francesca streifte den Frotteemantel ab und kleidete sich an. Sie *kannte* Branco. Nicht als Gangster, sondern als den reichen Lebensmittelhändler, der ihr ein kleines Apartment eingerichtet hatte und ihr ein bescheidenes Stipendium zahlte, das ihr gestattete, der Straße den Rücken zu kehren. Er hatte das Apartment seit zwei Jahren nicht mehr besucht – genau zu dem Zeitpunkt, als sie, wie sie plötzlich erkannte, zum Beichten zum Boss gerufen worden war. Sie hatte wie auf glühenden Kohlen gesessen und sich gefragt, wann es aufhören würde, aber er schickte weiterhin Geld und zahlte die Miete.

Sie verstaute die Sachen in ihrer Reisetasche, als plötzlich ein Schatten auf die Schwelle fiel.

Auf einmal war das schöne Zimmer eine Falle. Eine Tür verband es mit einem benachbarten Zimmer. Sie legte die Hand ohne große Hoffnung um den Knauf. Abgeschlossen, natürlich. Sie hatte nur dieses eine Zimmer gemietet, nicht die ganze Suite. Sie zog sich zum Fenster zurück und zog die Vorhänge mit noch weniger Hoffnung auf. Keine Feuertreppe. Das Waldorf war ein modernes Bauwerk mit einer Feuertreppe innerhalb des Gebäudes. Es gab auch keinen Balkon. Nur das Pflaster der 33rd Street, sechs Stockwerke unter ihr. Sie hatte bei diesem Job kein Messer bei sich, kein Rasiermesser. Keine Waffe, die Archie Abbott hätte signalisieren können, dass sie Schwierigkeiten bedeutete.

Antonio Branco öffnete die Tür mit einem Schlüssel und schlüpfte ins Zimmer.

Francesca Kennedy wich bis zum Fenster zurück. »Ich habe gerade etwas über dich gelesen.«

»Das hatte ich mir schon gedacht.«

Obgleich ihre Gedanken rasten, beinahe überwältigt von Angst, war sie wie immer verblüfft, was für ein attraktiver Mann er war. Er hatte plötzlich eine Gespanntheit an sich, eine Wachheit, die sie noch nie zuvor bei ihm gesehen hatte, eine Wachsamkeit, die er offenbar immer verborgen hatte und die ihn jetzt sogar noch lebendiger erscheinen ließ. Aber als sich sein Gesichtsausdruck verhärtete, war er ihr plötzlich so vertraut, dass sie im Kommodenspiegel erst ihr eigenes Gesicht ansah und dann seins.

37

Seine Augen waren so tot wie ihre, wenn sie einen Job ausführte.

Brancos Blick zuckte zum Fenster, und sie erkannte auf Anhieb, wie er sie beseitigen würde. Francesca Kennedy wäre nicht die erste junge und schöne Selbstmörderin, die aus einem teuren Hotelzimmer in den Tod gesprungen war. Verliebt in den falschen Mann?

Er machte kehrt, um die Tür abzuschließen, und streckte die Hand nach dem Drehriegel aus, als sie mit explosiver Wucht nach innen flog, ihm ins Gesicht krachte und ihn quer durch das Zimmer schleuderte. Der Sessel, in dem Francesca gelesen hatte, bremste seinen Flug, und er hielt sich auf den Füßen. Blut strömte aus seiner Nase.

Archie Abbott stürmte durch die Tür, die er aufgetreten hatte.

Isaac Bell, groß, goldblond, folgte ihm dichtauf.

Die Detektive kamen wie hungrige Wölfe auf den Italiener zu.

Branco hatte blitzschnelle Reflexe. Er hatte seinen Gehstock wieder fest in der Hand und schaffte es, ihn umzudrehen, während Archie ihn angriff. Er rammte die Spitze in Archies Magengrube. Archie klappte nach vorn zusammen. Isaac Bell schlug Branco den Stock aus der Hand. Er flog in die Vorhänge und landete vor Francescas Füßen. Als sie ihn aufhob, war sie geschockt über das Gewicht seines stählernen Kerns.

Bell und Branco lieferten sich einen heftigen Schlagabtausch, rangen miteinander und stürzten über den Sessel, wobei Bell in der oberen Position war. Branco schlang die Arme um den großen Detektiv und hielt ihn mit mörderischem Griff fest. Er kämpfte sich auf die Füße. Sein blutüberströmtes Gesicht verzerrte sich vor nahezu unmenschlicher Anstrengung, als er Bells einhundertsiebzig Pfund vom Fußboden hochwuchtete. Bell lockerte seinen Griff und trommelte auf Brancos Rippen ein. Sie taumelten am Bett vorbei. Bell kollidierte mit der Kommode und zertrümmerte den Spiegel. Branco strebte zur Tür. Aber Archie war schon wieder auf den Beinen und zog eine Gerade ab, die den Gangster in die Knie brechen ließ.

Francesca hatte den Gehstock mit beiden Händen gepackt und schwang ihn wie einen Baseballschläger. Er traf mit einem dumpfen Laut, und sie ließ ihn fallen und rannte in den Flur. Antonio Brancos Augen weiteten sich ungläubig, während Archie Abbott zu Boden sackte.

Branco angelte den Stock vom Fußboden. Isaac Bell war ebenfalls wieder auf den Beinen. Branco zielte auf seinen Kopf, aber Bell war zu schnell für ihn und wich dem Schlag aus. Branco holte abermals aus, aber gleichzeitig erwischte ihn der halbbetäubte Archie Abbott mit einem Fußtritt. Aus dem Gleichgewicht gebracht, verfehlte Branco Bells Kopf, traf ihn jedoch in der Kniekehle. Bells Bein wurde regelrecht unter ihm weggefegt, und Branco war schon durch die Tür hinausgeschlüpft.

Er sah Francesca durch den Flur rennen.

»Komm mit mir«, rief er.

»Du tötest mich.«

Sie verschwand durch die Tür zu einer Dienstbotentreppe. Branco rannte an der Tür vorbei zum Ende des Flurs, wo er sich, ehe er zu ihrem Zimmer gegangen war, eine Fluchtroute eingeprägt hatte, die über eine Treppe in die Hotelküche hinunterführte.

Isaac Bell sprintete hinter ihm her.

Der Flur war leer. Er spurtete, so schnell er konnte, entdeckte die Dienstbotentreppe und riss deren Tür auf. Der Geruch von frischer Bettwäsche drang heraus. Dann gewahrte er einen Blutfleck auf dem Flurteppich. Er ging hinüber, fand einen zweiten und einen dritten und folgte ihnen bis zu einer zweiten Angestelltentreppe.

Sie war nur schwach erleuchtet, in der Luft lag der Geruch von Bratfett.

Er strengte die Ohren an und lauschte auf das Geräusch rennender Füße und folgte diesem. Drei Treppenfluchten tiefer kam er an einem Kellner vorbei, der gebückt und benommen an der Wand lehnte. Drei weitere Treppenabschnitte, und er erreichte die Küche am Ende der Stufen. Männerstimmen riefen etwas. Eine Frau kreischte. Bell sah Köche mit breiten Kochmützen, die einem Souschef in weißer Leinenjacke auf die Beine halfen. Sie bemerkten ihn und wichen auseinander.

»Wo ist er hin?«, rief Bell.

»In die Gasse.«

Sie deuteten auf die Tür. Bell schob sich hindurch. Die Gasse war leer bis auf eine Reihe Fußabdrücke im Schnee. Am Ende der Gasse hasteten Menschen in der 33rd Street an der Lücke zwischen den Häusern vorbei. Bell eilte bis zur Straße. Die Bürgersteige waren dicht bevölkert, und er konnte bei dem Schneetreiben nicht weiter blicken als höchstens zwanzig Meter. Branco hätte in jede Richtung flüchten können. Bell kehrte schnellstens in die Küche zurück.

»Haben Sie eine Frau in seiner Begleitung gesehen?«

»Nein.«

Er fragte nach dem Weg zur Wäscherei. Ein Kochgehilfe führte ihn hin, und er suchte nach Francesca Kennedy. Verängstigte Wäscherinnen deuteten stumm auf einen Wäschewagen. Bell packte ihn mit beiden Händen und kippte ihn um.

Isaac Bell lieh sich von einem Hausdetektiv Handschellen und marschierte mit Francesca Kennedy zu dem zertrümmerten Hotelzimmer zurück. Verärgerte Waldorf-Detektive gingen im Flur auf und ab und dirigierten neugierige Gäste an der offenen Tür vorbei. Archie saß zusammengesunken in einem Sessel und hielt sich den Kopf, während ihm der Hotelarzt Erste Hilfe leistete.

»Warum hast du mich geschlagen?«, wollte er von Francesca wissen. »Warum hast du Branco nicht angegriffen? Er wollte dich töten!«

Francesca fragte erstaunlich sachlich: »Welchen Unterschied hätte es gemacht? Du wolltest mich verhaften, und das wird ebenfalls mein Tod sein, wenn sie mich hängen.«

Bell lockerte den Griff um ihren Arm und sagte ruhig: »Warum unterhalten wir uns nicht darüber, was wir tun können, damit man Sie nicht hängt?«

Sie hob den Blick, um ihn aus blauen Augen anzulächeln, und Bell verzieh Archie seine Dummheit größtenteils. Wie er Marion erklärt hatte, war Francesca Kennedy berauschend – und noch einiges mehr.

»Sollen wir miteinander reden?«, hakte Bell nach.

»Ich rede gern«, sagte Francesca.

»Das habe ich schon gehört.«

Sie sagte: »Könnten wir das, wenn irgend möglich, während eines Abendessens tun? Ich bin vollkommen ausgehungert.«

»Gute Idee«, sagte Bell. »Gönnen wir uns ein Dinner bei Captain Mike's.«

»Das kenne ich nicht.«

»Es ist in der West 30th im Tenderloin.«

Captain »Honest Mike« Coligney vom 19th Precinct Station House postierte eine Polizistin vor dem Raum, den er für Isaac Bell reserviert hatte, um seine Gefangene zu verhören.

»Ich hoffe, Sie wissen, was Sie tun, Isaac«, sagte Coligney. »Diese Frau ist das reinste Gift.«

»Aber ich kenne niemanden, der mir mehr über Antonio Branco erzählen kann als sie.«

»Obwohl sie einander nie persönlich getroffen haben.«

»Er gab die Befehle. Sie führte sie aus.«

Bell betrat den Raum und schloss die Tür hinter sich.

»Was möchten Sie zum Abendessen?«, lautete seine erste Frage.

»Kann ich ein Steak bekommen?«

»Natürlich.«

»Könnten wir auch ein Glas Wein dazu trinken?«

»Ich wüsste nicht, weshalb nicht.« Bell verließ den Raum und gab Mike Coligney zwanzig Dollar. »Das beste Restaurant in der Nachbarschaft – Steaks, Beilagen, zwei Glas Wein und reichlich Nachtisch.«

»Sie vergeuden Ihr Geld«, sagte Coligney. »Was bringt Sie zu der Annahme, dass sie sich gegen ihn stellt? Als sie die Chance hatte, Branco oder Detektiv Abbott auszuschalten, hat sie sich für den Detektiv entschieden.«

»Die Lady redet gern, und sie hat schlechte Karten.«

»So sollte es, verdammt noch mal, auch sein.«

»Sie weiß das. Nach dem, was sie mir auf dem Weg hierher erzählt hat, wäre sie die Letzte, die von sich behaupten würde, ein Engel zu sein.«

Bell kehrte wieder ins Verhörzimmer zurück. Francesca saß noch immer genau so dort, wie sie gesessen hatte, als er sie kurz verlassen hatte – an einem kleinen, groben Holztisch, der ebenso wie beide Stühle auf dem Zementfußboden festgeschraubt war.

»Wissen Sie, Isaac… Es ist doch okay, dass ich Sie Isaac nenne, oder nicht? Ich habe das Gefühl, ich kenne Sie schon eine Ewigkeit, so wie Archie über Sie gesprochen hat… ich habe darüber nachgedacht. Ich wusste schon immer, dass es eines Tages geschehen würde.«

»Was meinen Sie?«

»Dass ich geschnappt werde.«

»Das passiert den Besten«, sagte Bell.

»Und auch den Schlechtesten«, konterte Francesca. »Wissen Sie was? Archie war der liebste Job, den mir der Boss je gegeben hat.«

»Das überrascht mich nicht«, sagte Bell. »Archie ist ein hervorragender Gesellschafter.«

»Ich musste wunderschöne Kleider kaufen, um mit ihm zusammen zu sein. Archie ist daran gewöhnt, die besten Mädchen zu haben. Ich konnte das Geld mit vollen Händen ausgeben, und der Boss hat sich nie beklagt.«

»Erinnern Sie sich noch an den ersten Job, den Sie für Branco ausgeführt haben?«

»Damals wusste ich nicht, dass Branco der Auftraggeber war.«

»Natürlich nicht. Sie erhielten den Auftrag vom ›Priester‹, sozusagen. Erinnern Sie sich daran?«

»Klar. Es war ein Typ, der mehrere Lebensmittelhandlungen in Little Italy besaß. Der Boss sagte, er müsse weg. Aber es solle natürlich aussehen.«

»Wie haben Sie es gelernt, einen Mord aussehen zu lassen, als hätte der Tod natürliche Ursachen?«

»Nicht diese Art von *natürlich*. Natürlich! Dieser Lebensmitteltyp hatte eine Vorliebe, mit Mädchen ganz spezielle Dinge zu tun. Und er zahlte dafür. Aber jeder weiß, wenn jemand Häuser besucht und solche Dinge tut, dann wird eines Tages eins der Mädchen wütend genug sein, um ihn zu erstechen. Als er dann erstochen wurde, war es nur natürlich.«

»Weshalb wollte der Boss seinen Tod?«

»Das habe ich bis jetzt nicht gewusst. Na ja, er wollte das Geschäft des Mannes übernehmen. So ist Branco zu einer großen Nummer geworden und besitzt eine ganze Kette von Läden. Das war ein großer Schritt auf seinem Weg zu diesem Aquädukt-Auftrag, stimmt's? Jetzt ist er ganz oben … oder er war es jedenfalls.«

»Können Sie mir etwas über den nächsten Job erzählen?«

Isaac Bell animierte sie fortzufahren, eine Geschichte an die andere zu reihen, und Antonio Branco entpuppte sich als ein Verbrecher, der genauso skrupellos war, wie Bell es erwartet hatte. Aber der Gangster war in seiner Fähigkeit, effektive Methoden zu kombinieren und anzuwenden, um seine Ziele zu erreichen, absolut unfehlbar.

Captain Coligney unterbrach kurz, als das Dinner gebracht wurde.

Francesca aß nur wenig und redete weiter.

Bell fragte: »Wie haben Sie den Boss kennengelernt?«

»So richtig weiß ich es gar nicht. Ich bin einmal in Schwierigkeiten geraten – in große Schwierigkeiten –, und wie aus dem Nichts erschienen plötzlich ein paar Gorillas zu meiner Rettung und zahlten die Cops aus. In der einen Sekunde dachte ich noch, jetzt ist es aus, ich wurde verpfiffen, und in der nächsten kam ich ungeschoren davon und war frei. Dann erhielt ich meine erste Nachricht, zur Beichte zu gehen.« Sie schnitt den nächsten Bissen Porterhouse ab, kaute langsam, spülte ihn mit einem Schluck Wein hinunter und meinte nachdenklich: »Manchmal läuft es für einen richtig gut, nicht wahr?«

»Haben Sie ihm geholfen, den Aquädukt-Auftrag an Land zu ziehen?«

»Klar habe ich das gemacht. Ich meine, damals wusste ich es nicht. Aber jetzt… da war so ein Typ, der dachte nur an Feiern, und das so wild wie möglich. Mietete praktisch ein Bordell für ein ganzes Wochenende. Champagner, Mädchen, alles, was man sich wünscht. Ich ging zur Beichte. Das Nächste, was ich hörte, war, dass der Knabe tot war. Ehe er starb, erzählte er mir noch, dass er diesen dicken Vertrag mit der Stadt, die Arbeiter am Aquädukt mit Lebensmitteln zu versorgen, ergattert hatte. Raten Sie mal, wer den Vertrag bekam, nachdem er gestorben war.«

»Branco.«

»Sie haben es erfasst, Isaac.«

»Was war der letzte Job, den Sie für ihn ausgeführt haben?«

»Archie.«

»Sollten Sie ihn töten?«

Francesca Kennedy schaute Bell über den Tisch hinweg an und hob eine Augenbraue. »Ist Archie tot?«

Bell reagierte genau mit dem Lachen, das sie offenbar erwartet hatte, und sagte: »Okay. Was hat Branco von Ihnen verlangt, das Sie mit Archie tun sollten?«

»Zuhören.«

»Sollten Sie auf bestimmte Dinge achten?«

»Auf alles, was mit Ihrer Black Hand Squad zu tun hat.«

»Was haben Sie gehört?«

»Absolut nichts, verdammt noch mal.«

»Aber Sie haben von der Razzia erfahren.«

»Bis dahin aber nichts. Es war das Erste, das Archie ausgeplaudert hat. Und das Letzte, vermute ich«, fügte sie hinzu und ließ den Blick durch den fensterlosen Raum wandern.

Bell fragte sie, wie sie Branco informiert hatte, nun da er kein Priester mehr war, und sie erläuterte ihm ein System von Briefkästen und Telefonnummern.

»Und was war vor Archie?«

»Das war ein Doppeljob. Zwei Cousins. Sie wissen sicher, wer die Wallopers waren.«

»Hunt und McBean?«

»Oh, natürlich wissen Sie Bescheid. Das war eine seltsame Sache. Sie werden sich wundern, wenn Sie diese Geschichte hören … Kann ich noch etwas Wein haben?«

»Nehmen Sie meinen.« Bell kippte den Inhalt seines Glases in ihres, nahm Teller und Besteck vom Tisch und stapelte alles in einer Ecke auf. »Inwiefern war es seltsam?«

»Ich habe Ed Hunt auf einer Party aufgegabelt, zu der mich der Boss hingeschickt hat, und dann bin ich mit ihm in das Hotel gegangen, in dem der Boss ein Zimmer für mich gebucht hatte. Was ich aber nicht wusste, war, dass sich der Boss im Schrank versteckte. Plötzlich, als Hunt eingeschlafen war, kam er aus dem Schrank. Ich wäre beinahe aus meiner eigenen Haut gesprungen.«

»Haben Sie sein Gesicht gesehen?«

»Nein. Es war dunkel. Ich habe niemals sein Gesicht gesehen, bis zum heutigen Nachmittag. Wie dem auch sei, er scheuchte mich hinaus – schickte mich zu meinem nächsten Job –, und als Nächstes hörte ich, dass Hunt einen Herzanfall hatte. Nun, das muss ich Ihnen sagen, Isaac, wenn er denn einen Herzanfall hätte bekommen können, dann wäre es ganz sicher passiert, während er bei mir war.«

Bell sagte: »Soweit ich es verstanden habe, hat bei diesem Herzanfall ein Stilett eine wichtige Rolle gespielt.«

»Was für eine Überraschung«, sagte Francesca.

»Sie meinten, Sie seien gleich zum nächsten Job gegangen. Was für ein Job war das?«

»Hunts Cousin, McBean. Der Boss gab mir strikte Anweisungen. Tu ihm nichts. Füge ihm keinen Schaden zu. Sieh zu, dass er einschläft, und geh nach Hause. Was ich auch tat. Es war genauso wie bei Hunt. Dann habe ich bei der Beichte erfahren, dass McBean gesund und munter ist, nicht tot wie Hunt. Also dachte ich, sie haben einen Deal gemacht. Haben Sie etwas darüber gehört?«

»Ich hörte, dass Heroin den Besitzer gewechselt hat«, sagte Bell.

»Das erinnert mich an einen Job, von dem ich Ihnen, glaube ich, noch nichts erzählt habe...«

Bell hörte zu. Eine Geschichte ging in die nächste über, was sie wiederum an eine andere Geschichte erinnerte, und so weiter. Plötzlich fragte er: »Was haben Sie gesagt?«

»Ich habe Ihnen geschildert, wie er einmal bei mir gebeichtet hat.«

»Würden Sie das bitte wiederholen? Was meinen Sie mit ›beichten‹? Branco hat bei Ihnen gebeichtet?«

»Ich meine damit, eines Abends legte er bei mir eine Beichte ab. In der Kirche. Ich dachte gerade darüber nach, wie ich es bei diesem Typen bewerkstelligen sollte, dessen Tod er sich wünschte. Plötzlich – es war, als ob ich jetzt der Priester sei – erzählte er mir von dem ersten Menschen, den er je getötet hatte. Da war er acht Jahre alt gewesen, falls Sie mich schon für sehr schlimm halten. Wissen Sie, was er sagte? Es sei ›befriedigend‹ gewesen. Ist das nicht ein seltsames Wort, wenn man über Mord redet? Befriedigend? Und das, als er erst acht Jahre alt war?«

»Ich weiß es nicht«, sagte Bell. »Was denken Sie?«

»Ich würde es nicht befriedigend nennen. Eher, na ja, abschließend. Abrundend. Wie, ›es ist vorbei‹, wenn Sie wissen, was ich meine. Wie auch immer, dann erzählte er mir, wie er einen *padrone* tötete, der ihn beraubt hatte.«

»Wie tötet er?«

»Er plant, und er versteckt sich.«

»Wie meinen Sie das?«

»Er wagt sich ganz nahe heran, um zu töten. Um nahe heranzukommen, muss man einen Plan haben.

Man muss die Lage beobachten, die Situation studieren. Kalt und leidenschaftslos. Dann macht man einen Plan.«

»Das hat er Ihnen erklärt.«

»Er hat mich gelehrt: Plane genau, was du zu tun vorgibst. Tu so, als würdest du Zeitung lesen. Tu so, als seiest du in Arbeit vertieft. Oder tu so, als bräuchtest du Hilfe. Um sie in Sicherheit zu wiegen. Wissen Sie, was ich denke, Isaac? Er macht eine Kunst daraus.«

»Aus dem Töten.«

»Ja, wenn Sie es so nennen wollen.«

»War Branco demnach Ihr Lehrer?«

»Er brachte mir bei, wie man es macht, ohne selbst getötet zu werden. Ich schulde ihm viel, könnte man sagen. Aber was macht das jetzt schon aus?«

»Was hat er Ihnen sonst noch erzählt?«

»Sie hören nicht zu, Isaac. Er hat es mir nicht erzählt, er *lehrte* es mich.«

»Geh so dicht heran, dass sie keine Angst haben?«

»*Plane*, so dicht heranzugehen, dass sie ihren eigenen Schutz vernachlässigen.«

»Danke für den Rat«, sagte Bell.

»Welchen Rat?«

Bell zog die Automatik aus dem Schulterhalfter und presste deren Mündung gegen Francescas Stirn.

»Was tun Sie?«

»Francesca, greifen Sie mit zwei Fingern in Ihre Bluse.«

»Was reden Sie da, Isaac?«

»Ziehen Sie das Steakmesser, das Sie während des Essens haben verschwinden lassen, aus Ihrem Korsett.«

»Was ist, wenn ich es nicht tue?«

»Dann schieße ich Ihnen das Gehirn aus dem Schädel«, sagte Bell kühl.

»Damit würden Sie mir einen Gefallen tun. Es ginge schneller als Hängen. Und sehr viel schneller, als im Knast eingesperrt zu sein.«

Bell ließ die Mündung abwärtswandern zu ihrer Nase, ihrem Kinn, ihrem Hals und berührte dann ihre Schulter. »Das bringt Sie nicht um, aber egal, wo Sie enden – in der Klapse, im Knast, sogar auf der Flucht –, Sie werden diesen Arm nicht mehr benutzen können.«

Das Messer fiel klirrend zu Boden.

»Du siehst aus wie ein Wrack«, stellte Archie Abbott fest, als sich Isaac Bell schließlich müde in die Van-Dorn-Filiale schleppte.

Bell schüttelte den Schneematsch von Hut und Mantel und wärmte sich die Hände über einem Heizkörper. »Ich fühle mich, als hätte ich eine ganze Woche ohne Schlaf mit dieser Frau verbracht. Sie wollte einfach nicht aufhören zu reden.«

»Hat sie auch irgendetwas Nützliches erzählt?«

»Wie Branco versuchen wird, TR zu töten.«

»Woher weiß sie das?«

»Sie war sein Lehrling. Sie weiß, wie er operiert. Es wird kein Heckenschütze und auch keine Bombe sein. Es wird aus nächster Nähe geschehen.«

38

Früh am Morgen meldeten sie sich im Weißen Haus. Der Präsident trainierte gerade auf einer Rudermaschine. Van Dorn übernahm das Reden. Nachdem er die Bedrohung in allen Einzelheiten geschildert hatte, schloss er: »Zu Ihrer eigenen Sicherheit, Mr. President, und zum Wohle der Nation empfehle ich eine Reduzierung Ihrer öffentlichen Auftritte. Und vermeiden Sie jeden Auftritt in der Umgebung des Catskill Aqueduct.«

»Der Aquädukt ist das größte und bedeutendste technische Unternehmen der Gegenwart«, erwiderte Präsident Roosevelt, »und als ich noch den Posten des Gouverneurs bekleidete, habe ich geschuftet wie ein Nagelschmied, um es in Gang zu setzen. Das Einzige, was ich als Präsident tun kann, ist, mit meinem Namen und meiner Anwesenheit den guten Männern zu helfen, die diesen Job übernommen haben. Sie werden Jahre damit beschäftigt sein, daher ist die feierliche Eröffnung des Storm-King-Siphon-Tunnels von so großer Bedeutung für den Kampfgeist und die Moral aller an diesem Projekt Beteiligten.«

»Aber wollen Sie wirklich, dass die Geschichtsbücher für immer den Catskill Aqueduct mit Ihrer Ermordung in Verbindung bringen?«

»Es wäre jedenfalls besser, als wenn dort zu lesen wäre, ›TR kniff den Schwanz ein und ging stiften‹.«

»Anscheinend ist es mir nicht gelungen«, sagte Van

Dorn, »die Gefahr, in der Sie schweben, überzeugend zu erklären.«

Präsident Roosevelt stieg von seiner Maschine. »Ich stimme in der Einschätzung mit Ihnen überein, dass J. B. Culps Hang zum Bösen unbestreitbar ist. Culp ist, was das Praktizieren zügelloser Habgier angeht, das Schlimmste, was diese Nation je erlebt hat. Seine hinterhältigen und verdeckten Geschäfte reißen eine furchtbare Kluft zwischen den reichen Bonzen und den Millionen, die sich jeden Tag abmühen, eine Mahlzeit auf den Tisch zu bekommen. Wenn nichts dagegen unternommen wird, werden seine Übergriffe unter der arbeitenden Bevölkerung noch eine Revolution auslösen. Er ist so gefährlich wie ein Raubtier im Dschungel und so listig wie eine Schlange. Aber Sie haben nicht den Hauch eines Beweises, dass er ein Attentat auf mich plant.«

»Und doch haben wir nicht den geringsten Zweifel daran«, sagte Van Dorn.

»Was Sie haben, sind Gerüchte. Der Mann ist kein gemeiner Mörder.«

»Culp würde auch niemals selbst abdrücken«, meldete sich Isaac Bell zu Wort.

Der Präsident sah Van Dorn fragend an, der diese Einschätzung mit einem ernsten Kopfnicken bestätigte.

»Natürlich«, sagte Roosevelt. »Ein gedungener Handlanger. Falls irgendetwas an dieser Sache dran ist.«

»Antonio Branco ist keineswegs ein gedungener Handlanger«, widersprach Bell. »Er ist persönlich entschlossen, Sie zu töten. Er wird ein unübersehbares Zeichen setzen, für das Culp nur zu gerne zahlt.«

»Unsinn!«

Van Dorn setzte zu einer Erwiderung an, aber Isaac Bell unterbrach erneut.

»Wir würden heute Morgen ganz sicher nicht Ihre wertvolle Zeit in Anspruch nehmen, wenn die Bedrohung ›Unsinn‹ wäre, Mr. President. Sagten Sie nicht, Sie machten sich Sorgen wegen einer möglichen Revolution? Wenn die Atmosphäre derart aufgeheizt ist, könnte dann ein zweites Attentat auf den Präsidenten so kurz nach dem letzten diese Revolution nicht erst recht auslösen?«

»Ich wiederhole«, bellte Roosevelt, »Unsinn! Ich fahre in die Catskill Mountains. Wenn Ihre grotesken Fantasien auch nur ein winziges Körnchen Wahrheit enthalten, werde ich auf dem neuesten Schlachtschiff der Navy so sicher sein wie in Abrahams Schoß.«

»Darf ich fragen, Mr. President, wie Sie mit einem Kriegsschiff in die Catskill Mountains zu reisen gedenken?«

»Den Hudson River hinauf bis nach Kingston, wo wir in einen Ulster & Delaware Special umsteigen, um den Stausee zu inspizieren, und danach nehmen wir den Zug bis zum Siphon.« Er lachte und meinte zu Van Dorn: »Soll ich von der Eisenbahnlinie verlangen, einen gepanzerten Zug bereitzustellen?«

»Ich kümmere mich darum«, sagte Van Dorn.

»Das werden Sie ganz gewiss und danach der Regierung eine dicke Rechnung vorlegen.«

Möglich, dass in diesem Augenblick der Anflug eines Lächelns über Van Dorns Miene glitt.

Isaac Bell sagte: »Sir, würden Sie sich wenigstens damit einverstanden erklären, die Anweisungen zu beachten, die Ihr Secret-Service-Team zu Ihrem Schutz erlassen wird?«

»Natürlich«, antwortete der Präsident mit einem hinterhältigen Grinsen. »Solange ich meine Rede halten kann… Hören Sie, junger Freund, verfolgen Sie diese mutmaßlichen Kriminellen. Ich würdige den größten Aquädukt, der je erbaut wurde, mit einer Rede, und« – er schob die Hand in die Hosentasche und holte eine zerknüllte Banknote hervor – »ich wette um fünf Dollar, dass mein Kriegsschiff und ich als Erste Vollzug melden können.«

Isaac Bell legte eine Goldmünze auf den Geldschein. »Ich setze das Doppelte dagegen.«

»Sie sind sich Ihrer Sache aber mächtig sicher.«

»Sie werden Ihr Kriegsschiff gegen Schlittschuhe eintauschen müssen, Mr. President. Als ich ihn das letzte Mal sah, war der Hudson River dicht vor dem Zufrieren.«

»Die dreißig Zentimeter dicke Panzerung der *Connecticut* wird das Eis wie nichts zertrümmern.«

Isaac Bell verkniff es sich, den Commander-in-Chief darauf aufmerksam zu machen, dass die Panzerung der USS *Connecticut* im Bugbereich nur zehn Zentimeter dick war, aber er konnte nicht der Versuchung widerstehen zu erwidern: »Es liegt mir fern, einem hochrangigen Angehörigen des Militärs einen Rat zu erteilen, Mr. President, aber was empfinden Ihre Admiräle bei der Vorstellung, dass die *Connecticut* mit ihren Propellern Eisschollen zertrümmert?«

TR hob die Hände in einer kapitulierenden Geste. »Okay, okay, ich nehme den Zug. Sind Sie jetzt zufrieden?«

»Zufrieden bin ich erst, wenn Sie Ihren öffentlichen Auftritt streichen, bis wir Culp und Branco dingfest gemacht haben.«

»Dann erwartet Sie eine Enttäuschung. Ich werde dort erscheinen, das ist mein letztes Wort dazu. Und jetzt verschwinden Sie. Ich muss eine Nation regieren.«

Bell und Van Dorn zogen sich widerstrebend zurück.

»Warten Sie!«, rief Roosevelt ihnen nach, »Detektiv Bell. Stimmt das?«

»Stimmt *was*, Mr. President?«

»Dass der Hudson River schon so früh zufriert.«

»Es stimmt.«

»Großartig!«

»Weshalb ›großartig‹, Sir?«

»Weil dann die Rennen schon im Gange sind, wenn ich dort bin.«

Van Dorn fragte: »Welche Rennen?«

»Die schnellsten Rennen, die es gibt. Eisyachtrennen.«

»Fahren Sie … denn Rennen?«, fragte Bell.

»Ob ich Rennen fahre? Cousin John hat den Hudson River Ice Yacht Club gegründet. Seine *Icicle* schaffte einhundert Meilen in der Stunde und gewann das Challenge Pennant. Waren Sie schon mal auf einer Eisyacht, Detective?«

»Ich habe den Skipper der *Helene* während der Shrewsbury-Regatten gemacht.«

»Demnach sind Sie ein Profi, oder?«

»Ich war Mr. Morrisons Gast«, sagte Bell und fügte beiläufig hinzu: »Wussten Sie, dass auch Mr. Culp sich für Eisyachten begeistert?«

»*Daphne!*«, rief der Präsident. »Schnell wie ein geölter Blitz!« Er zeigte grinsend die Zähne. »Das müsste Ihnen zeigen, Bell, dass der Allmächtige in jeden Menschen etwas Gutes eingepflanzt hat – sogar in J. B. Culp.«

Der herzliche Überschwang des Präsidenten eröffnete eine Chance, die Bell sofort ergriff. »Darf ich Sie um einen Gefallen bitten, Sir?«

»Lassen Sie hören.«

»Könnten Sie sich wenigstens darauf einlassen, dass Ihre Rede am Hudson River Siphon Ihr einziger öffentlicher Auftritt ist?«

Roosevelt ließ sich die Bitte des Detektivs so lange durch den Kopf gehen, dass Bell berechtigte Gründe für die Hoffnung sah, dass der Präsident endlich an das Attentat dachte, dass ihn letztlich in sein Amt katapultiert hatte.

»Okay«, antwortete er knapp. »Dagegen ist nichts einzuwenden.«

Joseph Van Dorn blieb in Washington, aber er fuhr mit Isaac Bell in der Straßenbahn zum Bahnhof. »Das war ein vollständiger Schlag ins Wasser«, sagte er düster. »Eine Rede, zehn Reden, was ist der Unterschied? Wo immer er anhält, mischt sich dieser leichtsinnige Narr unters Volk – wo er doch genau weiß, dass McKinley beim Händeschütteln erschossen wurde.«

»Aber sein einziger geplanter Auftritt ist diese Rede. Branco wird genau wissen, wo und wann er ihn am Hudson Siphon antreffen kann – also an dem einzigen Ort, wo der Präsident eine Sitting Duck sein wird.«

»Das ist ja schon etwas«, räumte Van Dorn ein. »Und wie beschützen wir diese Ente?«

Isaac Bell sagte: »Indem wir eine Schlinge um Branco legen. Ihn einengen. Ihm Druck machen.«

»Um ihm auf die Pelle zu rücken, müssen wir ihn erst einmal finden.«

»Er versteckt sich auf Culps Anwesen.«

»Noch immer?« Van Dorn wiegte skeptisch den Kopf. »Was bringt Sie auf diesen Gedanken?«

»Culps Privatzug«, antwortete Bell. »Ich habe Eddie Edwards losgeschickt, sich an die Mannschaft heranzumachen. Eddie hat einen Bremser bestochen. Es scheint, dass Culp üblicherweise bis November die Werktage in der Stadt verbringt, aber als er das letzte Mal seinen Landsitz verließ, fuhr er mit dem Zug nach Scranton und kam noch am gleichen Tag zurück.«

»Ich würde das nicht als sicheren Beweis dafür betrachten, dass sich Branco seiner Gastfreundschaft erfreut.«

»Eddies Bremser macht einem Dienstmädchen auf Raven's Eyrie den Hof. Sie hat ihm erzählt, und er hat Eddie erzählt, dass Culp ungewöhnlich viel Zeit zu Hause verbringt. Sie erwähnte außerdem, dass die Boxer nicht mehr dort wohnen. Und wir wissen bereits, dass Culps Ehefrau auf dem Landsitz ihre Zelte abgebrochen hat und in die Stadt umgezogen ist. Wenn man all das zusammenzählt, ist es sehr wahrscheinlich, dass sich Branco im Haus aufhält.«

»Trotzdem war Branco in der Stadt, und er gibt nach wie vor seinen Gangstern Befehle.«

Bell sagte: »Ihre Black Hand Squad arbeitet rund um die Uhr, um herauszufinden, wie er heraus-, und wieder hereinkommt.«

Als er ins New Willard kam, wartete der Brief auf Joseph Van Dorn.

THE WHITE HOUSE
WASHINGTON, D.C.

1. Dezember 1906

Joseph Van Dorn
Van Dorn Detective Agency
Filiale Washington, D.C.
New Willard Hotel

Lieber Joe,

Ihr Isaac Bell hat mich auf eine grandiose Idee gebracht. Ich werde nur eine Rede halten, während ich den Catskill Aqueduct besichtige. Auf diese Weise kann ich meine gesamte Energie darauf konzentrieren, dem Wasserwirtschaftsgewerbe mit meinem Erscheinen zu einem entscheidenden Auftrieb zu verhelfen.

Bevor ich in Begleitung der Zeitungsreporter in den Storm King Shaft hinunterfahre, um mit der letzten Sprengung den Siphontunnel zu öffnen, werde ich über Tage zu den versammelten Scharen sprechen. Zu diesem Zweck habe ich die Bauunternehmer gebeten, ihre Arbeiter am Schachthaus zusammenzuziehen und für mich eine erhöhte Plattform zu bauen, sodass ich für jedermann zu sehen und zu hören bin.

»Mögen mir die himmlischen Heerscharen gnädig sein«, sagte Joseph Van Dorn.

PS. Joe, kann ich Sie dazu bewegen, mir und meinem Tross auf dieser Reise Gesellschaft zu leisten?

Zutiefst erleichtert über den unerwarteten Schimmer gesunden Menschenverstands im Postskriptum, rief Van Dorn einen Regierungsbeamten an, der früher in Chicago gearbeitet hatte und mittlerweile die Schutztruppe des Secret Service leitete. »Der Präsident hat mich gebeten, ihn auf seinem Ausflug in die Catskills zu begleiten. Ich möchte dir nicht in die Quere kommen, darum brauche ich deinen Segen, ehe ich die Einladung annehme.«

Sein alter Freund gab ein entrüstetes Schnauben von sich, laut genug, dass man es durchs Telefon hören konnte. »Der Kongress diskutiert noch immer darüber, wer den Präsidenten beschützen soll und ob er überhaupt Schutz braucht. Geld dafür herausrücken wollen sie auch nicht, daher jongliere ich mit Geldern aus anderen Bereichen herum, um die Gehälter bezahlen zu können. Und jetzt regen sie sich darüber auf, dass einer meiner Jungs wegen Körperverletzung verhaftet wurde, weil er einen Fotografen gestoppt hat, der sich mit seiner Kamera an den Präsidenten und Mrs. Roosevelt heranmachte, weil in der Kamera eine Pistole oder ein Messer hätte versteckt sein können. Mit anderen Worten, Joe, bei mir herrscht zurzeit ein Engpass an qualifiziertem Personal.«

»Wir sehen uns im Zug«, sagte Van Dorn. Und dennoch, tief in seinem Innern wusste er, dass, wenn irgendein hohes Tier den Präsidenten überredete, sich neben ihm aufstellen zu dürfen, der Gründer der Van Dorn Detective Agency viel zu weit entfernt wäre, um einen Angreifer aufzuhalten.

Zwischen der Raven's-Eyrie-Mauer und dem Fuß des Storm King Mountain verliefen die Telegrafen- und Telefonleitungen des Landsitzes durch eine Ansammlung von Hemlocktannen. Isaac Bell und ein Van-Dorn-Agent, der kürzlich von der Hudson River Bell Telephone Company abgeworben worden war, schlugen im dichtesten Teil des kleinen Wäldchens aus dunkelgrünen Koniferen ein Zelt auf.

Bell schnallte sich Steigeisen unter die Stiefel und erkletterte einen Telegrafenmast. Er kratzte die Isolierschicht von den Telefondrähten und befestigte an ihnen zwei lange Enden eigenen Drahts, die bis zum Erdboden herabhingen. Die gleiche Prozedur nahm er mit den Telegrafendrähten vor und stieg wieder nach unten, wo der Agent die freien Drahtenden bereits mit einem Telefonhörer und einer Morsetaste verbunden hatte.

Ein Gespann von acht Maultieren zog ein schweres Frachtfuhrwerk zum Lieferantentor von Raven's Eyrie. Ein vierschrötiger Fuhrmann und sein Helfer rollten riesige Fässer eine Rampe hinab und stellten sie am Rand der Zufahrt auf. Sie wurden von einem Torwächter unterbrochen, der von ihnen wissen wollte, was sie mit dem bezweckten, was sie taten.

»Wir laden eure Fässer ab.«

»Wir haben keine Fässer bestellt.«

Der Fuhrmann präsentierte eine Rechnung. »Hier steht aber etwas anderes.«

»Was ist drin?«

»Im großen ist Mehl, im kleinen Zucker. Sieht so aus, als ob ihr eine Menge Plätzchen backen wollt.«

Der Torwächter rief die Köchin in der Küche an, sie solle zum Tor kommen. Die Köchin, die sich eine Strickjacke über ihre weiße Kluft gezogen hatte und fröstelte, betrachtete das Mehlfass, das so groß war wie sie selbst. »Das ist riesig. Mit dem, was da drin ist, könnte man eine ganze Armee satt kriegen.«

»Haben Sie das bestellt?«

»Weshalb sollte ich kurz vor Ende der Saison ein solches Riesenfass Mehl und ein ganzes Fass Zucker bestellen?«, fragte sie, ohne eine ernsthafte Antwort darauf zu erwarten. »Vielleicht sollte alles in die 50th Street geliefert werden. Dort befindet sich ihr New Yorker Winterpalast«, fügte sie als Information für den Kutscher hinzu und beeilte sich, in ihre Küche zurückzukommen.

»Ihr habt sie gehört«, sagte der Torwächter. »Schafft die Fässer weg.«

Der Fuhrmann kletterte auf seinen Kutschbock.

»Heh, wo wollt ihr hin?«

»Einen Kran suchen, um die Fässer auf den Wagen zu hieven.«

Der Torwächter rief den Hausverwalter an. Als er erschien, war der Wagen auf der Straße schon nicht mehr zu sehen. Der Gutsverwalter versetzte dem Mehlfass einen leichten Tritt. Es fühlte sich an, als wöge es sechshundert Pfund oder mehr.

»Lass es dort stehen, bis er mit dem Kran zurückkommt.«

THE WHITE HOUSE
WASHINGTON, D.C.

3. Dezember 1906

Joseph Van Dorn
Van Dorn Detective Agency
Filiale Washington, D.C.
New Willard Hotel

Lieber Joe,

um für den Aquädukt zu werben, wird ein weißes Steamer-Automobil in den Sonderzug eingeladen, um mich während der Zwischenstopps zu den verschiedenen Aussichtspunkten zu bringen und vor allem zum Hudson River Siphon Shaft, damit mich die Arbeiter im Schachthaus bei meiner Ankunft sehen können.

»Gütiger Himmel«, sagte Van Dorn.

Herzliche Grüße
Theodore Roosevelt

PS Ich bin wieder auf meinem Schlachtschiff, fahre aber nur so weit mit, wie der Eisbrecher einen Kanal öffnen kann. Dort sollte uns dann der Zug abholen.

VAN DORN DETECTIVE AGENCY
KNICKERBOCKER HOTEL
NEW YORK CITY

Lieber Mr. President,

ich hoffe, dass ich Sie im Automobil begleiten darf. Kann ich davon ausgehen, dass Sie einen Zylinder tragen werden?

Herzlichst
Joseph Van Dorn

Ob der Präsident einen Zylinder, einen Filzhut oder sogar einen Rough-Rider-Schlapphut trug, Van Dorn würde den gleichen tragen – und eine Brille mit stählernem Rahmen –, um einen Heckenschützen zu verwirren. Er würde sich sogar die prachtvollen Koteletten abrasieren müssen, die er zwanzig Jahre lang mit liebevoller Sorgfalt regelmäßig getrimmt hatte. Er würde alles tun, um dem Plan zu einem erfolgreichen Ende zu verhelfen. Er hatte in seiner langen Laufbahn schon ganz andere Klippen umschifft und hoffte, dass es ihm und seinen Leuten auch diesmal gelingen möge.

Zehn Männer und Frauen in schäbiger Arbeiterkleidung stiegen aus dem Tagespersonenzug aus Jersey City, verließen Cornwall Landing und wanderten die steile Straße nach Raven's Eyrie hinauf. Als sie an dem Tor zum Anwesen aufgehalten wurden, entrollten sie Spruchbänder, auf denen zu lesen war:

ANSTÄNDIGER LOHN FÜR ANSTÄNDIGE ARBEIT

Und sie beschuldigten die Philadelphia Streetcar Company, die dem United Railway Trust gehörte, ihre Gleisarbeiter unfair zu behandeln.

Die Arbeiter riefen:

»Wall Street frisst. Arbeiter hungern.«

Der Sheriff wurde gerufen. Er erschien mit einem korpulenten Deputy, der mit einem Hackenstiel bewaffnet aus dem Automobil stieg. Zwei weitere Wagen fuhren vor, besetzt mit Zeitungsreportern aus Poughkeepsie, Albany, und New York City.

»Wie kommt es, dass ihr so schnell hier seid?«, fragte der Sheriff, der das ungute Gefühl hatte, zwischen die Fronten von Hudson-Valley-Aristokraten und bürgerlichen Wählern geraten zu sein.

»Wir haben einen Tipp von den Anwälten der Arbeiterschaft bekommen«, erklärte der Mann vom *Poughkeepsie Journal.*

»Hat J. B. Culp Sie angefordert, die Demonstranten zu vertreiben?«, fragte die *Morning Times.*

Der Reporter des progressiven *Evening Standard* war außer sich vor Erregung. Gewöhnlich betraf die spannendste Neuigkeit, die er im Hudson Valley zu melden hatte, den Stand der winterlichen Eisernte. Er hatte bereits telegrafiert, dass die extreme Kälte zur Folge haben würde, dass die Ernte so früh begann, dass der habgierige Ice Trust die Preise nicht erhöhen könne, wenn die Stadt im August von einer Hitzewelle heimgesucht würde.

Nun, vor dem Tor des Wall-Street-Magnaten, wagte er es, den Reichen und Privilegierten die Stirn zu bieten, indem er fragte: »Sheriff, hat J. B. Culp Sie instruiert, diesen amerikanischen Bürgern die Ausübung ihres verfassungsmäßigen Rechts, ihre Meinung kundzutun, zu gestatten oder zu verbieten?«

»Das Eis auf dem Fluss ist bereits drei Zentimeter dick, Isaac. Sie haben auf Raven's Eyrie sämtliche Boote aus dem Wasser geholt, und ich habe gerade eben am Passagierkai ein Schild mit der Meldung gesehen, dass die Dampfschiffe den Dienst für die Dauer des Winters einstellen.«

»Ich habe Archie nach Poughkeepsie geschickt, um eine Eisyacht zu kaufen.«

»Ich kann nur staunen, dass Joe Van Dorn eine solche Ausgabe bewilligt hat.«

»Dieser Kauf geht auf meine Rechnung«, sagte Bell. »Und zwar wünsche ich ein ganz bestimmtes Modell. Zum Glück hat mir mein Großvater freundlicherweise die Mittel hinterlassen, eine solche Yacht zu bezahlen.«

Isaac Bell fand Detective Sergeant Petrosinos Italian Squad des New York Police Department in einem kleinen, dürftig erleuchteten Büro über einem Saloon in der Centre Street. Erschöpfte Zivilermittler lümmelten auf Stühlen herum und schliefen auf Tischen. Joe Petrosino, ein zäher Cop mittleren Alters – mit einer Statur so untersetzt und breit wie ein Hafenpoller –, saß an einem behelfsmäßigen Schreibtisch und machte sich hektisch Notizen.

»Ich habe von Ihnen gehört, Bell. Willkommen im Highlife.«

»Haben Sie gerade Zeit für ein Schwätzchen?«, fragte

Bell mit einem Seitenblick auf die Detectives, die wach waren und neugierig zu ihnen hinüberschauten.

»Meine Männer und ich, wir haben keine Geheimnisse voreinander.«

»Meine und ich auch nicht«, sagte Bell. »Aber ich sitze auf einem Pulverfass und bin verpflichtet, es unter der Decke zu halten.«

»Wenn mir ein hochklassiger Privatermittler Dynamit anbietet, muss ich fragen weshalb.«

»Weil Harry Warren große Stücke auf Sie hält. Desgleichen Mike Coligney.«

»Mike und ich, wir können gut mit Commissioner Bingham. Er hat … uns beiden schon geholfen.«

Bell überlegte sich seine Antwort genau. »Ich glaube nicht, dass Captain Coligney der Meinung ist, dass dieses spezielle Dynamit bis zum Commissioner gelangen soll.«

Petrosino stülpte sich eine Melone auf den Kopf und verließ mit Bell zusammen das Gebäude.

Sie wanderten durch die engen alten Straßen der Downtown. Bell beschrieb die akute Bedrohung.

»Haben Sie den Präsidenten informiert?«

»Mr. Van Dorn und ich sind in Washington gewesen und haben ihn persönlich davon in Kenntnis gesetzt.«

»Wie reagierte er?«

»Er weigerte sich, es zu glauben.«

Mit einem bitteren Lachen schüttelte Petrosino den Kopf. »Erinnern Sie sich, wie König Umberto von Gaetano Bresci erschossen wurde?«

»Das geschah im Sommer 1900«, sagte Bell. »Bresci war ein Anarchist.«

»Seit er in Jersey City lebte, bat mich der Secret Service, die Zellen der italienischen Anarchisten zu infiltrieren, um in Erfahrung zu bringen, ob sie ein Komplott gegen Präsident McKinley schmiedeten. Mir war schon bald klar, dass sie es taten. Ich warnte McKinley, dass sie ihn bei der ersten Gelegenheit, die sich ihnen bot, erschießen würden. McKinley wollte aber nicht hören. Er ergriff keinerlei Vorsichtsmaßnahmen, ignorierte die Ratschläge des Secret Service und ließ Scharen von Fremden dicht an sich heran, um ihnen die Hände zu schütteln. Haben Sie eine Erklärung für ein derart unsinniges Verhalten?«

»Sie halten sich für kugelsicher.«

»Nachdem McKinley gestorben war, erklärte man mir: ›Sie hatten unrecht, Lieutenant Petrosino. Der Anarchist war kein Italiener. Es war ein Pole.‹«

»Ich weiß, was Sie meinen«, antwortete Bell mitfühlend. »Ich sitze momentan etwa in dem gleichen Boot, in dem Sie damals gesessen haben.«

»Wie schaffen diese Narren es nur, gewählt zu werden?«

»Offenbar wünschen sich die Leute solche Typen.«

Petrosino lachte freudlos. »Das ist Polizeiarbeit, knapp zusammengefasst: Wir müssen Idioten vor sich selbst beschützen.«

Isaac Bell fragte: »Was glauben Sie, wen Antonio Branco engagieren wird, um den Präsidenten zu töten?«

»Wenn er den Job nicht selbst ausführt?«

»Durchaus möglich, dass er es tut«, sagte Bell. »Aber um alle Möglichkeiten abzudecken, wen würde er anheuern?«

»Er hat eine reiche Auswahl unter Black-Hand-Gorillas oder radikalen italienischen Anarchisten«, sagte Petrosino. »Hoffentlich ist es ein Gorilla.«

»Weshalb?«

»Kriminelle stellen sich gerne selbst ein Bein, indem sie über einen Fluchtweg nachdenken. Den verrückten Anarchisten macht es nichts aus, wenn sie den Tod finden, nachdem sie das Werk vollbracht haben. Sie denken noch nicht einmal daran zu flüchten – das macht sie so gefährlich.«

»Haben Sie einen Draht zu italienischen Anarchisten?«, fragte Bell.

»Zu den meisten.«

»Könnten Sie sie aus dem Verkehr ziehen, wenn der Präsident zum Storm King aufbricht?«

»Die Anwälte werden aufschreien. Die Zeitungen werden losheulen. Die Progressiven werden ein wildes Gebrüll anstimmen.«

»Wie laut?«

Petrosino grinste. »Ich bin schon so lange ein Cop, war an so vielen Schießereien beteiligt, dass meine Ohren vollkommen taub sind.«

»Danke«, sagte Bell. »Ich hoffe, dass sich die Van Dorn Agency eines Tages bei Ihnen revanchieren kann. Was ist mit den Gorillas?«

»Zu viele. Ich werde sie niemals alle ausfindig machen. Aber wie ich schon sagte, sie sind nicht so gefährlich wie die Anarchisten.«

»Gute Idee, die Anarchisten kaltzustellen!«, lobte Van Dorn, als Bell ihm Bericht erstattete. »Aber die Versicherung, dass ›Gorillas‹ nicht so gefährlich sein sollen wie Radikale, lässt mich keinen Deut ruhiger schlafen. Vor allem unter dem Aspekt, dass der Präsident entschieden hat, dass der von Ihnen geforderten einzigen Rede jeder zuhören kann, der es wünscht. Er hat mir heute Morgen telegrafiert, dass er eine Parade der Arbeiter anführen möchte.«

»Eine Parade«, sagte Bell mit einem flauen Gefühl in der Magengrube. Wenn er sich nun irrte mit seiner Einschätzung, dass Branco vorzugsweise aus nächster Nähe tötete? Eine Parade war geradezu eine Einladung für einen Heckenschützen, und ein Verbrecher, so skrupellos und einfallsreich wie Branco, könnte seine Taktik genauso gut jederzeit ändern und das Gegenteil von dem tun, was von ihm erwartet wurde.

Van Dorn schien seine Gedanken lesen zu können. »Die Parade ist Wahnsinn. Er will sie im Steamer anführen. Ich habe gefragt, ob er dann wenigstens das Verdeck des Automobils zuklappen würde. Lesen Sie, was er geantwortet hat.«

Van Dorn schob ein Telegramm über den Tisch.

SCHNEE AUF ARBEITER
SCHNEE AUF PRAESIDENT

Bell fragte: »Wer nimmt an der Parade teil?«

»Jedermann.«

»Sogar die Italiener?«

»Vor allem die Italiener. Als wir uns das letzte Mal in Washington unterhielten, hatte er die fixe Idee, dass Immigranten Englisch lernen sollten, um faire Geschäfte zwischen den verschiedenen bürgerlichen Klassen zu gewährleisten. Er war außer sich vor Freude, als ich ihn darüber informierte, dass die italienische White Hand Society zu unseren Klienten gehöre, und wie gut Vella und LaCava Englisch sprächen.«

»Warum laden Sie Vella und LaCava nicht zu der Parade ein?«

»Glänzende Idee! Ich wette, TR wird ihnen begeistert die Hände schütteln.«

»Und wenn Sie schon mal dabei sind, die Gästeliste zu vervollständigen, laden Sie auch gleich Caruso und die Tetrazzini mit ein.«

»Ich würde keinen der beiden als des lupenreinen King's English mächtig bezichtigen.«

»Jede Hand, die der Präsident schüttelt und die nicht die Hand eines Fremden ist, macht mich glücklich«, sagte Bell. »Zusammen mit einem Schneesturm, um Heckenschützen zu blenden.«

Van Dorn wurde ernst. »Aber für den Fall, dass kein von einem gnädigen Geschick gesandter Schneesturm potentielle Heckenschützen behindert, wie wollen Sie die Schlinge um Branco enger ziehen?«

»Meine Agenten bewachen die Tore zu Culps Anwesen und seinen Bootssteg rund um die Uhr.«

»Ich dachte, Sie hätten dem Präsidenten erklärt, der Fluss sei zugefroren.«

»Ich habe einen Mann auf eine Eisyacht gesetzt.«

»Woher haben Sie eine Eisyacht?«

»Ich habe eine in Poughkeepsie gekauft.«

»Wer außer Ihnen weiß denn, wie man damit segelt?«

»Archie Abbott.«

»Ich habe mich schon gefragt, wohin sich dieser Dummkopf verdrückt hat. Was haben Sie sonst noch veranlasst?«

»Ich habe einen Lauscher auf einem Telefonmast, der die Gespräche mit Raven's Eyrie mithört.«

»*Außerhalb* der Mauer?«, fragte Van Dorn.

»Ja, Sir. Außerhalb.«

»Was ist mit dem Telegrafen?«

»Alles ist chiffriert.«

»Ich würde den Telegrafendraht lieber weglassen. Culp betreibt seine Geschäfte von seinem Landsitz aus. Ein Telefon anzuzapfen ist die eine Sache; in diesem Punkt sind die Gesetze ein wenig schwammig. Aber wir wollen uns nicht der Gefahr aussetzen, dass man uns wegen des Anzapfens der Telegrafenleitung und daraus resultierenden Insiderwissens in Bezug auf Culps Aktiengeschäfte beschuldigt. Was sonst noch?«

»Was würde denn der Chefermittler empfehlen?«, fragte Bell seinen alten Mentor.

Für eine Weile thronte Van Dorn schweigend hinter seinem Schreibtisch. Er starrte ins Leere, dann bildete er mit den Fingern beider Hände ein Zelt und richtete den Blick darauf. Schließlich gab er sich einen Ruck. »Gehen Sie noch einmal zu dieser Frau.«

»Francesca?«

»Finden Sie heraus, was sie Ihnen nicht erzählt hat.«

Bell konnte es kaum erwarten, zu seinen Detektiven zurückzukehren, die Raven's Eyrie beobachteten und die Siphon-Bohrung bewachten. »Sie hat doch schon jedes bekannte Verbrechen gestanden.«

Van Dorn sagte: »Sie wusste, dass günstigstenfalls das Gefängnis auf sie wartet, eher sogar der Henker. Sie mag Ihnen die Ohren vollgequatscht haben, aber sie steht kurz vor dem Ertrinken, Isaac. Sie musste sich an irgendetwas festhalten, an etwas, das nur ihr gehört.«

Vor dem Morgengrauen erwachte Archie Abbott in einem kalten Bett in einem kalten Zimmer. Er zog dicke

Unterwäsche an und darüber eine enge Garnitur aus Leinen. Dann folgten eine dicke Wollhose, eine lange Hose und eine kurze Jacke. Die Füße steckte er in hohe Pelzstiefel. Schließlich zog er eine Felljacke über die Wolljacke und zum Schluss eine Seemannsjacke über das Fell. Kopf und Ohren verschwanden unter einer Pelzmütze. Als Letztes folgte eine Brille, die seine Augen schützte.

Er trat hinaus, überquerte die Gleise der New York Central Railroad und ging eilig zu dem zugefrorenen Fluss hinunter. Seine Yacht wartete in einem Bootshaus am Ufer der Bucht. Die Kufen waren auf der Eisfläche festgefroren. Er löste sie mit einem leichten Fußtritt und schob die Yacht hinaus.

Der Wind im Schutz der Bucht war kaum stark genug, um den Wimpel an der Mastspitze zu bewegen. Aber Isaac Bell hatte eine exotische Konstruktion von J. B. Culps persönlichem Bootsbauer erworben. Sie besaß ein vier Quadratmeter größeres Segel und Bleigewichte, um einem Umkippen bei heftigen Böen vorzubeugen, und dieser schwache Lufthauch bewegte das Gefährt bereits wie ein nervöses Rennpferd. Abbott stieg hastig ins Cockpit am hinteren Ende und ergriff die Steuerpinne, während die Yacht bereits auf den offenen Fluss hinausschoss.

Eine heftige Brise blähte das schlaffe Segel. Archie holte es dicht und konzentrierte sich auf die Steuerpinne, um dicken Eisbrocken, großen Steinen in Ufernähe und Windskatern auszuweichen, die mit Segeln auf den Rücken durch sein Gesichtsfeld glitten. Die Yacht verhielt sich wie eine leichtfüßige Gazelle. Es fühlte sich an, als gleite sie mit dreißig Meilen pro Stunde dahin, bis sie einen Expresszug der New York Central überholten. Der lang gestreckten Rauchfahne der Lokomotive nach zu urteilen war Isaac Bells Yacht in diesem Augenblick mit mindesten fünfundvierzig Stundenmeilen unterwegs.

Als die Sonne hinter dem Breakneck Mountain zum Vorschein kam und ihre dünnen kalten Strahlen den Storm King auf der anderen Flussseite erfassten, nahm Archie mit dem Boot Kurs auf Raven's Eyrie. Im Gegensatz zu den anderen Anwesen an diesem Abschnitt des Hudson River, deren Rasenflächen sich bis zum Flussufer erstreckten, war Culps Landsitz leicht an den Fichten zu erkennen, die seine Mauer verdeckten.

Archie überquerte die gefrorene Wasserfläche wie der Blitz und führte die erste vieler eisiger Vorbeifahrten an Culps Anlegestelle aus. Einige Van-Dorn-Agenten erfroren beim Wachehalten fast, und Abbott war einer von ihnen. Einerseits büßte er für seine Dummheit, andererseits zog er es vor, einstweilen dem Boss aus dem Weg zu gehen, mit der geringen Chance, dass Antonio Branco plötzlich sein Versteck mit Hilfe einer Eisyacht verließ. Zumindest hatte Isaac ihn nicht wie die anderen Agenten zum Fassdienst verdonnert, denn aus dem großen Fass an der Lieferanteneinfahrt das Anwesen zu beobachten und einander nur bei vollkommener Dunkelheit abzulösen, das war absolut kein Vergnügen, auch wenn er es auf jeden Fall versucht hätte, obwohl er für das raffinierte Versteck zu groß gewesen wäre.

Andere Boote kamen zügig den Fluss herunter, flatternde Wimpel des Poughkeepsie und Hudson River Ice Yacht Club an den Mastspitzen und stets dicht vor einer Kollision. Archie ließ sich auf Stegreifrennen mit ihnen und Windskatern ein. Bell hatte ihm jedoch eingebläut, auf keinen Fall die Aufmerksamkeit auf sich zu ziehen, indem er ein solches Rennen gewann, denn die Nachricht von einem schnellen neuen Boot würde blitzschnell zu J. B. Culp gelangen. Aber es war trotzdem eine willkommene Abwechslung von der üblichen Routine und eine natürliche Tarnung für die Van-Dorn-Wache.

Der Besuchsraum in der Frauenabteilung des Tombs, wie das Stadtgefängnis von New York bezeichnenderweise genannt wurde, wurde durch eine Wand halbiert, in der sich kleine vergitterte Fenster befanden. Francesca Kennedy sah derart ausgezehrt aus, dass Isaac Bell den Verdacht hatte, ihr gemeinsames Dinner könnte die letzte Mahlzeit gewesen sein, die sie zu sich genommen hatte. Ihr Gesicht war bleich, ihr Gesichtsausdruck mürrisch.

»Was wollen Sie hier?«

»Ich bin gekommen, um mir anzuhören, was Sie mir nicht erzählt haben«, antwortete Bell geradeheraus.

»Habe ich Ihnen nicht genug geliefert, um mich an den Galgen zu schicken? Oh, was rede ich da. Ich vergesse es immer wieder.«

»Was vergessen Sie?«

»Es gibt ja keinen Henker mehr. Jetzt ist es der elektrische Stuhl.«

»Ich kam her …«

»Gehen Sie, Isaac. Was ich Ihnen nicht erzählt habe, das wollte ich Ihnen nicht erzählen.«

Sie saß auf einem Hocker. Bell deutete auf den Hocker auf seiner Seite der Wand. »Darf ich mich setzen?«

Sie ignorierte ihn.

Bell zog den Hocker ein Stück vor und ließ sich ihr gegenüber nieder, mit einem Abstand von nur wenigen Zentimetern vom Gitter. »Ich bin gekommen, um den Versuch zu machen, Ihre Meinung zu ändern.«

»Vergessen Sie's.«

»Ich habe mit einigen Leuten im Büro des Staatsanwalts gesprochen. Es ist möglich, dass ich den Bezirksstaatsanwalt überreden kann, Ihre Lage ein wenig zu verbessern.«

»Sie wollen mir etwas Gutes tun? Dann holen Sie mich hier raus.«

»Das kann ich nicht.«

»Lassen Sie mich nach Hause gehen.«

»Ich kann es nicht.«

»Dann kann ich mich nicht an das erinnern, was ich Ihnen nicht erzählt habe.«

»Ich kann Sie nicht aus dem Gefängnis holen, Francesca. Das kann niemand. Aber ich werde Ihnen vielleicht zu einem besseren Leben verhelfen können.«

Sie sah sich um. »Besser als dies dürfte nicht allzu schwierig sein.«

»Ich denke an *viel besser*. Sofern wir einen Richter überzeugen können, dass Sie in ein Heim gehören.«

»Ich glaube nicht, dass es in einem Irrenhaus besser sein wird.«

»Es gibt einige hervorragende private Sanatorien.«

»Tatsächlich? Wie hervorragend?«

»Für reiche Patienten. Sehr reiche Patienten.«

»Ich bin nicht reich, Isaac. Und ich bin ganz sicher nicht *sehr* reich.«

»Ich könnte es arrangieren«, sagte Bell.

»Wollen Sie das Heim aus eigener Tasche bezahlen?«

»Zuerst zahlt die Agency. Irgendwann später, nachdem wir Brancos Eigentum konfisziert haben, können wir dies verwenden.«

»Wird die Regierung nicht alles kassieren?«

»Nicht wenn die Van Dorn Agency eine Belohnung verdient hat. Und ganz sicher nicht, wenn wir Sie für Ihre Aussage gegen Branco mit Brancos Geld bezahlen.«

»Was für eine herrliche Ironie.«

»Warum denn?«

»Ist das Ganze wirklich ernst gemeint?«, fragte sie, und zum ersten Mal zeigte sie Bell, dass sie Angst hatte.

»Ja.«

»Sie würden es wirklich tun?«

»Sie haben mein Wort, dass es ein faires Geschäft sein wird.«

Francesca Kennedy nickte. »Ich glaube Ihnen... Schlagen Sie ein.« Sie schob ihre Finger durch das Gitter, Bell drückte sie, ehe die Polizistin mit scharfer Stimme sagte: »Kein Körperkontakt!«

Francesca zeigte ihr charmantestes Lächeln und sagte: »Sorry.« An Bell gewandt, flüsterte sie: »Es ist so ironisch, weil Branco ein regulärer Kunde war.«

»Sie kannten Branco also doch? Sie sagten, Sie hätten ihn nicht gekannt.«

»Nicht als den Boss... Ich habe Sie nicht angelogen, Isaac. Ich habe Ihnen nur nicht alles erzählt.«

»Wann war das?«, fragte Bell und dachte, gesegnet sei Joseph Van Dorn, dass er ihn zu ihr zurückgeschickt hatte. Der »Alte« hatte wirklich die besten Tricks im Lehrbuch für Detektive erfunden.

Francesca atmete tief durch. »Damals, als ich auf den Strich ging. Er richtete mir ein Apartment ein. Alles, was ich wusste, war, dass er ein reicher Gemüsehändler war. Er stellte mir dieses kleine Apartment zur Verfügung und gab mir jede Woche ein paar Dollar, sofern ich der Straße fernblieb. Ich sagte zu ihm: ›Bist du etwa auf meine Kunden eifersüchtig?‹, und er erwiderte: ›Auf der Straße wirst du getötet, und du bist zu wertvoll, um getötet zu werden.‹ Mir war das recht. Das war das Freundlichste, das je zu mir gesagt wurde. Und außerdem hatte er recht. Man stirbt auf der Straße; es ist nur eine Frage der Zeit. Jedenfalls, bis er im Waldorf auftauchte, hatte ich ihn eine Ewigkeit lang nicht mehr gesehen – nicht seit ich mit den ›Beichten‹ beim Boss angefangen hatte. Aber er schickte mir weiterhin das Geld und zahlte meine Miete.«

»Erkannten Sie denn seine Stimme nicht?«

»Nicht durch das Holzgitter. Außerdem sprach er anders. Er verwendete andere Worte. Ich komme mir ziemlich dumm vor, aber ich hätte niemals auch nur für eine Sekunde angenommen, dass er derselbe Mann ist.«

»Wo befand sich das Apartment?«, fragte Bell.

»Ich habe es noch. Oder besser, ich hatte es bis jetzt.«

»Würde er sich dort verstecken?«

Francesca zuckte die Achseln. »Er kam nie dorthin. Wenn er etwas von mir wollte, dann trafen wir uns in einem Apartment, das er in der Prince Street besaß.«

»Sein Zuhause, das in die Luft flog?«

»Nein, er wohnte nicht dort. Sein Zuhause habe ich niemals gesehen. Unser Liebesnest war drüben in der Nähe des Broadways. Er unterhielt es nur für mich. Und für wen auch immer, den er sonst noch hatte.«

»Wie lautete die Adresse?«

Antonio Branco kehrte auf demselben Weg nach Raven's Eyrie zurück, auf dem er es verlassen hatte – durch die Höhle. Sein attraktives Gesicht war von dem Kampf mit Bell und Abbott gezeichnet, beide Augen schimmerten grünblau, die Nase war geschwollen.

»Detektive beobachten mein Versteck.«

»Sie haben erheblich an Wert verloren«, schoss J. B. Culp zurück.

»Das hat nichts zu bedeuten.«

»Sie werden allmählich zu einer Belastung.«

Culp war bereit, sich eine Pistole zu schnappen und ihn zu erschießen. Besser, er beendete die Sache, ehe sich alles noch mehr verschlimmerte. Er hatte sich eine Geschichte zurechtgelegt:

Ein italienischer Gesetzesflüchtling hatte sich eingeschlichen. Ich habe ihn dabei erwischt, wie er meine Pistolen stehlen wollte. Gott sei Dank war ich schneller als er. Eine Belohnung? Nein danke, geben Sie das Geld der Wohlfahrt.

Er wollte sich umdrehen und die Bisley von der Wand pflücken, als Branco ihn mit der ruhigen Antwort überraschte: »Ich gehe mit meinem Unternehmen nach Kanada.«

»Kanada?«

»Ich habe Padrone-Interessen in Montreal. Die Eisenbahnen brauchen Arbeiter. Die italienischen Kolonien werden von Tag zu Tag größer, und viele verdanken mir ihren Platz in ihren Reihen. Das ist ein idealer Ort, um unterzutauchen.«

»Was ist mit unserer Abmachung?«

»Ich bleibe hier, bis wir Roosevelt beseitigt haben. Danach betreibe ich meine Geschäfte von Kanada aus.

Es ist nicht schwer, hin und her zu reisen. Die Grenze steht weit offen.«

»Was ist mit unserer Idee, den städtischen Aquädukt in Misskredit zu bringen? Wie wollen Sie das von Kanada aus schaffen?«

Branco redete wieder, aber seine Antwort ergab keinen Sinn. »Würden Sie auf Ihre Uhr schauen?«

»Was?«

»Sagen Sie mir, wie spät es ist.«

»Zeit, eine neue Abmachung zu treffen, wie ich es schon den ganzen Vormittag vorschlage.«

»Wie spät ist es?«, fragte Branco eisig.

Culp zog an einer dicken Goldkette. »Zwei Minuten vor elf.«

Branco hob zwei Finger. »Warten Sie.«

»Was? Hören Sie, Branco ...«

»Holen Sie Ihr Fernglas.«

Branco trat in einen Alkoven, der mit Elefantenzähnen eingerahmt war, und dann durch eine Tür auf einen Balkon. Der Tag war kalt und der Himmel bedeckt. Schnee bestäubte die Berge. Der zugefrorene Fluss war mit Eisyachten und Eisskatern bevölkert, die über die spiegelglatte Fläche flitzten. Er blickte gespannt zum Breakneck Mountain, der eine drei viertel Meile entfernt lag, ihrem Aussichtspunkt am Storm King gegenüber.

Culp trat mit dem Fernglas neben ihn. »Was zum Teufel ...«

Der Italiener brachte ihn mit einer herrischen Geste zum Schweigen. »Schauen sie zum Steigeschacht.«

Eine dichte Wolke aus Dampf und Kohlenrauch schwebte über der Fahrstuhlwinde auf dem Schacht, über dem Maschinenhaus und dem schmalspurigen Abraumzug. Culp setzte das Fernglas an die Augen und hatte es auf die Öffnung des Siphon-Steigeschachts gerichtet, als plötzlich Arbeiter auseinanderrannten und Techniker von ihren Maschinen heruntersprangen.

»Was geht da vor?«

Branco sagte: »Denken Sie daran, wer ich bin.«

Ein purpurfarbener Feuerkeil bohrte sich durch den Qualm und den Dampf und schoss in die Wolken hinauf. Der Donner einer Explosion rollte Sekunden später über den Fluss und sprang als Echo zwischen Breakneck Mountain und Storm King hin und her.

Culp sah Männer wie Ameisen rennen, dann konzentrierte er sich auf die Ruine des Förderhauses. Es schien, als ob der Fahrstuhlkäfig auf den Grund des dreihundertfünfzig Meter tiefen Schachts, aus dem schwarzer Rauch wallte, hinabgestürzt wäre.

»Was zur Hölle war das?«

»Vierhundert Pfund Dynamit, um die Stadt in Misskredit zu bringen.«

39

Die New Yorker Morgenzeitungen trafen mit dem Frühzug ein.

LATERNE LÖST EXPLOSION AM AQUÄDUKT AUS

Das Umkippen einer Laterne im Hudson River Siphon des Catskill Aqueduct am Storm King setzte die Lunte einer 400-Pfund-Dynamitladung in Brand, deren Explosion den östlichen Steigeschacht des Siphons mitsamt Maschinenhaus und Förderwerk zerstörte.

»Die Zeitungen stellen es vollkommen falsch dar. Wie üblich«, sagte Wally Kisley zu Isaac Bell. »Die Baufirma ist technisch auf dem neuesten Stand. Da gab es keine Lunte, die durch irgendetwas hätte in Brand gesetzt werden können. Sie zünden ihre Sprengladungen elektrisch.«

»Bist du sicher, dass es Sabotage war?«, fragte Bell.

»Sabotage, und zwar mit einem ganz großen S. Ein sehr raffinierter Zeitzünder. Das muss man den Italienern lassen – im Umgang mit Dynamit sind sie wahre Meister.«

Kisley ließ sich abrupt auf einen Stuhl fallen. Bell vermutete, dass ihn der lange Weg durch den Tunnel und die Rückkehr ans Tageslicht mit einem improvisierten Bootsmannsstuhl und über wacklige Leitern erschöpft hatte. Aber zu Bells Verwunderung verbarg der zähe alte Kämpe das Gesicht in den Händen.

»Alles okay, Wally?«

Kisley atmete schnaufend durch. »Ich kann wahrlich nicht behaupten, dass mir Gemetzel fremd sind. Aber dies …«

Bell nickte. Kisley, Mack Fulton und Joe Van Dorn hatten den Fall des Haymarket-Massakers bearbeitet und – in den nachfolgenden zwanzig Jahren – noch zig weitere Bombenattentate. »In diesem Job kann man es sich nicht aussuchen«, sagte er leise.

»Die Männer wurden regelrecht zerfetzt. Im Tunnel sah es wie in einem Kühlwagen aus, der soeben im Schlachthof beladen wurde.«

> »Die aus massiven Holzbalken zusammengefügte Rahmenkonstruktion des Maschinenhauses brach zusammen und stürzte auf die Maschine, die das Förderwerk antreibt. Ein Balken streifte einen Bremshebel und gab den schweren Holzkäfig frei, der daraufhin ungebremst in die Tiefe abstürzte und mit voller Wucht auf dem Grund des Schachtes aufschlug. Zu einer nahezu formlosen Masse Schutt zertrümmert, verschloss er damit den Stollen, sorgte für vollständige Dunkelheit und verhinderte die Zufuhr von frischer Luft.
>
> Der Bauunternehmer versichert, dass der Schacht selbst nicht beschädigt wurde.«

J. B. Culp lachte. »Das glaubt doch niemand.«

»Sie mussten diese Lüge drucken«, meinte Branco. »Das zeigt uns, dass sie starr vor Entsetzen sind.«

»Auf die Frage, ob die Explosion Spekulationen über die Schreiben der Black Hand bestätige, in denen mit einem Angriff auf das gesamte System der Wasserversorgung gedroht wird, antwortete der Bauunternehmer mit Nachdruck: ›Nein. Dies ist das Catskill Water Supply System und nicht der Karren eines Straßenhändlers.‹

Der Bürgermeister bekräftigte diese Aussage, indem er erklärte: ›Die betriebseigene Polizei des Water Supply Board hat gründliche Ermittlungen durchgeführt und keinerlei Hinweise gefunden, die eine solche Vermutung unterstützen. Es war ein Unfall, schlicht und einfach, eine schreckliche Katastrophe, und je eher die Aufräumungsarbeiten abgeschlossen sind und die Ordnung wiederhergestellt ist, desto eher wird die Stadt mit Trinkwasser aus den Catskills versorgt.‹

Auf Gerüchte von einem geplanten Streik der verängstigten italienischen Arbeiter angesprochen, die eine weitere Attacke der Black Hand befürchten, sagte der Bauunternehmer: ›Sie werden gut bezahlt und anständig behandelt und haben keine Absicht zu streiken.‹

Die Arbeiten im Stollen werden fortgesetzt, sobald die Trümmer mit Hilfe von Zugpferden und einer Förderwinsch weggeräumt wurden. Außer drei Amerikanern fanden auch zahlreiche italienische und schwarze Arbeitskräfte den Tod.«

»Was haben die Neger auch da unten im Tunnel zu suchen?«, fragte Culp.

»Sie sind die besten Gesteinshauer im Bergbau. Und der Unternehmer hat immer einige in Reserve, für den Fall, dass die Italiener auf die Idee kommen, wegen höherer Löhne zu streiken.«

»Was hat es mit diesem Streik auf sich, von dem ständig geredet wird? Sollte es zum Streik kommen, steht die Stadt da, als habe sie die Kontrolle über das Projekt verloren. Werden sie streiken?«

»Sie legen die Arbeit nieder, wenn ich ihnen grünes Licht gebe«, sagte Antonio Branco.

»Worauf warten Sie?«

»Würde Präsident Roosevelt hierherkommen und eine Rede halten, wenn sie streiken und für höhere Löhne demonstrieren?«

»Gute Frage«, gab Culp zu. »Er könnte einen Streik auch als Herausforderung betrachten … Nein, er ist verdammt noch mal zu unberechenbar.«

»Dazu fällt mir noch etwas ein«, sagte Branco. »Können Sie nicht Ihre Beziehungen spielen lassen und veranlassen, dass der italienische Generalkonsul zu der Zeremonie eingeladen wird?«

»Natürlich. Ich kann allerdings nicht versprechen, dass er die Einladung auch annimmt.«

»Er wird annehmen. Zurzeit muss er sich mit zahllosen Einwandererproblemen herumschlagen. Deshalb wird er Freunde suchen, wo immer er kann. Und offiziell eingeladen zu werden, um der Rede des Präsidenten beizuwohnen, ist für alle Italiener eine große Ehre.«

Signora Marion Morgan
Die Verlobte von Isaac Bell
Knickerbocker Hotel

Warum Sie uns nicht glauben? Catskill Aqueduct Bombe hätte verhindert werden können.

Stadt konnte Aquädukt nicht schützen. Water Supply Board hilflos.

Black Hand steht an Ihrer Seite. Gemeinsam wir stoppen Tragödie.

Zahlen.

Oder.

Nächster Angriff bricht Herzen.

»Allmählich geht mir diese Geschichte auf die Nerven«, sagte Marion Morgan.

Eingesperrt im Knickerbocker Hotel, bekam sie allmählich so etwas wie einen Gefängniskoller. Helen Mills war eine angenehme Gesellschaft, aber sie vermisste ihre Arbeit, den freien Himmel über sich, die Straßen der City und – am meisten – Isaac, der rund um die Uhr am Storm King Mountain im Einsatz war. Er hatte seine Detektive an allen neuralgischen Punkten postiert, aber ganz gleich, wie aufmerksam er die Baustelle auch überwachte, er fand keine Spur von Antonio Branco.

»Was wollen Sie in dieser Angelegenheit unternehmen?«, fragte Helen.

»Ich frage mich, ob Grady Forrer Isaac dabei helfen kann, in Erfahrung zu bringen, wie Branco es schafft, Raven's Eyrie unbemerkt zu verlassen und wieder dorthin zurückzukehren.«

Die Frauen begaben sich in den hinteren Bereich der Van-Dorn-Filiale, wo sich die wenig einladenden Büros befanden, in denen Grady Forrers Recherche-Abteilung residierte. Studenten schauten von überladenen Schreibtischen hoch. Rechercheure lugten hinter übermannshohen Bücherstapeln hervor. Interviewer flüsterten: »Ich rufe zurück«, und dann hängten sie hastig die Hörer ihrer Kerzentelefone ein.

»Willkommen, Ladys«, trompetete Forrer und fügte über die Schulter halblaut hinzu: »Zurück an die Arbeit, Leute. Ich übernehme das.«

»Sehr nett von Ihnen, Grady«, sagte Marion Morgan. »Aber eigentlich brauchen wir *jeden*, der ein wenig Zeit erübrigen kann, um zu helfen.«

»Helfen wobei?«

»Die Baupläne von Raven's Eyrie zu suchen.«

Zwölf Stunden später konnte ein vollkommen ernüchterter Grady Forrer nur mit einer zerknirschten Entschuldigung aufwarten.

»Das Problem ist, dass das Anwesen seit fast einhundert Jahren ständige Umbauten über sich ergehen lassen musste. Damit wurde bereits begonnen, kurz nachdem Robert Fulton das erste Dampfschiff konstruierte und der erste Culp seine Konkurrenten im Flussfrachtgeschäft vernichtete. Die Erbauer von J. B.s New Yorker Villa haben sicherlich Pläne bei verschiedenen städtischen Behörden hinterlegt, aber offenbar war so etwas in der Wildnis des Hudson Valley nicht üblich, zumindest nicht angesichts der tiefen Culp'schen Abneigung gegen jede Einmischung von Seiten nationaler oder regionaler Behörden.«

Sechs Stunden später, nachdem sich Grady bäuchlings auf einer Pritsche ausgestreckt hatte und die meisten seiner jungen Assistenten übermüdet nach Hause getaumelt waren, flüsterte Marion plötzlich: »Das fasse ich nicht.«

»Was ist?«, fragte Helen.

Marion sah von einem Sammelordner hoch, der vergilbte alte Zeitungen enthielt. »Großvater Culp hatte eine Affäre mit einer Quäkerin aus Poughkeepsie.«

»Wurde das etwa in einer Zeitung gedruckt?«

»Na ja, sie haben es nicht so offen und unverblümt formuliert, aber es ist ziemlich klar, wenn man zwischen den Zeilen liest…« Sie schaute auf das Datum am oberen Rand der Zeitungsseite. »Es kam erst nach dem Bürgerkrieg heraus. Raven's Eyrie ist damals ein ›Bahnhof‹ der Underground Railroad gewesen.«

»Die Culps waren Abolitionisten? Das klingt aber nicht nach dem Culp, den wir kennen und lieben.«

»Ihr Name lautete Julia Reidhead. Sie war Mitglied der American Anti-Slavery Society. Aber laut diesem Artikel hatte das Hudson Valley mit den Abolitionisten nicht besonders viel im Sinn. Bis zum Beginn des neunzehnten Jahrhunderts hielten sie Sklaven. Nur ein paar vereinzelte Quäker-Siedlungen waren gegen die Sklaverei.«

»Grandpa Culp muss sehr mutig gewesen sein, auf seinem Anwesen einen Untergrundbahnhof einzurichten.«

»Davon kann offenbar nicht unbedingt die Rede sein. Nach dem, was hier zu lesen ist, muss Julia Reidhead ihn überredet haben, einen geheimen Ein- und Ausgang in die Mauer einzufügen, damit geflüchteten Sklaven zur Weiterreise nach Kanada verholfen werden konnte. Für mich klingt es so, als hätte er es aus Liebe getan.«

»War sie J. B. Culps Großmutter?«, fragte Helen.

»Nein. Sie hat am Ende einen Missionar geheiratet. Mit ihm ging sie nach Indien.«

Helen las den Bericht über Marions Schulter hinweg. »Ich hätte nicht gedacht, dass die Mauer so alt ist.«

»Sie war das Erste, was gebaut wurde. Es scheint, als hätten die Culps noch nie viel für andere Menschen übrig gehabt.«

Antonio Branco betrat J. B. Culps Trophäensaal und verkündete mit vollkommen ruhiger Stimme: »Die Italian Squad hat soeben meinen Attentäter verhaftet.«

»*Was?* Können Sie ihn auf Kaution herausholen?«

»Die Carabinieri haben bestätigt, dass er ein Anarchist ist. Der wird in Haft bleiben, bis Ihre Regierung ihn ausweist.«

»Wie konnten sie das so schnell bestätigen?«

»Der italienische Generalkonsul führt eigens für solche Fälle einen echten Carabinieri auf seiner Lohnliste«, antwortete Branco.

»Was für ein Mist! Aber… Moment mal… woher wusste die Polizei, dass er zu Ihnen gehört?«

»Dass zwischen uns eine Verbindung besteht, weiß die Polizei glücklicherweise nicht. Er war nur einer von vielen, die in Petrosinos Fahndungsnetz hängen geblieben sind.«

»Der verdammte Isaac Bell muss Petrosino darauf gebracht haben.«

»Natürlich hat er das«, sagte Branco. »Es würde mich überraschen, wenn nicht. Es ist vor allem Bell zu verdanken, dass es heute Morgen keinen italienischen Radikalen mehr gibt, der nicht hinter Gittern sitzt oder sich verstecken muss.«

»Unsere Zeit wird knapp. In zwei Tagen kommt Roosevelt hierher.«

Branco zog an seiner Uhrkette. »In genau zwei Tagen und sechs Stunden.«

»Nun, verdammt, dann müssen Sie den Job von Ihren ›Gorillas‹ ausführen lassen.«

»Nein.«

»Weshalb denn nicht? Das sind doch Killer, oder nicht? Was ist mit Ihrem Versprechen, mich zu ›entdrangsalieren‹? Streiks niederzuschlagen, Reformer loszuwerden, Feinde verschwinden zu lassen?«

»Gorillas sind für diesen Job nicht geeignet.«

»Warum nicht?«

»Sie würden es vermasseln.«

»Dann müssen Sie selbst ran und ihn töten.«

Branco hob seine breiten Schultern, als sei er vollkommen unbesorgt. »Ich hatte mir schon gedacht, dass es dazu kommen würde.«

Angewidert schüttelte Culp den Kopf. »Sie nehmen das Ganze verdammt locker. Wie wollen Sie es tun?«

»Ich habe alles geplant.«

»Sie haben nur eine einzige Chance. Wenn Sie die verpfuschen, zwingen Sie Roosevelt, sich zu verstecken, und dann werden wir keine zweite Gelegenheit mehr bekommen, ihn zu erschießen.«

»Ich habe alles geplant.«

»Soll das heißen, dass Sie von Anfang an die Absicht hatten, selbst abzudrücken?«

»Ich habe niemals daran gedacht, einen Abzug zu betätigen«, lautete Brancos rätselhafte Erwiderung, und Culp kannte Branco mittlerweile gut genug, um zu wissen, dass er alles gehört hatte, was Branco zu diesem Thema verlauten lassen würde. Stattdessen sagte er: »Ist es Ihnen gelungen, dem italienischen Generalkonsul eine Einladung zur Rede des Präsidenten zu verschaffen?«

Culp nickte. »Weshalb wollen Sie eigentlich, dass er dort ist?«

»Er wird für Ablenkung sorgen.«

»Sie wissen doch noch gar nicht, wie Sie die Tat ausführen werden.«

»Ich habe ein paar Vorstellungen«, sagte Branco.

Der von Marion Morgan und Helen Mills zutage geförderte Bericht über den »Bahnhof« der Underground Railroad auf Raven's Eyrie belegte die vor dem Bürgerkrieg im Hudson Valley vorherrschende sklavereifreundliche Stimmung. Während die Black Hand Squad die Zufahrten und Schiffsanlegestellen beobachtete und verdeckt operierende Agenten den Tunnel überwachten, stiegen daher Isaac Bell und Archie Abbott vom Gipfel des Storm King Mountain herunter. Theoretisch wäre die von den Abolitionisten geschaffene Passage für flüchtige Sklaven auf der bergauf gewandten Seite der Mauer besser getarnt gewesen als auf der Seite, die von dem belebten Fluss aus sichtbar war.

Auf einer dünnen, vereisten Schneedecke gelegentlich ausgleitend, gelangten die Van Dorns bis auf wenige Meter an die Mauer heran. Dann tasteten sie sich, von Baumstamm zu Baumstamm rutschend, auf dem steilen bewaldeten Berghang an ihr entlang. Culps Arbeiter hatten einen Pfad geschaffen, der zwar frei war von Buschwerk, aber die Steine der Mauer waren von uralten Ranken wilden Weins und Bittersüß überwuchert, die im Sommer jede Hoffnung, eine Lücke in der achtzig Jahre alten Barriere zu lokalisieren, zunichtegemacht hätten. Nun, da die Pflanzen ihr Laub abgeworfen hatten, bestand die geringe Chance, die lange vernachlässigte Öffnung zu finden, die von Antonio Branco wieder ihrer alten Nutzung zugeführt worden war.

»Raffiniert getarnt«, stellte Archie fest. »Bedenkt man, wie gerne die Nachbarn den Großvater und seine Quäkerin angezeigt hätten. Ganz zu schweigen vom Kassieren des Kopfgelds für die armen Sklaven.«

Isaac Bell war zuversichtlich. »Was das Schöne an einer Mauer ist – wir können wegen ihr zwar nicht hineinschauen, aber sie können von drinnen auch nicht sehen, wie wir draußen herumstöbern.« Er hatte recht. Der zwei Meilen langen Mauer fehlten die in regelmäßigen Abständen eingefügten Türme einer echten Festung. Und während das hauptsächliche Pförtnerhaus einen ungehinderten Blick auf den vorderen Abschnitt – und den Turm des Lieferanteneingangs und einen Abschnitt des südlichen Abschnitts – gestattete, stand keiner der beiden Wachtürme nahe genug, um von dort aus die Rückseite der Mauer zu überwachen.

»Hast du vergessen, dass Mr. Van Dorn uns verboten hat, jemals wieder einen Fuß auf Culps Anwesen zu setzen?«

»Soweit ich mich erinnere«, sagte Bell, der weniger befürchtete, gefeuert zu werden, und sich mehr Sorgen machte, dass der Präsident einem Attentat zum Opfer fallen könnte, »hat Mr. Van Dorn angeordnet, dass kein Van-Dorn-Detektiv die Mauer von Raven's Eyrie ohne seine ausdrückliche Erlaubnis überklettern dürfe. Er hat mir nicht verboten, hindurchzugehen. Oder unter ihr entlang. Oder auf der Innenseite eine Falle vorzubereiten, um Branco zu überwältigen.«

»Noch müssen wir ihn erst einmal finden.«

»Dazu haben wir zwei Tage Zeit«, sagte Bell.

Aber sein Optimismus erwies sich als voreilig. Sie untersuchten die halbe Meile des oberen Abschnitts, ehe die Dunkelheit hereinbrach, fanden jedoch nichts. »Die Culps könnten die Lücke nach dem Bürgerkrieg zugemauert haben«, sagte Archie. »Oder vielleicht haben die Ladys auch nur eine der vielen kuriosen im Laufe der Jahre in Vergessenheit geratenen Hudson-Valley-Legenden ausgegraben.«

40

Im Wallabout Basin, gegenüber von Manhattan auf der anderen Seite des East River, erzeugte das Schlachtschiff USS *Connecticut* den nötigen Dampf für eine in der Geschichte des Brooklyn Navy Yard einzigartige Jungfernfahrt.

Schiffsbauer und Seeleute wuselten über die Geschütze, Suchscheinwerfer, Deckaufbauten und Decks, bedrängt von hektischen Offizieren, die sie antrieben, schneller anzustreichen, zu polieren und die Decks mit Sandstein zu glätten. Erst zwei Monate zuvor in Dienst gestellt und eingeplant, zu ihrer Testfahrt auf Südkurs zu gehen, hatte die *Connecticut* plötzlich neue Befehle erhalten: Der Oberbefehlshaber sei auf dem Hudson River fünfundvierzig Meilen weit flussaufwärts zu befördern.

Zur großen Erleichterung der Offiziere öffneten die Eisbrecher eine Fahrrinne nur bis West Point. So viele Dinge konnten auf einem nagelneuen Schiff schiefgehen, dass je eher die Männer der Navy Präsident Roosevelt auf der Pier der Militärakademie absetzten, desto weniger die Gefahr für ein schmachvolles Desaster bestand. Mit ein wenig Glück würde die *Connecticut* nach Brooklyn zurückdampfen und für würdiger befunden werden als ihre Erzrivalin, die USS *Louisiana*, als Flaggschiff eine amerikanische Kreuzfahrt um die Welt anzuführen – während TR den Catskill Aqueduct mit

Eisenbahn und Automobil bereiste und Tausende von Händen schüttelte.

Die südliche Umgrenzungsmauer von Raven's Eyrie, die dem Haupthaus am nächsten war, wurde in der Mitte von dem Pförtnerhausturm des Lieferanteneingangs geteilt, von dem aus lange Abschnitte in beiden Richtungen zu überblicken waren. Die Van Dorns, die im Oxhoftfass, dem größeren der beiden »herrenlosen« Fässer, versteckt waren und die Umgebung durch ein Guckloch beobachteten, hatten berichtet, dass das Tor während der Nacht nicht bewacht wurde. Aber Bell ging kein Risiko ein. Er und Archie Abbott untersuchten die vom Turm aus in Sicht befindlichen Abschnitte lange vor Tagesanbruch. Sie setzten die Inspektion der Mauer bei Tageslicht fort, fanden jedoch keinen geheimen Durchlass und nicht einmal einen Hinweis darauf, dass ein solcher je existiert hatte.

Die Nordmauer von Raven's Eyrie war fast ebenso abgelegen wie die Mauer auf der Bergseite, die die Van Dorns zuerst kontrolliert hatten, obgleich sie hier und da Dächer und Kamine eines benachbarten Gutshauses sehen konnten. Jemand, der mit einem starken Fernglas ausgerüstet war, bemerkte vielleicht zwei Männer, die zwischen den Bäumen an Culps Mauer entlanggingen. Aber es war eher unwahrscheinlich, dass dieser Jemand zu einem Telefon griff, um Culp zu warnen, wenn er und Archie durchaus nichts anderes sein konnten als Maurer, die Reparaturen durchführten, oder die Förster des Anwesens, die die kalte Jahreszeit nutzten, um Gestrüpp zu beseitigen. Sie gingen an der gesamten halben Meile Mauer entlang und fanden auch hier keine Überreste der Underground Railroad. Alles, was einer Überprüfung noch hätte unterzogen werden müssen, war die lange Mauer, die vom Fluss aus zu sehen war. Aber für deren Inspektion reichte das Tageslicht nicht mehr aus.

»Ich befürchte, dass er sich vielleicht eines Scharfschützen bedient«, sagte Bell zu Archie Abbott. »Du bist der Einzige in unserer Truppe, der sich in der freien Natur auskennt. Die anderen sind ausnahmslos Stadtleute. Nimm dir die Straße zum Siphonschacht vor und such das Gelände im Umkreis von fünfhundert Metern nach einem möglichen Versteck für einen Scharfschützen ab. Ich übernehme morgen die Eisyacht.«

»Wir müssen meine Flucht planen«, sagte Antonio Branco.

»Ich bin Ihnen schon weit voraus«, sagte Culp. »Mein Zug wird unter Dampf sein und als offizieller Express auf der Hauptstrecke der Delaware & Hudson nach Albany bereitstehen. Weiterhin habe ich dafür gesorgt, dass Sie auf der Strecke nördlich von Albany bis zur kanadischen Grenze und durch Lacolle freie Fahrt haben.«

»Sind Sie sicher, dass die Gleise frei sind?«

Verwirrt musterte Culp den Italiener. Wer sollte seinen Privatzug aufhalten? Als hätte er ein Kind vor sich, erklärte er: »Die Delaware & Hudson Railroad nach Kanada ist Eigentümerin der Napier Junction Railroad *in* Kanada.«

»Ja, aber wie können Sie sich sicher sein, was die Delaware & Hudson betrifft?«

»Mir gehört die Hudson & Delaware.«

»Wird der Zoll an der Grenze Ihren Zug betreten?«

»Mein Mann in Lacolle erledigt die Zollformalitäten.«

Branco nickte. »Welche andere Möglichkeit habe ich?«

»Ohne einen Kühler, der einfrieren kann, ist mein luftgekühlter Franklin das überlegene Winter-Automobil. Der Chauffeur hat ihn generalüberholt. Ich habe Gepäckbehälter für Werkzeug und Proviant hinzufügen lassen. Und zusätzliche Tanks für Benzin und Öl. Er kann jederzeit starten.«

»Welche dritte Möglichkeit habe ich?«

Culp hatte allmählich genug davon, dass Branco ihm Löcher in den Bauch fragte. »Reichen Ihnen Eisenbahn oder Automobil nicht aus?«

»Ich kann mich nicht auf Ihren Zug verlassen. Was ist, wenn die Van Dorns ihn beobachten? Mit dem Automobil ist es dasselbe. Was kann ich tun, wenn sie es ebenfalls überwachen? Wenn Ihr Zug und Ihr Franklin in einem solchen Fall nur noch als Ablenkungsmanöver dienen können, um die Detektive zu täuschen, welches ist dann meine dritte Möglichkeit?«

Culp fragte sich, welche dritte Möglichkeit Brewster Claypool eingefallen wäre. Dann wurde ihm klar, dass, wenn Claypool noch da wäre, er selbst bis zum Hals in der Sache drinstecken würde. Ein eisiges Grinsen erschien in Culps Gesicht, ein Ausdruck, der eine Mischung aus kühler Berechnung, tiefer Genugtuung und siegessicherem Stolz war.

»Ihre dritte Option ist ein absolutes Bonbon.«

Im Morgengrauen aufbrechend, setzte Bell seine letzte Hoffnung, Brancos geheimen Zugang zu Raven's Eyrie zu finden, auf die Flussseite des Anwesens, nachdem die Suche hinten und an den Seiten lediglich Nieten ergeben hatte. Was er sich noch ansehen müsste, war die

Mauer, die unten am Bootssteg aufragte. Aber das Wetter machte die Suche nicht gerade leicht.

Sturmböen tobten durch die Flussenge bei West Point und rasten die Berghänge herab. Es waren kleine heftige Stürme, die in kurzen Abständen aufeinanderfolgten. Ehe einer dieser Ministürme zuschlug, sank die Temperatur um einige Grad, und die Sicht reduzierte sich von mehreren Meilen auf wenige Meter – eine klare Warnung für Bell, wachsam zu sein. Harte Brocken vom Wind zusammengepressten Schnees prallten gegen sein Segel und drohten, die Yacht mit einer Kufe vom Eis abheben zu lassen und ihn aus dem Cockpit zu schleudern. Die letzte Böe verwehte genauso schnell, wie sie ihn getroffen hatte. Die Morgensonne leuchtete funkelnd auf die mit Schnee überpuderten Berge herab.

Bell jonglierte mit Ruderpinne und Fernglas, hatte ein Auge auf das Schratsegel eines riesigen Bootes des Poughkeepsie Ice Yacht Clubs, das ihm folgte, und das andere auf der Fichtengruppe, die innerhalb der Mauer hangaufwärts bis zu dem großen Gebäude reichte, das Culps Sporthalle beherbergte. Eine weniger dicht gestaffelte Fichtengruppe und laublose Hartholzbäume verteilten sich auf dem Berghang außerhalb der Mauer.

Er kreuzte vor dem Poughkeepsie-Boot gegen den Wind und forderte es zu einem Wettrennen heraus, wodurch er mehr Deckung erhielt und sich einen genaueren Überblick verschaffen konnte. Er entdeckte einen Steinhaufen im Wald und nahm ihn mit dem Fernglas genauer ins Visier. Er drückte gegen die Pinne und lenkte sein Boot zu dicht an den Wind. Die Segel flatterten leicht. Die Eisyacht wurde langsamer. Das Poughkeepsie-Boot überholte.

Es war schwierig zu erkennen, aber die Steine schienen in nächster Nähe der Mauer zu liegen, sodass der Eindruck entstand, die Mauer sei auf ihnen errichtet worden. Bell sah sich um. Er hatte Glück. Eine Windböe fegte den Berghang herunter. Er wartete, bis sie Culps Villa und Außengebäude erreichte, und dann – als sie von wirbelndem Schnee eingehüllt wurden – nahm er direkten Kurs aufs Ufer.

Isaac Bell lenkte die Eisyacht vom Fluss herunter. Der Bugspriet knirschte über das gefrorene Ufer, und Bell warf eine Leine um einen Treibholzbalken und sprang an Land. Die Mauer war etwa einhundert Meter vom Wasser entfernt. Als er auf sie zurannte, stellte er fest, dass die Bäume eine unbefestigte Straße säumten, die sich zu der Ortschaft Cornwall Landing hinunterschlängelte. Sie war erst kürzlich befahren worden. Hufabdrücke, Pferdemist und Wagenspuren im gefrorenen Schnee waren eindeutige Zeichen.

Bell entdeckte eine Kette von Fußabdrücken. Sie kamen und gingen aus der Richtung der Gesteinsformation, die er von seinem Boot aus gesehen hatte, verschmolzen mit den Wagenspuren und verschwanden. Zwei Männer mochten es sein, vielleicht drei. Er ging auf die Knie hinunter und betrachtete sie eingehender. *Ein* Mann. Alle Abdrücke stammten von denselben Sohlen. Ein Mann, der wiederholt zur Mauer gegangen und von ihr gekommen war. Hier und da waren sie tiefer, so als hätte er auf einem Weg von der Mauer zum Steinhaufen eine schwere Last getragen.

Plötzlich kreischte der Wind auf.

Die Böe, die Culps Bauten in einer Schneewolke hatte

verschwinden lassen, folgte dem Verlauf des Berghangs und traf wie ein führerloser Güterzug auf die Barriere aus Mauer und Baumgruppe. Eiskristalle und Schneeflocken prasselten in das teilweise kahle Geäst. Sie füllten die Fußabdrücke und deckten die Wagenspuren zu. Bell folgte den verblassenden Trittspuren durch die Baumgruppe zur Mauer. Diese stand, wie er von Weitem bereits hatte sehen können, auf einem Gesteinsbuckel.

Mit lautem Knacken brach ein Ast im Wind von einem Baumstamm ab. Der schwere Witwenmacher pfiff wie eine Sense durch den wirbelnden Schnee und krachte neben ihm auf den gefrorenen Waldboden. Weiteres Knacken abbrechender Äste zwang ihn, unter einem überhängenden Felsen in Deckung zu tauchen. Abgestorbenes Astwerk regnete auf die Position herab, die Bell soeben verlassen hatte. Nur wenige Momente später hatte sich die Windböe ausgetobt, die Luft beruhigte sich, und Sonnenstrahlen drangen durch das Astgewirr der nur noch träge schwankenden Bäume.

Bell blickte auf die dunklen Steine, die ihm Schutz geboten hatten. Er zündete ein Streichholz an. Die orangefarbene Flamme drang durchs Dunkel, und Bell erkannte, dass der Überhang den Eingang zu einer Höhle überschattete. Er öffnete die Jacke, um seine Pistole zu ziehen, und kroch auf allen vieren in die Felsenkammer.

41

Bells zweites Streichholz beleuchtete eine gemauerte Decke, die sich über einem schmalen Felsentunnel wölbte. Er wagte sich tiefer hinein, und ehe er ein drittes Streichholz anzünden musste, erhellte das Tageslicht eine Öffnung. Er schlängelte sich hindurch und stand zwischen den Hemlocktannen innerhalb von J. B. Culps Grundstücksmauer. Nur wenig Schnee hatte sich zwischen den Bäumen gesammelt, und hier waren die Fußabdrücke, die den Berghang hinaufführten, deutlich zu erkennen.

Der Baumbewuchs wurde spärlicher. Rasen, mit einer dünnen Schneeschicht bedeckt, breitete sich aus und reichte zu seiner Linken etwa zweihundert Meter weit bis zum Haupthaus mit seinem von Säulen gestützten Vorbau. Auf der rechten Seite in Richtung des riesigen scheunenähnlichen Gebäudes, in dem sich die Turnhalle befand, standen nur noch vereinzelte Tannen. Die Fußspuren schwenkten darauf zu. Die Baumstämme so gut es ging als Deckung nutzend, huschte er bergauf, bis er den Hintereingang zu den Quartieren der Hausangestellten fand, wo auch die Boxer Lee und Barry während seines letzten Besuchs auf dem Anwesen gewohnt hatten.

Er versuchte sein Glück an der Tür. Der Knauf ließ sich ungehindert drehen.

Zwei schmale Betten waren zum Schutz vor Staub

mit Musselintüchern bedeckt. Der Rippenkörper der Dampfheizung war zugesperrt, und in dem Raum fühlte es sich fast genauso kalt an wie unter freiem Himmel. Ein ranziger Geruch lag in der Luft. Als Bell ihn wahrnahm, war er verwirrt. Es war nicht ganz das strenge Aroma eines Turnhallenumkleideraums. Beißender als der schale Gestank schwitzender Boxer, erinnerte er eher an einen Hundezwinger als an einen Umkleideraum. Konnte das ein verwesender Leichnam sein?, fragte er sich flüchtig. Aber in dem Raum war kein Körper zu sehen. Und außerdem roch es eher nach Leben, nicht nach Tod.

Eine Erinnerung an etwas vollkommen anderes zuckte wie ein Blitz durch seinen Kopf. Sie war so seltsam, dass er sich schon fragte, ob es eine hartnäckige Nachwirkung seines langen Erstickungsschlafs sein mochte. Er roch keine Schuhcreme, aber aus irgendeinem Grund erinnerte er sich plötzlich lebhaft daran, wie er sein Haar für die Kostümierung als jüdischer Handarbeitsunternehmer in Little Italy geschwärzt hatte.

Unmittelbar über seinem Kopf erklangen Schritte.

Eilig huschte er durch die weiter ins Innere des Gebäudes führende Tür, fand eine Treppe und eilte sie lautlos hinauf.

Die Pistole schussbereit mit auf den Boden gerichteter Mündung an der Seite haltend, trat er durch eine offene Tür. Das war ein weiteres leeres Zimmer, wenn auch beträchtlich größer und gediegener eingerichtet, mit einer Pelzdecke auf einem ausladenden Bett, einem Armsessel, einem mit Schnitzereien verzierten Schreibtisch und einem gleichermaßen verzierten und mit Büchern gefüllten Schrank. In einem Herd brannte ein Feuer mit kleiner Flamme. Ein schwarzer Wasserkessel hing in der Ecke über der Kochstelle, und eine Kanne zum Aufbrühen von Kaffee stand neben einem silbernen Sahnekännchen und einer Zuckerdose auf einem Tablett. Kanne, Kännchen und Zuckerdose waren fast leer. Wenn dies der Ort war, wo Culp Antonio Branco beherbergte, unsichtbar für das Personal des Haupthauses und in der Nähe der Passage der Underground Railroad, musste sich der Gangster noch vor höchstens einer Stunde hier aufgehalten haben.

»Oh!«

Ein Dienstmädchen mittleren Alters war soeben, beladen mit einem Armvoll Handtücher, aus dem Badezimmer gekommen. »Haben Sie mich erschreckt!«

Bell verstaute seine Waffe im Schulterhalfter, während sie ihn kurzsichtig blinzelnd durch das Zimmer anblickte. »Mr. Bell, nicht wahr? Ich bin Rachel. Sie haben im Haupthaus gewohnt, als Mrs. Culp noch hier war.«

»Wer wohnte in diesem Zimmer?«

»Ich habe keine Ahnung, Sir. Ich wurde heute Morgen hierhergeschickt, um aufzuräumen. Fast alle sind nach New York City umgezogen.«

»Wann ist der Mann, der hier wohnte, abgereist?«

»Ich glaube, heute Morgen. Das Feuer brennt noch.«

»Wo finde ich Mr. Culp?«

»Das weiß ich nicht, Sir… Ich muss ins Haupthaus zurück. Brauchen Sie noch etwas, Sir?«

»Bitte, warten Sie einen Moment. Was für ein Geruch ist das?« Er nahm ihn hier ebenfalls war, nur etwas schwächer.

Die Handtücher an sich pressend, sog die Frau schnüffelnd die Luft ein. »Welcher Geruch? Meinen Sie den Kaffee?«

»Nein. Etwas anderes. Es riecht wie in einem Zoo.«

»Nebenan ist ein Zoo.«

»Ein Zoo?«

»Mit toten Tieren. Dort bewahrt er die Tiere auf, die er schießt.«

»Der Trophäensaal?«

»Löwen, Tiger und Bären. Vielleicht riechen Sie ein neues Tier, das gerade erst ausgestopft wurde.«

Sie zeigte Bell den Weg durch den Flur und überließ ihn sich selbst.

Bell passierte ein winziges Büro mit Schreibmaschine, Kerzentelefon und Morsetaste. Eine Festungstür blockierte das Ende des Flurs, besetzt mit handgeschmiedeten Nietenköpfen und an dem oberen und unteren Rand durch eiserne Riegel gesichert. Bell schob sie zur Seite und zog an der Tür. Sie schwang an verborgenen Angeln auf, und der Detektiv ging unter einem Bogen aus Elefantenstoßzähnen hindurch und gelangte in einen zwei Stockwerke hohen fensterlosen Raum, der von elektrischen Lampen hell erleuchtet wurde.

Dort waren Culps Erfolge als Großwildjäger präpariert, ausgestopft und an den Wänden aufgehängt, als seien sie noch am Leben.

Ein Löwe strich durch den Raum. Panther kauerten auf Baumästen und Felsklötzen. Ein Elefant griff an, die Ohren aufgespannt, den Rüssel hoch erhoben. Mit Hörnern bewehrte Schädel schauten von den Wänden herab. Ein ausgestopfter Grizzly reckte sich angriffslustig zu voller Größe auf.

Ritterrüstungen glänzten auf beiden Seiten von Culps Schreibtisch. Arrangiert an der Wand dahinter waren Jagdgewehre und Seitenwaffen, Punt Guns, Dolche,

Entersäbel und Schwerter. Bell machte eine freie Stelle aus, wo eine Pistole fehlte, und eine andere, längere Stelle in einer Abteilung voller Gewehre mit Zielfernrohren. Er sog die Luft ein, nahm jedoch keinen Zoogeruch wahr, sondern nur Leder, Waffenöl und Zigarrenrauch.

Als er plötzlich die Anwesenheit eines anderen Menschen spürte, duckte er sich hinter einen Panther und zog seine Pistole.

»Bell«, rief J. B. Culp, »Sie sind die reinste Landplage und tauchen zu den falschesten Gelegenheiten auf.«

Der Magnat stand in der Diele, eine Hand auf der mit Nieten beschlagenen Tür. In der anderen hielt er einen Revolver. Bell erkannte den hochpräzisen Colt Bisley Target Model an seinem flachen Rahmen.

Er brachte seine eigene Pistole zwischen den Ohren der großen Wildkatze in Anschlag. »Lassen Sie die Waffe fallen und heben Sie die Hände.«

Wie ein Duellant drehte sich Culp zur Seite und zielte sorgfältig.

Isaac Bell feuerte einen Schuss auf den einzigen Menschen ab, der ihm sagen könnte, wie Branco versuchen würde, den Präsidenten zu töten. Er traf die Pistole. Der Bisley glitzerte im Licht der Kronleuchter, während er durch die Luft wirbelte. J. B. Culp umklammerte seine Hand und brüllte vor Schmerzen.

Bell stürmte auf ihn zu und kommandierte: »*Hände hoch!*«

Culp knallte Bell die Tür vor der Nase zu und schob die Riegel vor.

Bell schlängelte sich im Laufschritt zwischen den

Jagdtrophäen hindurch. Die einzige andere Tür, die er gesehen hatte, befand sich in einem Alkoven. Sie war kleiner als die Festungstür und nur durch einen einzigen Riegel abschließbar. Er schob den Riegel auf. Aber die Tür ließ sich noch immer nicht öffnen. Ebenso wie die Festungstür war sie auch von außen verriegelt. Er warf sich mit der Schulter dagegen. Sie hielt stand, solide wie Mauerwerk.

Er griff nach dem Telefon auf dem Rosenholzschreibtisch, um den Van-Dorn-Detektiv, der die Leitung anzapfte, zu alarmieren. Es klingelte, ehe er es erreichte. Er nahm den Hörer vom Haken und sagte: »Seien Sie vernünftig, Culp. Kommen Sie zurück.«

»Keine Chance, Bell«, erwiderte Culp. »Ich schicke Ihnen den Sheriff, sobald er die Rede des Präsidenten überwacht hat. Er wird Sie wegen Hausfriedensbruchs, Diebstahls meiner 1903 Springfield Rifle und wegen eines bewaffneten Angriffs auf mich verhaften, als ich Sie dabei überraschte, wie Sie eindrangen, um eine weitere Waffe zu stehlen.«

»Antonio Branco wird Sie augenblicklich verpfeifen, sobald er verhaftet wird.«

»Er wird nicht verhaftet«, sagte Culp.

»Die Van Dorn Agency wird nicht eher ruhen, bis er hinter Schloss und Riegel ist. Niemals.«

»Er wird nicht verhaftet«, wiederholte Culp. »Garantiert nicht.«

Die Verbindung wurde unterbrochen.

Bell sah sich nach einer Möglichkeit um, den Trophäensaal zu verlassen, und richtete den Blick auf die Wand, an der die Waffen aufgehängt waren.

Die Ritterrüstungen weckten sein Interesse.

Eine von ihnen hatte eine lange Turnierlanze in der eisernen Faust, und sie brachte ihn auf eine Idee. Er kehrte zur Alkoventür zurück und inspizierte sie ein wenig genauer. Sie war aus Eichenholz gezimmert. Ein kalter Luftzug, der am unteren Rand hereindrang, ließ darauf schließen, dass sie nach draußen führte. Umso besser. Er schlug mit der Faust dagegen. Offenbar bestand sie aus mehreren Lagen Eichenholz, kreuzweise geschichtet, um dem Türblatt die Widerstandsfähigkeit von Eisen zu verleihen.

Ebenso wie der Haupteingang zum Saal wurde der Alkoven von zweieinhalb Meter langen Elefantenstoßzähnen eingerahmt.

Bell nahm das Breitschwert einer der beiden Ritterrüstungen, zerschlug damit die Klammern, die den größeren Stoßzahn an der Saalwand fixierten, und lud sich das Elfenbein auf die Schulter. Bell schätzte sein Gewicht auf mindestens einhundertfünfzig Pfund. Er schleppte den Stoßzahn quer durch den Trophäensaal, umrundete schwankend die ausgestopften Tiere und lehnte ihn gegen den Grizzlybären. Dann ging er zurück, schob die ausgestopften Löwen, eine Antilope und ein Warzenschwein beiseite, um eine freie Bahn zu schaffen. Mit dem Breitschwert ritzte er ein großes X in die Türmitte.

Während er zum Grizzlybären zurückkehrte, beförderte er die Zebrafelle, die den Fußboden bedeckten, mit Fußtritten aus dem Weg.

Nun kippte er den Stoßzahn in die Horizontale, umschlang ihn mit beiden Armen und presste ihn mit dem Wurzelende voraus an seine linke Hüfte. Er holte tief Luft und begann, den Trophäensaal zu durchqueren, wobei er die ersten Schritte im Gehtempo zurücklegte und dann beschleunigte.

Er fixierte das X auf der Tür.

Und rannte los.

Isaac Bell erreichte den Alkoven und rammte einhundertfünfzig Pfund Elfenbein gegen die Eichenbarriere. Der Zahn krachte gegen die Tür und drückte sie fünf Zentimeter weit aus dem Rahmen. Eisige Luft drang durch den Spalt herein, der entstanden war. Bell warf sich abermals mit der Schulter gegen die Tür, aber sie wollte auch diesmal nicht nachgeben. Er schleifte den Stoßzahn durch den Trophäensaal, hob ihn auf und startete eine zweite Attacke.

Der vierte Versuch war erfolgreich. Der Stoßzahn sprengte die Tür vollständig aus ihrem Rahmen und schleuderte sie über das Geländer eines schmalen Balkons.

Bell ließ den Zahn fallen und legte eine Hand auf das Geländer, um vom Balkon hinabzuspringen. Dann zögerte er und rief sich ins Gedächtnis, was ihm Francesca Kennedy über Antonio Brancos übliche Vorgehensweise verraten hatte. *Um nahe genug heranzukommen, um zu töten, muss man einen Plan haben. Man muss die Situation studieren. Dann muss man sich einen Plan zurechtlegen.*

Anstatt hinunterzuspringen, kehrte Isaac Bell eilig in den Saal zurück.

Zehn Minuten später verließ er den Balkon mit einem eleganten Satz über die Brüstung und rannte durch die Tannengruppe zur Höhle der Underground Railroad. Außerhalb der Mauer sprintete er zum Flussufer hinunter, trat die auf dem Fluss festgefrorenen Gleitkufen der Eisyacht los, wendete das Boot und schob es in den Wind.

Kein Lüftchen regte sich, das den lockeren Schnee hätte aufwirbeln können. Spiegelglatt lag der zugefrorene Fluss vor ihm. Der Himmel war strahlend blau, die Sicht wurde durch nichts behindert. Für einen Scharfschützen waren die Bedingungen ideal.

42

Ein namenloser, gesichtsloser Italiener grub ein Loch.

Der irische Vorarbeiter ging am Grabenrand entlang, blieb stehen und sah ihm zu. Der Arbeiter war älter als die meisten seiner Gefährten. Er hatte noch immer volles Haar, aber es war grauer als sein Schnurrbart. Er schaufelte schnell genug, doch die Befehle für diesen Tag lauteten, alles zu melden, was ungewöhnlich war… denn der Präsident wurde erwartet.

»Wer bist du?«

Der Italiener schaufelte weiter.

»Alter Spaghettifresser! Wer bist du?«

Ein Immigrant, der ein wenig Englisch verstand, stupste den neuen Mann an und sagte auf Italienisch: »Gib ihm deine Nummer.«

Mit niedergeschlagenen Augen reichte Antonio Branco dem Iren seine Lohnmarke.

Der Vorarbeiter las die in Messing eingeprägte Zahl. »Okay. Zurück an die Arbeit!«

Dreihundertfünfzig Meter unter dem Fluss streifte Wally Kisley durch den Druckstollen und sah sich um, wo in dem hohen Tunnel er eine tödliche Dynamitladung deponieren würde, wenn er ein Anarchist oder Krimineller wäre. Der gewölbte First und die ebenfalls gewölbten Seitenwände waren bemerkenswert glatt und gleichmäßig, da keine Notwendigkeit bestand, das solide Gestein mit Holzstempeln abzustützen. Aber die Schienen der Abraumloren auf dem Tunnelboden hatten zahlreiche Vertiefungen geschaffen, in denen sich eine Dynamitstange verstecken ließ. Die von dem Bauunternehmer eingesetzten Männer hatten den Stollen unter der Leitung eines Angehörigen des Secret Service zwar stündlich kontrolliert, aber Kisley war Saboteuren schon auf der Spur gewesen, als sie noch in den Windeln gelegen hatten, und aus diesem Grund vertraute er ausschließlich seinen eigenen Suchergebnissen. Er inspizierte die Stirnwand des Stollens – sie war die letzte Barriere aus natürlich gewachsenem Gestein zwischen der östlichen und der westlichen Hälfte des Tunnels –, und zwar genau dort, wo die letzten Sprengladungen vorbereitet worden waren und auf den zeremoniellen Knopfdruck des Präsidenten warteten, der den elektrischen Detonator aktivieren würde.

Plötzlich ging er auf die Knie herunter, knipste seine Stablampe an und erstarrte.

Die Dynamitstange war so gut wie unsichtbar, da sie in das Bohrloch einer Holzschwelle hineingeschoben worden war. Die Sprengkapsel war ebenfalls sorgfältig getarnt worden und sah in dem Holz wie ein Astknoten aus. Verraten hatte das Versteck der Auslöser. Er sah aus wie der Kopf einer der Schwellennägel, die das Gleis auf der Schwelle fixierten. Während die Köpfe der anderen Nägel in der Nähe im Licht der Lampe glänzten, da sie erst kürzlich mit Stahlhämmern ins Holz geschlagen worden waren, hatte dieser Nagelkopf seine Neugier geweckt, weil er verrostet war.

Nachdem er auf alle viere hinuntergegangen war und seine Wange auf die Schiene gepresst hatte, sah Kisley unter dem Nagelkopf einen freien Zwischenraum. Dort befand sich kein Nagel. Was er vor sich hatte, war nicht mehr als ein abgetrennter Kopf, der darauf wartete, vom Gewicht der ersten Person, die darauf trat, auf die Zündkapsel gedrückt zu werden. Die Folgen wären reine Physik. TNT war so stabil, dass man mit einer Lore darüberrollen konnte, ohne dass irgendetwas geschähe, aber eine Zündkapsel explodierte bereits, wenn man sie nur schief ansah. Aktiviert durch den Nagelkopfauslöser, würde die Kapsel mit genug Wucht explodieren, um das Dynamit zu zünden.

Kisley holte sein Taschenwerkzeug hervor, um die Bombenfalle zu entschärfen. Für ihn war es ein Wunder, dass nicht schon längst jemand darüber gestolpert war.

Archie Abbott markierte vier mögliche Scharfschützenverstecke auf den bewaldeten Berghängen rund um das Schachthaus des Siphons, und Isaac Bell stellte einen Mann mit Schrotflinte ab, um jede Position zu überwachen. Ein anderer Mann bewachte das Dach eines roten Backsteinlagerhauses oberhalb der Straße.

Abbott ging einem Verdacht hinsichtlich einer leer stehenden Ferienpension nach, der ihm schon während des gesamten Vormittags keine Ruhe gelassen hatte. Die Pension lag siebenhundert Meter von der erhöhten Plattform entfernt, von der aus der Präsident seine Rede halten würde – es wäre also ein extrem weiter Schuss. Aber Abbott hatte jedes Mal, wenn der weiße Schindelbau in seinen Augenwinkeln erschien, aufs Neue ein ungutes Gefühl.

Das Haus war innen genauso verlassen, wie es von außen den Anschein hatte, mit Staubschutzhüllen über den Möbeln und zusammengefalteten Vorhängen und Gardinen in einigen Schränken. Aber er ging von Zimmer zu Zimmer, nur um sicher zu sein, und stieg sogar auf den Dachboden, um Ausschau nach Gucklöchern oder Schießscharten zu halten. Er machte noch eine letzte Runde durch den zweiten Stock, als ihm ein Tisch vor einem Fenster auffiel. Ein seltsamer Platz für einen Tisch, dachte Archie. Es sei denn, er sollte als Gewehrauflage dienen.

Das Gewehr fand er im Wandschrank.

Eddie Edwards beobachtete, wie J. B. Culps Zugmannschaft den Tender mit Kohlen und Wasser füllte. Die Lokomotive erzeugte Dampf. Die Köchin nahm Vorräte von den Lieferwagen einer Metzgerei und einer Bäckerei in Empfang.

»Er trifft Vorbereitungen für eine Reise«, gab er Isaac Bell Bescheid. »Ich habe Leute auf die Delaware & Hudson und auf die New York Central angesetzt, um in Erfahrung zu bringen, ob Culp freie Fahrt für einen Schnellzug angeordnet hat. Aber ich kann mich nicht ausschließlich auf deren Erkenntnisse verlassen, weil Culp ohnehin die meisten Eisenbahnlinien in der näheren und weiteren Umgebung gehören.«

Bell fragte: »Steht Culps Automobil noch in seiner Garage?«

Edwards nickte. »Harry hat den kleinen Richy mit einem Fernglas auf einem Baum in nächster Nähe des Anwesens postiert.«

Mitten im Hudson River wendete der mächtige weiße Rumpf der USS *Connecticut* majestätisch. Herumgezogen wurde er von Schleppern an Bug und Heck, ehe das Schlachtschiff dem Eisbrecher flussabwärts folgte, wobei es dem Präsidenten mit einundzwanzig Salutschüssen eine gute Weiterreise wünschte. Das Echo des letzten Böllers hallte noch von den Bergen wider, als ein grinsender Theodore Roosevelt von dem 20-Fuß-Motordory, das ihn zum Flussufer gebracht hatte, an Land sprang.

Als würde er vom Donner des Schlachtschiffs durch die Luft getragen, dachte Joseph Van Dorn.

Roosevelt landete leichtfüßig auf dem Kai der Militärakademie. Er schüttelte dem Kommandanten die Hand. Dann winkte er den Bürgern, die sich an der Anlegestelle der Fähre und in der West Shore Railway Station drängten. Er salutierte vor den Festungswällen des steinernen Forts auf dem Felsvorsprung, die von den Kadetten in ihren Ausgehuniformen grau waren. Dann – was niemanden, erst recht nicht Joe Van Dorn, überraschte – hielt er eine Ansprache.

Überschwänglich bedankte er sich bei der Army für den freundlichen Empfang und bei den Bürgern von West Point dafür, dass sie trotz der bitteren Kälte erschienen waren, um ihn zu begrüßen, und bei der United States Navy für ihren »herzlichen Salut, der alle Amerikaner, die sich hier versammelt haben, daran erinnert, dass wir uns nach dem Tag sehnen, an dem die Streitigkeiten zwischen Nationen durch Vermittlung beigelegt werden. Aber bis dahin werden die mächtigen Zwölf mit ihrem Sieben-Zoll-Kaliber jede Art von Vermittlung für uns übernehmen.«

Es war dem Chef des Secret-Service-Corps des Präsidenten vorbehalten, die Stimmung mit einer abrupten

Planänderung kurzzeitig auf einen Tiefpunkt zu bringen. »Wir werden nicht den Zug benutzen – mit Ihrer Erlaubnis, Mr. President –, sondern gleich hier in den White Steamer einsteigen.«

»Weshalb? Am Storm King erwartet man meine Ankunft im Zug, nicht im Automobil.«

»Genau deshalb. Um jeden möglichen Feind zu verwirren, der damit rechnet, dass Sie wie geplant auf dem Bahnhof eintreffen. Die Fahrtstrecke beträgt nur fünf Meilen, und die Straße ist in keinem schlechten Zustand.«

»Von wem stammt dieser Einfall?«

»Es war Joseph Van Dorns Idee.«

»Das hätte ich mir eigentlich denken können.«

»Als ich ihn darauf aufmerksam machte, dass Sie vielleicht nicht allzu erfreut wären, sagte er, dass ein Kriegsheld wie Sie das Moment der Überraschung eigentlich zu schätzen wissen müsste.«

»Ich befinde mich offenbar in der Obhut absoluter Profis«, sagte Präsident Roosevelt, aber ein gefährliches Glitzern in seinen Augen warnte den Chef seiner Schutztruppe, sich weitere Freiheiten zu erlauben.

Joseph Van Dorn wartete neben dem großen White Steamer, auf dem Kopf einen Schlapphut, um den Hals einen mit bunten Punkten gemusterten Schal und eine Nickelbrille auf der Nase. Er hielt dem Präsidenten die Tür auf und sagte: »Ich würde es begrüßen, wenn Sie das Verdeck schließen.«

Roosevelt musterte ihn prüfend.

»Was ist mit Ihrem Gesicht passiert?«

»Ich habe meine Koteletten abrasiert.«

»Was führen Sie im Schilde, Joe? Sie brauchen keine

Brille, aber Sie tragen eine… ohne Gläser. Und was hat dieser Hut auf Ihrem Kopf zu suchen? Sie waren doch kein Rough Rider, Sie sind bei der United States Navy gewesen.«

»Ich möchte den Feind verwirren.«

»Ist Ihnen schon mal in den Sinn gekommen, dass, wenn Sie ihn allzu gründlich verwirren, Sie derjenige sein könnten, der erschossen wird?«

Van Dorn erwiderte mit unbewegter Miene: »Die Wähler haben eine eindeutige Entscheidung getroffen, Mr. President. Keiner hat mir seine Stimme gegeben.«

»Das Verdeck bleibt unten.«

Van Dorn sagte: »Würden Sie bitte dieses Telegramm von Detektiv Bell lesen?«

HABEN BRANCO VERLOREN
CULPS 1903 SPRINGFIELD VERSCHWUNDEN

»Die 1903 Springfield ist…«

»Ein tödliches Scharfschützengewehr«, beendete der Präsident Van Dorns Warnung. »Okay. Sie haben gewonnen! Klappen Sie das Verdeck hoch.«

Van Dorn und der Secret-Service-Agent falteten das Leinenverdeck auseinander, spannten es auf und verriegelten das Gestell. Der Sicherheitschef setzte sich hinter das Lenkrad. Van Dorn nahm neben ihm Platz.

»Sind Sie nun zufrieden?«, rief der Präsident vom Rücksitz. »Besonders glücklich sehen Sie nicht aus. Was ist jetzt schon wieder nicht in Ordnung?«

»Wenn Sie früher mitgespielt hätten, hätte ich meine Koteletten retten können.«

Roosevelt tippte mit einem Finger gegen den Leinenstoff. »Das Verdeck wird am Storm King sofort wieder heruntergeklappt.«

»Legt die Schaufeln hin«, brüllte der Ire den Spitzhacken-und-Schaufel-Trupp an, der einen Entwässerungsgraben aushob. »Jeder von euch.« Er deutete die Straße entlang zum Schachthaus. »Geht dort hinauf zu den anderen.«

Eintausend Italiener säumten die Straße, sechs Reihen auf jeder Seite. Sie feierten den unerhörten Luxus bezahlter Freizeit. Der Bauunternehmer hatte Brot und Würstchen an sie verteilt. Ziehharmonikas erklangen, überdeckt von den beschwingten Melodien eines Drehorgelspielers, die wie die Signale einer Mini-Dampfpfeife durch die kalte Morgenluft hallten. Gerüchte wanderten von Mund zu Mund, dass der große Caruso mit der wunderschönen Tetrazzini erscheinen würde. Das Beste war jedoch, dass der Präsident der Vereinigten Staaten – *Il Presidente* persönlich, Colonel TR, der berühmte Held des Spanisch-Amerikanischen Krieges – den weiten Weg zum Storm King zurückgelegt hatte, um sich bei ihnen für den Bau eines »großartigen« Aquädukts zu bedanken.

»Beeilt euch! Er ist schon unterwegs!«

Sie kletterten aus dem Graben und rannten zur Straße. Den Kopf gesenkt, die Hutkrempe tief übers Gesicht gezogen, den Blick auf die Stiefel gerichtet und leicht vornübergebeugt, um seine Körpergröße zu kaschieren, hatte Antonio Branco sichtlich Mühe, das Tempo mitzuhalten, da er humpelte wie ein alter Mann.

Der Vorarbeiter drängte sie in eine Reihe, dann trat er auf die Straßenmitte und legte die Hände vor dem Mund zu einem Trichter zusammen.

»Hört alle zu«, brüllte er und winkte dem jungen Arbeiter, der während dieses ganzen Tages seine Anweisungen an die Arbeiter übersetzte. »Sag ihnen, sie sollen, wenn der Präsident kommt, ihre Hüte und Mützen abnehmen und laut jubeln.«

Der Übersetzer wiederholte den Befehl auf Italienisch.

»Wenn, was Gott verhüten möge, der Präsident sich in den Kopf setzt, anzuhalten und mit euch zu reden, dann haltet den Hut vor eure Brust, nickt mit dem Kopf und lächelt ihn an.«

Der Übersetzter gab es weiter.

»Wenn er spricht, dann sollen sie zu mir schauen. Wenn ich klatsche, sollen sie ebenfalls klatschen, so wie in einer italienischen Oper.«

Mit den Händen imitierte der Ire heftigen Applaus.

»Und sobald der Präsident in den Schacht hinuntergefahren ist, möchte ich jeden auf schnellstem Weg an seine Arbeit zurückrennen sehen.«

Auf einem Weg, der wiederholt von Black-Hand-Schlägern freigeräumt wurde, drängte sich Antonio Branco zwischen den Männern aus dem Graben nach vorn. Die Schläger waren überzeugend als Arbeiter kostümiert, aber die echten Spitzhacken-und-Schaufel-Männer gingen ihnen instinktiv aus dem Weg und hielten sich von ihnen fern. Branco suchte sich einen Platz in der zweiten Reihe, wo dichteres Gedränge herrschte, genau hinter dem Drehorgelspieler.

Der Orgelspieler griff in sein Instrument und schwenkte die Walze zur Seite, um die Melodie zu wechseln. Dann begann er wieder die Kurbel zu drehen, und die Blasbälge pressten Luft in die Pfeifen. Sein Äffchen, dem Anlass entsprechend mit einem Rough-Rider-Hut, einem gepunkteten Halstuch und einem blauen Hemd verkleidet, fuhr fort, mit seinem kleinen Schlapphut Pennys aufzufangen.

Die Einwanderer, die die Straße säumten, sahen einander verwirrt an. Anstelle der vertrauten romantischen Melodie von »Celeste Aida« oder einer ausgelassenen Tarantella intonierten die Pfeifen der Orgel einen lebhaften amerikanischen Marsch.

Nur die Arbeiter, die schon lange genug in Amerika lebten, um am Bau der New-York-Interborough-Rapid-Transit-U-Bahn im Jahr 1904 mitgewirkt zu haben, erkannten ein republikanisches Parteilied, das häufig von Roosevelt-Wählern geschmettert wurde.

»*Il Presidente!*«, erklärten sie ihren Kollegen, die später hinzugestoßen waren. »*Il Presidente canto.*«

Der Übersetzer rief den Titel des Liedes.

»›You're all right, Teddy!‹«

43

Isaac Bell ging auf der Straße, die zum Siphonschacht führte, auf und ab.

In der Nähe des Schachthauses war eine Beobachtungsplattform errichtet und mit bunten Papiergirlanden geschmückt worden, die fröhlich im eisigen Wind flatterten. Auf dieser Plattform drängten sich Bauunternehmer und hochrangige Angehörige der Stadtverwaltung in Wintermänteln und Zylindern. Luisa Tetrazzini und Enrico Caruso befanden sich unter ihnen, eingewickelt in dicke Wollschals und kaum zu erkennen. Italiens eleganter weißhaariger Generalkonsul für New York City saß zwischen beiden Opernstars und strahlte, als hätte er das große Los gezogen.

Wally Kisley rannte hinter Bell her, um ihm von der Bombe zu berichten, die er entschärft hatte. Er dachte, dass der ehrgeizige junge Detektiv aussah, als wenn er hoffte, aus jedem der eintausend Gesichter der Wartenden die Absichten seines Besitzers herauslesen zu können, ehe der Präsident eintraf.

»Isaac!«

Bell unterbrach Kisley bereits, ehe er ein zweites Wort hervorbringen konnte. »Wirf einen Blick in diese Drehorgel. Sie ist groß genug für eine Bombe, und das Automobil wird nachher dicht an ihr vorbeifahren.«

»Bin schon unterwegs… danach muss ich aber mit dir reden.«

»Nimm Harry Warren mit, damit er sich mit dem Drehorgelspieler auf Italienisch unterhalten kann. Wenn der alte Knabe Angst hat, dass wir ihm seinen Lebensunterhalt rauben, könnte es zu einem Aufstand kommen.«

Warren verwickelte den Drehorgelspieler in ein Gespräch und konnte ihn schließlich dazu bewegen, für einen Moment die Kurbel ruhen zu lassen. Kisley untersuchte das Instrument von innen und außen. Er tastete es ab, schaute darunter und legte es auf den Erdboden, um das massive Bein zu inspizieren, das das schwere Instrument trug. Als er zufrieden war, nickte er und ließ einen Dollar in den Hut des Affen fallen. Dann kehrte er zu Bell zurück und ging neben ihm her, während er die Bombenfalle im Druckstollen beschrieb.

»Wie hast du sie gefunden?« Wie ein Metronom zuckten Bells Augen hin und her.

»Ich hatte so eine Vorrichtung schon früher einmal gesehen … Aber eins ist seltsam, Isaac. Es war ziemlich schlampige Arbeit.«

Bell musterte ihn durchdringend. »Wie meinst du das?«

»Sie hätte jeden Moment hochgehen können. Noch ehe der Präsident den Stollen betreten hätte.«

»Aber du sagtest zu mir, sie seien im Umgang mit Dynamit wahre Meister.«

»Entweder waren diese es nicht, oder sie hatten sich keine Mühe gegeben.«

»Oder«, sagte Bell, »sie machen uns etwas vor, um uns einzulullen. Archie hat ein Springfield-Gewehr in einem Scharfschützenversteck gefunden.«

»Lag es dort herum?«, fragte Kisley.

»Nein, es befand sich in einem Wandschrank.«

»Ich möchte Archies investigatives Talent auf keinen Fall in Zweifel ziehen. Aber das klingt mir doch ein wenig zu einfach.«

»Das dachte Archie ebenfalls. Er glaubte gar nicht erst an das Arrangement mit dem Gewehr. Und du glaubst nicht an die Echtheit der Bombenfalle. Ich habe bei beidem meine Zweifel. Bisher sehen wir nur das, was Branco uns sehen lassen möchte.«

Walter Kisley nickte. »Und was sollen wir nicht sehen?«

»Ich gehe nach wie vor davon aus, dass er es aus nächster Nähe tun will. Aber ich weiß noch immer nicht wie.«

»Und da kommt Teddy.«

Isaac Bell hatte den White Steamer, der im Kriechtempo durch die Menge der Schaulustigen rollte, schon entdeckt. Das Automobil war weit offen, das Verdeck heruntergeklappt, und Präsident Roosevelt hatte deutlich sichtbar auf dem Rücksitz Platz genommen. Der Chef des Secret-Service-Kommandos saß hinter dem Lenkrad, Joe Van Dorn neben ihm, während er die Umgebung beobachtete.

Bell eilte ihnen mit langen Schritten entgegen.

»Langsamer«, befahl der Präsident. »Sie stehen seit Stunden in der Kälte, um mich zu sehen. Dann sollen sie mich auch ausgiebig betrachten können.«

Der Secret-Service-Chef wechselte einen besorgten Blick mit Van Dorn.

»Langsamer, sagte ich!«

Der Sicherheitschef schaltete einen Gang herunter.

Der White Steamer bewegte sich nur noch im Schritttempo vorwärts.

Van Dorn lockerte die Pistole in seinem Schulterhalfter zum vierten Mal, seit sie in Cornwall Landing eingetroffen waren und der Präsident verlangt hatte, das Verdeck herunterzuklappen. Der einzige Lichtblick – abgesehen davon, dass er wusste, dass seine besten Detektive an dem Fall arbeiteten – war die Höhe des Steamers. Das Chassis schwebte derart hoch über dem Untergrund, dass Kriminelle und Anarchisten, die beabsichtigten, in das offene Automobil zu springen, um ihre mörderischen Pläne zu verwirklichen, eine kleine Kletterpartie absolvieren mussten. Ansonsten lagen alle Vorteile auf Seiten des Angreifers: das Überraschungsmoment, eine Masse Menschen, aus der er plötzlich auftauchen konnte, um gleich wieder in ihr zu verschwinden; die geringe Geschwindigkeit des Automobils und die Offenherzigkeit des Opfers gegenüber seinen Anhängern.

Das Grinsen des Präsidenten reichte von Ohr zu Ohr. Der Wagen rollte langsam zwischen dichten Reihen applaudierender Techniker, Baustellenbuchhalter und Maschinisten hindurch, die hinter dem Automobil auf die Fahrbahn drängten und sich der Parade anschlossen, die der Präsident gefordert hatte. Als Nächstes kamen die dunkelhäutigen Gesteinshauer, die laute Freudenrufe ausstießen und ihren Präsidenten hochleben ließen.

»Drücken Sie auf die Hupe für sie, Joe!«, rief TR. »Die Spanier nannten unsere farbigen Regimenter ›Geräucherte Yankees‹, aber für die Rough Riders waren sie die besten aller Yankees, als sie ihre Flanken schützten.«

Van Horn trat auf den Gummiballon, und der White Steamer ließ ein fröhlich blökendes *Auuuaaa!* ertönen.

Die Gesteinshauer verließen die geordneten Zuschauerreihen und schlossen sich der Marschkolonne an.

Vor ihnen warteten Legionen schnurrbärtiger, dunkler italienischer Arbeiter mit breitkrempigen Hüten. Sie waren still und säumten auf beiden Seiten in sechs Reihen die Straße. Aber sie lachten, als wenn sie es auch so meinten, und Van Dorn kam der spaßige Gedanke, dass sie, wenn der gefeierte Präsident mit ihnen fertig war, alle in die Republikanische Partei eintreten würden.

Als Roosevelt ihre Drehorgel hörte, wurde sein Grinsen breiter und breiter.

»Erkennen Sie die Melodie, die der Drehorgelmann spielt?«

»›You're all right, Teddy!‹«, riefen Van Dorn und der Secret-Service-Chef im Chor.

»Ausgezeichnet!«, rief der Präsident. Seine Faust schlug den Takt auf seinem Knie, und er stimmte mit ein.

»›Oh! You are right, Teddy!

You're the kind that we remember;
Don't you worry!
We are with you!
You are all right, Teddy!
And we'll prove it in November.‹

Haltet den Wagen an! Ich will mich bei diesen Leuten persönlich bedanken!«

44

Der Präsident sprang aus dem White Steamer, noch ehe der vollständig zum Stehen kam.

Van Dorn und der Sicherheitschef nahmen ihn sofort in die Mitte. Zu begeistert, um zu warten und sich ans Ende der Parade anzuhängen, flutete die Menge von beiden Seiten auf sie zu.

»Sehen Sie, was der Affe auf dem Kopf trägt?«

Van Dorn versuchte, in alle Richtungen gleichzeitig zu blicken. »Was meinen Sie, Sir?«

»Den Hut des Affen!«, rief Roosevelt. »Er trägt einen Rough-Riders-Hut… Chief! Holen Sie diesen Generalkonsul!«

»Ich darf Sie nicht aus den Augen lassen, Sir.«

»Nun machen Sie schon, Mann! Ich brauche einen Dolmetscher!«

Plötzlich war Isaac Bell zur Stelle und sagte: »Ich übernehme den Schutz.«

»Natürlich«, flüsterte Antonio Branco, als Isaac Bell an dem Platz erschien, den der Leibwächter des Secret Service frei gemacht hatte. »Wo sonst solltest du sein?«

Dann verdeckte ihm die vorwärtsdrängende Menschenmenge die Sicht auf den Präsidenten. Gleichzeitig versperrte sie Bells Sicht auf den älteren Sizilianer mit der Drehorgel. Da alle Augen auf den Präsidenten gerichtet waren, war dies alles an Deckung, was Branco brauchte. Er schob sich vor den alten Mann, ergriff die Kurbel mit der rechten Hand und die Kette des Affen mit der linken. Keine Note Musik ging verloren, und ein sanfter Ruck an der Kette animierte das Tier, auf seine Schulter zu hüpfen, da es in nur wenigen Tagen gelernt hatte, dass sein neuer Herr es mit einem Stück Orange dafür belohnen würde.

»Treten Sie zurück, Sie beide«, befahl der Präsident.

»Mr. President, um Ihrer Sicherheit willen …«

»Sie sind zu groß. Sie lassen mich wie einen Feigling aussehen. Dies sind hart arbeitende Männer. Sie werden mir nichts tun.«

Roosevelt ergriff die Hände der Arbeiter, die ihm am nächsten waren. »Hallo, danke, dass Sie den Aquädukt bauen!«

Der Arbeiter riss sich den Hut vom Kopf, presste ihn gegen seine Brust und lächelte.

»Ich weiß, dass Sie kein Wort von dem verstanden haben, was ich gerade gesagt habe, aber das werden Sie, wenn Sie die englische Sprache erlernen.« Er schüttelte die Hand heftiger. »Der Punkt ist, diesen Aquädukt mit Ihrem Schweiß erbaut zu haben wird uns allen nützen.«

Roosevelt packte die Hand des nächsten Mannes. »Hallo. Danke. Sie machen einen ganz tollen Job!«

»*Toll!*«, wiederholte der Arbeiter. »*Toll! Toll! Toll!*« Und Isaac Bell sah, dass Roosevelt, wenn er sich bisher nicht ganz sicher gewesen sein mochte, willkommen zu sein, es jetzt war. Er strahlte wie der Scheinwerfer einer Lokomotive und schnappte nach weiteren Händen. Sie hatten den Drehorgelspieler beinahe erreicht.

»Wo zum Teufel ist der Dolmetscher?«

»Ich sehe ihn kommen«, meldete Bell.

Der Chef der Secret-Service-Sicherheitstruppe zerrte den Generalkonsul Italiens für New York City wie ein Gepäckstück hinter sich her. Beide waren von ihrem schnellen Lauf außer Atem.

»Mr. President, es ist eine große Ehre …«

»Ich möchte, dass Sie diesem Orgelspieler sagen, dass ich tief gerührt bin, dass er mein Wahlkampflied gespielt und seinen Affen mit einem Rough-Rider-Hut ausstaffiert hat. Es ist diese klare Art, seine Meinung auszudrücken, die einen echten Amerikaner ausmacht … Leute«, rief er über die Schulter Isaac Bell und Van Dorn zu, »ich habe euch befohlen zurückzubleiben. Sie auch, Chief. Gebt diesen Italienern Gelegenheit, ihren Präsidenten kennenzulernen.«

Er legte dem Generalkonsul einen Arm um die Schultern und pflügte weiter durch die Menge. »Sagen Sie ihm, dass ich früher auch mal einen Affen als Freund hatte. Als ich noch ein kleiner Junge war, wohnte er im Nachbarhaus. Ich habe mir immer einen gewünscht, aber ich musste mich mit dem von Onkel Robert zufriedengeben. Sagen Sie ihm, dass ich Affen liebe, schon als Kind … Da ist er ja! Hallo, Affe.«

Das kleine Tier nahm den Hut ab und hielt ihn dem Präsidenten bettelnd unter die Nase.

»Bell? Van Dorn? Haben Sie Geld bei sich?«

Mitten in dem Tumult nahm Isaac Bell den Geruch von Schuhcreme wahr, und diesmal wusste er auch, weshalb. Es hatte nichts mit seinem acht Tage langen Betäubungsschlaf zu tun, dagegen alles mit der Erinnerung an den Geruch des Affen eines Drehorgelspielers in der Elizabeth Street, wo er mit schwarzer Schuhwichse im

Haar sein Aussehen verändert hatte. Und er wusste jetzt auch, was diese Erinnerung geweckt hatte: der Zoogeruch in Antonio Brancos Zimmer auf Raven's Eyrie.

Präsident Roosevelt ließ Joseph Van Dorns Münze in den Hut des Affen fallen und streckte den Arm aus, um die Hand des Orgelspielers zu schütteln. Der gebeugte und grauhaarige alte Mann richtete sich ruckartig zu voller Größe auf, zückte ein Messer und stieß zu.

Isaac Bell warf sich vor Theodore Roosevelt.

BUCH IV

DER GANGSTER

45

Antonio Brancos Stilett drang durch Isaac Bells Mantel und Jacke und Weste, schlitzte sein Oberhemd auf und stoppte mit einem hellen Klirren von Stahl auf Eisen.

»Was ist das?«, keuchte Antonio Branco.

»Ich habe mir das Kettenhemd Ihres Partners ausgeborgt«, sagte Isaac Bell und traf den Gangster mit einem Boxhieb, den er mit aller Kraft ausführte.

Antonio Branco flog rückwärts in die Menge.

Seine Arme schossen in die Luft, das Messer rutschte ihm aus der Hand, während seine Augen glasig wurden. Männer stürzten sich auf den benommenen Gangster und zogen ihn auf die Füße hoch.

»Gut gemacht!«, rief Roosevelt. »Bringt den Schurken hierher.«

Doch die Leute zerrten ihn nur tiefer in die Menschenmenge hinein.

Isaac Bell folgte ihnen bereits mit Van Dorn dicht hinter ihm.

Die Black Hand bildete einen Schutzwall und bewegte sich wie ein rennender Angriffskeil beim Football mit dem schwersten Mann an der Spitze und Branco geschützt mittendrin. Arbeiter machten ihnen eilig Platz. Diejenigen, die sie aufzuhalten versuchten, wurden niedergeschlagen oder einfach plattgewalzt.

Vier weitere Gorillas blockten Bell und Van Dorn mit

einem neuen Manöver ab, das genauso wirkungsvoll war wie der fliegende Keil. Die Detektive, abgelenkt durch einen heftigen Schlagabtausch, befreiten sich aus dem Gewimmel, aber zu diesem Zeitpunkt hatten Antonio Branco und seine Retter den Berghang bereits hinter sich und rannten auf die Eisenbahngleise zu.

Bell verfolgte sie, so schnell er konnte, Van Dorn jedoch fiel zurück. Er konnte mit dem Tempo des jüngeren Mannes nicht mithalten, und Bell rief über die Schulter, dass Eddie Edwards den Privatzug von J. B. Culp beobachtete. »Sehen Sie zu, dass Sie schnellstens zum Bahndepot kommen. Ich bleibe an Branco dran!«

Branco hatte sich anscheinend von Bells Treffer erholt. Er bewegte sich jetzt aus eigener Kraft, humpelte zwar noch immer, ließ jedoch seine Black-Hand-Schutztruppe hinter sich. Plötzlich wechselte er die Richtung, schwenkte vom Eisenbahndepot weg und steuerte direkt auf den Fluss zu.

Seine Männer blieben stehen, machten kehrt und fächerten sich auf, um Isaac Bell gegenüber Front zu machen.

Der Detektiv zog seine Pistole, eröffnete das Feuer und fällte die beiden Männer, die ihm am nächsten waren, dann stürmte er durch die Lücke in ihrer Verteidigungslinie. Er feuerte nicht auf Branco, weil dieser sich längst außer Schussweite befand und so zielsicher seine Laufrichtung beibehielt, dass Bell sich fragte, ob J. B. Culp es wohl geschafft hatte, seinen Franklin vor den Nasen der Van Dorns von seinem Landsitz zu schmuggeln.

Er erreichte den Bahndamm und kletterte zu den Gleisen hinauf. Aus dieser leicht erhöhten Position sah er, dass Branco eine Fluchtmöglichkeit vorbereitet hatte, die schneller war als ein Automobil oder ein Eisenbahnzug. Am Flussufer wartete die Eisyacht *Daphne*. Die bullige Gestalt J. B. Culps an der Ruderpinne feuerte ihn an, schneller zu rennen. Antonio Branco taumelte, stolperte und rutschte dann das letzte Stück des Abhangs hinab, während Isaac Bell zügig zu ihm aufholte.

Der Gangster stürzte, rollte sich wieder auf die Füße und hechtete neben Culp in die Steuergondel.

Culp löste die Leine, die er um einen Pfahl am Ufer geschlungen hatte, und holte das Segel dicht. Das große Leinendreieck blähte sich. Aber die *Daphne* rührte sich nicht. Ihre stählernen Gleiter waren auf der Eisdecke angefroren.

Bell steigerte sein Tempo. Er hatte noch immer seine Pistole in der Hand.

Culp kletterte aus der Gondel, trat gegen das Steuerruder und die Gleiter auf der rechten Seite und rief Branco zu, er solle den Gleiter auf seiner Seite frei machen. Bell war weniger als fünfzehn Meter von ihnen entfernt, als ihre Eisyacht freikam.

»Schieben!«, hörte Bell J. B. Culp rufen, und die beiden Männer drückten die Eisyacht vom Ufer weg. Der Wind spielte mit dem Wimpel an der Mastspitze. Das Segel flatterte. In der einen Sekunde schoben Culp und Branco die Eisyacht noch mühsam vor sich her, in der nächsten rannten sie schon um ihr Leben und versuchten, in die Yacht hineinzuspringen, ehe sie auf Nimmerwiedersehen über die Eisfläche verschwand.

Bell war fast entschlossen anzuhalten, einen sicheren Stand auf dem Eis zu suchen und einen verzweifelten Schuss mit der Pistole abzufeuern, ehe sie ganz flüchten konnten. Aber während sich das Segel der Eisyacht füllte und sie Tempo aufnahm, sah er die Leine, die sie hinter sich herzog. Er rannte schneller und setzte ihr mit einem Hechtsprung und einer ausgestreckten Hand nach.

Das Ende der Leine peitschte hin und her wie eine Kobra, doch er bekam sie zu fassen. Etwa dreißig Zentimeter Seil rutschten glühend heiß durch seine Hand, ehe er richtig zupacken konnte. Dann knallte eine Windböe in das Segel, und die Leine riss ihm fast den Arm aus dem Schultergelenk. In der nächsten Sekunde zog ihn die große Yacht mit dreißig Meilen pro Stunde über das Eis. Er drehte sich auf den Rücken, verstaute die Pistole in seinem Mantel und umklammerte darauf das Seil mit beiden Händen. Er hatte gehofft, dass das zusätzliche Gewicht die Yacht bremsen würde, aber solange der Wind blies, war sie einfach zu stark. Nun konnte er nur noch hoffen, sich wenigstens für eine Viertelmeile festhalten zu können. Die Yacht glitt zügig flussabwärts. Solange Culp ihren Kurs nicht änderte, schleppte sie Bell zu seiner eigenen Eisyacht, die er in der Nähe von Cornwall Landing am Ufer festgemacht hatte.

Die Festmachleine war weniger als sieben Meter lang, und Bell konnte Culp lachen hören. Branco hielt sich bereit, die Leine zu kappen. Culp hielt ihn mit einer Handbewegung auf und deutete nach vorn auf einen rauen Eisbuckel, den er ansteuerte.

»Käsereibe voraus, Bell!«

Die Gleiter der *Daphne* schnitten klirrend durch das schartige Hindernis, und einen winzigen Moment später wurde Bell über den reibeisenrauen Fleck gezogen. Knie und Ellbogen stießen stumme Schmerzensschreie aus.

»Achtung! Die nächste!«

Nur noch diese eine, dachte Bell. Er konnte mittlerweile schon sein Boot sehen. Sie hatten es fast erreicht, und Culp lenkte seine Yacht unwillkürlich näher heran, weil er ein höheres Hindernis entdeckt hatte, das seinen Verfolger möglicherweise abschüttelte, wenn die *Daphne* darüber hinwegbretterte. Bell ließ das Seil rechtzeitig los, rutschte vom eigenen Schwung getrieben weiter, drehte sich auf den Rücken und brachte die Beine nach vorn, um den Aufprall mit den Füßen abzufedern. Dann kollidierte er hart mit der Eisbarriere, sprang auf und stolperte zu seinem Boot.

»Er kommt hinter uns her«, sagte Branco.

»Soll er doch.«

Culp vollführte eine geschickte Alarmwende mit der Yacht. Sie rotierte um einhundertachtzig Grad und brachte sie auf einen Kurs flussaufwärts mit dem Westwind querab, was für die blitzschnelle *Daphne* die beste Segelposition war.

»Was ist dahinten schiefgegangen?«

»Ich weiß es nicht«, sagte Branco.

»Ist das alles, was Sie zu Ihrer Verteidigung vorzubringen haben?«

Branco war gespenstisch ruhig und vollkommen bei sich. »Ich habe eine Schlacht verloren, aber nicht den Krieg.«

»Was ist mit mir?«

»Sie haben einen Traum verloren, aber nicht Ihr Leben.«

»Man wird mich ins Visier nehmen«, sagte Culp.

»Sie können Ihnen nichts anhängen, das Ihnen schadet.« Branco griff in seinen Mantel, und plötzlich glänzte ein Stilett in seiner Hand. »Aber wenn Sie Angst haben und daran denken, mich anzuschwärzen, um sich selbst zu retten, dann verlieren Sie Ihr Leben. Holen Sie die Pistole aus der Tasche, fassen Sie sie an ihrem Lauf an und reichen Sie sie mir mit dem Griff zuerst.«

Culp war sich schmerzlich bewusst, dass sie in dem winzigen Cockpit nur einen halben Meter voneinander entfernt waren und er eine Hand an der Ruderpinne hatte. Bei der Geschwindigkeit, mit der sie gerade übers Eis fegten, die Pinne nur für Sekunden loszulassen, um einen Angriff mit dem Stilett zu vereiteln, das könnte eine katastrophale Kreiselfahrt auslösen. »Wenn Sie mich töten, wer sollte dann Bell abhängen?«

»Das ist eine Sache zwischen Bell und mir.« Er vollführte eine herrische Geste mit dem Messer.

Culp sagte: »Ich will sie zurückhaben, wenn Bell näher kommt. Ich bin sicher ein besserer Schütze als Sie.«

»Das sind Sie gewiss. Ich benutze nie eine Pistole«, sagte Branco. »*Geben Sie sie her!*«

Culp hatte keine andere Wahl, als zu gehorchen. Branco verstaute die Waffe in seinem Mantel.

»Verraten Sie mir, wohin Sie mich bringen.«

»Möglichkeit drei sieht, wie ich versprochen hatte, vor, Sie zum Eisenbahndepot in Albany zu bringen. Dort steht ein Zug für Sie bereit. Oder wenn Sie das nicht für sicher halten, können Sie dort auch auf einen Güterzug aufspringen.«

»Wie weit?«

»Bei diesem Tempo schaffen wir es in zwei Stunden.«

Antonio Branco blickte über die Schulter. »Bell kommt näher.«

»Bald wird es dunkel«, sagte Culp. »Und Isaac Bell kennt diesen Fluss nicht so gut wie ich.«

Isaac Bells Yacht flitzte den Hudson River hinauf. Sie vibrierte heftig, pflügte durch Schneewehen, bockte, wenn die Kufen von Eisrippen gebremst wurden, und sprang über Spalten, die mit Wasser gefüllt waren, an Stellen, wo die von See einschießende Flut die Eisdecke hochgedrückt hatte. Bells Yacht war schwerer als Culps Boot – erbaut aus Weißesche anstatt Aluminium und mit Bleigewichten beladen, die Bell an den Enden des Gleiterbalkens befestigt hatte, um sie bei böigem Wind auf dem Eis zu halten. Indem er das zusätzliche Gewicht und das vergrößerte Segel zu seinem Vorteil nutzte, schwenkte er von einem Kurs ab, um vor einem günstigen Dwarswind das Tempo zu steigern. Dann glitt er mit mehr Schwung wieder auf den alten Kurs zurück.

Bell fand es seltsam, dass ein erfahrener Rennsegler wie Culp nicht die gleiche Taktik anwendete, wenn er sah, dass sein Verfolger aufholte. Falls der Magnat ihn auf Schussweite an sich heranlocken wollte, dann würde sein Wunsch in Erfüllung gehen. Als die Yachten die Lichter von Newburgh passiert hatten, war Bell bis auf einhundert Meter herangekommen. Er konnte Branco und Culp im Cockpit sehen, die Gesichter waren verschwommene weiße Flecken, wenn sie über die Schultern blickten, um seinen Raumgewinn im abnehmenden Licht zu kontrollieren.

Abrupt änderte Culp den Kurs.

Eine halbe Sekunde später sah Bell ein Pferd vor sich stehen.

46

Es war ein mächtiges Ackerpferd, angeschirrt über das Eis trottend, und es bäumte sich entsetzt auf, als es Bells Segel auf sich zurasen sah. Unvermittelt aufgetaucht, bei sechzig Meilen pro Stunde und aus einem Cockpit betrachtet, das nur dreißig Zentimeter über dem Eis schwebte, wirkte es so groß wie Culps ausgestopfter Grizzlybär.

Bell zog ruckartig an der Ruderpinne.

Culp hatte ihn mitten in eine Eisernte hineingelockt. Männer und Pferde pflügten hier tiefe Rinnen in das Eis und zerschnitten es in Blöcke, um es bis zum nächsten Sommer zu lagern. Dazu hatten sie eine große Fläche freien Wassers aufgesägt, das inmitten der funkelnden Eisdecke schwarz wie Kohle glänzte.

Bells Boot geriet heftig ins Schlingern. Die Fliehkraft schleuderte ihn beinahe aus dem Cockpit. Das Boot rutschte seitlich über das Eis, war vollkommen außer Kontrolle und schoss auf das schwarze Wasserloch zu. Etwa drei Meter von seiner Kante entfernt fraßen sich Bells Kufen wieder ins Eis, sein Ruder reagierte, und er lenkte das Boot am Rand des Tümpels entlang. Er wich einem anderen Pferd mit Pflugschar aus und brachte sich erneut auf Kurs, das hohe weiße Dreieck des Segels der *Daphne* ins Auge fassend.

Eine weitere Meile blieb hinter ihm zurück.

Er gelangte noch einmal in den Dwarswind und holte

weiter auf. Als der Abstand der beiden Yachten nur noch vierzig Meter betrug, legte er ein Bein über die Ruderpinne, um sie zu fixieren, zog seine Automatik, brachte sie mit beiden Händen in Anschlag und wartete ab, bis die Kufen wieder singend über einen Abschnitt glatten Eises glitten. Als er das Feuer eröffnete, schoss er daneben, aber nicht sehr weit, und dies hatte die gewünschte Wirkung. Antonio Branco zuckte noch nicht einmal zusammen, aber J. B. Culp duckte sich, als ihm die Kugeln um die Ohren flogen. Er verlor die Kontrolle, und die *Daphne* brach aus, kreiselte herum und büßte Tempo ein. Bells Boot passierte sie, ehe er die Ruderpinne von seinem Bein befreien und sein Boot stoppen konnte.

Culp erholte sich von seinem Schreck, brachte das Segel in den Wind und schoss wie der Blitz davon.

Bell folgte ihm, diesmal in geringerem Abstand als zuvor. *Du bist nicht so verwegen, wie du glaubst,* dachte Bell. Er sah, wie Branco etwas zu Culp hinüberreichte. Im nächsten Augenblick zuckte eine Feuerlanze auf, als Culp die Pistole abfeuerte, die Branco ihm zurückgegeben hatte. Heißes Blei prallte dumpf gegen Bells Segelmast. Ein Projektil raste pfeifend an seiner Nase vorbei.

Die Gleiter und das Ruder der *Daphne* lösten sich plötzlich vom Eis, und sie flog. Einen Moment später traf Bell auf das, was die andere Yacht hatte abheben lassen – eine Schneewehe, vom Wind zusammengepresst und hart gefroren. Sein Boot stieg ebenfalls in die Luft und segelte hoch und weit. Es fühlte sich an, als kippe es nach hinten um, aber die Bleigewichte unter dem Gleiterbalken erhielten sein Gleichgewicht, und es setzte aufrecht auf dem Eis auf und raste weiter.

Ehe die Yacht landete, entdeckte Bell in einiger Entfernung eine weitere Eisernte. Dort war man soeben im Begriff, für heute Feierabend zu machen. Die Männer und die Pferde befanden sich bereits in Ufernähe und luden die Eisklötze in ein Kühlhaus. Zurück blieb lediglich das Loch in der Mitte des Flusses, aus dem sie ihre Ernte herausgeschnitten hatten. Schwarzes Wasser erstreckte sich schwappend über die Fläche eines ganzen Footballfeldes.

Bell feuerte erneut einen Schuss ab, um Culp abzulenken, und scherte aus, um das Tempo zu steigern. Nach wenigen Sekunden befand er sich auf einer Höhe mit der *Daphne*, und nun jagten sie parallel zueinander dahin, bis er plötzlich den Kurs änderte und direkt auf sie zuhielt. Der Anblick von Bells riesigem Segel, das ihm entgegenflog, brachte J. B. Culp vollkommen durcheinander, also zog er reflexartig an der Ruderpinne, um auszuweichen, ehe die Yachten miteinander kollidierten. Die abrupte Kursänderung brachte die *Daphne* außer Kontrolle.

Sie drehte sich wie ein Kreisel – durch kein Hindernis gebremst –, verließ die Eisfläche und krachte in das schwarze Wasser. Der abrupte Stopp ihrer Fahrt von fünfzig Meilen pro Stunde auf null kappte den Doppelmast. Baum, Rah und Segel krachten auf den Gleiterbalken, der schnell sank und bereits halb untergetaucht war.

Isaac Bell brachte seine Yacht fünf Meter vor dem Abgrund zum Stehen und reffte das Segel. Die führenden Köpfe einer nationalen Verbrecherorganisation waren endlich zur Strecke gebracht. Nur noch das Ertrinken konnte sie vor den Mühlen der Justiz bewahren.

Er rannte mit einem Seil in der einen Hand und seiner Pistole in der anderen zum Rand des Eislochs.

Der Gezeitenwechsel hatte eingesetzt. Flussabwärts gerichtet und zusammen mit der starken Strömung des Hudson River, ergriff die Ebbe die abgebrochene Takelage der *Daphne*. Der Fluss füllte ihr Segel wie mit einem sehr nassen Wind und drückte die havarierte Yacht gegen das solide Eis am Rand des Tümpels.

Branco und Culp kämpften sich aus dem Gewirr von Segelstoff und Leinen heraus und versuchten, auf festen Grund zu klettern. Die Strömung zog den Bugspriet unter das Eis. Der Maststumpf blieb an der Eiskante hängen. Für einen Moment rührte sich das Wrack nicht mehr, dann glitt es weiter unter die Eisplatte und – sank.

Isaac Bell warf sein Seil.

J. B. Culp fing es auf und zog sich daran auf die Eisdecke. Antonie Branco befand sich dicht hinter ihm, hangelte sich in Sicherheit, während das Boot unter ihm wegsackte. Er setzte einen Fuß auf die Eisdecke, kippte nach hinten und konnte sein Gleichgewicht wiederherstellen, indem er sich an Culps Mantel festhielt.

Bell stemmte sich gegen den Zug des Seils und versuchte zu verhindern, mitgezogen zu werden, während er das Gewicht beider Männer festhielt. Das Seil ruckte in seiner Hand. Er spürte, wie Culp seine Kraft zusammenraffte. Plötzlich wirbelte der Magnat herum. Sein Bein schwang nach vorn wie zu einem Torschuss. Der Stiefel krachte gegen Brancos Brustkorb und stieß ihn rücklings ins Wasser.

Der Ausdruck auf Brancos Gesicht wechselte wie die Lichtreklame eines Varietétheaters. Unglaube. Wut. Fassungsloses Entsetzen. Alles in einer Sekunde, ehe ihn die Flussströmung unter den Eispanzer spülte.

Isaac Bell richtete seine Pistole auf J. B. Culp, der immer noch das Seil festhielt, das Bell ihm zugeworfen hatte. »John Butler Culp, Sie sind verhaftet. Steigen Sie in mein Boot und binden Sie dieses Seil um Ihre Füße.«

Der große, breitschultrige Vertreter des Geldadels warf einen verächtlichen Blick auf Bells Pistole. Dann deutete er auf das schwarze Wasser, das Antonio Branco verschlungen hatte.

»Die Beweise für Ihre vagen Anschuldigungen gegen mich sind jetzt noch dürftiger als je zuvor. Außerdem hat jeder gesehen, dass Branco versuchte, den Präsidenten zu töten. Sie alle werden darin übereinstimmen, dass Ertrinken ein wohlverdienter Tod für diesen Spaghetti fressenden Gangster war.«

»Aber nun habe ich Sie wegen Mordes verhaftet«, sagte Isaac Bell. »Und ich habe es mit eigenen Augen gesehen. Ich wette zehn zu eins, dass sich der Richter und die Jury auf den elektrischen Stuhl einigen werden – für den *amerikanischen* Gangster.«

EPILOG

DER KARTELL-KNACKER

Eine Woche später

Die Van Dorn Detective Agency, Joe Petrosinos Italian Squad im NYPD, Captain Mike Coligneys Zivilermittler aus dem Tenderloin-Revier und der Secret Service des Schatzamtes kamen über Antonio Brancos unvermittelt führungslose Bombenleger, Erpresser, Schläger, Geldfälscher und Schmuggler wie eine geschlossene Streitmacht, die die feindliche Streitmacht von den Flanken her aufrollt.

Isaac Bell notierte die Namen der Verhafteten auf der Wandtafel des Bereitschaftsraums, die während des einwöchigen Feldzugs so nachlässig gesäubert worden war, dass seine Zeichnung zur Vorbereitung der Raven's-Eyrie-Razzia noch unter den Namen durchschien, als befände sie sich unter Pauspapier. Die Gorillas zierten die Turnhalle, die Schmuggler befanden sich im Pförtnerhaus, und Geldfälscher versammelten sich auf dem Kraftwerk des Anwesens.

Applaus brandete auf, als Harry Warren und Archie Abbott am Ende der Woche telefonisch mit guten Nachrichten aufwarteten. Vito Rizzo, den Bell im Beichtstuhl verhaften konnte, hatte die Kaution verfallen lassen, die ihm von einem Tammany-Richter gewährt worden war. Warren und Abbott hatten ihn soeben aus einem Abflussrohr herausgeholt, womit auch die letzten Reste von Brancos Organisation eliminiert waren.

»Harry hätte zuallererst dort nachsehen sollen«, sagte Wally Kisley.

»Okay, Helen«, sagte Grady Forrer. »Jetzt ist es so weit. Geben Sie es ihm.«

Die Detektive versammelten sich um Isaac Bell. Helen überreichte ihm eine schlanke Schachtel. Sie war in ein Papiertaschentuch eingewickelt und mit einer neckischen Samtschleife verziert. Bell schüttelte sie. Ein Klappern war zu hören. »Klingt wie Brillanten. Die richtige Größe für eine Halskette, aber ich glaube nicht, dass ich so etwas tragen werde.«

»Pack es aus, Isaac.«

»Die Jungs am Storm King haben es gefunden.«

Bell zog die Samtschleife auf, zerriss das Papier und nahm den Deckel ab. Er konnte erkennen, dass es tatsächlich die Schatulle einer Halskette war. Aber darin, auf einem Samtkissen ruhend, befand sich ein zehn Zentimeter langes Taschenmesser.

»Branco hat es fallen lassen, als er sich einen Volltreffer einfing«, sagte Eddie Edwards.

»Dreh es um, Isaac, und lies die Inschrift.«

Daran befestigt war eine kleine silberne Plakette mit den Worten

EIGENTUM VON KARTELL-KNACKER BELL

»Darauf müssen wir anstoßen!«, riefen die Van Dorns.

»Champagner!«, sagte Helen Mills. »Ich gebe in der Kellerbar einen aus.«

Der Bereitschaftsraum leerte sich blitzartig.

Bell blieb allein zurück und klappte Antonio Brancos Messer zu.

»Es wird Zeit, Isaac.«

Eine sehr traurig dreinblickende Marion Morgan stand in Reisekleidung in der Tür.

Bell ergriff ihre Reisetasche, und dann eilten sie über die 42nd Street zur Grand Central Station und fanden ihr Abteil im 20th Century Limited nach Chicago, der ersten Zwischenstation auf ihrer Rückfahrt nach San Francisco. »Ich werde dich entsetzlich vermissen«, sagte sie.

»Das glaube ich nicht.«

»Wie kannst du so etwas sagen? Wirst du mich nicht vermissen?«

»Nicht sofort.«

»Weshalb grinst du wie ein Pavian?«

»Ich hatte ein interessantes Gespräch mit Mr. Van Dorn.«

»Oh Isaac! Hat er dich zum Chefermittler befördert?«

»Noch nicht. Aber der Boss befürchtet, dass sich noch einige Black-Hand-Figuren in der Weltgeschichte herumtreiben. Daher hat er dir den vollständigen Van-Dorn-Schutz bis nach San Francisco bewilligt. Die Innentür führt zum Abteil deines persönlichen Leibwächters. Solltest du während der Reise vor irgendetwas Angst haben, brauchst du nur zu klopfen.«

Bell trat durch die Tür und schloss sie hinter sich. Der Schlafwagenschaffner hatte seine Tasche bereits ausgepackt und die Anzüge, die er vorausgeschickt hatte, aufgehängt. Eine Flasche Billecart-Salmon Brut Rosé stand entkorkt auf einem Silbertablett auf dem Abteiltisch.

Vierzig Minuten später, während er sein Oberhemd auszog, hielt der 20th in Croton-Harmon, wo die elektrische Stadtlokomotive gegen eine schnelle Dampflok ausgetauscht wurde. Bell hörte, wie an die Tür geklopft wurde. Erwartungsvoll öffnete er. Marion war in das silberne Kleid geschlüpft, das sie in ihrem Landhaus in San Francisco für ihn getragen hatte.

Er vergeudete keine Zeit mit Worten, sondern zog sie an sich und küsste sie. Dann nahm er sie in die Arme, hob sie hoch und trug sie in ihr Schlafabteil.